Dieter A. Freitag
Picknick am Arendsee

AF162203

Dieter A. Freitag

Picknick am Arendsee

Roman

Bibliografische Information der Deutschen Nationalbibliothek:
Die Deutsche Nationalbibliothek verzeichnet diese Publikation in der Deutschen Nationalbibliografie; detaillierte bibliografische Daten sind im Internet über http://dnb.ddb.de abrufbar.

Copyright (2016) Dieter A. Freitag

Covergestaltung: Philipp Kurth /
  Dieter A. Freitag

Impressum
Herstellung und Verlag:
BoD – Books on Demand, Norderstedt

ISBN 978-3-7412-2948-0

Für meine geliebte Frau Silke Christine,
die ihr Leben mit dem meinen vereint hat.
Was gibt es Schöneres auf dieser Welt?
Und natürlich für meine Familie überhaupt.

Erinnerungen...

Nach einigen Regentagen war der wolkenverhangene Himmel aufgerissen und die Sonne konnte wieder mit ihrem gleißenden Licht die pittoreske Landschaft der Altmark mit ihrem Arendsee durchfluten. Der Wetterdienst hatte für diese Tage ein neues Hoch mit anhaltendem Sonnenschein, hohen Temperaturen und Trockenheit vorausgesagt. Es waren Gott sei Dank Schulferien in dieser Zeit, sonst hätte es Hitzefrei geben müssen. Juliane Haberkant lag wie so oft, wenn sie für den Unterricht lernen musste, im Schatten des großen Walnussbaumes gleich hinter dem Haus neben der Terrasse gedankenversunken auf einer Liege. Heute musste sie nicht lernen, denn es waren große Ferien.

Zunächst hatte sie noch einmal die letzte Unterrichtsstunde vor Augen und das Klingeln der Schulglocke im Ohr, die im Winckelmann Gymnasium in Seehausen die lang ersehnte letzte Unterrichtsstunde des zurückliegenden Schuljahres beendete. Beim Abschied hatten sie sich noch einmal freundschaftlich umarmt. Juliane Haberkant war mit Frank Bendisch, einem Mitschüler ihrer Klasse, sehr eng befreundet. Sie hatten neben anderen das zurückliegende 11. Schuljahr mit guten Leistungen geschafft. Die meisten stürmten nun mit ihren mehr oder weniger guten Zeugnissen nach Hause. Für Juliane und Frank bedeuteten Ferien mitunter immer eine längere und traurige Trennung, denn er war in Havelberg zu Hause und Juliane hier in der Hansestadt Seehausen in der Altmark. Trotzdem wollten sie in den Ferien so viel wie möglich zusammen unternehmen. Vom Beginn der 9. Klasse, waren sie nun schon befreundet und ein unzertrennliches Paar. Sie schworen sich, dass niemand sie auseinander bringen kann und besiegelten das mit ihrem ersten Kuss.

Beim Rascheln der Blätter des Walnussbaumes in der lauen Luftbewegung war Juliane schnell eingeschlafen und fing an zu träumen.

Zunächst waren ihre Gedanken wieder bei Frank, wie er sie in den Armen hielt und sie sich küssten. Dann erschienen ihre Eltern, die sie von ihm wegreißen wollten. Ihre Eltern konnten sich sowieso nicht vorstellen, dass Jugendliche in der Pubertät schon wahre Liebe für einander empfinden können und nahmen sie nicht ernst. Ihr Vater versuchte sogar, aus für sie bislang unerklärlichen Gründen, das Verhältnis mit ihrem Frank zu unterbinden. Trotzdem blieben sie unzertrennlich und ihre Liebe zueinander war schon zu dieser Zeit stärker als manch einer glaubte.

Zwischendurch erinnerte sie sich im Traum bildhaft an die Erzählungen ihres Großvaters Walter, wie er und unter welchen glücklichen Umständen seinen Schatz Erika, also ihre geliebte Oma, damals kennenlernte. Sie hätte dabei ihrem Großvater stundenlang zuhören können. Im Gegensatz dazu verlief die Ehe ihrer Eltern nach ihrer Geburt mitunter nicht so harmonisch. Die Eltern hatten sich bereits während des Studiums kennen und lieben gelernt, was eigentlich nichts Ungewöhnliches war. Aber einige Jahre später war von Liebe und Harmonie nicht mehr viel zu spüren. Als Kind bekam sie viele Streitereien mit, die immer sehr bedrückten. Im Traum hattte sie angstvolle Vorstellungen, dass sich die Eltern trennen würden. Das war noch in der Zeit, als sie in Berlin wohnten. Mutter und Vater sahen nach dem Studium zunächst nur ihre Karriere und hatten wenig Zeit für ihre Tochter, aus beruflichen Gründen, wie sie vorgaben. Dann war sie immer bei den geliebten Großeltern, bei denen sie sich geborgen fühlte. Von ihnen erfuhr sie die eine oder andere Geschichte ihrer Familie, eigentlich alles. Mit den Eltern gab es zumindest gemeinsame Urlaube in den Ferien und so manch einen Wochenendausflug mit einem Picknick am Arendsee. Wieder wanderten im Traum die Gedanken zu ihrem Frank, den sie über alles liebte. Aus der anfänglichen pubertären Verliebtheit zwischen ihr und Frank wurde eine tiefe Liebe. Spätestens nach seinem Architekturstudium wollten sie heiraten und im Gegensatz zu ihren Eltern von Beginn an in einer glücklichen Beziehung leben, so wie es ihre Großeltern vorlebten, aber entsprechend in ihrer neuen modernen Zeit.

Die Großeltern

Julianes Großvater Walter Haberkant wurde in Berlin geboren und somit war er ein waschechter Berliner. An seinem Sprechen konnte man das nicht feststellen, denn seine Mutter fand diesen Dialekt nicht sehr schön. Sie hatte stets darauf geachtet, dass Walter hochdeutsch sprach, trotzdem sein bester Freund immer im Berliner Dialekt sprach. Walter wohnte noch zusammen mit seiner Mutter Gertrud in einer sehr geräumigen Dreieinhalb-Zimmer-Altbauwohnung. Die Wohnung befand sich in der dritten Etage eines Mietshauses im Stadtteil Köpenick von Berlin in der Florian-Geyer-Straße, nicht weit vom nächsten S-Bahnhof Adlershof entfernt. Walters Eltern waren beide berufstätig und hatten für ihn oft keine Zeit. Sein Vater arbeitete als Abteilungsleiter in der Produktion in dem nahe gelegenen VEB Kabelwerk Oberspree während seine Mutter in dem bekannten Glühlampenwerk in der Lohnbuchhaltung tätig war, in dem sehr großen Kombinat, das unter dem Namen *NARVA* im ganzen Land bekannt war.

Nach dem frühen Tod seines Vaters Alfred vor acht Jahren konnte Walter kurz vor seinem zweiundzwanzigsten Geburtstag in ein größeres Zimmer innerhalb der Wohnung umziehen. In dem großen Zimmer hatte er viel mehr Platz für seine Sachen und mit den zwei Fenstern war es wesentlich heller. Es gab sogar einen Balkon zum grünen Innenhof. Wenn man das Zimmer vom Korridor aus betrat, stand gleich hinter der Tür in der linken Ecke ein großer Kachelofen und ein Stück davon entfernt ein monströser Schrank, ein Erbstück, dessen Türen rechts und links mit geschnitzten Verzierungen versehen waren, während im oberen Mittelteil des Schrankes in zwei Regalfächern Bücher standen. Im Anschluss befand sich an gleicher Wandseite eine große Anrichte, auf der ein alter Schwarz-Weiß-Fernseher der Marke *Rubens* Platz gefunden hatte. Daneben hatte Walter ein Radio und einen Plattenspieler. Die Schallplattensammlung, die er wie einen Schatz hütete, befand sich unterhalb in den Fächern des Möbelstücks. Zwischen Fernsehgerät und Plattenspieler hatte er noch zwei Pokale gestellt, die er mit seinem Freund Horst Klawitter beim Rudern mit ihrem Zweier gewonnen hatte. An der Wand über der Anrichte hingen außer einer älteren Uhr noch ein paar Urkunden von Sportwettkämpfen auch aus seiner Schulzeit. An der Fensterseite des Raumes hatte er vor einem Fenster den dunkel gebeizten Schreibtisch mit dem Lehnstuhl seines Vaters aufgestellt. An diesem Schreibtisch hatte er schon als Kind gern gesessen und gemalt. An der rechten Seite des Zimmers stand sein breites, bequemes Bett. Anschließend kam man direkt auf eine Sitzgruppe zu, die aus einem an der Wand stehenden Schlafsofa, einem davor befindlichen quadratischen Kacheltisch mit zwei nicht unbedingt dazugehörenden wuchtigen Sesseln bestand. Zwischen dem Bett und dem Sofa stand eine dreiarmige Stehlampe, die das Zimmer in den Abendstunden mit ihren trichterförmigen Lampenschirmen in einem gemütlichen warmen Licht erstrahlen ließ. An dieser rechten Wandseite war außerdem noch ein breites Hängeregal befestigt, auf dem viele

Bücher sortiert standen. Den Fußboden schmückte ein sehr großer Teppich von etwa 3 x 4 m mit großem abstraktem Muster, den er aus dem Zimmer seines Vaters übernommen hatte.

Die Familie besaß einen Kleingarten in unmittelbarer Nähe ihrer Wohnung mit einer selbst gebauten gemütlichen Laube in der Kolonie *Am Adlergestell* bereits Anfang der fünfziger Jahre. Die Laube, mit einer Grundfläche von 4 x 6 m, hatte sein Vater Alfred noch gebaut und Walter hatte ihm dabei viel geholfen, vor allem beim Mischen des Betons von Hand für die Fundamentplatte, auf der die Gartenlaube errichtet wurde. Der Garten war die kleine idyllische grüne Oase der Familie und von ihrer Wohnung schnell zu erreichen. Der Weg dorthin *ins Jrüne*, wie Walter manchmal sagte, betrug nicht mal zehn Minuten. Der kleine Garten bedeutete für seine Mutter Gertrud alles. Auch Walter war von dem Garten mit der Vielfalt der duftenden Blumen und ihrer gemütlichen Gartenlaube begeistert, allerdings vom Unkraut jäten weniger, wenn er gerade mit seinem Freund Horst Klawitter etwas unternehmen oder nur zusammen klönen wollte. An den Wochenenden war Walter mit seiner Mutter vom Frühjahr bis zum Herbst in ihrem Garten häufig anzutreffen oder er fuhr mit seinem Freund in Grünau in ihrem Boot zum Training auf dem Wasser. Im Garten gab es immer etwas zu tun. Meistens handelte es sich um die notwendige Gartenarbeit oder es war nach dem Tod des Vaters handwerkliches Können von Walter gefragt, um die Laube instand zu halten oder zu verschönern. Manchmal fanden im Sommer auch kleine Familienfeiern und viele fröhliche Feste mit den Nachbarn in der Kleingartenanlage statt. Bei diesen Anlässen oder manch einem seiner Geburtstage wurden im Garten bunte Lampions und Luftballons aufgehängt.

Seine Eltern verstanden sich mit ihren Gartennachbarn

Manfred und Elfriede Klawitter sehr gut und saßen an manchem Sommerabend zusammen. Dann brutzelten auf einem jeweils selbstgebauten Grill Nackenstaeks oder Bratwürste. Nach dem üppigen Fleischverzehr klangen die Abende oft feuchtfröhlich bei Bier, selbst gekeltertem Obstwein mit erfundenen edlen Namen oder einer Bowle mit Früchten aus dem Garten aus. Walter war mit Nachbars Sohn Horst oder *Hotte*, wie alle zu ihm sagten, schon in der Schulzeit befreundet. Während Walter Haberkant glücklich und zufrieden nach einem gut bestandenen Schulabschluss den Beruf eines Sanitärklempners erlernte und von seinem Lehrbetrieb Hollerbusch & Söhne übernommen wurde, lernte sein Freund Zimmermann. Später wechselte er seinen Beruf und wurde nach nochmaliger Ausbildung ebenfalls Sanitärklempner. Die Freundschaft wurde im Ruderclub in Grünau vertieft, wo sie von Jugend an mit ihrem Doppelzweier trainierten. Sie saßen sozusagen weiterhin auch während der Arbeit in einem Boot.

„Mensch, Hotte weißt du noch, wie wir mit dem Rudern anfingen", erinnerte sich Walter gern an die ersten Stunden in einem Doppelzweier mit ihm auf dem Wasser und die Worte ihres Trainers, wenn er mit seinem Freund zusammen klönte und beide ihre zahlreich gewonnenen Preise und Trophäen betrachteten. Die anfänglichen Worte ihres Trainers klangen ihnen immer noch in den Ohren und Walter konnte dessen Stimme so gut imitieren, als er ihnen das Rudern erklärte:

„So Männer, hört jut zu, wat ick euch sage und merkt euch eens, der Doppelzweier hat keen' Steuermann, steuern müsst ihr det Boot alleene, det zeig ick euch aber gleich, wie det funktioniert. Anfangs jebe ick euch noch det Kommando vom andern Boot aus über meene Flüstertüte, so nennt man een Megaphon. Später, wenn ick keen Kommando mehr jebe, richtet sich der Hintermann nach dem Vorderen. Is ja ooch logisch,

denn der hat ja hinten keene Augen im Kopp. Beim Skullen sollt ihr mit euerm Boot dank eurer Muskelkraft so schnell ihr könnt übers Wasser flitzen und nich mit euern Ruderblättern dabei den Fischen uff ihre Köppe kloppen und erschlagen. Fische werden nämlich jeangelt. Det is aber een anderet Thema. Mit den Ruderblättern wird ooch nich mit dem Vorder- oder Hintermann jefochten. Passt also uff, det ihr beim Skullen mit den Blättern euch nich ins Jehege kommt und nich zusammenknallt. Die Ruderblätter ooch nich zu tief ins Wasser stippen und darin rumrühr'n wie inne Suppe. Det kostet sehr viel Kraft. Aber det Wasser ooch nich nur touchier'n. Dann kommt ihr ooch nich vorwärts. Also noch mal, die Ruderblätter nich zu tief ins Wasser tauchen und dann gleichmäßig kräftig durchzieh'n. So, nun rinn ins Boot und los jeht det. Aber schön jeradeaus fahr'n und nich gleich ins Schilf skull'n, wenn ick bitten darf. Noch Fragen?"

Hinterher mussten beide immer wieder eine Weile darüber lachen. Die Zeit mit ihren sportlichen Erfolgen war einfach herrlich und unbeschwert. Dafür war das Training manchmal beschwerlich und anstrengend.

Für Walter Haberkant wäre es unvorstellbar gewesen, eventuell einmal von Berlin wegzuziehen, schon wegen der vielen Gewässer und des Grüns. Berlin bedeutete für ihn alles. Aber Jahre später kam es eines Tages doch anders als er dachte und geplant hatte.

Der Betriebsausflug

Eigentlich begann damals alles mit einem alljährlichen Betriebsausflug des VEB Wasser- und Rohrleitungsbau, Abt. Sanitärinstallation aus Berlin-Schöneweide. Dieser Betrieb ging vier Jahre zuvor nach der Verstaatlichung aus dem privaten

Sanitär- und Installationsbetrieb Hollerbusch & Söhne hervor. In diesem Betrieb war Walter Haberkant, jetzt 26 Jahre alt, seit insgesamt acht Jahren nach seiner Lehre immer noch als Sanitärklempner tätig.

In den vergangenen drei Jahren, wie auch in dem Jahr 1966, wurde von der Betriebs- und Gewerkschaftsleitung ein Ausflug organisiert. Die Fahrt war zu Pfingsten als Wochenendfahrt mit zwei Bussen geplant. Dieses Mal sollte die Fahrt an den Arendsee in der Altmark durch die zu dieser Jahreszeit bereits sattgrünen Wiesen und Wälder gehen. Nachdem das gebuchte Reisebusunternehmen endlich die notwendige Freigabe über ein entsprechendes Kontingent an Reifen von Amts wegen erhalten hatte, war der Betriebsausflug für die Mitarbeiter der Abteilung Sanitärinstallation und die der Rohrleger gesichert.

In diesem Unternehmen hatte Walter Haberkant fünf Jahre zuvor als ausgebildeter Sanitärklempner eine Arbeit gefunden und war seitdem mit Hotte, Horst Klawitter, seinem Freund und Kleingartennachbar, zusammen in einer Brigade, einem sozialistischen Kollektiv, wie man seiner Zeit ein Arbeitsteam nannte. Horst Klawitter war eigentlich gelernter Zimmermann, aber zum Beruf eines Sanitärinstallateurs umgeschult. Walter wurde von der Betriebsleitung zum Brigadier bestimmt.

„Haste dich schon in die Liste für Pfingsten einjetragen? Oder kommste diesmal nich' mit?" wollte Hotte, sein bester Freund und Kollege, wissen. „Det janze Vergnüjen kostet aber für jeden een' Fuffi, den Rest übernimmt die Leitung", meinte der BGLer."

„Was sagst du? Fünfzig Mark zuzahlen? Das ist ja die halbe Miete", protestierte Walter ein wenig. „Aber gut, dass du mich erinnerst. Na klar komm' ich mit. Ist natürlich ganz schön teuer, fünfzig Mark. Finde ich jedenfalls. Ich glaube, der alte Chef früher, der Hollerbusch, war aber nicht so knickrig gewesen. Die

Betriebsgewerkschaftsleitung hätte ja nun wirklich noch ein bisschen tiefer in die Tasche greifen könn'. Schließlich zahl'n wir genug Beiträge. Aber wenn man hier in Berlin ausgeht, gibst du das auch aus. Hängt die Teilnehmerliste zum Eintragen wie immer an dem nicht zu übersehenden Schwarzen Brett in unserm Aufenthaltsetablissement?"

„Na klar, da, wo immer die Aushänge ranjepinnt werden. Wo denn sonst?"

„Gut, werd' mich zum Feierabend drum kümmern und gleich eintragen. Ich kann dich und die anderen doch nicht alleine fahr'n lassen. Wird bestimmt wieder sehr lustig, unser Vergnügen", antwortete Walter.

„Vielleicht treffen wir ooch ein paar Miezen, die sich dort im Jrünen verloofen ham oder sich abends uff de Tanzdiele alleene fürchten. Ick hab' nämlich jehört, das abends Schwoof in der Gaststätte von der Pension sein soll. Gleich da, wo wir kampier'n werden", schwärmte sein Kollege Hotte.

„Ich weiß", meinte Walter, „das ist dort'ne alte Lokalität an dem Arendsee und heißt *Zur Wildgans* oder so."

„Warum sollte det denn dort am See ooch keene wilden Gänse jeben? Die loofen doch in so eener Jegend bestimmt überall rum. Hauptsache die schnattern nich so ville beim Knutschen", witzelte Horst Klawitter weiter. Er ließ das bevorstehende Betriebsvergnügen an sich bereits in den für ihn schönsten Momenten gedanklich vorbeiziehen.

„Und du meinst, die wilden Gänse warten nun ausgerechnet auf dich, um von dir gezähmt zu werden?" Beide lachten und freuten sich weiterhin auf das Betriebsvergnügen.

Walter arbeitete gern in diesem Betrieb. Außer Hotte, seinem Freund und Arbeitskollegen, gab es auch noch Wolle, Klaus Wollenberger, und Atze, Artur Maschlowski, mit denen er sehr gut auskam, sowie mit vielen anderen Kollegen. Er selbst fand für seine qualifizierte Arbeit manch große Anerkennung. Mit seinen 28 Jahren war er noch Junggeselle, aber auch die anderen Kollegen in seinem Kollektiv bis auf Artur Maschlowski waren noch nicht verheiratet. Auf die Betriebsfahrt ‚ins Jrüne' zu Pfingsten freute er sich sehr. Es war eine willkommene Abwechslung und vor allem eine kurze Arbeitswoche.

Dann war endlich Freitag, der Tag, dem mit Vorfreude auf die Fahrt an den Arendsee entgegen gefiebert wurde. Morgens fanden sich nach und nach, aber pünktlich, fast alle Kolleginnen und Kollegen mit oder ohne Partner frohgelaunt auf dem Betriebsgelände ein. Frohgelaunt schon deshalb, weil an diesem besonderen Tag niemand arbeiten musste. Heute war auf dem Betriebsgelände nur der Treffpunkt geplant, von dem beide Reisebusse abfuhren.

Ausgerechnet an diesem Morgen hatte Walter verschlafen, weil er nachts ein paarmal mit Bauchschmerzen aufwachte. Am Morgen wachte er gerade noch rechtzeitig auf, um die Abfahrt der bereitstehenden Busse nicht zu verpassen. Es ging ihm nicht gut. Er hatte etwas erhöhte Temperatur trotz fiebersenkender Tablette und musste sich in der vergangenen Nacht mehrmals übergeben. Seine Mutter war sehr besorgt.

„Ich hab' dir noch einen Kamillentee gemacht. Trink erst einmal eine Tasse und nimm eine Tablette. Und für unterwegs hab ich dir noch Proviant eingepackt."

„Danke, Mama." Er trank schnell den heißen Tee, aß zwei Stück Zwieback dazu. Dann ein Griff zu seinem Rucksack mit ein paar Utensilien, frischer Wäsche und Proviant, berührte die Wange seiner Mutter mit einem flüchtigen Küsschen und mit einem „Tschüss, bis morgen!" war er schon zur Tür hinaus und rannte die Treppe runter.

Dreißig Minuten später hatte er den Betriebshof erreicht, die Abfahrtstelle der Reisebusse.

Die Busse standen schon bereit. Der Chef, Herr Klabunkel, hatte alle Kolleginnen und Kollegen mit ein paar Worten begrüßt und allen eine gute Fahrt und viel Vergnügen gewünscht. Dann war etwas Drängelei beim Einstieg angesagt. Da Walter ziemlich spät ankam, stieg er als einer der letzten ein. Seine Kollegen hatten für ihn aber einen Platz freigehalten und empfingen ihn wie im Chor: „Na, da biste ja endlich. Wir dachten schon, du kommst jar nich." Die drei hatten einen Platz gefunden, wo sie nun zu viert an einem kleinen Tisch gegenübersaßen.

„Wird ja heute keen Behinderter mitfahr'n, der unsern jeeigneten Platz zum Skat spielen in Anspruch nehmen will", war Wolles große Sorge, als sie die vier gegenüberliegenden Plätze ergattert hatten.

Kurz darauf, als sie gerade Platz genommen hatten, fuhren die beiden Busse vom Betriebshof runter auf die Straße. Über das Adlergestell ging die Fahrt zum südlichen Berliner Ring Richtung A 2 nach Magdeburg.

„Der Platz hier ist super, da könn' wa endlich einen jepflegten Skat kloppen. Haste überhaupt an die Skatkarten jedacht? Die wolltest du mitbringen", wandte sich nun Wolle fragend an Walter. Der versuchte, sich nichts anmerken zu lassen, dass es ihm nicht so gut ging. „Na klar, das ist doch das Wichtigste bei so einer stundenlangen Fahrt."

„Na, Jott sei Dank", meinte Hotte. „Aber saach' mal Walter, wat is'n mit dir heute los? Du siehst ja aus, wie Braunbier mit Spucke!" Nun musste Walter doch von der letzten Nacht erzählen und dass es ihm nicht besonders gut ginge.

„Hast wohl jestern Abend noch een' zur Brust jenomm' und davon war vielleicht een Glas schlecht", begann daraufhin Atze zu lästern und war gerade dabei, einen Flachmann aus seiner Tasche hervorzuholen. „Trinken wa erst mal 'nen Schluck uff die Jesundheit", meinte Atze, öffnete die kleine Flasche mit dem *Stohnsdorfer* Kräuterlikör und reichte sie den Kollegen rüber mit der Bemerkung: „Wenn ick bitten aber darum darf, jeder nur Daumenbreite!"

„Nein, lass' man, mir ist wirklich nicht gut", lehnte Walter dankend ab, denn seine Bauchschmerzen begannen schon wieder. Beim Skat wurde er abgelenkt und es ging ihm bald wieder etwas besser. Er war gerade dran mit Karten geben.

„Kennste den aus Leipzich? Ick meene nich unsern neuen Kollejen, sondern den mit den kurzen Stummelfingern. So wird's dir ooch erjehn, wenn du noch länger die Karten mischst, statt uns schnellstmöglich een ordentlichet Blatt auf die Kralle zu jeben", begann Wolle zu meckern.

Walter ließ sich nicht beirren und gab nun die Karten aus.

„Mein Jott, lass dir mal die Finger versilbern. Mir gleich beim ersten Spiel solch einen Mist zu jeben", regte sich Wolle jetzt auf. „So ville Luschen und trotzdem kann ick nich mal een Null spielen. Det war wohl eben deine jeheime Rache, weil ick dachte, dass du Stummelfinger vom Mischen bekommst, wa? Also, ick hab nüscht und muss passen, saacht euch mal mehr!"

Horst Klawitter reizte bis siebenundzwanzig und musste dann ebenfalls passen, weil Walter Haberkant noch höher ging.

„Wat denn, Hotte, haste von Karo die janze Flöte uff deiner Kralle?", stellte Atze so nebenher die Frage. „Sei doch stille, du spielst doch die Runde jar nich' mit. Müssen doch die andern nich' wissen, wat ick habe. Wir spiel'n doch keen Bauernskat mit Ansagen", knurrte Hotte ihn an.

Walter hatte den Skat inzwischen aufgenommen und gleich wieder beiseitegelegt.

„Wat spielste denn nun? Dürften wa det bei Jelegenheit mal erfahr'n", wollten die anderen schon ungeduldig und neugierig zugleich wissen. „Mensch Walter, haste dich nu endlich mal entschieden, eine Karte auszuspielen?"

„Na, das muss alles gut überlegt sein. Ich spiel mal einen Grand auf die Schnelle", verkündete Walter schmunzelnd.

„Sieht bei dir aber jar nich nach schnell aus", frötzelte Wollenberger, dem alles vor lauter Eifer gar nicht schnell genug ging. „Wer kommt denn raus?" fragte Hotte.

„Na du kommst selber, det weeßte doch, immer der, der fragt. Vorne sitzen ist nämlich wie die Frischmilch inne Kuh".

„Wat soll denn dein blöder Spruch nu wieder heißen. Willste mir verscheißern?" fühlte sich Horst Klawitter angegriffen.

„Mensch, det saacht man so zu dem, der zuerst ausspielt", rechtfertigte sich Klaus Wollenberger. „Walter hat doch die Karten jegeben und sich selber dabei det beste Blatt. Und du kommst nun raus, jedenfalls det erste Mal."

„Na, dann is ja man jut. Ick dachte, du willst mit mir am frühen Morgen stänkern und mir anmachen", beruhigte er sich wieder. „Hier, beim Grand spielt man Ässe oder man hält die Fresse", kommentierte Horst Klawitter seine erste Karte, die er ausspielte.

„Mein lieba Krotoschinski", mischte sich Atze als vierter und gerade aussetzender Spieler jetzt mit kräftiger Stimme wieder ein. „Da haste dir aber ein Blatt jegönnt. Det würde meine Oma auf der Kellertreppe rückwärts im Dunkeln spiel'n".

„Sei doch bloß endlich mal stille", fuhr Wolle ihn ziemlich barsch an. „Ick muss mich konzentrier'n, dass wa wenigstens aus'm Schneider komm'. Kiek lieber aus dem Fenster in die schöne Landschaft, und pass uff, ob sich die Kühe hier von der LPG *Flinke Forke*, oder wie die heißt, auf ihrer Weide auch een dicket Euter anfressen und so zum Siech des Sozialismus beitragen. Det könn wir dann nämlich in unser Brigadetagebuch schreiben, wenn wir zurück sind und später unsere Betriebsfahrt im Kollektiv auswerten. Kannst uns ja berichten, ob die Kühe nun fressen oder einfach nur so dumm rumstehn und die vorbeifahrenden Autos aus dem Westen uff der Autobahn anglotzen. Det ist hier nämlich die Transitstrecke, wo wir lang fahr'n. Aber quatsch' hier nich immer dazwischen", blaffte Wolle ihn weiter ziemlich laut an.

„Aber Kollechen", versuchte der neue Kollege von den Rohrlegern in seinem ausgeprägten sächsischen Dialekt die vier erregten Skatspieler etwas zu besänftigen, „nun gommt ä mol alle n'bissl runnorr mit euerm Gebrille. Dees gann änen ja uffreechen und auf den Gehgs gähn, wenn man euch so labern hört. Bei uns daheeme machen se nich so'n Rabbadz beim Schkat, wie ihr hier drinne." Es war Kretschmar, Rudi, der sich zu Wort meldete und erst kürzlich von Karl-Marx-Stadt aus Sachsen nach Berlin gezogen war. Er hatte auch bei ihnen im Betrieb Arbeit gefunden. Und es war sein erster Betriebsausflug.

„Gloobste det, jetzt mischen sich schon Ausländer in unsere jepflegte Unterhaltung ein", eiferte sich Klaus Wollenberger dem Kollegen der Rohrleger gegenüber. „Mensch, laß dir erst mal am Hals operier'n, damit wa dir überhaupt verstehn könn'. Reicht ja wohl, wenn unsere Rejierungsvertreter vom Politbüro keen richtjet deutsch quatschen und so wie du in eener andern Sprache quasseln, det man nüscht versteht. Und nun du ooch noch."

„Nu mach bloß geene Fissemaddenzchn und blög mich heide nich gleich so an, ich meene ja nur ä mol", antwortete der sächsische Kollege und verstummte, weil er sich nicht streiten wollte.

„Komm, lass doch den Klugscheißer, Wolle", versuchte Walter jetzt zu schlichten. „Hier spielt die Musike. Gib mir lieber noch mal so einen schönen Grand."

Der Disput mit dem neuen sächsischen Kollegen legte sich

wieder und war beendet. Im Verlauf der weiteren Fahrt folgten noch etliche Skatrunden und wurden von den Mitspielern in ähnlicher Weise kommentiert. Auch sonst war die Stimmung im Bus bei den anderen Kollegen, die teilweise ihre Partnerinnen mitgenommen hatten, recht ausgelassen. Stimmengewirr und Gelächter wurden lauter, wenn jemand einen Witz erzählte oder etwas Anderes zum Besten gab. Bei Magdeburg fuhren die Busse von der Autobahn ab, um auf der Fernverkehrsstraße Richtung Stendal und weiter über Osterburg nach Seehausen zu gelangen. Von Seehausen waren es nur noch etwa zwanzig Kilometer bis zum Arendsee mit der gleichnamigen kleinen Ortschaft, wo die beiden Reisebusse etwa um die Mittagszeit vor der Jahrzehnte lang bestehenden Pension & Restaurant ‚Zur Wildgans' vorfuhren, einer ansprechenden Lokalität, die von ihrem Chef und der Betriebsgewerkschaftsleitung für das diesjährige Vergnügen gebucht wurde. Zunächst wurden an der Rezeption die Zimmer vergeben. Walter Haberkant teilte sich natürlich ein Zimmer mit seinem Kumpel Horst Klawitter. Sie erhielten das Zimmer Nr. 7.

„Bedeutet det nun Glück oder noch mehr Unglück mit der Zimmernummer. Alleene dein Jeschnarche ist schon Unglück jenuch", meinte er zu seinem Freund Walter. „Na, du sei doch still. Du wirst ja von deinem eigenen Schnarchen wach. Da muss ich gar nichts weiter tun", gab Walter zur Antwort.

Anschließend fanden sich alle Betriebsangehörigen zum gemeinsamen Mittagessen unten in dem größeren Raum des Restaurants ein, wo bereits für alle Kollegen die reservierten Tische eingedeckt waren. Die Bedienung hastete eilig hin und her, um alle schnellstmöglich zufrieden zu stellen. Derweil fand manch ein Kollege die üblichen passenden und unpassenden Worte speziell zur weiblichen Bedienung. Walter saß mit seinen drei Skatfreunden, die ebenfalls dumme Sprüche von sich gaben, wieder an einem Tisch.

„Junge, Junge, kiek mal, die hat aber een tollet Fahrjestell", staunte Horst Klawitter und starrte der großen schlanken Bedienung hinterher, die von Tisch zu Tisch eilte. Die blödelnden dummen Bemerkungen im schlimmsten Berliner Dialekt am Tisch gingen weiter. „Sie hat aber auch'n hohen Wasserfall bei ihrer Größe. Die Beene kieken janz schön lang aus dem schwarzen Mini raus. Aber ansonsten hat sie nur eene Fijur wie ein Schneewittchen, keen Arsch und keen Tittchen", kommentierte nun Artur Maschlowski die Feststellungen von Hotte. Walter wurde es peinlich. „Nun benehmt euch mal. Wir sind nicht auf unserer Baustelle Wir müssen ja nicht überall gleich auffallen", forderte Walter seine Kollegen auf.

Dann war die Bedienung an ihrem Tisch. „Was darf ich ihnen an Getränken bringen?" war ihre an alle vier gerichtete Frage. Die vier Kollegen waren zunächst wie kleine Jungs verlegen und verstummt. Bis Hotte endlich stammelte: „Bi…Bier natürlich, vier schöne jepflegte Pils!" „Kleine oder große?" „Jroße natürlich, dann müssen se nich so oft loofen". „Danke, die Herren", lächelte sie und war schon auf dem Weg.
„Na, ihr seid ja auf einmal alle verstummt. Ist ja auch besser so. Ich finde sie jedenfalls sehr nett. Wie die gleich losflitzt, um unser Bier zu holen, damit wir hier nicht verdursten", meldete sich Walter wieder zu Wort. Anschließend wurde das Essen serviert. Ein Gelächter brach los, als das Eisbein serviert wurde.

„Kiekt euch bloß mal Atze an. An dem Eisbein, wat der uff seinem Teller hat, hängt ja noch det halbe Schwein dran. Man, is det een Ding. Für dieset Riesenteil haste dir bestimmt vorher den Magen auspumpen lassen, damit du det allet schaffst", meinte Klaus Wollenberger zu ihm.

„Na, kostet ja heute auch nischt. Zahlt alles der Alte und die Betriebsgewerkschaft aus der Pinke", gab Atze bereits kauend zur Antwort.

„Det gloobst ooch nur du, dass der neue Chef Klabunke ooch nur eene müde Mark beisteuert. Det is' doch'n oller Geizhals. Früher war det so, dass der olle Hollerbusch eine Saalrunde ausjegeben hat. Aber der Knicker von Chef, dem würde ich am liebsten mal seine Krawatte so richtig binden, bis ihm die Puste ausjeht", erboste sich nun Wolle.

„Du hast ja janz finstere Gedanken. Du willst doch nich' wirklich so eenem wichtijen Parteijenossen an die Wäsche woll'n und det Licht ausmachen? Halt' bloß deine Füße still und lass die Finger von dieser vollgefressenen Flitzpiepe und stürz dich nich' ins Unglück", warnte Hotte Klawitter vor unüberlegten Dingen.

Am Nachmittag konnte man von dem vorgesehenen Programm wählen zwischen einer Dampferfahrt mit der *Queen Arendsee*, dem Nachbau eines Raddampfers mit Missisipi-Shuffle-Boat Flair oder einer zünftigen Kutschfahrt mit mindestens zwei Pferdestärken in die nähere Umgebung oder einem Badeaufenthalt im Strandbad am Arendsee. Walter entschied sich zusammen mit Horst Klawitter für die Dampferfahrt und wollte sich ganz in Ruhe über die in der Nachmittagssonne glitzernde Wasserfläche des Arendsees schaukeln lassen.

Begegnung am Arendsee

Für die Altmark war zu Pfingsten wunderschönes Wetter mit viel Sonne vorausgesagt. Für Martha Bachmann war das ein Grund mehr, ihre langjährige Freundin Adelheid Pieplow, die am Arendsee wohnte, endlich zu besuchen. Ein Besuch war schon lange geplant, aber zur Zeit davon abhängig, ob ihre Tochter Erika Zeit hatte, sie mit ihrem ‚Wartburg 311', einem in die Jahre gekommenen PKW, dorthin zu fahren. Sie war immer noch durch einen vor einiger Zeit erlittenen häuslichen Unfall, einem Sturz von der Treppe, gehbehindert und konnte nicht selbst mit dem Auto fahren. Und ihr Heinz, Erikas Vater, hatte schon gar keine Lust, Martha zu Ihrer Freundin an den Arendsee zu kutschieren, um sich das Geschnatter der Damen anzuhören, wie er meinte. Er wollte lieber Haus und Hof hüten und hatte dort immer etwas Wichtiges am Haus und im Garten zu tun.

Am Freitag vor Pfingsten hatte Erika tagsüber frei. Sie fuhr ihre Mutter gern zu Tante Adelheid an den Arendsee, wie sie deren Freundin nannte. Zum Dienst musste sie erst wieder am späten Abend. Sie hatte Nachtschicht. Erikas Mutter wollte an diesem Tage nachmittags zusammen mit ihr und Adelheid wieder einmal mit der ‚*Queen Arendsee*' zu einer Rundfahrt in See stechen. Tante Adelheid war mit dem Vorschlag einverstanden und hatte sie bereits zum Mittag eingeladen. Sie freute sich auf ihren angekündigten Besuch.

Erika Bachmann wuchs in Seehausen wohlbehütet bei ihren Eltern auf. Die Eltern besaßen in der kleinen Provinzstadt ein großes Zweifamilienhaus mit einem Walmdach. Dadurch war der Dachboden sehr geräumig und zum Ausbau einer kleinen Wohnung geeignet. Das Grundstück, auf dem das Haus stand, war ebenfalls sehr groß und reichte fast bis an den Aland. Der Aland war ein kleines, eher unbedeutendes Flüsschen, das sich unmittelbar hinter ihrem Grundstück vorbei schlängelte, um dann weiter durch den Ort Seehausen und die Niederungen der Altmark einen Zufluss in die Elbe zu finden. In dem großen Zweifamilienhaus bewohnten Bachmanns die untere geräumige Wohnung im Erdgeschoss. Die darüber liegende Wohnung war weiterhin vermietet. Das elterliche Hausgrundstück befand sich in der Straße Am Schillerhain unweit vom wunderschön gelegenen Waldbad. Sie ging hier in Seehausen zur Schule.

Nach dem Abitur am Winckelmann-Gymnasium ließ sie sich zur Krankenschwester im ortsansässigen Diakoniekrankenhaus ausbilden, um vielleicht irgendwann Medizin zu studieren. Zunächst wurde sie gleich nach ihrer Ausbildung im Diakoniekrankenhaus angestellt und arbeitete sehr gern auf der Station für Innere Medizin. Pünktlich zur Mittagszeit traf Erika mit ihrer Mutter in ihrem sehr gut gepflegten Pkw *Wartburg 311* am Arendsee ein. Adelheid Pieplow wohnte schon sehr lange am Arendsee in ihrem kleinen Einfamilienhaus. Es war wie immer ein sehr herzliches Wiedersehen. Seit dem letzten Besuch waren drei Monate vergangen und da gab es viel zu erzählen. Der Mittagstisch war bereits mit dem Geschirr gedeckt, das Erika so gern mochte. Die Teller waren am Rand entlang mit bunten Blumenmotiven verziert und ließen das Porzellan zu einem kleinen Kunstwerk werden. Marthas Freundin trug gleich das Essen herein. Obwohl im Wochenkalender Freitag stand und an diesem Tag vielfach Fischgerichte zubereitet wurden, überraschte sie ihre beiden Gäste mit Hähnchenbrustfilet, Spargel in Weißweinsauce und neuen Kartoffeln. Auch das Kompott, ein Obstsalat mit Sahne, als Nachtisch sah schon köstlich aus. „Guten Appetit, lasst es euch schmecken", forderte Adelheid zum Essen auf. „Was ist denn nun mit deiner Hüfte? Ist nach dem Sturz wieder alles in Ordnung? Wie ich dich vorhin gesehen habe nehme ich an, dass es noch ein bisschen dauern wird, bis du wieder richtig laufen kannst", wandte sie sich an Martha während des Essens. „Meine Hüfte ist ganz schön lädiert worden. Ich hatte eine ordentliche Prellung und irgendeinen Riss in der Pfanne vom Hüftgelenk. Jedenfalls muss ich noch eine Weile mit meiner Krücke als Gehhilfe durch die Gegend stolpern, um die Hüfte zu entlasten."

„Na, du hast ja wenigstens mit Erika eine tüchtige Hilfe",

meinte Adelheid und zwinkerte Erika zu. „Wie ist es überhaupt mit dir Erika, ich meine wie sieht es bei dir mit der Männerwelt aus? Bist du noch mit dem netten jungen Arzt zusammen, von dem mir Martha vor ein paar Wochen erzählte?", wurde Tante Adelheid jetzt neugierig und machte Erika etwas verlegen.

„Nein, schon lange nicht mehr. Das hätte vielleicht eine feste Beziehung werden können. Dachte ich jedenfalls. Wir waren in Seehausen einmal beim Erntedankfest und an einem anderen Feiertag tanzen. Das war sehr nett und lustig. Wir sind auch einmal zum Picknick an den Arendsee gefahren. Aber das war's dann auch. Irgendwann merkte ich nämlich, dass er mit einem Labormäuschen bei uns eine ernstere Affäre hatte und habe Schluss gemacht. Das ist für mich längst Vergangenheit und vergessen. Ein paar Monate später ist der Arzt, den du meinst, nach Dresden gegangen. Ich bin also immer noch solo. Kein Wunder, bei meinem manchmal störenden Schichtdienst."

„Na, vielleicht lernst du im Urlaub mal jemand kennen. Mit deinen erst 25 Jahren kannst du dir ja auch noch Zeit lassen", beendete Tante Adelheid dieses Thema.

„Du hast uns aber wieder mit deinem leckeren Essen verwöhnt", wechselte Martha gleich wieder das Thema, nachdem sie gegessen hatten. Adelheid und Erika standen auf und begannen das Geschirr in die Küche zu tragen.

Martha wurde langsam unruhig und schaute auf den alten Regulator, der über dem Vertiko an der Wand in einer Zimmerecke hing. „So ihr Lieben, ich glaube, wir müssen uns langsam fertig machen, wenn wir unsere Kreuzfahrt auf dem See machen wollen. Bei mir geht das nämlich nicht so schnell."

„Selbst wenn wir langsam dorthin wandern, schaffen wir es in zwanzig Minuten immer", meinte ihre Freundin. Bereits vierzig Minuten vor Abfahrt trafen die drei Damen schon an der Anlegestelle ein.

„Mein Gott, heute wird es auf dem Schiff aber voll", staunte Tante Adelheid beim Anblick der vielen Leute, die sich inzwischen alle an der Anlegestelle der *Queen Arendsee* eingefunden hatten. „Komm Martha, da vorn ist noch auf einer Bank ein freier Platz für uns. Dort setzen wir uns noch einen Augenblick, bevor wir an Bord gehen dürfen. Kommst du auch zu uns auf die Bank, Erika?"

„Nein danke, ich stell mich schon in die Warteschlange. Dann könnt ihr ja zu mir kommen, damit ihr auf dem Schiff einen Sitzplatz habt."

Auch Walter Haberkant befand sich mit seinem Freund und Kumpel Horst Klawitter unter den wartenden Fahrgästen zusammen mit anderen Kollegen ihres Betriebes die sich für eine Rundfahrt entschieden hatten. Unter den Wartenden fiel Walter Haberkant eine sehr schlanke, bildhübsche junge Frau mit halblangem hellblondem Haar auf. Sie war scheinbar in Begleitung. Gott sei Dank, mit zwei älteren Damen, mit der sie sich angeregt unterhielt, und nicht mit einem Mann, wie Walter feststellen konnte.

„Hast du die eben auch gesehen", wollte Walter von seinem Freund wissen.

„Wen denn?" fragte Hotte nur.

„Na, die Blonde mit den zwei älteren Damen dort vorn. Die gerade an Bord gehen", erwiderte Walter und ließ die blonde junge Frau nicht aus den Augen.

„Na saach mal. Du weeßt doch, dass ick nich uff ältere Damen stehe und die Jungsche mit den blonden Haaren ist nich mein Typ."

„Na, Gott sei Dank!" meinte Walter, „sonst hätten wir uns vielleicht heute noch um die schöne Braut gestritten und in den Haaren gelegen."

Nachdem der Dampfer abgelegt hatte, meinte Walter, dass er sich mal auf dem Vorderdeck ein bisschen die Füße an der frischen Luft vertreten müsse.

„Ick denke, du hast wat mit deinem Bauch und jetzt is det mit den Füßen ooch noch so schlimm, dass du die in die frische Luft halten musst?" wollte Horst nun spaßeshalber wissen.

„Mann, stell' dich nicht so an. Ich habe nichts an meinen Füßen, eher mit meinem Bauch. Aber das weißt du doch, dass mir das heute nicht so gut geht. Und nun ist alles noch viel schlimmer geworden, jetzt sind noch Schmetterlinge in meinem Bauch dazu gekommen."

„Ick jeb dir'n juten Rat, mein lieba Walter, wenn du die Dame ansprichst, fall' bloß nich gleich mit der Tür ins Haus, sonst wird det nichts. Oder se springt gleich ins Wasser, um sich vor dir zu retten. Im Gejenteil zu mir sprichste je wenigstens hochdeutsch. Det kommt ja bei Frauen ooch besser an. Det siehste ja an mir. Deshalb finde ick ja ooch keene Frau, die zu mir passt und wenn, dann kann die nach ein paar Worten meinen Berliner Dialekt nich leiden oder findet sonst wat an mir, wat ihr nich passt und schon isse wieder weg. "

„Ich werde mir Mühe geben und deinen Rat befolgen", meinte Walter und war schon unterwegs zum vorderen Deck, als die *Queen Arendsee* gerade ablegte.

Dort auf dem vorderen Deck an der Reling stand sie. Walter erkannte sofort die junge Dame, die sein Herz höher schlagen ließ. Er dachte nur noch eins: *Wie wird sie reagieren, wenn ich sie anspreche? Und wie komme ich überhaupt mit ihr ins Gespräch bevor sie vielleicht das Weite sucht?* Sie trug tolle echte Jeans der Marke *Levis,* dazu eine blaue Lederjacke, die vorn geöffnet war und darunter eine weiße Bluse sichtbar werden ließ. Ihre bereits von weitem unverkennbaren halblangen blonden Haare flatterten leicht im Wind. Momentan schaute sie gedankenversunken auf das Wasser, um die in der Sonne wie Kristalle glitzernden Schaumkronen der Bugwellen des Schiffes zu verfolgen, die seitwärts zum Ufer hin ausliefen. Bei dem leicht aufkommenden Wind gab es auf der Wasseroberfläche des Arendsees nun noch mehr Wellen, die im Sonnenlicht weithin wie Diamanten funkelten.

Walter, der bisher immer ein bisschen zurückhaltend war, fasste jetzt allen Mut zusammen, als er sich ihr näherte. Diese Frau wollte er unbedingt kennen lernen.

„Die *Queen* fliegt über den Arendsee, Gischt schäumt um den Bug wie Flocken von Schnee…", rezitierte Walter in Abwandlung den Beginn des in der Schule gelernten Gedichtes, als er neben die Dame seiner Begierde trat. Sie fuhr erschrocken herum und starrte ihn einen Moment wie abwesend wie an. Dann wurde sie zunächst etwas verlegen und ihre Gesichtsfarbe rötete sich. Im nächsten Augenblick hatte sie sich wieder gefangen, bevor sie schlagfertig anlehnend an den bekannten alten deutschen Film „Die Feuerzangenbowle" antwortete: „Das ham' sie Schöler aber fein gelernt, setzen se sich!"

„Gestatten sie", reagierte Walter ebenso schlagfertig, „das würde ich gerne tun, aber ein Sitzplatz an ihrer Seite ist leider nicht vorhanden. Wie ich sehe, gibt es hier nur Stehplätze. Ist denn davon wenigstens einer hier an der Reling neben ihnen noch frei? Ich schaue nämlich auch so gerne aufs Wasser wie sie. Und sie seh'n im Augenblick bestimmt genauso was Schönes wie ich." Walter fiel nichts Besseres ein.

„Was soll ich denn ihrer Meinung nach im Wasser sehen?", wollte sie dann neugierig wissen.

„Na, Fische höchstwahrscheinlich nicht, aber ihr Spiegelbild. Und das ist etwas derartig Schönes. Das finde ich jedenfalls, trotzdem sie durch die eine oder andere Welle immer mal einen Augenblick lang verschwommen sind. Zugegeben in Natur mir hier so vis-á-vis sind sie natürlich viel schöner. Wenn ich ihre strahlenden ausdrucksvollen blauen Augen und dazu ihre genauso im Sonnenlicht strahlenden blonden Haare sehe, bin ich sowas von hin und weg, dass ich beinahe gar nicht mehr weiß, was ich überhaupt wollte", meinte Walter und verfiel vor Aufregung beinahe in seinen Berliner Dialekt. „Aber bevor ich weiter mit der Tür ins Haus falle, wie man so schön sagt, darf ich mich erst mal vorstellen? Mein Name ist Walter Haberkant. Ich stamme aus Berlin und ich bin hier sozusagen auf Tournee. Also nicht als Künstler, falls sie das jetzt denken. Nein, nein, ich bin nur mit Kollegen von meinem Betrieb heute und morgen auf großer Tour, rein zum Vergnügen. Wir machen immer um die Pfingstzeit unsere Betriebsfahrt. So, nun wissen sie fast alles über mich. Und jetzt sind sie dran? Verraten sie mir auch ihren Namen oder fahr'n sie vielleicht ständig hier vorn am Bug als Galionsfigur dieses Schiffes, der *Queen Arendsee* mit? Ich meine, die Queen sind sie für mich sowieso. Oder fahr'n sie nur so wie eine Meerjungfrau mit, um die Männerwelt verrückt zu machen, so wie mich?"

„Na, sie sind mir ja einer! Sie muss ich bestimmt nicht mehr verrückt machen. Sie sind es schon", machte sie sich lustig und lachte. „Ist ja man gut, dass sie selbst merken, wie sie gleich mit der Tür ins Haus fallen. So etwas habe ich ja noch nie erlebt", erwiderte sie gespielt brüskiert, denn sie fand den jungen Mann, der sich als Walter Haberkant vorgestellt hatte, nicht nur sehr nett und sympathisch. Es hatte bei ihr einfach Klick gemacht, als er wie aus dem Nichts an ihrer Seite an der Reling auftauchte, als sie gerade gedankenversunken auf die Bugwellen des Schiffes schaute. Es war ihre Liebe auf den ersten Blick. *Hoffentlich werde ich diesen netten, gutaussehenden und lustigen Mann wiedersehen können, dachte sie im nächsten Augenblick. Ein bisschen aufdringlich ist er schon, aber lustig.*

Trotzdem wollte sie ihn unbedingt wiedersehen. Im Moment versuchte sie, sich das nicht anmerken zu lassen und hörte Walter beinahe nicht zu, als er antwortete.

„Stimmt, ich bin nur einer. Das haben sie Gott sei Dank richtig erkannt. Wäre ja auch schlimm, wenn sie mich am hellerlichten Tag doppelt sehen würden. Und weil sie, wie sie sagen, sowas wie mich noch nie erlebt haben, fände ich es super, wenn sie die restlichen Stunden des heutigen Tages mit mir gemeinsam verbringen könnten. Es sei denn, zu Hause warten bei ihnen der Mann und ihre Kinder."

„So fragt man Leute aus. Vielleicht möchte ich das aber auch gar nicht. Sind sie immer so aufdringlich mit ihren direkten und plumpen Annäherungsversuchen? Was bilden sie sich überhaupt ein?"

„Ich denke nicht, dass ich eingebildet bin, aber ich bilde mir ein oder besser gesagt ich hoffe, dass sie meine Einladung für heute Abend annehmen, wenn ich sie jetzt ganz nett darum bitte. Sie gehen doch bestimmt heute auch zum Tanzabend, der in der *Wildgans* stattfindet, oder zum Schwoof, wie der Berliner sagt? Außerdem hab ich auch fürchterliche Angst, dass sie mir hier vorher noch über die Reling ins Wasser fallen oder springen und ich sie nie wiedersehen könnte. Deshalb fühl ich mich berufen, auf sie aufzupassen".

„Sie sind ja ein hartnäckiger Spaßvogel. Ich brauch' aber keinen Aufpasser und schwimmen kann ich auch, falls ich ins Wasser fallen sollte."

„In dem eiskalten Wasser kann man noch nicht schwimmen. Wie heißt es so schön? Eine Schwalbe macht bekanntlich noch keinen Sommer. Auch wenn das Wetter heute super schön ist. Wir haben jetzt erst Pfingsten. Also mit dem Schwimmen müssen wir alle noch ein bisschen warten", bemerkte Walter.

„Übrigens habe ich schon einen Aufpasser", sagte sie etwas

trotzig und versuchte ihn damit erst einmal los zu werden.

„Das ist mir egal. Selbst wenn sie verheiratet wären, würde ich warten, bis sie wieder geschieden sind. Aber ich weiß, sie haben heute sogar zwei Aufpasser hier, nämlich die zwei älteren Damen, mit denen sie an Bord gegangen sind."

„Woher wissen sie denn das? Haben sie mich ständig verfolgt und beobachtet? Sind sie Privatdedektiv oder einer von der Stasi?"

„Nein, weder noch. Aber mit ihren hellblonden Haaren, die im Sonnenlicht so herrlich glänzen, ist das doch kein Wunder, dass sie mir Gott sei Dank sofort aufgefallen sind. Und bei näherer Betrachtung hatte ich dann gleich Schmetterlinge im Bauch."

„Dann werde ich mir demnächst die Haare dunkel färben, damit sie nicht so geblendet und laufend von Schmetterlingen bekrabbelt werden", machte sie sich jetzt ein wenig lustig, obwohl sie den jungen Mann, der sich als Walter vorgestellt hatte, gar nicht so übel fand. Und deshalb wollte sie nicht unhöflich sein und verriet dann doch entgegen ihren Gepflogenheiten ihren Namen.

„Ich heiße übrigens schlicht und ergreifend Erika, Erika Bachmann und bin hier in der schönen Altmark zu Hause", meinte sie nun zu Walter gewandt.

„Sehr angenehm. Jetzt haben sie mich aber überrascht, denn ich habe nicht damit gerechnet, dass sie mir auch nur einen einzigen Buchstaben ihres werten Namens verraten. Aber trotzdem habe ich immer noch keine Antwort auf meine Einladung für den heutigen Abend", wiederholte Walter sein Anliegen und zuckte etwas zusammen, als er wieder einen stechenden Schmerz im Unterbauch empfand, ließ sich aber nichts anmerken.

„Na gut, wir können uns ja nachher noch treffen. Ich habe aber nicht viel Zeit. Ich fahre abends schon um 20.00 Uhr mit meiner

Mutter wieder nach Hause. Ich muss noch zum Dienst, bin wieder mit Nachtschicht dran."

„An so einem schönen Tag noch arbeiten und dann noch nachts? Ist das nachts nicht ein bisschen gruselig?" wunderte sich Walter, wollte aber nicht zu neugierig sein und fragen, welchen Beruf sie wegen der Schichtarbeit hatte.

„Aber ich freue mich riesig, dass sie meine Einladung angenommen haben. Wenn uns schon keine Zeit zum Tanzen bleibt, hoffe ich ganz stark, dass ich sie wenigstens zum Essen einladen darf. Wir können ja ins *Seglerheim* hier gleich um die Ecke der Schiffsanlegestelle gehen. Dann schaffen wir es wenigstens noch, bis um 20.00 Uhr in Ruhe zu Essen, sofern die Bedienung mitspielt. Ich muss nur noch mal schnell mit zur Pension *Wildgans*, unserm Quartier, zurück."

„Einverstanden. Es wird aber besser sein, wenn ich sie an der *Wildgans* mit dem Auto abhole, denn von dort sind es immerhin dreieinhalb Kilometer bis hier zur Anlegestelle. Zu Fuß dauert es sehr lange. Ich warte um 17.00 Uhr vor ihrer Pension auf sie. Aber pünktlich sein. So, nun muss ich mich aber wieder um meine Mutter und die Tante kümmern. Sonst denken sie womöglich noch, dass ich an einer Stelle über Bord gegangen bin. Außerdem legen wir gleich wieder an."

„Deshalb habe ich ja aufgepasst", meinte Walter etwas verschmitzt und lächelte „Ja und ich muss auch meinen Kollegen suchen. Also bis nachher und danke nochmals, dass sie meine Einladung angenommen haben", fügte er noch hinzu.

Als Walter endlich zu seinen Freund Host Klawitter auf dem Oberdeck zurückkehrte, war der ganz schön sauer. „Mensch, da biste ja endlich. Hätte ick mich ja auch gleich alleene an den Strand in die Sonne legen könn', als mir hier vor lauter Gram bei der frischen Brise auf hoher See een kaltes Bier nach dem anderen genehmigen zu müssen. Aber keene Bange, so schnell sind die hier ooch nich. Es waren nur zwee Bier."

„Horst, hör mal, ich muss dich heute Abend alleine lassen. Ich hab' nachher noch eine ganz wichtige tolle Verabredung, wenn wir hier vom Kahn runtergehen. Das war heute die schönste Schiffsfahrt meines Lebens, die ich nie vergessen werde", stellte Walter überschwenglich fest.

„Hab' mir so wat schon jedacht. Schon alleene, wenn du so feierlich Horst zu mir saachst und deine Augen dabei glänzen, als wenn Weihnachten wäre, dann steckt da immer wat janz Wichtiges dahinter oder du willst wat von mir. Aber ick bin ja Kummer mit dir jewohnt und gönn' dir dein Vergnüjen. Det ist bestimmt die ganz hellblonde Droscheriegermanin, die inne Sonne so jeleuchtet hat, wa?", fragte sein Freund.

„Ja, die meine ich, eine Traumfrau", schwärmte Walter.

„Na, dann will ick deinem Glück nich im Weje steh'n", meinte Hotte beinahe resigniert.

Zehn Minuten später legte der Dampfer wieder an. Sie waren nach der Rundfahrt mit der *Queen Arendsee* wieder dort angekommen, wo die Rundfahrt begann. Walter und Horst gingen zu den wartenden Bussen, die alle Kollegen zur Pension in den Ortsteil Zießau fuhren. Auf der kurzen Fahrt dorthin bekam Walter wieder Bauchschmerzen im Unterleib. Dieses Mal war es etwas heftiger. *Verfluchter Mist, Ausgerechnet heute muss det sein*, dachte Walter.

„Möchte nur wissen, was das ist", meinte er zu Hotte und griff sich mit der einen Hand an den Unterbauch, als sie im Bus saßen. „Ich habe schon wieder stechende Schmerzen in meinem Wanst. Hoffentlich wird das nachher nicht noch schlimmer, so wie letzte Nacht zu Hause."

„Det sind nur die Schmetterlinge, die du im Bauch hast", lästerte sein Kumpel Hotte.

„Schön wär's ja", meinte Walter und krümmte sich ein wenig

vor Schmerzen.

Nachdem sich beide ‚landfein' zum Ausgehen gemacht hatten, verließen sie kurz vor 17.00 Uhr ihr Zimmer und gingen die mit den Jahren etwas ausgetretene Treppe der alten Pension nach unten, sein Freund Horst Klawitter zu dem angesagten Betriebsvergnügen im großen Saal und Walter zu seinem Rendezvous mit Erika. Unten angekommen verabschiedeten sich beide vor der Rezeption und wünschten sich viel Spaß. Allein der Gedanke an sein Rendevous hatten zunächst seine Bauschmerzen erträglich werden lassen. Erika wartete bereits vor der Tür. Weil die beiden nicht im Blickfeld der anderen Kollegen sein wollten, fuhren sie zurück in das Restaurant *Seglerheim*.

„Wir können uns ja auf die Terrasse setzen bei den milden Temperaturen heute Abend", schlug Walter vor. Erika war sofort einverstanden. „Ach, das ist immer wieder schön hier mit dem Blick auf den See und den Bootshafen", meinte Erika begeistert. Walter wunderte sich. „Waren sie denn schon öfter hier?" „Ja, mit meiner Mutter und ihrer Freundin. Einmal war auch mein Vater mit dabei. Da haben uns mal Freunde meines Vaters mit ihrem Segelboot mitgenommen."

Auf der jetzt ruhigen Wasseroberfläche spiegelte sich der Abendhimmel mit der untergehenden Sonne in verschiedenen rötlichen und roten bis violetten Farbtönen und verkündete auch für den nächsten Tag wieder herrliches Sommerwetter. Das Spiegelbild wurde hin und wieder von den Bugwellen der letzten einlaufenden Boote unterbrochen, die an den wenigen freien Plätzen in dem kleinen Bootshafen vor Anker gingen und an den Pollern festmachten, während dabei die entstandenen leichten Wellen zum Ufer hin schwächer werdend ausliefen oder vom angrenzenden Schilfgürtel aufgefangen wurden.

„So schön wie es hier auch ist. In anderthalb Stunden müssen wir oder zumindestens ich schon wieder aufbrechen", gab sie Walter wiederholt zu verstehen und schaute dabei auf ihre Uhr am Handgelenk. Eigentlich hätte sie sich bei der wenigen Zeit gar nicht auf eine Verabredung einlassen sollen, aber sie fand Walter irgendwie auf seine direkte Art interessant und vor allem hatte sie sich Hals über Kopf in ihn verliebt. Ihr gefiel einfach alles an ihm.

„Ja leider, das ist schade", meinte Walter etwas traurig. „Unser Betriebsausflug ist morgen auch schon wieder zu Ende.", kamen seine Worte betrübt über die Lippen. Gleichzeitig war er froh, dass sich ihr Rendezvous nicht so lange ausdehnen würde. Ihn plagten jetzt immer stärker werdende Schmerzen, die bis in sein Bein ausstrahlten. Die Schmerzen waren kaum noch auszuhalten und zu unterdrücken. Manchmal rutschte er dabei unruhig auf seinem Stuhl hin und her. Ausgerechnet heute musste ihm so etwas passieren.

Auf der Terrasse des *Seglerheims* waren nur wenige Tische zu dieser Zeit am Abend besetzt, so dass die ohnehin flinke Bedienung keine Mühe hatte, alle Gäste zufriedenzustellen. Die junge schlanke Kellnerin mit einer hochgesteckten schwarzen wuschligen Lockenpracht und stark aufgetragenem Make-up steuerte auf den Tisch von Erika und Walter zu und brachte die Speisekarte, um gleichzeitig die Bestellung der Getränke entgegenzunehmen.

„Für uns beide bitte je einen Schoppen Rotwein", meinte Walter zur Kellnerin gewandt, aber Erika lehnte sofort ab. „Bringen sie mir bitte lieber einen Kaffee. Ich muss noch mit dem Auto nach Hause fahren". „Für mich dann bitte nur eine *Bitter Lemon*", meinte Walter daraufhin. Er wollte auf keinen Fall beim Abschied allein eine Alkoholfahne haben. Die Bedienung eilte nach drinnen, um die Getränke zu holen.

„Eigentlich hatte ich gedacht, in der uns verbleibenden kurzen

Zeit wenigstens noch mit einem Glas Rotwein auf unsere Bekanntschaft am heutigen Tage anzustoßen und vielleicht auf ein ‚Du'." Ausgerechnet in diesem Augenblick brachte die Kellnerin bereits ihre bestellten Getränke und störte auf diese Art und Weise.

„So ..., einen Kaffee für die Dame und die *Bitter Lemon* für den Herrn" und stellte beides vor ihnen auf den Tisch. „Darf es sonst noch etwas sein?"

„Wenn es schnell geht, würden wir gern noch eine Kleinigkeit zu essen bestellen", wandte sich Walter an die nicht sehr freundlich aussehende Kellnerin. „Was möchtest du?" fragte er Erika.

„Ich nehme einen *Hawaii Toast*", und schaute Walter wegen dem ‚Du' erschrocken an.

„Und für mich eine *Soljanka*. Aber nur wenn es schnell geht."

Die Kellnerin reagierte etwas schroff auf seine Bemerkung zur Bestellung und meinte: „Ich renne schon den ganzen Tag, da kann ich jetzt am Abend mit ihrer Soljanka nicht noch schneller sein".

„Wäre aber besser, denn sonst ist die Soljanka kalt, bis sie wieder hier sind", konnte sich Walter nicht zurückhalten.

Die Kellnerin sagte nur: „Seien sie froh, wenn ich ihnen überhaupt noch etwas bringe. Wir haben nämlich in exakt vier Minuten Küchenschluss und morgen haben wir Ruhetag. Gott sei Dank habe ich gleich Feierabend, dann muss ich nicht noch mehr derartiger Gäste wie sie bedienen", strafte ihn dabei mit einem strengen durchbohrenden Blich. Walter blieb keine Antwort schuldig.

„Sie sollen uns bitte nicht alles aufzählen was sie haben oder nicht haben, sondern nur das bringen, was ich bestellt habe."

Die Kellnerin verschwand wortlos wieder in die inneren Räumlichkeiten des Restaurants. Bereits fünf Minuten später traf sie mit der Bestellung ein.

„Na, geht doch", meinte Walter und hatte bei der Bezahlung ein kleines Trinkgeld für die Bedienung übrig. Die Kellnerin bedankte sich sogar dienstbeflissen.

Beim Essen kam Erika gleich auf das ‚Du' zurück, mit dem Walter sie bei der Bestellung angesprochen hatte.

„Wusste gar nicht, dass wir schon beim ‚Du' angekommen sind", meinte sie.

„Stimmt, wir wurden leider durch die Kellnerin in unserem Gepräch unterbrochen. Ich hatte es bereits vorgeschlagen, dass wir uns *duzen*. Da von dir oder ihnen keine Reaktion kam, nehme ich an, dass wir per du sind. Ist ja auch sehr viel angenehmer als so ein unpersönliches ‚Sie'. Brüderschaft können wir ja heute leider nicht trinken und das besiegelnde Küsschen zum Abschluss folgt später, wenn wir uns das nächste Mal treffen. Das hoffe ich jedenfalls." Erika gab sich geschlagen.

„Wenn du meinst, bleiben wir beim *Du*", meinte sie. Erika lächelte ihn an und sah ihn dabei einen Augenblick länger an als sie meinte: „Wie siehst du denn plötzlich aus", als sie sein schmerzverzerrtes Gesicht sah. „War das mit dem *Du* doch nicht in Ordnung? Habe ich etwas Falsches gesagt? Oder ist die Soljanka nicht in Ordnung?"

„Nein, nein, ich freue mich riesig. Aber deshalb verziehe ich bestimmt nicht mein Gesicht. Das gab eben nur wieder so einen Stich durch meinen Körper und hat mich an meine dauernden Bauchschmerzen erinnert. Ich glaube, wir müssen unser Meeting hier vorzeitig abbrechen. Du musst ja sowieso gleich los und ich schleiche mich zum Hotel in mein Zimmer zurück. Wäre aber schön, wenn wir uns in der nächsten Zeit mal unter günstigeren Vorzeichen als heute, ich meine, wenn es mir wieder besser geht, wiederseh'n könnten. Vielleicht darf ich dir

auch mal ein bisschen Berlin zeigen oder ich komm' wieder zu dir hierher in diese schöne Gegend", machte Walter einen Vorschlag. „Ich schreibe dir meine Adresse auf und die Telefonnummer auch. Meine Mutter, bei der ich immer noch wohne, ist ja in der glücklichen Lage, ein Telefon zu haben."
Erika, hatte ihn schon längst in ihr Herz geschlossen. Sie versuchte aber immer noch, sich nichts anmerken zu lassen. Den Gedanken, sich bald wieder zu sehen, fand sie jedenfalls nicht schlecht.

„Ich schreibe dir auch meine Adresse auf. Telefonisch bin ich leider nur auf meiner Arbeitsstelle im Krankenhaus zu erreichen. Zu Hause haben wir noch kein Telefon."

„Was, du arbeitest im Krankenhaus?", machte Walter ein erstauntes Gesicht. „Da komm' ich am besten gleich mit und lass' mich von dir gern behandeln. Ich halte auch ganz still, versprochen."

„Such mal lieber schnellstens einen Arzt auf. Der stellt eine richtige Diagnose. Besser ist es nämlich, damit wir uns bald gesund wiedersehenkönnen."

Nachdem sie ihre Adressen ausgetauscht hatten, meinte Erika, dass sie sich nun aber beeilen müsse und beide standen auf, um den schönen Platz auf der Terrasse der Gaststätte zu verlassen. Und wieder drückte sich Walter unbemerkt die Hand auf eine Stelle seines Unterbauchs. Die Schmerzen waren kaum noch zu ertragen.

„Ich fahre dich jetzt schnell zur Pension zurück. Wenn es noch schlimmer wird, musst du an der Rezeption Bescheid sagen und einen Arzt rufen lassen oder soll ich das gleich für dich tun, wenn wir ankommen?"

„Nein, Nein, lass mal. Ich mach' mich erst einmal im Zimmer auf meinem Bett lang. Wird schon wieder werden."

Walter versuchte, Erika zum Abschied noch im Auto zärtlich

in seine Arme zu nehmen. Dazu kam es aber dann doch nicht. Er gab ihr einen flüchtigen Kuss auf die Wange auf ein baldiges Wiedersehen. Lieber wäre ihm ein richtiger Kuss auf ihre sinnlichen Lippen gewesen. Dass es ein Wiedersehen schon sehr bald geben würde, konnten beide nicht ahnen.

Erikas Mutter wartete schon unruhig auf ihre Tochter und war froh, als sie endlich mit dem Auto zurück war. Nun platzten ihre Mutter und Tante Adelheid beinahe gleichzeitig vor Neugierde und wollten mehr wissen.

„Wer war denn der junge gutaussehende Mann an deiner Seite auf dem Schiff?" fragte ihre Mutter bevor ihr Adelheid zuvorkommen konnte, um eine ähnliche oder sogar die gleiche Frage zu stellen.

„Der junge Mann, den ihr gesehen habt, heißt Walter. Er hatte mich angesprochen und wir haben uns sehr nett unterhalten", antwortete Erika und wurde etwas verlegen und rot im Gesicht.

„Na, wie ich sehe, hat es dich aber ganz schön erwischt mein Kind, wenn du dich gleich noch für den Abend verabredet hattest und ihr eure Unterhaltung fortgesetzt habt."

„Ja, haben wir und stellt euch vor", bemerkte Erika zu Ihrer Mutter und Tante Adelheid etwas trotzig, „wir sind sogar schon per ,*Du*' und haben auch unsere Adressen ausgetauscht, weil wir uns nämlich möglichst bald wiedersehen möchten, um uns noch mehr zu unterhalten und…, und…, und…. Alt genug bin ich ja wohl."

„Ist ja schon gut. Wir wollten uns nicht weiter in deine Angelegenheiten einmischen sondern uns lediglich mit dir freuen", antwortete ihre Mutter und lachte.

Erika und ihre Mutter verabschiedeten sich darauf von Adelheid mit dem Hinweis, sich bald wiedersehen zu wollen.

„Das nächste Mal bringst du Heinz aber wieder mit", wandte sich Adelheid ihrer Freundin zu. „Ihm gefällt es doch hier am

Arendsee immer so sehr."

„Jetzt bist du erst mal dran, uns zu besuchen. Heinz ist sowieso schwer von seinem Grundstück wegzubekommen, um mal irgendwohin zu fahren", meinte Martha und stieg zu Erika ins Auto. Aus dem geöffneten Fenster winkten beide noch einmal und hupten kurz, bevor sie um die nächste Ecke fuhren.

„Was ist denn nun mit deiner neuen Bekanntschaft? Meinst du, dass es schon der Richtige wäre?" fragte Erikas Mutter erneut während der Fahrt nach Seehausen. Erika errötete leicht.

„Das weiß ich doch nach dem ersten Tag auch noch nicht. Ich finde ihn jedenfalls sehr nett und attraktiv. Leider ging es ihm am Abend nicht sehr gut, als wir uns verabschiedet haben. Hoffentlich ist es nicht etwas Schlimmes. Wir wollen uns auf jeden Fall wiedersehen".

„Na, da bin ich gespannt, ob das mit euch beiden etwas wird", entgegnete ihre Mutter und damit war das Gespräch beendet, während sich Erikas Gedanken weiterhin nur um Walter drehten.

Der Krankenhausaufenthalt

Walter schleppte sich unterdessen nachdem er aus Erikas Auto ausgestiegen war in etwas gekrümmter Haltung wieder in die Pension *Wildgans* zurück. Die Schmerzen im Unterbauch waren unerträglich. Schweißperlen standen auf der Stirn seines blassen Antlitzes, als er sich an der Rezeption nach einem Arzt erkundigte, der zu dieser Zeit eventuell Bereitschaft hatte.

„Sie sehen aber schlecht aus", stellte die Dame fest, die gerade ihren Spätdienst begonnen hatte und Walter in etwas gekrümmter Haltung vor sich stehen sah. „Ich rufe sofort sicherheitshalber den Bereitschaftsdienst, damit der Arzt mal nach Ihnen schaut. Gehen sie bitte auf ihr Zimmer. Ich schicke den Arzt zu ihnen."

„Danke", murmelte Walter und schlich die Treppe rauf. Als er das Zimmer mit der Nummer 7 erreicht hatte, ging die Tür auf und sein Freund und Kollege Horst Klawitter kam gerade heraus, um wieder nach unten zum gemütlichen Beisammensein ihrer Firma zu gehen.

„Mensch Alter, wat is los mit dir. Du siehst aus, als wenn sie dir den Laufpass jegeben hat. Oder machen dir die vielen Schmetterlinge im Bauch immer noch zu schaffen?" flachste Hotte.

„Man, hör bloß auf", stöhnte Walter, „mir geht es im Augenblick ganz beschissen. Ich kann ja mein Bein gar nicht mehr hochheben, ohne dass ich wahnsinnige Schmerzen habe. Die haben unten an der Rezeption bereits einen Arzt gerufen. Der wird gleich hier sein. Deshalb mach ich mich erst mal auf meinem Bett lang. Wenn es schlimmer wird, kannst du ja bei mir zu Hause mal meine Mutter anrufen, dass ich ein paar Tage später nach Hause komme. Und sie soll sich keine Sorgen machen. Und dem Alten kannst du ja unten beim Vergnügen gleich Bescheid sagen, dass mir das heute so gut gefällt, dass ich den Betriebsausflug auf unbestimmte Zeit verlängere."

„Mensch Alter, jetzt machste mir aber richtich Angst. Ist doch selbstverständlich, dass ich det mache", erwiderte Horst Klawitter ganz besorgt.

Etwa fünfzehn Minuten später trafen der Notarzt und ein Rettungswagen ein. Die Untersuchung dauerte nicht lange, denn schnell stand die Diagnose fest. Es handelte sich um eine akute Appendizitis, eine Blinddarmentzündung, die sofort operiert werden musste. Dann ging alles ganz schnell. Mit Blaulicht und Martinshorn wurde Walter auf schnellstem Wege zum Diakoniekrankenhaus nach Seehausen gebracht, denn seine Blindarmentzündung hatte sich entsprechend der Diagnose des

Arztes bereits lebensbedrohlich entwickelt. Es handelte sich höchstwahrscheinlich um einen Durchbruch.

Das Diakoniekrankenhaus in Seehausen wurde verständigt und bereits alles für eine notwendige OP vorbereitet. Nach einer kurzen Untersuchung per Ultraschall wurde Walter nach kurzem Gespräch mit der Anästhesistin sofort in Narkose versetzt. Es drohte von dem Durchbruch eine Sepsis. Die Operation verlief dadurch wider erwarten sehr kompliziert und der Patient Walter Haberkant musste zunächst ins künstliche Koma versetzt werden, um seinen Körper zu entlasten und die medizinische Behandlung zu erleichtern.

Nach vier Tagen Langzeitnarkose wurde allmählich die Aufwachphase eingeleitet. Langsam wachte er nach dieser Zeit des Tiefschlafs in einem Raum der Intensivstation aus der Narkose auf und nahm eine für ihn noch entfernte Stimme wahr: „Herr Haberkant wird langsam wach."

Eine Schwester hantierte noch mit einigen Geräten herum und eine weitere kam dazu, um sich um den frisch operierten Patienten abzuholen und in einen anderen Raum der Intensivstation zuverlegen. Walter Haberkant nahm zunächst nur den Geruch von einem Desinfektionsmittel war und dass er sich zunächst in einem Raum befand, dessen Wände gefliest waren. Als sich die zweite Schwester ihm zuwandte und etwas über ihn beugte, konnte er ihr Gesicht sehen.

„Erika???", flüsterte Walter ungläubig, denn durch die notwendige Intubation während der OP und danach, konnte er kaum sprechen und war durch die eingesetzten Narkosemittel immer noch etwas benommen. „Schwester, du bist doch meine Erika, die ich heute kennengelernt habe oder träume ich hier noch im Wachkoma. Leider sind die schönen blonden Haare alle unter der Haube versteckt, so dass mein trüber Blick nicht gleich die richtige Peilung hatte."

„Du hast mich richtig erkannt. Aber wir haben uns bereits vor vier Tagen am Arendsee kennengelernt. Du wurdest für die kritische OP mit der Narkose vier Tage ins künstliche Koma versetzt. Und ich arbeite hier. Hast mir einen ganz schönen Schrecken eingejagt, als ich mitbekommen habe, dass sie dich mit Tatütata hier eingeliefert haben. Verfolgst du deine weiblichen Bekanntschaften immer so schnell mit einem Rettungswagen?"

„Mir war nach unserem Abschied am Abend so langweilig und traurig war ich auch. Der Notarzt hat gleich die richtige Diagnose gestellt und erkannt, dass ich das alles ohne dich gar nicht aushalten kann. Da hat er mir, gleich so eine Art Rettungstaxe mit Blaulicht bestellt, damit ich hierher fahren konnte, um mein nettes Karbolmäuschen zu suchen, das ich gerade kennenlernen durfte. Na, hat ja Gott sei Dank auf diese tragische Art und Weise geklappt. Und die OP habe ich in deiner Nähe auch irgendwie gut überstanden. Bist eben doch mein Schutzengel."

„Irgendwie ist gut. Die OP war ganz schön kompliziert. Aber kaum bist du wach, hast du schon wieder große Sprüche drauf. Ich merke schon, dir geht es Gott sei Dank langsam wieder besser. So, jetzt bringe ich dich aber erst einmal hier auf der Intensivstation in einen anderen Raum. Ein paar Tage musst du noch hier bleiben."

„Bei deiner persönlichen Pflege bleibe ich gerne hier. In diesem Bett hast du neben mir auch noch Platz. Das ist breit genug."

„Das hättest du wohl gerne. Wir sind hier aber im Krankenhaus und nicht zu Hause oder in einem Hotel."

Einen Augenblick später schob sie ihn mit seinem Bett in ein helles Zwei-Bett-Zimmer zum Fenster und schloss ihn an die notwendigen Apparaturen an. Er war hier allein. Das andere Bett war noch nicht belegt. Auch hier war wie überall im Krankenhaus ein leichter Geruch von Desinfektionsmitteln wahrzunehmen. Schwester Erika, sein Karbolmäuschen, wie Walter sie scherzhaft nannte, schob noch den Geräteständer mit dem Tropf neben sein Bett und schloss diesen an seinem Arm an dem vorgesehenen Zugang an.

„Walter, ich muss wieder weiter. Wenn etwas Dringendes ist, die Klingel ist neben deinem Bett am Kopfende. Aber bitte nicht dauernd rufen. Ich habe noch viele Patienten."

„Werde mir Mühe geben. Aber wenn du hier bei mir bist, werde ich schneller gesund", gab Walter zu bedenken.

Erika beugte sich schnell zu Walter runter und gab ihm einen flüchtigen Kuss auf die Stirn.

„Schlaf jetzt erst einmal nach den letzten anstrengenden paar Tagen. Wenn ich heute Feierabend habe, schau ich noch mal rein", meinte Erika und war schnell zur Tür hinaus, bevor Walter noch antworten konnte. Noch musste er unbedingt im Bett liegen bleiben. Ihm war augenblicklich bange, dass er Erikas Dienstschluss verpassen würde, wenn er schliefe und versuchte sich wach zu halten. Dann hatte ihn die Müdigkeit aber doch übermannt. Erika schaute noch einmal nach ihm, machte ihn aber nicht wach.

Am Wochenende besuchte ihn seine Mutter auf der Intensivstation. Sie hatte die lange Bahnfahrt von Berlin auf sich genommen, denn sie war sehr besorgt um ihren Sohn.

„Ich war ganz schön erschrocken, als Horst Klawitter anrief und mir sagte, dass du plötzlich ins Krankenhaus musstest. Ich soll dir übrigens von ihm und auch von deinen Kollegen schöne Grüße bestellen. Sie wünschen dir gute Besserung", meinte seine Mutter. Sie hatte seine Reisetasche mitgebracht und holte aus dieser eine große Tüte heraus. „Hier, ich habe dir noch etwas Wäsche und ein Hemd mitgebracht. Das wirst du ja bald brauchen können, wenn du wieder aufstehen darfst. Ich lasse die Sachen in der Tasche."

„Danke, Mama, bitte stell' die Tasche hier rechts in meinen Schrank." Walter zeigte dabei mit seiner Hand Richtung Schrank in der Ecke.

Im nächsten Augenblick ging die Tür auf und Schwester Erika, Walters Erika, kam herein, um nach dem Rechten zu sehen und Blutdruck zu messen. „Oh, ich sehe, du hast Besuch!"

„Ja, darf ich dich trotzdem in dieser ungewöhnlichen Situation vorstellen? Mama, das ist Erika, meine ganz liebe Bekannte. Wir haben uns bei einer Rundfahrt auf dem Arendsee vor einer Woche bei unserem Betriebsausflug auf der *„Queen Arendsee"* kennengelernt. Sie hat sich bereit erklärt, deinen Sohnemann gesund zu pflegen." Und weiter meinte Walter dabei auf seine Mutter deutend: „Erika, das ist meine Mutter, bei der ich in Berlin immer noch wohne und mich gern ein bisschen von ihr verwöhnen lasse. Sie ist sozusagen die Chefin vom *Hotel Mama.*"

Die beiden Damen reichten sich die Hand und Erika meinte: „Nett, sie kennenzulernen. Leider sind die Umstände nicht so glücklich. Aber das kriegen wir hier schon wieder hin."

„In meiner Situation kann ich mich hier im Krankenhaus bei Erikas persönlicher Pflege gar nicht glücklicher fühlen", redete Walter dazwischen und seine Mutter musste nun doch lachen. „So einen Unsinn redet er öfter", sagte Erika und wurde ganz verlegen. Sie hatte inzwischen den Blutdruck gemessen. „Gott sei Dank ist dein Blutdruck trotz meiner Nähe im normalen Bereich geblieben", konterte sie jetzt. Sie verabschiedete sich mit den Worten: „So, ich muss wieder weiter." Im Nächsten Moment war sie auch schon zur Tür hinaus.

Die Zeit verging ohne weitere Komplikationen und Walters Genesung machte zunehmend Fortschritte. Nach etwa zehn

Tagen wurden der Tropf von dem gelegten Zugang am Handrücken sowie der Blasenkatheter entfernt. Die Drainage mit dem bis zu diesem Zeitpunkt abfließenden blutigen Sekret konnte kurz darauf ebenfalls entfernt werden. Nach weiteren fünf Tagen wurden die Klammern an der Narbe entfernt. Der Heilungsprozess machte gute Fortschritte.

Am Tag der Entlassung wartete Walter am Vormittag schon ungeduldig auf seine Entlassungspapiere mit dem Arztbericht für seinen Arzt in Berlin, denn Walter wurde von Erika, die zwei freie Tage hatte, mit dem Auto ihrer Eltern abgeholt. Walter war noch weiterhin krankgeschrieben und deshalb musste er nicht sofort nach Berlin zurückfahren. Erika wartete schon vor dem Eingang. Walter umarmte sie zur Begrüßung und gab ihr überraschend ein Küsschen auf die Wange. Erika ließ ihn gewähren, obwohl sie hier von den Kolleginnen gesehen werden konnte. Das war ihr aber in diesem Moment egal, denn als Walter ganz nahe war und ihre Lippen sich zu einem langen Kuss berührten, schloss sie die Augen. In diesem Augenblick wusste sie, dass nichts anderes außer Walter auf der Welt von Bedeutung war. Kurze Zeit später, als sich beide auf dem Krankenhausgelände irgendwie beobachtet fühlten und wieder voneinander gelöst hatten, schlenderten sie Hand in Hand zum Auto.

„Wo wollen wir denn jetzt überhaupt hinfahren? Vielleicht an den Arendsee, dahin, wo alles so schön angefangen hat?" wollte Walter wissen. „Wir können uns ja ein Zimmer in der Pension *Wildgans* nehmen."

„Ich habe bereits ein besseres und preiswerteres Zimmer gebucht. Das ist nämlich in der Straße Am Schillerhain bei mir zu Hause. Meine Eltern warten schon ganz ungeduldig darauf, dich kennenzulernen."

„Mensch Erika, das ist ja von dir lieb gemeint. Aber wo ich

mich im Moment so klapprig auf meinen Beinen fühle. Da kriegen deine Eltern eher einen Riesenschreck, wenn sie so eine mickrige Gestalt wie mich im Moment zu seh'n bekommen. Und erschrecken möchte ich sie nun wirklich nicht. In drei Tagen muss ich erst einmal nach Berlin zurück. Bis dahin kann ich mir ja hier in Seehausen eine Unterkunft suchen. Das wird doch hier irgendeine Absteige von Hotel oder eine Pension geben, wo ich bleiben kann und wir können tagsüber ein bisschen spazieren geh'n oder was anderes unternehmen. Danach muss ich leider erst mal wieder nach Hause. Meine Mutter wartet schon auf ihren Sohnemann und bei meinem Arzt in der Poliklinik muss ich mich auch sehen lassen."

„Ja, und diese drei Tage bleibst du bei uns. Basta! Meine Eltern freuen sich, dich kennenzulernen. Und mich kennst du ja schon ein bisschen."

„Danke für dein Angebot. Wenn das mal gut geht, einen Obdachlosen wie mich momentan beherbergen zu wollen. Na gut, ich gebe mich ja schon geschlagen und ziehe bei euch ein, jedenfalls für die drei Tage, wenn ich darf."

„Na, dann können wir ja endlich zu uns nach Hause fahren. Meine Mutter wird schon mit dem Essen warten", sagte Erika erleichtert.

„Aber vorher musst du noch an euerm Dorfkonsum oder Lebensmittelladen von der HO halten, damit ich wenigstens ein paar Pralinen als Willkommensgruß dabei habe. Blumen wird es ja hier auch nicht geben außer als Gänseblümchen auf der Wiese, wie überall in diesem gelobten Land."

Bei dem kurzen Zwischenstopp zur Beschaffung einer kleinen Aufmerksamkeit für die Eltern hatten sie sogar Glück. Außer den Pralinen für Erikas Mutter konnte Walter für den Vater durch Zufall sogar eine Flasche *Rosenthaler Kadarka* erhaschen, einen lieblichen Rotwein, der normalerweise überall in der DDR nur als sogenannte Bück-dich-Ware selten zu ergattern war. Dann steuerte Erika ihr zu Hause in der Straße Am Schillerhain an.

„Man, habt ihr'n großes Haus", staunte Walter. „Wohnt ihr hier ganz allein?"

„Nein, oben ist noch vermietet. Die Leute wollen aber wohl in zwei Jahren endlich ausziehen. Meine Eltern haben Eigenbedarf angemeldet, damit ich in die obere Wohnung mit oder ohne Partner einziehen kann. Wäre ja immerhin möglich, dass wir beide hier einmal zusammen einziehen", erklärte Erika lachend.

Gerade als Walter antworten wollte, dass er von seinem Berlin nie wegziehen würde, wurde die Haustür geöffnet und Erikas Mutter kam den beiden mit einem Lächeln im Gesicht den Weg zum Gartentor entgegen. „Guten Tag und herzlich willkommen. Ich nehme an, sie sind Walter, der junge Mann aus Berlin, von dem uns Erika schon einiges berichtet hat. Aber nur Gutes, möchte ich betonen, aber auch von ihrem Zwangsaufenthalt hier bei uns im Krankenhaus", wandte sie sich zu Walter.

„Guten Tag", kam Walter jetzt zu Wort. „Darf ich ihnen als Dankeschön für die Einladung und statt Blumen etwas Süßes überreichen?" Mit diesen Worten überreichte er die Schachtel Pralinen. Heinz Bachmann empfing ihn, als sie bereits im Korridor anlangten, wie einen guten Bekannten.

„Treten sie ein junger Mann und fühlen sie sich wie zu Hause. Ich bin Erikas Vater, wie sie sicher vermutet haben. Schön, sie kennenzulernen."

„Guten Tag", stammelte Walter. „Möchte nicht versäumen, mich auch bei ihnen zu bedanken, dass ich hier noch drei Tage nach meinem unverhofften Krankenhausaufenthalt bleiben darf. Als Dankeschön möchte ich ihnen deshalb ein Fläschchen eines in diesem Lande seltenen Tropfens, einen *Rosenthaler Kadarka* überreichen?"

Erikas Vater bedankte sich erfreut und lachte. „Danke, unter welchem Ladentisch haben sie denn diesen lieblichen Rotwein gefunden und kaufen können? Etwa hier bei uns in Seehausen?"
„Ja, ja, das war ein Zufall und ein bisschen Glück."
„So, jetzt darf ich aber erst einmal zum Mittag bitten, sonst wird noch das Essen kalt", forderte Martha Bachmann alle auf, im Wohnzimmer Platz zu nehmen. Sie hatte den Tisch bereits gedeckt. Erikas Mutter hatte extra einen Schweinebraten mit Mischgemüse zum Mittag gemacht, der allen sehr gut schmeckte und es wurde mit einem Gläschen Wein auf Walters Gesundheit angestoßen.

Eine Unterhaltung kam am Mittagstisch zunächst zögernd in Gang. Dabei wurde zunächst noch einmal seine Krankheit angesprochen. Und dass er viel Glück hatte.

„Stimmt", musste Walter beipflichten, als er über die letzte Zeit seit Pfingsten nachdachte, „ich hatte derart viel Glück, dass ich alles noch gar nicht richtig fassen kann. Zuerst lerne ich ihre liebenswerte Tochter Erika kennen, die für mich meine Traumfrau bedeutet und dann ist der Totengräber mit mir gnädig und lässt mich von seiner Schippe hopsen, damit ich mein Leben mit Erika vielleicht weiter zusammen sein darf. Wenn das kein Glück ist. Aber jetzt wird es langsam Zeit, dass ich wieder arbeiten gehen kann, denn es fehlen nur noch drei Wochen, bis ich meinen sechswöchigen SV-Urlaub, das heißt den bezahlten *Sozialversicherten-Urlaub* geschafft habe. Die Kollegen werden auf der Baustelle bereits auf mich warten und mich schon auf die Vermisstenliste gesetzt haben".

„Ach, sind sie Maurer oder Putzer von Beruf?", fragte Erikas Vater interessiert. „Nein, ich bin Sanitärklempner. Ich bin sozusagen der Brigadier oder Polier von meiner kleinen Truppe, Kollektiv sagt man ja", bekam er zur Antwort. Das fand Heinz Bachmann sehr interessant, dass Walter einen handwerklichen

Beruf gelernt hatte und als Sanitärklempner arbeitete.

„Handwerk hat eben immer goldenen Boden", stellte Heinz Bachmann wiederholt fest. „Ich arbeite hier im Ort in der MTS, der Maschinentraktorenstation, als Schlosser. Vorher hieß der Betrieb MAS, Maschinenausleihstation. Aber besser wurde nichts. Wer weiß, wie das weitergeht. Da muss wegen des ständigen Mangels an Material viel improvisiert werden."

„Möchte noch jemand etwas Fleisch und Soße? Walter, langen sie zu. Mischgemüse ist auch noch da", unterbrach Martha Bachmann die Unterhaltung der Männer und forderte zum Essen auf.

„Danke, nein", meinte Walter. „Ich muss mich erst wieder langsam an die gute Hausmannskost gewöhnen nach dem verabreichten Essen im Krankenhaus."

„Na, so schlecht ist ja die Verpflegung bei uns dort auch nicht", meldete sich Erika.

„Sie sprachen gerade vom Materialmangel in ihrem Betrieb", wandte sich Walter Erikas Vater zu. „Ich glaube, das ist in vielen Betrieben in diesem sozialistischen Land ein Problem. Materialmangel ist bei uns auf der Baustelle gang und gäbe. Manchmal müssen wir schon mittags mit der Arbeit pausieren, weil wir auf weiteres Material warten müssen, wie zum Beispiel Fittinge", berichtete Walter.

„Ähnlich verhält es sich bei Reparaturarbeiten hier am Haus. Das Haus ist Baujahr 1925. Wir können ja nach dem Essen einmal alles in Augenschein nehmen. Oder besser Erika zeigt Ihnen Haus und Garten. Ich bin zwar nach dem Essen wieder draußen, aber auf dem Schuppendach zu finden", setzte Erikas Vater die Unterhaltung fort.

„Aber erst gibt es noch ein Dessert", verkündete Erikas Mutter und war schon auf dem Weg in die Küche.

„Mein Gott, werde ich verwöhnt. Wie soll ich das nur wieder

gut machen?"

Nach dem Essen zeigte Erika erst einmal das Zimmer, das auch als Gästezimmer in der Wohnung diente und in dem Walter die nächsten zwei Nächte schlafen konnte. Und sie zeigte ihm auch ihr großes Domizil in diesem Haus. In diesem hellen freundlichen Zimmer hätte Walter die nächsten zwei Nächte lieber zusammen mit Erika verbracht, was ihm leider nicht vergönnt war.

Die anschließende Besichtigung des großen Gartens war für Walter sehr beeindruckend, wenn er einen Vergleich zu ihrem überschaubaren Kleingarten in Berlin ziehen wollte. Draußen roch es nach Teer. Erikas Vater war gerade dabei, das Dach des Schuppens mit neuer Pappe zu bekleben. Am meisten war Walter von dem vorbeifließenden Flüsschens namens *Aland* unmittelbar hinter dem Grundstück beeindruckt.

„Da habt ihr ja ein richtiges Wassergrundstück. Das ist ja beinahe, als wenn in Berlin die Spree vorbeifließen würde, allerdings etwas schmaler", kommentierte er staunend diese Situation. „Es ist alles wunderschön anzuschauen, aber wenn ich das so sehe, grinst einem an jeder Ecke des Grundstücks und des Hauses die Arbeit an, um das alles in Schuss zu halten."

„Freut mich, dass es dir hier bei uns in Seehausen gefällt. Und wenn du das nächste Mal kommst und wieder richtig gesund und bei Kräften bist, können wir durch den Ort spazieren gehen, sogar an unserem reißenden Fluss entlang, wie wir manchmal scherzhaft den *Aland* nennen, der ein Stück durch den Ort fließt", schlug Erika vor.

„Gerne, aber jetzt bist du erst einmal dran, mich zu besuchen, damit ich dir ein bisschen von Berlin zeigen kann", entgegnete Walter. Er wäre zugern noch länger geblieben.

Am dritten Tag verabschiedete sich Walter von Bachmanns und bedankte sich für die herzliche Gastfreundschaft. Erika brachte ihn zum Bahnhof. Schweren Herzens nahm er von ihr vorübergehend Abschied und drückte sie dabei ganz fest an sich als Erika ihn umarmete. So verharrten sie einen Augenblick bis zur Ansage des kurz darauf einfahrenden Zuges. Dann gab es noch einen längeren lieben Abschiedskuss und beide mussten zwangsläufig voneinander lassen.

„Danke noch einmal für alles", sagte Walter und hatte dabei das Gefühl, einen Kloß im Hals zu haben, als er in Erikas Augen aufkommende Tränen sah. Als das Abfahrtssignal ertönte und sich der Zug langsam in Bewegung setzte, lehnte sich Walter weit aus dem Fenster und konnte so noch einen Augenblick Erika mit ihren leuchtenden blonden Haaren auf dem Bahnsteig winkend sehen. Der Zug brachte ihn von Seehausen zunächst bis Magdeburg, wo Walter nach Berlin umsteigen musste. Erst später hatte er dann eine wesentlich kürzere Verbindung gefunden, die über Wittenberge führte.

Viele Gedanken gingen ihm während der Fahrt durch den Kopf. Er schaute wie im Traum aus dem Fenster ohne dabei die vorbeiziehende schöne Landschaft wahrzunehmen. Es war inzwischen bereits Anfang Juni, wo sich die Wiesen und das Laub an den Gehölzen noch in frischem Grün zeigten und die Blüten auf den Rapsfeldern weithin in sattem Gelb leuchteten. Seine Gedanken waren nur bei Erika. Hatte er nun endlich die Frau seines Lebens gefunden? Jedenfalls war Erika mit ihrer Ausstrahlung und unvergleichlich zärtlichen Warmherzigkeit das ganze Gegenteil zu Cornelia, von der er sich ein halbes Jahr zuvor getrennt hatte. Cornelia Mertens oder auch Conny, wie sie von ihm und anderen Freunden und Bekannten genannt wurde, war sehr nett, aber sehr burschikos, was letztendlich auch zur Trennung voneinander führte. Er hatte sie flüchtig bei einer Veranstaltung an der Regattastrecke in Grünau kennengelernt und mit ihr auch einige Fahrten mit einem Kanadier bis nach

Schmöckwitz unternommen. Jetzt war er froh darüber, dass er Erika kennengelernt hatte. Er konnte sich durchaus vorstellen, mit ihr zusammen alt zu werden.

Der Zug fuhr fast pünktlich im Berliner Ostbahnhof ein. Von hier waren es nur noch ein paar Stationen mit der S-Bahn bis nach Adlershof und von dort noch knapp 10 Minuten Fußweg bis zu seinem zu Hause in der Florian-Geyer-Straße. Seine Mutter wartete schon sehnsüchtig. „Da bist du ja endlich. Ich hab' schon gewartet. Komm rein!" rief sie freudig als sie die Tür auf sein Klingelzeichen hin öffnete. „Schneller fuhr der Zug leider nicht, Mama", sagte Walter und stellte seine Reisetasche im Korridor ab. Dann lagen sich beide in den Armen. Die Wiedersehensfreude war groß. Walters Mutter war froh, dass ihr Sohn alles gut überstanden hatte und sie sich beim Abendbrot nun wieder mit ihm unterhalten konnte Sie wollte natürlich unbedingt etwas über seine neue Bekanntschaft in der Altmark erfahren.

„Da gibt's eigentlich nicht viel zu erzählen. Für mich ist Erika meine Traumfrau, die ich mal heiraten möchte, um mit ihr gemeinsam alt zu werden und bis ans Lebensende zusammen zu sein. Vorausgesetzt, sie will es überhaupt. Das hoffe ich jedenfalls. Du hast ja mein liebes Karbolmäuschen in meinem Zimmer im Krankenhaus kurz gesehen, leider nur in ihrer Tracht als Krankenschwester. Ich betrachte sie außerdem als meinen Schutzengel. In zivil sieht sie natürlich viel, viel schöner aus. Was soll ich sagen, ich bin von ihr einfach begeistert. Und dann auch ihre Gastfreundschaft und die ihrer Eltern, einfach umwerfend. Ich hoffe, dass du zu ihr auch so nett bist, als wenn es deine eigene Tochter ist und du dich nicht gleich als böse Schwiegermutter in spe aufführst. Du wirst sie ja in vierzehn Tagen näher kennenlernen, da kommt sie nämlich nach Berlin mich besuchen."

„Ich werde mir Mühe geben", versicherte ihm seine Mutter.
„Das freut mich für dich. So, wie du von ihr schwärmst, scheint es ja wirklich die Richtige zu sein. Schwärmt Erika von dir genauso?"
„Na, das denke ich schon, dass sie mich mag. Das glaube ich jedenfalls".
„Dann ist es ja gut, dass du mir gleich sagst, dass wir Besuch bekommen, damit ich das kleine Zimmer herrichten kann."
„Kannst du ja machen, aber eigentlich brauchen wir nur mein Zimmer."
„Na du gehst ja ran", staunte jetzt seine Mutter und lachte.
„Dann wirst du ja endlich mal dein Zimmer aufräumen und beim Saubermachen helfen. Sonst wird sie bestimmt gleich vom Glauben abfallen, wenn sie das Chaos bei dir sieht."
„Ich werde jetzt erst einmal bei ihr im Krankenhaus anrufen, dass ich gut zu Hause angekommen bin. Sie hat ja heute wieder Spätschicht. Walter ging zum Telefon im Korridor und wählte die Nummer des Krankenhauses in Seehausen. Es war die Nummer, die ihm Erika bei ihrer ersten Begegnung am Arendsee gegeben hatte. Es dauerte einen Augenblick, bis er endlich ihre Stimme hörte.
„Diakonie Krankenhaus, Station Innere, Schwester Erika."
„Hallo Erika, hier ist Walter. Wollte mich nur mal kurz melden, um wenigstens deine Stimme zu hören. Ich bin wieder gut zu Hause gelandet, dass heißt, ohne dich bin ich eher schlecht angekommen."
„Ganz so schlimm wird's hoffentlich nicht sein. Das ist aber nett von dir, dass du anrufst. Nun weiß ich wenigstens, dass du also wieder zu Hause angekommen bist."
„Ja, schweren Herzens. Ist mir ganz schön schwer gefallen, ohne dich los zu fahren. Lass dir die Spätschicht nicht zu lang werden. Ich freue mich schon riesig, wenn du in vierzehn Tagen

nach Berlin kommst. Vorher telefonieren wir aber noch einmal. Bis dahin denk bitte immer daran, ich habe dich sehr lieb."
„Ich dich auch, Walter. Bis bald!" Damit war das Gespräch beendet.
Die nächsten zwei Wochen bis zum Wiedersehen mit Erika vergingen für Walter viel zu langsam. Neben verschiedenen wichtigen Terminen, die er wahrnehmen musste, waren im Kleingarten kleine Reparaturarbeiten zu erledigen, wie zum Beispiel die Regenrinne am Laubendach.
„Mensch Alter, da bist du ja wieder", rief sein Freund Horst Klawitter freudig vom Nachbargrundstück rüber, als er Walter erblichte. „Det wurde ja ooch langsam Zeit, dass du wieder hier bist. Ick hab' mir hier draußen in unserer Anlage alleene schon langsam jefürchtet und mich mit mir selbst unterhalten. Aber nun erzähl' du erst mal, wie es dir nach der für dich verkorksten Betriebsfahrt am Arendsee ergangen ist. Det sind ja schon wieder über drei Wochen her. Aber komm, ick mach uns erstmal 'ne Flasche Bier uff." Mit gleichem Atemzug entkorkte er zwei Flaschen Pilsner Bier. „Wann kommste denn wieder arbeiten? Die Kumpel warten schon alle und fragen mich dauernd. Mit der Arbeit in dem eenen Wohnblock am Stellingdamm sind wa fertich und haben jetzt in dem daneben liejenden Block angefangen. Und wann kommste nu wieder?"
„Nächsten Mittwoch muss ich noch mal zum Doktor und dann werde ich wohl wieder arbeiten müssen und bei euch sein. Übrigens, so sehr verkorkst, wie du dachtest, fand ich die Fahrt an den Arendsee gar nicht, denn ich habe dabei die Frau meines Lebens gefunden."
„Dann wird det ja momentan eine schlimme Zeit mit dir, wenn du wie ein röhrender Hirsch in der Brunftzeit durch die Jegend rennst und mich kaum noch kennst."
Walter musste seinem Kumpel nun erst einmal haargenau über

alles berichten. Immer wieder schwärmte er dabei von seiner Erika.

„Ick merke schon, so bejeistert, wie du von deiner neuen Braut erzählst, wirste jar keene Lust mehr haben, mit mir rudern zu jeh'n", meinte sein Freund Hotte nach einer Weile beinahe resigniert.

„Quatsch. Vielleicht findet Erika ja auch Spaß am Rudern", meinte Walter.

„Wie soll denn det funktionier'n? Kannste mir det mal erklär'n? Drei Mann, det heißt, zwee Mann und eene Frau im Doppelzweier. Deine Braut wird wohl mit dir eher een andern Spaß haben wollen, als mit uns beeden um die Wette zu rudern. Du weeßt doch, det unser Doppelzweier keenen Steuermann hat."

„Dann rudern wir eben zusammen in einem Kanadier", schlug Walter vor.

„Det kannste ooch vergessen. Ick rudere mit euch doch nich bis zum nächsten Rastplatz, um dann womöglich bei euerm Techtelmechtel, bei dem du deine Braut vernaschen willst, ooch noch die Laterne zu halten, damit die Mücken euch schneller finden. Nee, nee. Bei drei Leuten ist halt immer eener zu ville."

„Dann musste dir eben auch eine Braut zulegen", machte Walter seinem Freund einen Vorschlag.

„Du hast jut Lachen. Wie saacht man so schön? Kiek mal aus'm Fenster, wenn de keen' Kopp hast. Soll ich mir so eine schöne Frau, wie du se jetzt hast, malen oder schnitzen? Ick hoffe, du stellst mir deine Braut wenigstens einmal vor, wenn sie dich besuchen kommt, damit ich wenigstens mal eine richtige Vorstellung kriege, wie ick mir meine Liebste basteln muss", wurde sein Freund jetzt etwas ironisch und trank einen Schluck aus seiner Bierflasche. „Auf dem Schiff, da auf dem Arendsee, konnte ick deine Süße ja nur aus weiter Ferne betrachten", fügte er noch hinzu.

Die beiden diskutierten noch eine Weile und merkten gar nicht, wie die Zeit verging. Nach der dritten Flasche Bier meinte Walter:

„Mensch Hotte, ich glaube wir müssen Schluss machen, sonst meldet mich meine Mutter als vermisst und ich verpasse noch das Abendbrot. Außerdem erwarte ich noch einen Anruf."

„Ja, ja, ick kann mir schon vorstellen von wem. Bestimmt von deinem Schnuckiputzi aus Seehausen, wat? Mann, muss Liebe schön sein. Da kann man richtig neidisch werd'n."

„Wirst schon noch die Richtige finden", tröstete Walter seinen Freund. „Übrigens könnten wir wieder mal, falls du nichts Besseres geplant hast, dieses Wochenende zusammen rudern, wenigstens ein Stück über den *Langer See*, denn ich weiß noch nicht so richtig, wie ich wieder bei Kräften bin."

„Allet klar. Wenigstens mal een vernünftiger Vorschlag von dir", freute sich Horst Klawitter jetzt. „Ick steh' pünktlich Sonnabendvormittag um 10.00 Uhr bei dir uff de Matte und dann fahr'n wa nach Grünau zum Bootshaus.

Als Walter nach Hause kam, wunderte sich seine Mutter, dass er so spät kommt. „Ich wollte schon beinahe zum Garten kommen, um zu sehen, ob dir etwas passiert ist."

„Nee, nee, Hotte war auch im Garten und ich musste ihm erst einmal von Seehausen berichten und was ich mit Erika für eine tolle Frau gefunden habe. Du weißt doch, wenn ich mit Walter zusammen klöne, dann dauert es immer ein bisschen länger."

Kaum hatte er seiner Mutter geantwortet, klingelte das Telefon und Walter nahm den Hörer ab.

„Haberkant", meldete er sich wie gewohnt und war sogleich erfreut, am anderen Ende der Leitung eine ihm bekannte Stimme zu hören. Es war Erika. Wie versprochen, meldete sie sich von ihrer Arbeitsstelle aus dem Krankenhaus, weil sie wie viele in dieser Zeit privat zu Hause kein Telefon hatten.

„Walter, bist du es?"

„Ja, Erika mein Liebes, ich habe auf deinen Anruf schon sehnsüchtig gewartet. Noch sehnsuchtsvoller zähle ich aber die Tage und Stunden, bis du endlich hier in Berlin eintriffst und ich dich in meine Arme nehmen kann."

„Soll ich dir mal etwas verraten?" sagte sie dann.

„Was denn?"

„Ich kann schon am Freitagmittag in Berlin sein. Ich habe meine Schicht getauscht. Deshalb komme ich hier morgens beizeiten weg und treffe dann fahrplanmäßig um 12.35 Uhr in Berlin-Ostbahnhof ein. Holst du mich ab?"

„Na klar. Hattest du etwa etwas anderes von mir erwartet? "

„Habe auch nichts anderes gedacht. Du glaubst gar nicht, wie ich mich schon auf unser Wiedersehen freue. So, ich muss jetzt leider unser Gespräch beenden, denn das Telefon wird dienstlich dringend gebraucht. Gott sei Dank sehen wir uns ja dann am Wochenende. Bis dann und auch schöne Grüße an deine Mutter. Tschüss und ein liebes Küsschen per Telefon."

„Nur eins?" protestierte Walter. „Alle weiteren hoffentlich dann am Wochenende. Ich hab' dich nämlich sehr, sehr lieb. Tschüss." Dann hatte Erika auflegen müssen.

Erikas erster Besuch und Bummel in Berlin

Noch drei Tage. Walter schmiedete schon Pläne, was er mit Erika in der kurzen Zeit alles unternehmen und ihr von Berlin, der damaligen geteilten Stadt, zeigen würde. Er war froh, dass die Florian Geyer Straße wenigstens nicht im sogenannten Grenzgebiet an der Mauer verlief. Sonst hätte Erika ihn gar nicht zu Hause besuchen können.

Endlich war Freitag. Ein Wochentag wie viele andere auch.

Und doch war es für Walter Haberkant ein besonderer Tag in seinem Leben, denn heute kam Erika aus Seehausen in der Altmark das erste Mal in Berlin besuchen. Seine Mutter hatte das Bett in dem kleinen Zimmer, das sie als Gästezimmer hin und wieder brauchten, hergerichtet und war jetzt dabei, das Mittag vorzubereiten. Die auserwählte junge Dame ihres Sohnes wollte ja bereits am Mittag in Berlin sein. Walter war ein bisschen aufgeregt und hatte zum Frühstück kaum einen Bissen herunter bekommen. Er machte sich beizeiten auf den Weg, um Erika auf dem Ostbahnhof bei ihrer Ankunft in Empfang zu nehmen. Ausgerechnet heute hatte der Zug zwanzig Minuten Verspätung, wo doch jede freie Minute des Zusammenseins mit ihr so kostbar war. Endlich fuhr der Zug im Bahnhof ein und einen Augenblick später lagen sich beide in den Armen. Wieder nahm er dabei den angenehmen Duft ihres Parfums wahr, der sie umgab. Der innige Kuss zur Begrüßung mitten auf dem Bahnsteig wollte kein Ende nehmen und wurde durch die verbalen Attacken einiger Jugendlicher unterbrochen.

„Kiekt mal die da! Die ham' sich festjebissen", begann einer der Jugendlichen, der mit anderen in einer Gruppe neben ihnen stand, zu lästern. Selbst eine ältere Dame meinte etwas brüskiert: „Haben sie denn kein zu Hause?"

„Doch schon, aber gerade hier nicht dabei", antwortete Walter schlagfertig. Dann nahm er Erikas Reisetasche auf und ging mit ihr Arm in Arm zum S-Bahnsteig die Treppen runter, um zum benachbarten Gleis zu gelangen. Eine knappe Stunde später waren sie in der Florian-Geyer-Straße angelangt und einen Augenblick später schloss Walter die Wohnungstür in der dritten Etage auf. Aus der Küche hatte sich im Korridor ein leckerer Duft des Mittagessens verbreitet, mit dem Walters Mutter bereits auf die beiden wartete.

„Herzlich willkommen bei uns in Berlin", begrüßte sie Erika.

„Guten Tag. Das ist nett von ihnen und Danke." Mit diesen Worten überreichte Erika zur Begrüßung einen Blumentopf mit einer herrlichen lachsfarbenen Begonie.

„Die Begonie ist wunderschön. Für den Topf habe ich noch bei meinen anderen Blumen auf der Fensterbank einen Platz. Herzlichen Dank", freute sich Walters Mutter, um dann fortzufahren: „Walter hat mir schon viel von ihnen erzählt, aber nur Gutes, das heißt, er hat eigentlich von ihnen nur geschwärmt und ist seitdem der glücklichste Mensch."

„Bin ich ja auch", bestätigte Walter die Aussage seiner Mutter.

„Das geht mir ja genauso", meinte Erika und streichelte Walter zärtlich über seinen Arm.

„So, jetzt geht erst einmal ins Wohnzimmer und setzt euch schon, ehe wir hier im Korridor noch Wurzeln schlagen und das Mittagessen kalt geworden ist. Ich musste es bereits lange genug warm halten", bat Walters Mutter die beiden zu Tisch.

Walter musste lachen und wandte sich zu Erika: „Das ist die gleiche Situation, wie bei Euch zu Hause. Nach der Begrüßung sofort zu Tisch und erst einmal Mittagessen. Ist ja auch gut so. Ich habe jetzt nämlich ordentlichen Hunger."

„Du hast doch mich", scherzte Erika leise.

„Ich komme darauf zurück. Im Augenblick bist du für mich das Dessert", antwortete Walter lächelnd und er sah, wie sich Erikas Gesichtsfarbe leicht rötete.

Inzwischen hatte Walters Mutter das Essen, Hackbraten, Soße, Rotkohl und Kartoffeln hereingebracht und auf den Tisch gestellt und setzte sich zu den beiden an den Tisch.

„Walter, schenk uns doch bitte noch etwas Weißwein ein, damit wir zur Begrüßung mit Fräulein Bachmann anstoßen können."

„Sie können zu mir Erika und *Du* sagen", schlug Erika vor.

„Den Vorschlag nehme ich dankend an. So, nun langt aber

zu."

„Walter hat mir das *Du* auch gleich am ersten Abend am Arendsee vorgeschlagen. Das fand ich übrigens gut, aber ich wollte es nicht gleich zugeben."

„Ja, ja, so sind die Frauen, nur nicht etwas zugeben", meinte Walter schmunzelnd.

„Was wollt ihr euch dann heute zuerst anschauen?" fragte Walters Mutter beim Essen und wandte sich im nächsten Augenblick zu ihrem Sohn. „Du kannst Erika ja auch einmal unseren Garten zeigen."

„Zum Garten werden wir auch noch hinwandern, aber nicht sofort. Ich könnte nämlich wetten, dass Hotte auch bei seinen Eltern im Garten rumwuselt und nur darauf wartet, endlich Erika zu Gesicht zu bekommen. Er weiß doch, dass sie heute zu mir kommt. Dann hält er uns mit langen Reden auf und der Tag ist gelaufen. Jetzt zeige ich Erika zunächst einmal unsere Wohnung, damit sie sich nicht verläuft und auch im Dunkeln auf kürzestem Weg in mein Zimmer findet", schlug Walter vor und grinste dabei. „Nach der kurzen Unterweisung planen wir weiter."

Seine Mutter lachte. „Dann lasst euch nicht weiter aufhalten. Ich habe noch in der Küche zu tun."

„Da kann ich ihnen doch schnell noch helfen", bot sich Erika an. Walters Mutter aber lehnte dankend ab.

„Nutzt ihr mal lieber die kurze Zeit deines Besuches, Erika. Die drei Tage vergehen so schnell."

Das ließen sie sich nicht zweimal sagen. Mit der Wohnungsbesichtigung hielten sich die beiden nicht lange auf, denn ein paar Minuten hörte Gertrud Haberkant noch ein „Tschüss!" im Korridor und bevor sie noch viel Spaß wünschen konnte, waren sie schon zur Tür hinaus und händchenhaltend auf dem Weg zum S-Bahnhof, um zum Alexanderplatz zu fahren. Dort gab es einige interessante Möglichkeiten, den Tag gemeinsam zu verbringen. Bei dem herrlichen Wetter mit blauen wolkenlosen Himmel musste ein weiter Blick vom Fernsehturm gewährleistet sein. Deshalb reihte sich Walter mit Erika in die Schlange der wartenden Touristen ein, um mit dem Fahrstuhl zur Aussichtsplattform zu gelangen. Eine ganze Stunde mussten sie warten. Sie unterhielten sich dabei, wobei sie unter anderem Pläne für die Zukunft schmiedeten und hielten sich als Zeichen ihrer Zuneigung immer wieder an den Händen oder Walter legte den Arm um Erika und zog sie dabei sanft an sich. Dann war es endlich soweit. Sie zeigten ihre gelösten Tickets vor und stiegen in einen Fahrstuhl ein, der sie mit sehr hoher Geschwindigkeit im Turm nach oben beförderte. Die Aussicht war an diesem Tag wunderschön, jedoch wegen der sichtbaren Mauer, die die Stadt in Ost und West trennte, sehr bedrückend. Wieder mit dem Fahrstuhl unten am Fernsehturm angelangt, schlenderten Erika und Walter noch zum Palast der Republik.

„So, jetzt werde ich dir diesen Prunkbau von innen zeigen, damit du mal staunen kannst", sagte Walter als sie vor dem riesigen Gebäude mit den getönten und spiegelnden Fensterfronten standen. „Hier ist nämlich nur das Beste vom Besten verbaut worden, Materialien, die du in unserem ganzen Land sonst nicht findest, es sei denn, die liebe Verwandtschaft aus dem Westen sponsert etwas Derartiges."

„Ja, ich weiß, wenn uns Onkel Ernst aus Hannover besucht hat, brachte er auch immer für meine Eltern irgendwelche Baumaterialien mit oder sie wurden über Genex für harte Währung bestellt, damit mein Vater am Haus etwas reparieren oder umbauen konnte."

Als sie sich drinnen umsahen, staunte Erika zunächst einmal über die prunkvollen funkelnden Kristallleuchter und andere wunderschöne moderne Lampen.

„Wegen der vielen verschiedenen und herrlichen Lampen wird der Palast der Republik im Volksmund *Erichs Lampenladen* genannt", wusste Walter zu berichten und beide mussten lachen.

„Hier finden viele schöne Veranstaltungen statt. Vielleicht bekomme ich mal Karten für den Herbstball, da ist dann in allen Etagen Tanz zur Livemusik verschiedener Bands und Künstler."

„Das wäre super", freute sich Erika.

Die beiden wanderten anschließend noch ein Stück Richtung Brandenburger Tor auf der Straße Unter den Linden entlang. Walter sang den Anfang eines alten Berliner Schlagers: „*Untern Linden, untern Linden, geh'n spazier'n die Mägdelein...* Weit kommen die aber nicht."

„Wen meinst du denn?", wollte Erika wissen.

„Na die Mägdelein aus dem Lied und uns, denn dort hinten am Brandenburger Tor ist für uns die Welt zu Ende. Dort steht die beschissene Mauer."

„Da finde ich unsere Lindenstraße in Seehausen schöner. Ich sagte dir ja, dass neben der Straße bei uns auch ein reißender Strom, der Aland, fließt. Jedenfalls begleitet er die Straße ein ganzes Stück."

Die Sonne begann unterzugehen und ließ ihr abendliches glühendes Rot an vielen hohen Fassaden widerspiegeln.

„Wir suchen uns jetzt noch ein Café. Ich hätte Appetit auf eine Tasse Kaffee oder einen Eisbecher oder beides, du auch? Wir können es ja hier gleich im *Operncafé* versuchen, ob sie für uns zwei Plätze haben auf denen sie uns platzieren. Es heißt doch in den HO-Gaststätten bei uns immer so schön: Sie werden platziert. Im Volksmund nennt man übrigens dieses noble Etablissement auch *Bismarckcafé*, weil angeblich jeder Bissen eine Mark kosten soll."

„Und dort willst du mit mir hin? Ich dachte, du willst mir

etwas zur Geschichte dieses Gebäudes erzählen."

Als sie das Café betraten, schlugen ihnen außer den Klängen leiser Musik zunächst Nikotinschwaden und andere nicht gerade erfrischende Gerüche einer Gaststätte entgegen, wobei der Geruch von Kaffee ebenfalls zu bemerken war. Ein Kellner stürzte ihnen entgegen, um sie an einen Tisch zu geleiten, an dem sich in diesem Augenblick gerade ein Pärchen von ihren Plätzen erhoben hatte und dem Ausgang zustrebte. Der Tisch war noch nicht abgeräumt. Die Kerze, die eine etwas romantische Atmosphäre erzeugen sollte, war bereits fast heruntergebrannt und wurde von der Bedienung erneuert. Der Aschenbecher quoll beinahe über und die Tischplatte aus dickem Glas war mit Kaffee und geschmolzenem Eis bekleckert. Aber Erika und Walter durften als neue Gäste schon einmal auf den von der Körperwärme der Vorgänger angewärmten Polsterstühlen Platz nehmen.

„Da haben wir aber Glück gehabt, gleich zwei freie Plätze zu bekommen und platziert zu werden.", meinte Walter.

Schon kam eine Bedienung herbeigeeilt, um den Tisch zu beräumen und den Versuch zu wagen, diesen wieder gastlich herzurichten. Gleichzeitig überreichte sie jedem eine Karte mit den Torten-, Eis- und Getränkeangeboten. Die Wahl der beiden fiel auf ein Stück Torte *Schwarzwälder Kirsch* und eine Tasse Kaffee mit Sahne. Sie mussten auf ihre Bestellung nicht lange warten.

„Die Torte ist hier sehr lecker. Aber pass auf, dass du nicht ausversehen einen Kirschstein findest", warnte Walter, als er einen Augenblick später in seinem Mund selbst einen dieser üblen Fremdkörper spürte.

„Wusste ich doch, dass ich wieder so etwas finde." Er lachte und nahm den Kirschstein auf seine Kuchengabel, um ihn am Tellerrand abzulegen.

Als sie beide eine Stunde später das Café verließen, gingen in der Stadt bereits die Lichter an. Die Straßen erschienen jetzt im Licht der Laternen in einem anderen Bild, Leuchtreklamen verzierten manch eine sonst trist erscheinende Fassade. Wichtige historische oder neu errichtete Gebäude, wie zum Beispiel der Palast der Republik, erschienen durch das Anstrahlen der Fassade noch bedeutungsvoller. Für Walter und Erika war das alles nicht von Bedeutung und nebensächlich. Sie gingen händchenhaltend ein Stück Unter den Linden entlang, um dann in die Friedrichstraße und dort zur S-Bahnstation zu gelangen. Sie fanden, dass es spät genug war. Mit einmal umsteigen gelangten sie verhältnismäßig schnell nach Berlin-Adlershof und waren kurz darauf wieder in seiner gemütlichen Altbauwohnung in der Florian-Geyer-Straße.

Im Korridor wunderten sie sich, dass sie nicht von Walters Mutter begrüßt wurden. Aber dann entdeckte Walter neben dem Telefon eine Nachricht von ihr und las:
Lieber Walter und liebe Erika,
bin bei dem schönen Wetter im Garten und schlafe heute Nacht auch dort in unserer Laube. Erwarte Euch morgen um 10.00 Uhr zum gemeinsamen Frühstück. Deine (Eure) Mama
„Das hast du aber sehr lieb mit uns gemeint", murmelte Walter leise vor sich hin und schmunzelte dabei. Erika begann schon ihre Jacke auszuziehen. Er wartete, um sie ihr abzunehmen und auf einem Bügel aufzuhängen. Sie hatte Walters leisen Kommentar wahrgenommen, sagte aber nichts.

„Eigentlich helfe ich einer Dame immer aus der Jacke, aber wenn ich das jetzt bei dir gemacht hätte, dann hätte ich dich garantiert nich mehr losgelassen", meinte Walter und hatte seine Jacke bereits abgelegt und auf einen Garderobenhaken gehängt.

„Ist im Moment auch ungünstig, denn ich muss dringend mal für kleine Mädchen, wo du nicht dabei sein musst. Ich bin aber gleich wieder bei dir", bekam er zur Antwort und schon war sie im Bad verschwunden.

Die Verlobung

Währenddessen holte Walter eine Flasche Sekt der Standardmarke *Rotkäppchen* aus dem Kühlschrank in der Küche und aus der Vitrine der Schrankwand im Wohnzimmer zwei Gläser, stellte zunächst alles auf dem Tisch vor der Couch in seinem Zimmer ab, öffnete dann die Flasche mit einem zischenden Flop und zündete noch drei Kerzen in dem davor stehenden Leuchter an.

„Gibt's was zu feiern", fragte Erika überrascht, als sie ins Zimmer kam. „Ich dachte wir sitzen im Wohnzimmer."

„Wieso gefällt's dir nicht in meinem Zimmer?"

„Doch, sehr sogar. Ich war nur überrascht."

„Na, dann komm zu mir hier auf die Couch und wir können zum gemütlichen Teil des Abends übergehen. Hier können wir nämlich schön kuscheln." Bevor sie etwas erwidern konnte, hatte Walter sie schon auf seinen Schoß gezogen und in die Arme genommen. Und es wurde mehr als nur ein Kuss.

Er beugte sich vor, so dass sich ihre Lippen sehr nahe waren. Dabei erkannte Walter jede einzelne geschwungene und schwarz gefärbte Wimper ihrer wunderschönen blauen Augen, die sie gerade schließen wollte, als er endlich fragte:

„Erika, du bist die Frau, die ich liebe und mein ganzes Leben lieben werde. Ich möchte dich immer an meiner Seite haben. Willst du meine Frau werden?" Walter sprach leise weiter, als er noch hinzufügte, „ich brauche dich nämlich noch mehr, als die Luft zum Atmen."

Erika schlang jetzt ihre Arme um seinen Nacken und ihre Antwort: „Ja, ich will. Ich habe dich auch sehr lieb und möchte mein ganzes Leben mit dir zusammen sein", kam wie ein Hauch über ihre Lippen. Aus ihren strahlenden blauen Augen quollen zwei Tränen vor Glück hervor und rannen über ihre Wange. Als sich ihre Lippen dann berührten und zu einem endlos langen Kuss vereinten, verlor in diesen Minuten für die beiden alles andere auf der Welt an Bedeutung. Er vergrub dann sein Gesicht in ihren halblangen hellblonden Haaren und zog sie noch fester an sich, bevor sich ihre Lippen wiederholt zu einem innigen Kuss vereinten, bei dem Erika unter der Berührung seiner feuchten Zunge mit der ihrigen erneut erschauerte.

Als sie sich nach einer Weile für einen Augenblick voneinander etwas lösten, meinte Walter, dass sie auf dieses große Ereignis erst einmal mit einem Glas Sekt anstoßen müssten und goss aus der bereitstehenden Flasche Sekt in beide Gläser.

„Mir ist vor Aufregung schon ganz trocken im Hals. Also, auf uns beide und unser gemeinsames Leben." Sie nahmen die gefüllten Gläser vom Tisch, ließen sie beim leichten Berühren erklingen, tranken einen Schluck und stellten sie wieder ab, bevor sie sich wieder küssten. Dann meinte Walter: „So, mein lieber, lieber Schatz, jetzt möchte ich dich bitten, sozusagen aus besonderem Anlass an diesem Tag einen Augenblick deine Augen zu schließen." Walter stand kurz auf und zauberte aus einer Schublade seines Schreibtisches eine kleine Schachtel hervor, der er einen hübschen goldenen Ring mit ihren eingravierten Namen entnahm und an den Ringfinger ihrer linken Hand steckte. Erika konnte im Moment noch gar nicht alles fassen. Ihr Gesicht war ganz rot und sie glühte vor Aufregung. Als Erika wiederholt die Arme um seinen Nacken schlang hauchte sie in sein Ohr: „Walter ich liebe dich so sehr!" Zum wiederholten Male schaute sie beinahe fassungslos auf ihre Hand. „Der Ring gefällt mir so sehr", staunte sie immer wieder. In den nächsten Stunden des Abends kuschelten beide weiter miteinander, tranken noch zwei Gläser Sekt und sprachen bereits über ihre gemeinsame Zukunft, ihre Ehe, ob sie in Berlin oder in der Altmark in Seehausen wohnen und arbeiten würden. Sie sprachen auch darüber, wie sie am besten ihren Eltern und seiner Mutter ihre Verlobung anvertrauen sollten und planten eine kleine Verlobungsfeier im Familienkreis.

„Übrigens habe ich auch eine kleine Überraschung für dich, zwar keinen so schönen Ring, aber ich habe Montag und Dienstag noch Urlaub."

„Wirklich?", fragte Walter ungläubig. „Das ist ja super und wirklich eine Überraschung!" Nach diesen Worten lagen sich beide wieder in den Armen und küssten sich lange.

„Ich glaube, es wird langsam Zeit zu mitternächtlicher Stunde ins Bett zu gehen. Sonst verpassen wir morgen das Frühstück bei deiner Mutter im Garten", meinte Erika und schaute gerade auf die Uhr. Es war bereits kurz nach Mitternacht.

„Wenn du der Meinung bist, schon ins Bett zu gehen, dann gehn' wir. Bleibt nur die Frage, gehn' wir zu dir oder bleiben wir bei mir? Wenn ich das richtig einschätze, ist mein Bett breiter und bequemer, als das im Gästezimmer", bemerkte Walter.

Erika hatte sich schon längst entschieden, wollte es aber nicht zugeben, dass sie die Nacht gern mit Walter zusammen verbringen, mit ihm schlafen wollte, und das in seinem breiteren Bett.

„Du kannst dein Bett schon herrichten. Ich geh derweil ins Bad." Damit war die Entscheidung für das gemeinsame Nachtlager gefallen. Nachdem Erika geduscht und ihr wundervolles Haar vor dem großen Spiegel gebürstet hatte, trug sie noch dezent etwas Rouge auf ihre Wangen auf und legte auch leicht Lippenstift auf. Nochmals ein prüfender Blick in den Spiegel und einen leichten Hauch ihres Parfums versprüht, dann ging sie zunächst ins Gästezimmer, um sich ihr reizvolles Nachthemd anzuziehen. Inzwischen war auch Walter im Bad. Als er wieder in sein Zimmer kam, lag Erika bereits auf seinem Bett und rekelte sich in ihrem kurzen und niedlichen fast durchsichtigen Flatterhemd und kurzem Höschen. Es war für Walter in diesem Moment ein aufregender Anblick und machte ihn beinahe sprachlos.

„Falls du auch ins Bett möchtest, mache ich dir ein bisschen Platz", scherzte Erika und rutsche etwas zur Wand. Walter legte sich zu ihr, nahm sie zärtlich in seine Arme und auch ihre Arme schlangen sich gleich um seinen Nacken. Wer sich dann zuerst bewegte, war für beide nicht von Bedeutung und konnte am nächsten Morgen keiner mehr sagen Als er seine Lippen auf ihre beim nächsten Kuss pressen wollte, kam sie ihm mit leicht geöffnetem Mund entgegen. Wieder berührten und vereinten sich ihre Zungen bei dem liebevollen Kuss. Seine Hände waren dabei überall und streichelten sanft und unaufhörlich ihre zarte Haut, auf dem Rücken, Bauch und auf ihren festen Brüsten. Unwillkürlich schob er dabei das hauchdünne Flatterhemd nach oben und liebkoste nun zärtlich ihre Brüste mit seinen Lippen. Als er etwas daran sog, entlockte er Erika ein leichtes lustvolles Stöhnen, während er eine Hand über ihre Schenkel gleiten ließ und unter ihrem reizenden Höschen eine andere zu liebkosende Stelle fand, die bereits vor Erwartung feucht zu werden begann. Als Erika sich ihm entgegenbog, zog er ihr Höschen mit einem Ruck herunter und streifte es über ihre Beine ab. Den Hauch von Flatterhemd entledigte sich Erika nun selbst über den Kopf. Es verschlug ihm den Atem. Vor Erregung konnte er nur noch leise hervorbringen:

„Erika …, du bist so wunderschön! Ich liebe dich so sehr!"

„Ich dich auch", antwortete sie leise und streichelte zärtlich über sein besonders erregten Körperteil. Bevor sie zur

Besinnung kam, hatte Walter sich wieder über sie gebeugt. Seine Lippen liebkosten überall ihre Haut und fanden ihre empfindlichste Stelle. Dieser lustvolle Augenblick entlockte ihr wiederum ein leises Stöhnen, auch als er endlich in sie eindrang. Sie bog sich ihm entgegen, so dass er noch tiefer in ihr sein konnte. Nun bewegte er sich schneller über ihr. Keuchend nahm sie ihn in sich auf und ihr Körper erstarrte fast dabei. Einen Augenblick später überkam beide eine erlösende Welle der Lust. Mit den Worten: „Erika..., ich liebe dich!" sank er über ihr zusammen. Bei dem einen Mal inniger Liebe blieb es in dieser Nacht nicht und wiederholte sich mehrmals. Erst mit Beginn der Morgendämmerung schliefen beide, Erika in Walters Arm, glücklich ein.

Als der Wecker nach ein paar Stunden klingelte, mussten sie sich beeilen, um zur Kleingartenanlage zu gelangen. Sie wollten das Frühstück nicht verpassen, zu dem Walters Mutter eingeladen hatte. Außerdem wollten sie seiner Mutter gegenüber ihre Verlobung offenbaren. Er war schon gespannt, wie sie reagieren würde.

Die beiden schafften es noch, kurz nach 10.00 Uhr fast pünktlich zu sein. Walter hatte auch nicht vergessen, schnell noch seinen Fotoapparat *Praktica* mitzunehmen. Seine Mutter erwartete sie bereits und kam ihnen zum Gartentor entgegen. „Guten Morgen, ihr Langschläfer", grüßte sie lächelnd „Da seid ihr ja endlich. Ich dachte schon, ihr habt verschlafen und ich muss alleine frühstücken." Und zu Erika gewandt meinte sie noch: „Willkommen in unserem grünen Paradies!"

„Danke und guten Morgen. Das ist aber wirklich schön hier. Eine richtige grüne Oase mitten in der Stadt", grüßte Erika staunend, als sie einen Teil des gepflegten Gartens sehen konnte.

„Guten Morgen Mama, ich, ach nein, wir danken dir für die

Einladung zum Frühstück", begrüßte Walter jetzt seine Mutter mit einem flüchtigen Küsschen auf die Wange.

„Ist schon in Ordnung. Ich freue mich doch, dass ich nicht allein frühstücken muss", meinte sie und wandte sich zu Walter.

„Willst du Erika zuerst unseren Garten zeigen oder wollen wir uns erst einmal stärken? Ist schon alles fertig."

„Zuerst einmal Frühstücken. Außerdem haben wir dir etwas Wichtiges mitzuteilen."

„Na, da bin ich aber gespannt. Kommt rein!"

Der Duft des frisch gebrühten Kaffees und der auf der Kochplatte aufgebackenen Brötchen drang von der Laube bis nach draußen. Erika und Walter nahmen auf der gepolsterten Eckbank, die zur gemütlichen Sitzecke gleich rechts neben dem Eingang gehörte, Platz und Walters Mutter auf einem der drei am Tisch stehenden Polsterstühle. „Na, dann langt mal zu", forderte sie die beiden zum Essen auf und reichte den Brotkorb, griff dann die Kaffeekanne, um allen eine Tasse einzugießen. Dabei fragte sie: „Was wolltet ihr mir denn so Wichtiges mitteilen oder beichten?"

„Liebe Mama…", fing Walter stockend an und nach Worten suchend. „Bereits am Arendsee hatte ich schon festgestellt, dass ich der richtigen Frau begegnet bin und von Stunde an hat sich dieses Gefühl bei mir sehr fest verankert. Inzwischen hoffe ich nicht nur, sondern fühle mich bestätigt, dass auch Erika so wie ich empfindet und ebenfalls der Meinung ist, für sich den richtigen Partner in meiner Person gefunden zu haben. Deshalb haben wir uns gestern verlobt."

Gertrud Haberkant hatte gerade ihre Tasse angehoben, um einen Schluck Kaffee zu trinken, ließ diese aber gleich wieder sinken, um sie vor Schreck und Freude zugleich bei dieser neuesten Nachricht auf der Untertasse abzusetzen.

„Jetzt habt ihr mich aber ein bisschen sprachlos mit eurer

Überraschung gemacht, obwohl ich gleich nach dem Besuch im Krankenhaus bei dir in Seehausen im Stillen gehofft hatte, dass Erika vielleicht meine Schwiegertochter wird. So einen starken Eindruck hatte sie bei mir hinterlassen und jetzt muss ich davon nicht mehr träumen. Ich freue mich riesig mit euch und wünsche von ganzem Herzen alles Liebe und viel Glück." Nach diesen Worten stand sie auf, ging zu Erika, die jetzt ebenfalls aufgestanden war und meinte: „Komm' her, meine liebe Tochter, lass' dich drücken und willkommen heißen in der Familie." Dann umarmte sie auch ihren Sohn und meinte: „Ich freue mich so für dich und wünsche dir und Erika alles Glück und halte sie bitte ganz, ganz fest. Endlich wirst du erwachsen. So, und nun kannst du noch die Flasche Sekt holen und aufmachen. Die findest du hinter dem Schrank in der Ecke. Die hatte ich hier mal für besondere Anlässe nach einem Gartenfest gebunkert. Kalt genug wird sie ja sein."

Als Walter die Flasche geöffnet auf den Tisch stellte, hatte seine Mutter bereits drei Gläser geholt. Er nahm die Flasche und verteilte den Sekt in die Gläser. Walter nahm als erster das Glas. „Lass uns mit dir, liebe Mama, zusammen auf unsere Verlobung anstoßen." Nach einem Schluck Sekt küssten sich die beiden Verliebten, stellten ihre Gläser ab und setzten sich wieder an den Frühstückstisch, aßen noch etwas und tranken den restlichen Kaffee dabei.

„Das ist ja jetzt ein richtiges Sektfrühstück geworden", stellte Walter fest und schaute angestrengt aus dem Fenster zum Nachbargrundstück. „Sag mal Mama, ist unser Nachbar heute auch in seinem Garten. Mir war so, als wenn ich ihn gerade durchs Fenster gesehen habe. Ich wollte nämlich Erika unser großes Anwesen zeigen. Aber wenn der draußen ist, dann quatscht der uns zu und der Tag ist gelaufen." Seine Mutter lachte. „Die Eltern von Horst sind heute auch hier draußen. Du kannst Horst doch Erika ruhig vorstellen. Vielleicht brauchst du deinen besten Freund ja mal als Trauzeugen bei eurer Hochzeit. Das heißt, falls ihr hoffentlich auch heiraten wollt."

„Natürlich wollen wir auch heiraten", erwiderte Walter. Gertrud Haberkant hatte sich schon längst weitere Gedanken gemacht. „Habt ihr euch eigentlich überlegt, wo ihr einmal euer Nest bauen wollt, das heißt wohnen möchtet?"

„Ich bin und bleibe ein Berliner", kam es sofort von Walter. „Und deshalb möchte ich auch nicht von Berlin wegziehen. So schön wie die Landschaft in der Altmark mit Seehausen und dem Arendsee auch ist. Besuchsweise können wir dort immer hin. Aber ansonsten ist hier mehr los, wenn Berlin auch durch die Mauer geteilt ist. Das hat Erika auch schon festgestellt, als wir gestern durch Mitte gebummelt sind", antwortete Walter seiner Mutter. Erika sah jetzt ebenfalls aus dem Fenster und hielt nach dem Nachbarn Ausschau und sagte dabei: „Da muss ich Walter beipflichten. Es wäre schön, wenn wir einmal in Berlin eine kleine Wohnung bekommen könnten. Denn Arbeit würde ich hier bestimmt in einem Krankenhaus finden. Übrigens hat deine Mutter Recht. Du kannst mir jetzt euern Garten ruhig zeigen. Bin schon ganz neugierig. Wir müssen uns ja nicht verstecken. Wir werden ja sehen, ob dein Freund lästig wird."

„Ich komme auch gleich wieder raus, wenn ich alles abgeräumt und weggestellt habe. Ich will noch das Unkraut im Gemüsebeet jäten. Das Erdbeerbeet habe ich schon fertig", rief Walters Mutter.

Wie aus dem Nichts tauchte Walters Freund und Kumpel Hotte, Horst Klawitter, urplötzlich am Gartenzaun auf. Es hatte den Anschein, als wenn er dort hinter der Hecke gelauert hatte. Heute trug er auch nicht seinen ausgeleierten Trainingsanzug aus der Armeezeit. Jetzt stand er am Zaun und machte sich bemerkbar als er in seinem Berliner Dialekt Erika laut grüßte: „Juten Morgen schöne Frau, wie ick sehe, sind se jetzt meine neue Nachbarin?" Und zu Walter gerichtet: „Mensch Alter, det wird ja nun Zeit, dass du mir mal deine Braut vorstellst. Ick dachte schon, du willst mir nich mal wenigstens eene Peilung auf sie als deinen besten Freund jönnen."

Im nächsten Augenblick waren Walter und Erika auch am Zaun angelangt und konnten den Nachbarn begrüßen.

„Darf ich dir Erika Bachmann vorstellen?"

„Anjenehm, Horst Klawitter oder ooch Hotte, wie se alle zu mir sagen" und reichte ihr dann etwas verlegen seine kräftige Hand mit dicken wurstähnlichen Fingern über den Zaun.

Dann meinte Walter: „Auf dem Arendsee hast du sie ja bei unserer Dampferfahrt schon aus der Ferne sehen können. Übrigens, du hast dich eben richtig ausgedrückt. Sie ist wirklich meine Braut und ich hoffe, dass du einmal unser Trauzeuge sein wirst, wenn es mit der Hochzeit soweit ist."

„Donnerwetter, jetzt bin ick aba vonne Socken", staunte Hotte. „Jeht det schnell bei euch. Jetzt bin ick wohl bei dir janz abjeschrieben mit unsern jemeinsamen Rudergängen auf'm Wasser und so?"

„Dafür wird auch noch Zeit sein, denn Erika und ich leben ja leider im Augenblick noch nicht ständig zusammen. Zur Zeit wird es nur eine Wochenendbeziehung sein, so wie es Erikas Dienstplan überhaupt ermöglicht. Du siehst, es wird zum Rudern noch genügend Zeit bleiben."

„Na, dein Wort in Gottes Jehörgang. Aba trotzdem erst mal schönen Dank für die Einladung zur Hochzeit und dass ick euer Trauzeuge sein darf. Is doch klar, dass ick det mache. Ick mach' mir für euch extra janz schnieke und koof mir'n schwarzen Anzuch oder leih mir'n Frack aus", schwärmte Hotte. Jetzt mussten sie doch alle lachen.

„Wo und wann soll denn euer jroßartiges Remmidemmi überhaupt stattfinden. Hier in der jroßen Hauptstadt Berlin oder lieber bei ihr auf dem beschaulichen Lande?" fragte Horst Klawitter noch.

„Falls sie mit *Remmidemmi* unsere Hochzeit meinen, wird die Trauung beim Standesamt hier in Köpenick sein und die kirchliche Trauung bei mir zu Hause in Seehausen", antwortete jetzt Erika etwas brüskiert. „Aber so weit ist es noch lange nicht. Jetzt haben wir uns gerade erst mal verlobt", antwortete sie und gab Walter einen Kuss.

Walter meinte dann, dass es nun an der Zeit sei, Erika endlich ihre grüne Oase von Garten zu zeigen.

„Ick merke ja, dass ihr sehr verliebt seid. Aber euer Jeknutsche kann ick mir nich länger mit ansehen, ohne neidisch zu werden. Ick will deshalb det junge Glück nich weiter stören und werde mal lieber meinen Eltern noch ein bisschen auf unserer kleenen *Bonanza-Ranch* zur Hand jeh'n. Also, dann bis neulich. Man sieht sich."

Mit dieser Bemerkung hatte sich Horst Klawitter von den beiden, die sich immer noch in den Armen lagen und die Welt um sich vergessen hatten, verabschiedet und war genau so plötzlich vom Zaun und hinter der Hecke verschwunden, wie er zuvor erschienen war.

Walter wanderte mit Erika im Arm durch den kleinen Garten und zeigte ihr jeden Winkel des von seinen Eltern liebevoll gestalteten und und jetzt von seiner Mutter gepflegten Kleingartens. Er staunte nicht schlecht, was seine Mutter in der Zwischenzeit alles geschaffen hatte. In den kleinen Gemüsebeeten und den drei Reihen Erdbeerpflanzen war kein einziger Halm Unkraut zu sehen und die Liegewiese, wie sie ihre sehr kleine Rasenfläche am Sitzplatz scherzhaft bezeichneten, war frisch gemäht. Hier stand auch die von

Walter selbstgebaute Hollywood-Schaukel. Das sehr streng geschnittene Spalierobst, das auf einer Seite entlang des Zugangsweges zur Laube stand und die zwei Kirschbäume hatten die meisten Blütenblätter zu dieser Jahreszeit bereits abgeworfen und es waren an einigen bereits winzige Früchte zu erkennen. Die noch vorhandenen Baumblüten wurden teilweise von Bienen umschwärmt oder die Bienen wurden von den anderen Blüten der verschiedenen Stauden und Rosen angezogen.

„Unser Grundstück ist natürlich viel größer, aber euer Garten ist wirklich ein kleines Paradies mit der Fülle verschiedener Pflanzen. Da könnt ihr sehr Stolz drauf sein.", meinte Erika und strich sich gerade eine Haarsträhne aus dem Gesicht. Walters Mutter war gerade aus der Laube gekommen, in der sie alle Reste vom Frühstück wieder verstaut und abgewaschen hatte. Sie gesellte sich zu den beiden und hörte gerade die lobenden Worte von Erika, die sie voller Stolz erfüllten.

„Kommt, wir setzen uns noch einen Augenblick hier draußen hin. Es ist gerade so schöne Sonne", forderte Walters Mutter die beiden auf, an dem Gartentisch, über den einige Zweige des großen Apfelbaums ragten, Platz zu nehmen. Walter ließ sich auf der mit einem bunten Markisenstoff bezogenen wippenden Hollywoodschaukel nieder und forderte nun Erika auf, das gleiche zu tun und begann das alte Berliner Lied *Komm auf die Schaukel Luise ...* zu singen, verbesserte sich aber gleich, ach nein lieber Erika. Der Aufforderung kam sie gerne nach und Walter legte den Arm um sie und drückte sie an sich, um sie wiederholt zu küssen. Mit den Füßen stieß er sich dabei etwas vom Boden ab und setzte so die Schaukel leicht in schwingende Bewegung. Dann erzählte er voller Stolz: „Übrigens die Schaukel ist Marke *Eigenbau*. Die Rohre habe ich aus Beständen von den Rohrlegern im Betrieb bekommen können und die haben dafür ein Toilettenbecken erhalten, was natürlich angeblich leicht beschädigt und abgeschrieben war", schmunzelte er vielsagend. „Dann habe ich zusammen mit Hotte alle Rohre zugeschnitten und geschweißt, nach der Devise: Privat geht vor Katastrophe, denn das haben wir alles im Betrieb sozusagen in Feierabendarbeit angefertigt. Das nannten wir Konsumgüterproduktion. Bei der Suche und der Auswahl des Markisenstoffes und dem Schneidern der Markise und der Sitzauflage musste natürlich meine Mutter Hand anlegen."

„Die Schaukel ist doch wunderschön geworden", lobte Erika seine Arbeit.

„Es ist hier in dem kleinen Garten immer wieder sehr erholsam", stellte Walters Mutter wiederholt fest, bevor sie zu ihrem eigentlichen Anliegen kam. „Sagt mal, seid ihr eigentlich schon so ein bisschen bei der Planung eurer Zukunft angelangt, natürlich vorausgesetzt, dass ihr zusammenbleiben wollt. Ich glaube, ich hatte die Frage schon mal gestellt, wo ihr zusammen wohnen möchtet. Wie ich Walter kenne, will er nicht so gerne von Berlin weg und deshalb möchte ich euch einen Vorschlag machen. Unsere derzeitige Wohnung wäre meiner Meinung für uns alle groß genug, vorausgesetzt, dass ihr zunächst einmal in Berlin bleiben möchtet. Ich würde mich dabei auf ein Zimmer beschränken und ihr hättet die anderen zweieinhalb Zimmer für euch. Lediglich Küche und das Bad müssten wir gemeinsam nutzen. Aber fürs Erste wäre es, das denke ich jedenfalls, eine ganz gute Lösung, wenn ihr damit einverstanden seid."

„Jetzt hast du uns aber überrascht und sprachlos gemacht. Soweit haben wir noch gar nicht gedacht, denn wir sind momentan noch bei unserer Verlobung, von der wir Erikas Eltern auch erst noch unterrichten wollen. Aber trotzdem nehmen wir dein Angebot herzlich gerne an und sagen ganz lieb Danke", waren Walters Worte zu diesem tollen Angebot seiner Mutter. Er stand auf, umarmte seine Mutter und gab ihr spontan einen Kuss auf die Wange. „Oder was meinst du, Erika?"

„Du bist eben doch eine liebe Schwiegermama", meldete sich jetzt Erika und fuhr dann fort: „Dein Angebot finden wir schon super. Wir hatten ja schon darüber gesprochen, dass wir uns gegebenenfalls eine Wohnung in Berlin suchen wollen, denn Walter möchte ja auf keinen Fall von hier wegziehen. Aber konkret haben wir noch gar nichts geplant, denn in der kurzen Zeit, die wir uns kennen, überschlagen sich die Ereignisse förmlich. Ich würde natürlich genauso gern in Seehausen bleiben wollen. Soviel ich weiß, ziehen die Mieter aus der oberen Etage unseres Hauses in drei Jahren aus. Aber wie gesagt, ich weiß, dass Walter sehr, sehr gern in Berlin bleiben möchte und dann möchte ich das auch. Ist ja auch schön hier. Und um neue Arbeit in einem Krankenhaus Berlins mache ich mir keine Sorgen. Vielleicht würde es sogar hier in Köpenick klappen. In jedem Fall kommen wir später gern auf dein Angebot zurück."

„Na, ich wollte nur, dass ihr Bescheid wisst, im Notfall bereits eine Wohnung zu haben."

„Danke nochmals für deinen Vorschlag. Den Gedanken finden wir nicht schlecht und kommen gerne drauf zurück, Mama. Aber jetzt kannst du erst einmal bitte von uns beiden ein Foto hier auf der Hollywoodschaukel und dann noch eins vor dem großen Rosenstrauch mit den lachsfarbenen Blüten machen." Mit diesen Worten reichte er seiner Mutter den Fotoapparat, die ihn vorsichtig in die Hände nahm und in Position brachte. Dann bediente sie den Auslöser, es machte Klick und die schönste Erinnerung war auf dem Farbfilm verewigt. Walter machte dann noch einige Einzelaufnahmen von seiner Angebeteten in verschiedenen Positionen.

„Wir werden gleich losziehen, dann können wir von uns zu Hause schnell noch bei ihrer Mutter anrufen", meinte Walter dann. „Sie müsste um diese Zeit an ihrer Arbeitsstelle sein, wenn nicht rufen wir gegen Abend an, wenn wir wieder zu Hause sind. Wir wollen ihr schon mal Bescheid sagen, dass Erika zwei Überraschungen parat hat, wenn sie nach Hause kommt. Die eine Überraschung werde ich dabei selbst sein. Wir haben nämlich umdisponiert. Und deshalb will ich gleich noch ein paar Sachen in meine Reisetasche packen. Erika konnte zu ihrer getauschten Schicht noch zwei Tage Urlaub nehmen. Und da ich ja erst am Mittwoch noch mal zu Dr. Kohlmeier muss, bevor ich wieder arbeiten gehe, passt alles wunderbar. Deshalb fahren wir beide zusammen morgen nach dem Frühstück nach Seehausen. Ich bleibe zwei Nächte bei Erika und komme Dienstag wieder zurück. Wir finden es nämlich schöner, wenn wir Erikas Eltern gemeinsam mit unserer Verlobung überraschen und mit ihnen ebenfalls mit einem Gläschen Sekt auf unser gemeinsames Glück anstoßen können."

Walter gab seinem Schatz zur Bestätigung seiner Worte einen Kuss, den sie gern erwiderte.

„Vielleicht machen wir doch noch eine Verlobungsfeier mit ein paar netten Gästen draußen am Arendsee in der Gaststätte *Zur Wildgans* oder in einer anderen. Jedenfalls dort wo unser großes Glück begonnen hat."

„Willst du etwa alle Gäste zum Picknick an den Arendsee einladen?", fragte Erika spaßhalber und lachte.

„Quatsch, aber mal im Ernst, das wäre eigentlich gar keine schlechte Idee und einmal etwas ganz anderes. Wir könnten einen Grill aufstellen, eine Kiste Bier und andere Getränke dazu und alle Gäste mit Kind und Kegel, wie man so schön sagt, lagern ringsherum auf ausgebreiteten Decken. Der Gedanke ist zwar originell und gut, aber sehr vom Wetter abhängig und außerdem für manch einen älteren Gast, wie zum Beispiel unsere Eltern, auf einer Wiese am Boden rumzusitzen schwierig und anstrengend. Da musst du beim Aufstehen eventuell Hilfestellung geben. Dann gäbe es da außerdem das Problem einer erreichbaren sauberen Toilette. So'n kleines Haus mit Herz in der Tür kannst du nicht auch noch neben dem Grill platzieren. Also, das geht alles gar nicht. Dann muss das Picknick am Arendsee nämlich doch in einer Gaststätte vor Ort stattfinden. Kommen wir also wieder auf die Gaststätte *Zur Wildgans* als geeignete Möglichkeit zurück."

„Na, das könnt ihr euch ja alles noch überlegen, was ihr machen wollt. Jetzt möchte ich euch aber nicht länger aufhalten. Wo wollt ihr denn heute überhaupt hin?"

„Ich will mit Erika bei dem schönen Wetter *ins Jrüne*, aber dieses Mal nur nach Grünau und Schmöckwitz ans Wasser. Ich will ihr mal zeigen, wo sich unser Ruderclub an der Regattastrecke befindet und ich mit Hotte immer mit unserem Doppelzweier trainiere. Vielleicht kann ich Erika das Rudern schmackhaft machen und sie hat dafür eventuell Interesse. Dann könnten wir uns nämlich mal ein Faltboot oder einen Kanadier zulegen."

„Fallt mir aber nicht gleich ins Wasser", mahnte Gertrud Haberkant lächelnd zur Vorsicht und gleich darauf kam die besorgte Frage: „Und was ist heute mit Mittag? Oder wollt ihr einen Picknickkorb mit Essen und Trinken mitnehmen? Dann mach ich euch noch ein paar Brote für unterwegs."

„Keine Angst, Mama, wir beide verhungern schon nicht. Und gegen Abend sind wir wieder zurück.

Walter schaute auf seine Armbanduhr nach der Zeit und erschrak ein bisschen.

„So, nun aber los. Wenn wir noch länger quatschen, brauchen

wir gar nicht mehr fahren", drängte Walter jetzt zum Aufbruch. Sie standen auf und verabschiedeten sich schnell mit einer Umarmung von der Mutter. Einen Augenblick später waren die beiden bereits zum Gartentor hinaus und gingen zunächst zu Walter nach Hause, um ihre Mutter telefonisch zu erreichen. Das gelang ihnen um diese Zeit jedoch nicht und so machten sie sich gleich wieder weiter auf den Weg zum S-Bahnhof Adlershof. Als sie ihre Fahrkarten gelöst hatten, rauschte bereits der nächste Zug nach Königs Wusterhausen heran und hielt zischend und quietschend am Bahnsteig. Erika und Walter mussten die letzten fünfzig Meter rennen und sprangen gerade noch rechtzeitig durch die geöffnete Tür in einen hinteren Waggon. Gleichzeitig kam schon das Abfahrtsignal *Einsteigen bitte! Zurückbleiben!* Die Türen schlossen sich automatisch und schon ruckte die Bahn an und setzte die Fahrt fort. Die beiden waren froh, dass sie den Zug noch geschafft hatten. Sie nahmen gar nicht erst auf den noch freien Sitzen Platz, weil sie bis Grünau nur eine Station fahren mussten. Walter hatte seine geliebte Erika in den Arm genommen und hielt sie bei dem Geschaukel während der Fahrt fest. Als sie den S-Bahnhof Grünau verließen, hielt davor gerade eine Straßenbahn der Linie 86 an der Haltestelle.

„Da ist ja schon unsere Bahn. Die pendelt zwischen Grünau und Schmöckwitz, und fährt dabei am Wasser von Dahme und Spree entlang. Dort ist auch unsere Regattastrecke, wo ich mit Horst Klawitter immer trainiert habe. Die werde ich dir gleich zeigen. Das ist schon eine herrliche Gegend hier", kam Walter ins Schwärmen. „An der Schmöckwitzer Brücke ist dann die Endhaltestelle, von der wir noch ein paar Schritte zu Fuß gehen müssen", erklärte Walter ihr die Streckenführung der Linie 86. Auf der Fahrt dorthin stieg er dann mit Erika zunächst an der Regattastrecke seines Vereins aus, um ihr voller Stolz zu zeigen, wo er sich mit seinem Freund und Sportkameraden Horst Klawitter beim Training abmühte, ihren Doppelzweier noch schneller durchs Wasser gleiten zu lassen. Nun stand er mit Erika an der Regattastraße und schauten auf die sich nach rechts und links unendlich lang hinziehende Wasserfläche, auf der einige Sportler mit ihren verschiedenen Booten trainierten und auch Ausflugsdampfer unterwegs waren.

„Das ist hier beinahe noch schöner als bei uns am Arendsee. Aber ich glaube, man kann beide Landschaften auch nicht mit einander vergleichen. Beide sind schön, sonst hättet ihr ja eure Betriebsfahrt auch nicht in unsere herrliche Gegend an den Arendsee unternommen", meinte Erika beeindruckt von der sich hier vor ihr ausbreitenden Wasserfläche mit dem vielen Grün im Hintergrund am gegenüberliegenden Ufer. In der weiten Wasserfläche spiegelten sich der bisher blaue Himmel und das gleißende Sonnenlicht wider. Wie so oft funkelten dadurch die leichten Wellen auf dem Wasser wie Diamanten. Walter zog Erika wieder zu sich heran und gab ihr einen zärtlichen Kuss bevor er einen Augenblick später antwortete.

„Da darf ich gar nicht dran denken, wenn wir an dem besagten Tag keinen Betriebsausflug gemacht hätten oder ich bereits hier in Berlin hätte operiert werden müssen und dadurch an der Fahrt nicht teilnehmen können. Dann hätte ich so eine liebe und attraktive Frau wie dich höchstwahrscheinlich nie gesehen oder kennengelernt. Glück gehört im Leben auch dazu. Und das Glück meinte es an diesem Tag besonders gut."

Walter begann nun mit seinen Erklärungen. Er hob dabei seinen Arm und zeigte mit der Hand über das Wasser zum anderen Ufer und erklärte dabei alles wie der Fremdenführer einer Touristengruppe. „Die Häuser, die du dort drüben auf der anderen Seite siehst, gehören zum Wendenschloss. Das gehört alles zum Stadtteil Köpenick und hier auf dieser Seite ist unsere

Regattatribüne. Von dieser Stelle hast du bei den Wettkämpfen fast die ganze Regattastrecke voll im Blick. Zumindest ein Stück vom Startbeginn, denn die Strecke geht ja über 1000 m und liegt hauptsächlich im *Langer See*. Übrigens hier am Startbeginn fließt das Wasser weiter in die *Dahme* und dann in die bekannte *Spree*. Sag mal, würdest du dir eigentlich zutrauen zusammen mit mir auf dem Wasser in so einem Boot zu sitzen und durch die herrliche Landschaft zu paddeln. Hättest du Lust dazu?"

„Ich weiß nicht. Probieren könnten wir es ja einmal. Ich glaube aber, dass ich höchstwahrscheinlich viel zu ängstlich bin. So ein Kanu oder Boot kann zu schnell umkippen."

Inzwischen hatte sich die Sonne hinter den Wolken zurückgezogen. Die zunächst weißen Wolken am Himmel hatten sich nun zu eher gefährlich aussehenden sehr dunklen und kompakten Regenwolken zusammengezogen, aus denen vereinzelt grelle Blitze heraus zuckten. Kurz darauf folgte heftiger Donner. Der aufgekommene starke Wind peitschte über das Wasser. Die Gewitterfront kam schnell voran und ließ die Boote auf den Wellenkämmen des Sees hin und her schaukeln.

„Über das Bootfahren müssen wir uns später unterhalten. Hast du gemerkt, wie das Wasser jetzt auf einmal dunkel aussieht und die Wellen durch den aufkommenden Wind stärker wurden. Gleich gibt es heftigen Regen. Komm, wir gehen schnell zur Haltestelle und stellen uns unter, bevor wir nass werden. Dann fahren wir mit der nächsten Bahn weiter. Außerdem gibt es noch mehr, was ich dir zeigen möchte. Und langsam bekomme ich Hunger und möchte mit dir essen gehen", beendete Walter an dieser Stelle zunächst seine umfangreichen Ausführungen. Er freute sich ein bisschen darüber, endlich einmal sein ortskundiges Wissen loszuwerden.

Sie gingen auf der Straße schnell die paar Schritte zur Haltestelle händchenhaltend zurück. Kaum, dass sie dort ankamen, fielen bereits die ersten Regentropfen und nur einen Moment später prasselte ein Starkregen auf das Dach der kleinen Wartehalle nieder. Das Wasser perlte an den zum Teil mit Werbeplakaten beklebten und verschmutzten Scheiben ab. Der Regen war so stark, dass man meinen konnte, die Regentropfen wären an langen Schnüren dicht an dicht aneinandergereiht. Schnell bildeten sich an einigen Stellen auf der Straße große Wasserlachen, dort, wo das Wasser nicht schnell genug abfließen konnte. Nach etwa fünf Minuten war schon die nächste Straßenbahn der Linie 86 in Sicht. Durch den plötzlichen Regen war die Bahn beinahe voll besetzt. Als sich die Türen öffneten, sprangen Erika und Walter schnell hinein, um nicht nass zu werden. Eine stickige, feuchtwarme Luft empfing die beiden. Die Luft war ein Gemisch aus dem unangenehmen Geruch feuchtwarmer und zum Teil sehr durchgeschwitzter Kleidung, die ganz langsam müffelnd wieder trocknete. Auch etwas Knoblauchgeruch eines vermeintlich sehr gesund lebenden Fahrgastes, vermischt mit anhaftendem Nikotingestank sowie der aufdringliche Veilchenduft des Parfums einer vornehmen älteren Dame waberte im Innenraum der Bahn und verschlug anderen zusteigenden Fahrgästen ebenfalls den Atem. Viele waren froh, wenn sich an den Haltestellen die Türen beim Ein- und Aussteigen öffneten und frische Luft für einen Moment in den Fahrgastraum strömte und dadurch manch einen beinahe wiederbelebte. Walter hielt sich mit einer Hand an einem Haltegriff fest, rückte nah an seinen Schatz und hielt Erika fest im anderen Arm.

„Schade, dass wir keinen Schirm dabei haben, dann wär ich mit dir lieber gelaufen. Das ist ja eine unangenehm stickige Luft hier drin. Walter war froh, wieder einen Hauch vom zarten Duft ihres Parfums wahrnehmen zu können und so die Fahrt in der überfüllten Bahn angenehmer werden zu lassen.

„Die Fahrkarten bitte", ertönte die Stimme eines nicht gerade schlanken Kontrolleurs, der sich ausgerechnet in dieser prekären Situation versuchte, seinen Weg durch die dichte Menschenmasse zu bahnen. Von einigen Fahrgästen musste er verbale Anfeindungen über sich ergehen lassen. Stimmen wurden laut: „Menschenskind, nu drängel doch nich so, det siehste doch, dass die Bahn voll is'." Ein andere Stimme war unter großem Gelächter zu hören: „Koof dir doch selber eene Fahrkarte, dann kannste se dir dauernd vor deine Neese halten und ankieken. Dann weeßte wie sie auszusehen hat und brauchst nich bei jedem um eene Fahrkarte betteln." Der Kontrolleur ließ sich nicht beirren und hatte unter den Fahrgästen schnell ein Opfer ohne Fahrschein gefunden, mit dem er bereits an der nächsten Haltestelle ausstieg. Manch ein anderer Fahrgast ohne Fahrschein versuchte in der stickigen Luft erleichtert aufzuatmen, was ihm nicht gelang. Inzwischen hatte sich das Gewitter sehr schnell verzogen. Eine Haltestelle weiter hörte es genauso plötzlich auf zu regnen, wie es begonnen hatte. Sofort schien die Sonne wieder, als wenn es an dem Tag nie geregnet hätte und ließ die letzten Pfützen auf den Straßen trocknen. Sie setzten ihre Fahrt mit der *86* durch den Ort Karolinenhof fort. Die meisten Leute stiegen am Strandbad Grünau aus. Dabei wurden bei Walter Kindheitserinnerungen wach.

„Hier war ich im Sommer oft mit meinen Eltern und habe Schwimmen gelernt", erinnerte sich Walter Erika gegenüber.

An der Brücke in Alt-Schmöckwitz war die Endhaltestelle. Laut quietschend fuhr sie in die Wendeschleife, bis sie endlich an der Haltestelle hielt. Zu Fuß schlenderten beide über die Schmöckwitzer Brücke und bogen gleich danach links in die

Seddinpromenade ein. Kurz darauf hatten sie ihr eigentliches Ziel, die Schiffsgaststätte *Strandlust*, erreicht und suchten sich, ohne von der Bedienung platziert zu werden, einen Platz. Sie fanden noch einen freien Tisch direkt an einem der großen Fenster. Von hier hatte man einen herrlichen Ausblick über den Seddinsee mit der Insel Weidenwall, deren Baumbestand sich als eine grüne Kulisse inmitten der Wasserfläche des Sees hervorhob. Eine ähnliche Kulisse säumte das Ufer auf der gegenüberliegenden Seite. In der vorgesehenen Fahrtrinne durchpflügte gerade ein Fahrgastschiff der *Weißen Flotte* in Richtung Grünau den See. Auf dem Wasser kreuzten einige Segelboote, deren weiße Segel im Sonnenlicht aufleuchteten und ein paar knatternde Motorboote, deren Besitzer ihren Luxus auf dem Wasser präsentieren wollten. Auch Wasserwanderer in ihren Paddelbooten waren an diesem sonnigen Wochenende unterwegs. Es war ein reger Betrieb auf dem Wasser.

„Ist das schön hier", staunte Erika und war beinahe sprachlos.

„Das erinnert mich gleich wieder an den Tag unseres Kennenlernens, als wir abends auf der Terrasse vom *Seglerheim* am Arendsee saßen und auch ein paar Segelboote beobachten konnten."

„Ja, das war sehr schön. Jede Minute mit dir ist schön, egal wo, wie und was. Aber noch viel schöner finde ich im Augenblick, dass du mir hier gegenüber sitzt. Du musst also schon entschuldigen, wenn ich dich dauernd so ansehe. Es fällt mir schwer, meinen Blick von dir abzuwenden. Natürlich war das am *Arendsee* super, vor allem dass du meine Einladung für den Abend angenommen hattest. Da war ich mir vorher nicht ganz so sicher. Wenn ich abends bloß nicht solche heftigen Bauchschmerzen gehabt hätte. Das Schicksal hat es aber trotzdem gut mit mir oder besser mit uns gemeint. Manchmal kann ich gar nicht begreifen, dass ich wirklich so ein Glück hatte, dich getroffen zu haben. Zwischendurch muss ich mich immer wieder mal kneifen, um festzustellen, ob das auch alles wahr ist oder ich nur von dir träume."

„Danke. Das hast du aber lieb gesagt", erwiderte Erika und streichelte zärtlich seine Hand auf dem Tisch.

„Aber sag mal, bekommst du bei dem herrlichen Blick über den See und den kleinen und großen Booten darauf nicht selbst einmal Lust, mit mir in einem Boot über das Wasser zu gleiten?", stellte Walter erneut die Frage, die zunächst unbeantwortet blieb, denn der faszinierende freie Blick über den Seddinsee war so schön, dass beide noch kein Essen oder Getränk von der vor ihnen liegenden Speisekarte gewählt hatten, als die Bedienung an ihren Tisch herantrat, um ihre Bestellung aufzunehmen. Walter bat um einen Augenblick Geduld und sie nahmen die Speisekarte zur Hand.

„Möchtest du Fisch oder ein Gericht mit Fleisch?", wollte Walter wissen. „Was möchtest du denn?" fragte sie noch etwas unentschlossen zurück.

„Ich habe mich gleich für das gebratene Zanderfilet mit Kräuterbutter und Kartoffeln entschieden und nehme dazu einen Gurkensalat. Den Salat und den Fisch habe ich hier schon mal gegessen und der war Klasse. Ich war mit meinen Kollegen hier, als wir unsere Skatkasse für ein Essen und ein Bierchen hier in der *Strandlust* geplündert haben. Diesen kollektiven Nachmittag konnten wir gleich wieder als kulturellen Beitrag abhaken und in unserm Brigadetagebuch festhalten. Wir sind nämlich een *Kollektiv der sozialistischen Arbeit* musst du wissen", gab Walter zum besten und lachte dabei.

„Donnerwetter! Das hast du mir ja noch gar nicht erzählt", kam promt die Antwort und Erika lachte jetzt auch.

„Sooo…", überlegte er weiter, „…und trinken werd' ich ein *Radler*."

„Für mich dann bitte genau das Gleiche."

Als die Bedienung nochmals kam, war die Bestellung schnell aufgegeben. Dann mussten sie sich aber etwas gedulden, denn die Gaststätte war an diesem Wochenende wieder gut besucht. Nach etwa zwanzig Minuten meinte Walter scherzhaft: „Wir werden wohl noch lange warten müssen. Der Koch muss den Zander höchstwahrscheinlich erst noch angeln. Aber das ist kein Grund uns auch noch verdursten zu lassen ... Mir klebt ja schon beim Sprechen die Zunge am Gaumen fest." Kaum hatte er sich darüber geäußert, dass er an dem schönen Seddinsee verdursten müsste, brachte die Bedienung ihre bestellten Getränke. Und nach weiteren zehn Minuten wurde doch schon das Essen serviert.

„Jetzt hab' ich aber richtig großen Hunger", gab Walter zur Kenntnis und presste sich aus der auf dem Teller liegenden Zitronenscheibe etwas Saft über sein Fischfilet.

„Du hattest Recht. Das schmeckt hier alles sehr gut", gab sie kauend zur Antwort."

Etwas später nach dem Essen wollten sie sich nochmals etwas zu trinken bestellen, hatten aber nicht gemerkt, wie schnell die schönen Stunden zusammen vergangen waren.

„Hast du schon mal auf die Uhr geschaut? Es ist schon zehn Minuten nach 16.00 Uhr. So schön, wie es hier auch ist, ich glaube, wir müssen aufbrechen. Du weißt doch, ich muss unbedingt mal meine Mutter anrufen. Ich bin schon ganz unruhig, weil ich mich noch nicht gemeldet habe. Von hier bis zu euch nach Hause brauchen wir gut eine Stunde", meinte Erika auf ihre Uhr schauend. Da eine Bedienung auf sich warten ließ, sagte Walter: „Komm, lass uns gehen. Ich zahle vorn an der Theke. Das geht schneller, als wenn wir hier noch länger rumsitzen und warten müssen."

Wieder auf der Promenade gingen sie den gleichen Weg

zurück und warfen noch einmal einen Blick über den Seddinsee. Sehr weit konnten sie nicht mehr schauen, denn langsam setzte die Abenddämmerung ein. Einen Augenblick später hatten sie die Schmöckwitzer Brücke und kurz dahinter die Haltestelle an der Wendeschleife erreicht, mussten etwa fünfzehn Minuten warten, weil ihnen gerade eine Bahn vor der Nase weggefahren war. Die Minuten, bis die nächste Bahn quietschend vorgefahren kam, vergingen sehr schnell. Walter kam wieder auf das Thema Wassersport und Paddeln zu sprechen, das Erika ängstlich wiederholt ablehnte. Außerdem waren ihrer Meinung nach erst einmal andere Dinge, wie zum Beispiel eine gemeinsame Wohnung zu planen, wichtiger. Zwischendurch gab es immer wieder ein Küsschen und ein paar Streicheleinheiten. So verging die Wartezeit schneller. Auf der Rückfahrt bis zum S-Bahnhof Grünau mussten sie Gott sei Dank nicht stehen. An der Haltestelle am Strandbad Grünau stiegen viele Besucher des Strandbades ein, die nun wieder nach Hause drängten, so wie Erika und Walter auch. Im Nu waren alle restlichen Plätze besetzt. Endlich auf dem Bahnsteig des S-Bahnhofs Grünau angekommen, rauschte einen Moment später die Bahn nach Berlin herein.

„Ich bin schon richtig unruhig, weil ich noch nicht zu Hause angerufen habe. Aber ich kann ja meine Mutter nur im Krankenhaus erreichen. Gott sei Dank sind wir gleich bei dir zu Hause. Übrigens wollte ich mich noch für den schönen Ausflug nach Schmöckwitz bedanken", sagte Erika, als sie auf dem Rückweg vom Bahnhof die Straßen entlang gingen.

„Du musst dich nicht bedanken, sondern ich, dass ich mit dir das Wochenende zusammen sein kann. Aber einen Tag haben wir ja noch, denn morgen fahren wir zu dir und überraschen deine Eltern mit unserer Verlobung. Und dann können wir noch zusammen deinen Urlaubstag genießen."

Als sie die Wohnungstür aufschlossen, roch es aus der Küche nach frisch aufgebrühtem Pfefferminztee. Seine Mutter kam ihnen von dort ganz aufgeregt in ihrer damals üblichen bunten Kittelschürze entgegen geeilt.

„Da seid ihr ja endlich. Erika, deine Mutter hat schon zweimal angerufen. Du möchtest dich bitte gleich melden, wenn ihr zurück seid."

Erika hatte noch ihre Jacke an, als sie schon im Flur zum Telefonhörer griff und die Nummer des Krankenhauses in Seehausen wählte, wo ihre Mutter um diese Zeit zu erreichen war.

„Ach, und nun ist jetzt ausgerechnet der Anschluss besetzt. Muss ich dann gleich noch einmal versuchen. Hoffentlich ist nichts passiert. Vielleicht war ich deshalb in den letzten Stunden zu unruhig", meinte Erika, legte den Hörer auf und zog sich ihre Jacke aus. Beim zweiten Versuch fünf Minuten später hatte sie Glück. Zunächst meldete sich eine Kollegin am Telefon und holte Erikas Mutter an den Apparat.

„Hallo. Mama, entschuldige bitte, dass ich nicht früher angerufen habe. Aber das ist eben der Fluch der Dinge, dass wir zu Hause keinen Telefonanschluss haben und ich dich nur während deiner Dienstzeit erreichen kann. Was gibt es denn so Dringendes, dass du bereits angerufen hast?"

„Ich wollte dir nur Bescheid sagen, dass sich Papa bei einem Unfall im Betrieb das linke Bein gebrochen hat."

„Waas? Wie ist denn das passiert?" Erika war entsetzt über diese Nachricht. Angst und Sorgen konnte man in ihrem Gesicht ablesen.

„Er ist auf dem Betriebsgelände über etwas gestolpert und unglücklich gestürzt und liegt jetzt hier auf der Chirurgie. Der Knochen musste auch genagelt werden. Und sein Bein wurde eingegipst", schilderte ihre Mutter weiter die Situation. Walter hatte mitgehört, was passiert war.

„Das ist scheinbar ähnlich wie bei uns im Betrieb. Da könnte man sich auch an einigen Stellen auf dem Gelände die Ohr'n brechen. Von allein räumt keiner mehr auf, seit wir VEB, also ein volkseigener Betrieb sind. Dazu muss erst einem ein Arbeitsauftrag erteilt werden. Keiner fühlt sich zuständig, aufzuräumen und Ordnung zu halten. Alle sind irgendwie gleichgültig oder oberflächlich geworden. Der olle Hollerbusch hätte uns früher schon Feuer unterm Hintern gemacht, wenn der Betriebshof voller Gerümpel gelegen hätte", kommentierte er den Betriebsunfall seines künftigen Schwiegervaters.

„Bleib mal bitte einen Augenblick am Apparat", meinte Erika zu ihrer Mutter und wandte sich an Walter. „Ich möchte am liebsten heute Abend noch nach Hause fahren. Was meinst du, fährt noch ein Zug?"

„Der nächste Zug geht um 19.15 Uhr vom Ostbahnhof. Wenn wir uns beeilen, schaffen wir den noch. Dann sind wir heute Abend noch vor Mitternacht bei euch zu Hause. Kannst ja deiner Mutter ruhig sagen, dass ich mitkomme. Ich lass' dich doch nicht alleine fahren. Dann muss sie sich keine Sorgen machen."

Erika nahm den Hörer wieder an ihr Ohr. „Mama, bist du noch dran? Pass auf, ich komme heute noch nach Hause. Das heißt, wir kommen, denn Walter kommt mit. Übrigens haben wir noch eine Überraschung für euch. Also, bis später. Wie lange musst du heute überhaupt arbeiten? Nur bis um 20.00 Uhr? Ach so, weil du noch mal zu Papa reinschauen willst. Ok, dann bestell' einstweilen herzliche Grüße. Zeitlich passt ja alles gut zusammen. Also, bis nachher."

Damit beendeten beide das Gespräch. Währenddessen roch es aus der Küche immer noch nach dem frisch gebrühten Pfefferminztee, den es unter anderem zum Abendbrot geben sollte.

„Was wird denn nun mit dem Abendbrot?", fragte Walters Mutter, die nur einen Teil mitgehört hatte. „Eigentlich hatte ich gehofft, dass wir zusammen zu Abend essen. Ich hab für uns auch noch ein paar Wiener Würstchen im heißen Wasser und Kartoffelsalat gemacht."

„Mama, das ist lieb gemeint. Vielleicht schaffen wir's ja noch. Aber jetzt müssen wir erst schnell noch unsere sieben Sachen zusammen packen. Unser Zug fährt um 19.15 Uhr ab Ostbahnhof nach Wittenberge, wo wir umsteigen müssen. Das ist preiswerter und geht viel schneller, als wenn wir erst mit dem D-Zug bis Magdeburg oder Stendal fahren würden und dann von dort mit einem anderen Vor-Ort-Zug über Osterburg und andere Nudelnester irgendwann in Seehausen ankommen. In Wittenberge haben wir zwar dreißig Minuten Aufenthalt, sind aber schon um 22.00 Uhr bei Erika zu Hause. Das musst du verstehn, dass sie unter diesen Umständen keine Ruhe mehr hat."

„Ihr müsst doch aber noch was essen. Bis nach Seehausen seid ihr trotzdem lange unterwegs", meinte Walters Mutter besorgt. „Ich werde euch wenigstens noch ein bisschen für unterwegs einpacken."

Sie stopften schnell ihre Sachen in die Reisetaschen, während ihre Mutter belegte Brote in der Küche machte und auch die Würstchen aus dem Wasser nahm und einwickelte. Den Reiseproviant nahmen die beiden letztendlich dann doch dankend an und verstauten alles in ihre Taschen.

„So, wir müssen", mahnte Walter zur Eile und ging mit seiner Tasche in den Flur, um sich Schuhe und Jacke anzuziehen. Erika folgte ihm und tat das Gleiche. Schnell verabschiedeten sich beide von seiner Mutter mit Umarmung und Küsschen, auch nochmal als Dankeschön. Dann griffen sie ihre gepackten

Reisetaschen und hasteten zur Tür hinaus, die Mutter Gertrud bereits geöffnet hatte. Noch einmal riefen beide: „Tschüss, Mama!" Und schon rannten sie die Treppe runter und waren gleich darauf auf der Straße und auf dem Weg zum S-Bahnhof. Die Fahrt zum Ostbahnhof mit der S-Bahn verlief reibungslos, so dass sie noch Zeit hatten, Fahrkarten zu kaufen. Und sie hatten Glück, einen freien Schalter zu finden, denn in dieser Zeit war das Ausstellen der Fahrkarten für manche Reiseziele sehr aufwendig, weil sie handschriftlich ausgefertigt wurden. Hierbei musste der Vordruck der Fahrkarte der Deutschen Reichsbahn mit Angaben wie Datum, Zeit, Zielbahnhof und Preis ausgefüllt werden. Diese Art des Fahrkartenverkaufs führte häufig zu einer längeren Warteschlange vor dem Schalter, so dass für den Fahrkartenkauf mehr Zeit eingeplant werden musste. Entsprechend der Bahnhofsuhr verblieben Erika und Walter bis zur Abfahrt des Zuges nur noch vier Minuten. Sie bahnten sich so schnell es ging einen Weg durch die vielen Leute, die gerade angekommen waren und sie hetzten die Treppe zum Bahnsteig rauf, wo ihr Zug bereits eingefahren war. Die Türen standen zum Teil noch offen.

„Komm, schnell rein!", mahnte Walter wiederholt zur Eile. Als sie eingestiegen waren und ihre Taschen verstaut hatten, ertönte das Abfahrtsignal. Im gleichen Augenblick heulten die Motoren der Diesellok V 180 auf und setzten den Zug langsam in Bewegung Die Lok stieß dabei wie zum Gruß noch eine dicke schwarze Abgaswolke des verbrannten Kraftstoffs in die Bahnhofshalle aus und nahm dann immer schneller werdend Fahrt nach Wittenberge auf. Walter hatte noch zwei freie Plätze nebeneinander gefunden und somit Gelegenheit, ein bisschen während der Fahrt miteinander zu kuscheln.

„Geschafft", stöhnte Walter erleichtert und glücklich, legte den Arm um seinen Schatz und gab ihr einen Kuss.

„Hoffentlich ist es mit dem gebrochenen Bein meines Vaters nicht ganz so schlimm. Vielleicht bekommt er einen Gehgips. Sonst können wir unsere Verlobungsfeier abblasen. Mein Vater sollte schon dabei sein", kam Erika auf die Verlobungsfeier zu sprechen und machte sich Sorgen um ihren Vater, während der Zug in der Abenddämmerung durch die Havellandschaft rauschte. Der bis zu dieser Zeit blaue Himmel war inzwischen wolkenverhangen und ein starker Regen prasselte plötzlich gegen die Fenster und perlte nun an diesen herunter. Das Wasser vermochte dabei nicht, die verschmutzten Fenster des Zuges zu säubern und etwas durchsichtiger werden zu lassen. Kurze Zeit später waren in der Dunkelheit nur noch die Lichter einiger vorbeifliegender Ortschaften zu erkennen.

„Die Fahrkarten bitte!" Mit diesen Worten machte eine kleinere mollige Zugschaffnerin ihre Runde durch den Zug. Sie hatte ihre Haare zu einer sogenannten *Portierknolle*, einem Dutt, gebunden. Die Frisur verlieh ihr ein noch strengeres Aussehen. Das passende Käppi zu ihrer Uniform hatte sie mit vielen Haarklammern auf ihrem Haupt befestigt.

Dann war sie bei Erika und Walter angelangt und forderte die beiden mit strengem Blick durch ihre dicken Brillengläser auf, ihr Bahnticket zu zeigen, das sie mit einer Lochzange entwertete.

„Ihr Anschlusszug in Wittenberge Richtung Seehausen fährt heute erst fünfundvierzig Minuten später vom Gleis zwei gegenüber ab", gab sie noch den Hinweis.

„Mann-o-Mann, ausgerechnet heute.", schimpfte Walter und setzte dann die Unterhaltung mit Erika fort.

„Mit deinem Vater wird es schon nicht so schlimm sein. Das hoffe ich jedenfalls", versuchte Walter sie zu trösten. „Ansonsten lässt sich so eine Verlobungsfeier auch etwas verschieben. Sollte sowieso keine riesige Fete werden. Die behalten wir uns lieber für unsere Hochzeit vor. Was meinst du denn, wann wir uns überhaupt das amtliche Ja-Wort geben wollen?", fragte Walter in diesem Zusammenhang. „Also ich würde das ganze *Remmidemmi*, wie Hotte unsere Hochzeit nannte, in die Sommerzeit verlegen, vielleicht nächstes Jahr. Das braucht ja auch alles seine Zeit mit den ganzen Vorbereitungen, wie Aufgebot beim Standesamt bestellen und, und, und… In der schönen Jahreszeit kriegen wir sogar hier bei uns im Blumengeschäft einen Brautstrauß für dich, ohne den Schrebergarten meiner Mutter wegen geeigneter Blumen plündern zu müssen oder den Brautstrauß vielleicht noch aus dem Westen mitbringen zu lassen. Reicht schon, wenn wir die Ringe von drüben bekommen, wo wir ja bekanntlich selber nicht mal eine kleine Unze Gold besitzen. Und außerdem könnten wir im Sommer die Feier bei euch im großen Garten unter dem urigen Walnussbaum veranstalten. Unter der Baumkrone findet doch unsere ganze pucklige Verwandtschaft an einer langen Tafel Platz und alle Freunde und Bekannte noch dazu, das heißt, natürlich alle die, die wir einladen", schwärmte Walter mit seinen Gedanken bereits von der Hochzeitsfeier.

„Morgen früh überraschen wir meine Eltern erst einmal mit unserer Verlobung und dann planen wir weiter, ob kleine Verlobungsfeier oder nicht. Bin schon gespannt, was meine Mutter sagt, denn sie erfährt es ja schon nachher vor meinem Vater."

Die ersten Lichter der Straßen und Häuser der Stadt Wittenberge tauchten aus der Dunkelheit auf und der Zug wurde langsamer und hatte den Bahnhof fast erreicht, was die beiden bei ihrer intensiven Unterhaltung gar nicht gemerkt hatten.

„Komm, wir gehen schon zur Tür, denn wir müssen sowieso gleich aussteigen." Walter stand auf, machte seine Jacke zu und nahm Erikas und seine Reisetasche aus der Gepäckablage. Dann ging er mit ihr zum Ausstieg. Die Bremsen quietschten und der Zug hielt mit einem Ruck. Die Türen wurden geöffnet und alle Reisenden stiegen aus, weil dieser Zug hier in Wittenberge endete. So hörte man einige Wortfetzen der Ansage über die Lautsprecher des Bahnhofs. Der Regen hatte aufgehört und die Luft war danach frisch, aber mit den gesunkenen Temperaturen feucht und kühl. Die beiden standen zunächst auf dem Bahnsteig neben anderen Reisenden, die ebenfalls auf den nächsten Anschlusszug warteten. Eine Streife der Transportpolizei mit Hund, die hier patrouillierte, bahnte sich einen Weg durch die Leute und das Reisegepäck.

„Mensch komm bloß!", meinte Walter beim Anblick der Streife. „Wenn ich diese Flitzpiepen schon sehe, kriege ich einen ganz dicken Hals. Sieh dir doch die Figuren bloß mal an. Wie die alle Leute argwöhnisch mustern und manche sogar kontrollieren. Da haben sie aber auch zwei dolle Typen in eine Uniform gesteckt und nun fühl'n die sich gleich als wichtige Amtspersonen, um anderen den Daumen zu zeigen. Der Hundeführer hat fast die gleichen Gesichtszüge wie seine Bulldogge und der andere, dem die Schirmmütze bis auf seine Ohren gerutscht ist, freut sich scheinbar darüber, dass er abstehende Ohren hat, sonst wär er höchstwahrscheinlich blind. Der sieht schon so doof aus, als ob sein einziger Lehrer in der Dorfschule sehr früh verstorben ist. Nur, weil hier in der Gegend einige Kilometer weiter die Grenze verläuft, denken die, dass alle, die hier lange warten müssen, gleich eine Republikflucht geplant haben.

Aber lassen wir das Thema lieber. Und außerdem habe ich langsam Hunger und Appetit auf 'ne Bockwurst mit viel Senf. Vielleicht haben sie in der *Mitropa* noch eine Wurst rumzuliegen, die sie loswerden möchten, das heißt, sofern der

Laden überhaupt noch geöffnet hat."

„Wir haben doch noch die Brote, die deine Mutter uns eingepackt hat. Abgesehen davon würde ich lieber zuerst versuchen, eine Telefonzelle zu finden, um meine Mutter anzurufen.", erwiderte Erika.

„Hier draußen in der Dunkelheit und Frische müssen wir unsere Stullen nicht gerade auspacken. Wir können ja in der *Mitropa* dazu noch einen Kaffee trinken", schlug Walter vor und hatte schon eine Telefonzelle am Bahnhofsgebäude erspäht. Er zeigte mit seiner Hand in die Richtung.

„Komm' da drüben steht eine Telefonzelle. Da kannst du deine Mutter anrufen."

Die Telefonzelle war verschlossen und mit einem Schild versehen, auf dem das Wort *DEFEKT* in großen Lettern zu lesen war.

„Typisch Osten! Da kannst du doch Zustände kriegen", fluchte Walter vor sich hin. Es half aber auch nichts. „Komm, lass uns den Ärger mit einer Tasse Kaffee runterspülen und etwas essen", machte er Erika den Vorschlag, mit in die Bahnhofsgaststätte zu kommen und ging voran.

Als sie den Gastraum betraten, verschlug es ihnen fast den Atem. Dicke Nikotinschwaden hingen in der Luft, vermischt mit dem Dunst von schalem Bier und aus der Küche quoll ihnen der Geruch von Broiler und altem Frittenfett entgegen. Die Augen brauchten einen Augenblick, um die anwesenden Gäste in dem tristen Licht der Deckenbeleuchtung und der nikotingeschwängerten Luft mehr oder weniger wie durch einen leichten Nebelschleier wahrzunehmen. Ein paar hingen wie lästige Fliegen an der Theke, um teilweise berauscht, lautstark Aktuelles vom Tage zu erörtern, während sich andere Gäste, die ebenfalls auf den nächsten Zug warteten, an den paar Tischen im Gastraum verteilten. An einem Tisch wurden

Karten gespielt, an einem anderen hatte jemand bereits seinen Kopf auf die Tischplatte gebettet, um hier eventuell zu übernachten.

„So stell ich mir die Situation im Wilden Westen in einem Saloon vor. Den halbbesoffenen Typen an der Theke fehlen nur ihre Hüte auf dem Kopf und dazu kommt dann noch der entsprechende Sheriff", stellte Walter fest und Erika musste lachen. Sie fanden noch einen freien nicht mehr ganz sauberen Tisch an einer Wandseite des Raumes. Die Bedienung kam sofort und säuberte den Tisch, leerte den Aschenbecher und nahm gleichzeitig ihre Bestellung entgegen, mit dem Hinweis, dass in fünfzehn Minuten Küchenschluss wäre und um 22.00 geschlossen wird.

„Wir haben auch nicht vor, hier in diesem einladenden Raum zu übernachten", gab Walter etwas ironisch zur Antwort. Einen Augenblick später wurden bereits Kaffee mit Sahne und Zucker in Tassen aus dicker glasierter Keramik mit dem Aufdruck *Mitropa* auf genauso dicken Untertassen gebracht, ebenso die Bockwurst auf einem dicken Teller aus gleichem Material mit Aufdruck. Erika hatte sich eine Stulle ausgewickelt und abgebissen. Einen Moment betrachtete Walter die dicken Tassen und meinte: „Wenn jemand derartige Tassen hier mitgehen lässt, dann hat der wirklich nicht mehr alle Tassen im Schrank. Aus denen kannst du ja gar nicht richtig trinken ohne dabei zu sabbern."

Walter saß an dem wackligen mit Sprelacart beschichteten Tisch mit Blickrichtung zur Tür. Er war gerade dabei den Zucker in seiner Tasse umzurühren, als die Tür zum Gastraum geöffnet wurde. Herein kam die Streife der Transportpolizei mit Hund, die sie bereits auf dem Bahnsteig gesehen hatten. Von den Schirmen ihrer Mützen perlte noch etwas Regenwasser ab. Der Hund versuchte immer wieder, einen störenden Maulkorb von seiner Schnauze mit einer Pfote zu entfernen, „Siehst du, sag ich doch, es fehlte in diesem Western-Saloon hier nur noch der Sheriff. Und der ist jetzt gerade mit seinem Deputy und Hund durch die Flügeltür gekommen. Bloß 'nen Sheriffstern haben sie nicht an ihre Heldenbrust geheftet, dafür aber ein Sprechfunkgerät an ihrer blauen Uniform zu hängen, damit die gleich um Hilfe rufen können, falls ihnen doch mal einer an die Wäsche will. Fehlt nun bloß noch, dass die fragen, wem das Pferd draußen vor der Tür jehört, ich mein natürlich den *Trabant* im Parkverbot", gab Walter seiner Erika leise zu verstehen, was er im Augenblick sah und auch dachte. Erika lachte über diesen Vergleich so laut, dass die beiden wichtigen Uniformträger von der Theke aus zu ihnen argwöhnisch und verwundert herüberschauten, was es wohl in der DDR noch zu lachen gäbe. Die Kellnerin kam an ihrem Tisch vorbei und Walter hob seine Hand, um sich zum Zahlen bemerkbar zu machen, worauf sie einen Moment später auf ihren Tisch zusteuerte und abkassierte. Seine Wurst hatte er inzwischen aufgegessen und Erika auch ihr Brot. Dann tranken sie noch schnell den restlichen Kaffee aus den klobigen Tassen.

„Ich glaube, es wird wohl besser sein, wenn wir dieses hochwohllöbliche Etablissement verlassen, bevor uns noch die staatlichen Kontrollorgane aufhalten und wir den Zug verpassen. Der müsste nämlich schon bereitstehen", meinte Walter, da er beobachtete, wie die zwei Uniformierten die Kontrolle vom Bahnsteig nun in dieser Gaststätte fortsetzten. Draußen hatten sich die Regenwolken wieder verzogen und der Himmel war wieder klar und einige Sterne zu sehen. Die Luft war nach dem Regen angenehm rein und mild.

Der Zug in Richtung Magdeburg und Osterburg war schon auf Gleis zwei eingefahren und die beiden konnten sofort einsteigen. Kurz darauf ertönte das Abfahrtsignal. Erika war in

Gedanken schon zu Hause bei ihrer Mutter. Sie hatten aber noch knappe dreißig Minuten Fahrzeit vor sich und mussten vom Bahnhof in Seehausen auch noch fünfzehn Minuten laufen, bis sie endlich zu Hause klingeln konnten. Dann hatten sie es geschafft. Ihre Mutter öffnete und im gleichen Augenblick strahlte ihr sorgenvolles Antlitz. Sie lag sich mit Erika in den Armen.

„Da seid ihr ja endlich", kam es erlösend über ihre Lippen.

Dann begrüßte sie Walter und drückte auch ihn, ohne zu wissen, dass sie ihren künftigen Schwiegersohn in die Arme nahm und meinte nur:

„Schön, dass sie mitkommen konnten und Erika nach Hause begleitet haben. Na, dann kommt rein", forderte sie beide auf. Sie stellten ihre Reisetaschen im Flur ab und hingen ihre Sachen an einen Haken der Flurgarderobe.

„Ich habe das Gästezimmer für Herrn Haberkant wieder hergerichtet, aber wir setzen uns noch einen Moment ins Wohnzimmer und trinken noch ein Gläschen. Ich habe nämlich eine Überraschung", verkündete Erikas Mutter.

„Na, dass trifft sich ja gut. Wir haben nämlich auch eine", meldete sich Walter jetzt zu Wort. „Aber gestatten sie erst einmal die Frage, wie es ihrem Mann geht? Ist es sehr schlimm bestellt mit seinem Bein?"

„Also, das ist ja meine Überraschung. Der Bruch seines Beines musste zwar mit Schrauben fixiert werden, war aber Gott sei Dank trotzdem nicht so kompliziert, wie anfangs vermutet. Jetzt ist sein Bein jedenfalls eingegipst und nächste Woche soll er einen Gehgips bekommen und kann damit nach Hause. Mich beunruhigt nur, dass die Wunde so langsam verheilt. Hoffentlich ist daran nicht sein Diabetes schuld", antwortete Erikas Mutter besorgt. „Er wird natürlich noch nichts weiter machen können, aber wenigstens ist er dann wieder zu Hause."

„Das ist ja toll, dass er bald nach Hause kann. Dann können wir ihn morgen zwar leider noch nicht abholen aber besuchen werden wir ihn. Wir hatten ja auch eine Überraschung angekündigt. Die ist zwar für euch beide, aber wir möchten die nicht länger für uns behalten und dir vorenthalten. Darf ich dir, liebe Mama, deinen künftigen Schwiegersohn vorstellen? Wir haben uns nämlich verlobt", verkündete Erika und zeigte auf Walter, der neben ihr auf der Couch saß.

„Jetzt bin ich aber platt und weiß gar nicht, was ich sagen soll. Jedenfalls freue ich mich riesig und wünsche euch beiden viel, viel Glück", meinte sie strahlend und stand mit diesen Worten auf, um ihre Tochter in den Arm zu nehmen und ihr dabei noch einmal alles Gute zu wünschen. Dann schloss sie Walter in ihre Arme und meinte: „Mein lieber Walter, herzlich willkommen als Schwiegersohn in unserer Familie und mach' meine Tochter glücklich. Und ab jetzt kannst du Mama oder Martha zu mir sagen, also auf ein *Du*, auf das wir gleich noch anstoßen werden."

„Danke. Ich werde das beherzigen und mir Mühe geben, Mama", antwortete er leicht gerührt.

Martha Bachmann verteilte die Gläser und meinte: „Auf die von mir im Stillen erhoffte Nachricht müssen wir erst einmal anstoßen. Komm Walter, mach doch mal bitte die Flasche Sekt auf! Eure Überraschung muss ich morgen gleich meiner Freundin Adelheid mitteilen. Sie hatte euer Kennenlernen ja vor ein paar Wochen am Arendsee mitbekommen."

Walter hatte die Sektflasche entkorkt und goss in die bereitstehenden Gläser auf dem Couchtisch mit der dicken Glasplatte ein und stellte die Flasche dann auf einem Untersetzer ab.

„So, ihr Lieben, lasst uns also auf euer Glück und die

gemeinsame Zukunft anstoßen. Das können wir ja noch einmal wiederholen, wenn Heinz aus dem Krankenhaus wieder zu Hause ist. Der wird genauso freudig überrascht sein, dass das bei euch gleich so sehr gefunkt hat. Also, noch einmal zum Wohl!", wiederholte Martha und reichte ihren Sektkelch erst zu Erika und dann zu Walter, um die Gläser beim Anstoßen leicht zum Klingen zu bringen. Als sie die Gläser nach einem Schluck wieder abgestellt hatten, zeigte Erika ihren Ring.

„Sieh mal Mama, hast du schon den wunderschönen Ring an meiner Hand gesehen?", sagte Erika und streckte den Arm ihrer Mutter entgegen.

„Mein Gott, ist der schön. Die drei Glitzersteine funkeln wie richtige Diamanten", staunte ihre Mutter.

Walter schmunzelte und Erika lachte jetzt, um ihre Mutter beinahe entrüstet über diesen Ring aufzuklären: „Mama, diese kleinen winzigen Glitzersteine sind wirklich Diamanten. Den Ring hat mir mein Schatz zur Verlobung geschenkt. Und eine Gravur mit unseren Namen hat er auch."

Sie prosteten sich nochmals mit ihren Sektkelchen zu und ließen den Abend ausklingen. Als Walter mal für kurze Zeit auf der Toilette im Badezimmer verschwand, meinte Erika zu ihrer Mutter:

„Mama, du musst nun kein Gästezimmer mehr herrichten. Wir finden es nämlich bei mir in meinem Bett kuschliger."

„So, so. Gut, dass ich das weiß. Dann spare ich mir künftig etwas Arbeit", antwortete sie und schmunzelte.

„So nett wie der Abend mit euch auch ist, es ist aber schon sehr spät geworden und ich ziehe mich jetzt in mein Bett zurück. Wollen wir eventuell morgen, das heißt eher heute zusammen frühstücken oder schlaft ihr bis Mittag?" wollte Erikas Mutter noch wissen und sie einigten sich auf 9.30 Uhr.

„Eine Frage noch Mama. Kann ich bitte morgen das Auto

haben? Zum Krankenhaus könnten wir zu Fuß gehen, aber ich möchte mit Walter vielleicht noch einmal an den Arendsee. Du kannst natürlich auch mitkommen und wir laden dich bei Tante Adelheid ab, dann kannst du ihr gleich berichten, dass wir uns verlobt haben. Das Wetter soll sich ja bessern und morgen wieder recht sommerlich sein."

„Kann ich da nein sagen? Du weißt ja, wo der Schlüssel und die Papiere sind. Ich komme aber nicht mit. Ich glaube, Adelheid ist momentan gar nicht zu Hause."

Mit einem „Gute Nacht!" und „Schlaft gut!" verließ Martha Bachmann das Wohnzimmer und auch Erika und Walter standen von der Couch auf und gingen noch ins Bad. Walter brachte seine Reisetasche in ihr Zimmer, stellte sie unter einem Stuhl ab, auf dem er auch seine Sachen ablegte, die er bis auf den Slip auszog. Dann kam Erika ins Zimmer. Sie hatte ihre wunderschönen hellblonden Haare im Bad noch gebürstet und trug sie jetzt offen. Ihren wohlgeformten Körper hatte sie in einen türkisfarbenen Bademantel gehüllt und löste ganz langsam den Knoten des Gürtels. Dabei bemerkte sie Walters fast sprachlosen Blick und seine zunehmende sichtbare Erregung.

„Bei der Wärme hier im Zimmer brauchst du keine Unterhose im Bett. Die passt dir im Augenblick sowieso nicht richtig", flüsterte Erika lächelnd und ließ bei diesen Worten den geöffneten Bademantel von ihrem Körper gleiten, der auf den Flokati, der den Fußboden vor ihrem Bett bedeckte, fiel. Sie ging einen Schritt auf Walter zu, der sie immer noch fassungslos anschaute.

„Was ist? Hast du noch keine Frau gesehen? Du stehst da wie angewurzelt, als wenn du mich noch nie gesehen hast."

„Allein dich zu sehen, macht mich immer wieder sprachlos. In dem Bademantel hast du mich derart überrascht und siehst so

süß darin aus, aber ohne Textilien bist du mit deiner traumhaften Figur einfach zum Anbeißen, dass ich mich zwischendurch immer wieder frage, ob es wirklich wahr ist oder ob ich nur träume, mit dir zusammen sein zu dürfen."
Er hatte noch nicht zu Ende gesprochen, da zog ihn Erika nah zu sich heran und schmiegte sich an ihn. „Komm her du Träumerle." Er spürte dabei ihre vollen Brüste und ihre Lippen fanden sich immer und immer wieder zu einem Kuss. Zwischendurch berührten sich ihre Zungen dabei durch ihren halbgeöffneten Mund. Dann sanken beide zusammen auf ihr weiches Bett. Seine Hände streichelten jetzt ihren Körper überall sanft und zärtlich, verbunden mit innigen Küssen. Und auch Erika erwiderte die Zärtlichkeiten, liebkoste dabei seinen markanten Körperteil. Sie konnten wie immer nicht genug voneinander bekommen. Bis weit in die Nacht hinein liebten sie sich noch mehrmals. Dann sank Erika erschöpft in ihr Kissen und schlief mit einem glücklichen Lächeln auf den Lippen in seinem Arm ein.

Trotz der sehr kurzen Nacht fanden sie sich pünktlich am gedeckten Frühstückstisch mit einem noch etwas müden „Guten Morgen!" ein. Martha Bachmann, Erikas Mutter, hatte alles vorbereitet und einen Strauß Rosen auf dem Tisch in einer entsprechenden Vase arrangiert.

„Ich hoffe ihr habt gut geschlafen und euch in einem Bett nicht zu sehr gedrängelt."

„Wir haben sogar sehr gut geschlafen und aus meinem Bett ist von uns auch niemand gefallen. Wir haben uns gut festgehalten. Die Nacht war nur zu kurz", antwortete Erika noch etwas verschlafen, was Walter wiederholend mit einem Kopfnicken bestätigte und müde hinzufügte: „Ja, leider sehr kurz. Der Hahn hinten bei den Hühnern im Garten hat uns mit seinem lauten Kikiriki geweckt."

„Der muss sich ja morgens auch mal bemerkbar machen und seine Damen zum Eierlegen animieren, sonst hätten wir heute kein Frühstücksei auf unserem Tisch", meinte die Martha Bachmann scherzhaft. „Schlaft mir nachher beim Autofahren bloß nicht ein, wenn ihr noch an den Arendsee wollt. Ich will nachher noch einmal zu Heinz ins Krankenhaus. Adelheid kann ich auch noch heute Abend von der Arbeit aus anrufen. Außer den Rosen auf dem Tisch, die noch zu eurer Verlobung sind, hab ich außerdem einen kleinen Strauß gebunden, den ihr Heinz ins Krankenhaus mitnehmen könnt, wenn ihr ihn besucht."

„Danke Mama", antworteten Erika und Walter beinahe gleichzeitig.

„Wir wollen vormittags Paps besuchen und fahren von dort weiter, damit wir noch genügend Zeit am See verbringen können", schlug Erika vor, um ihren freien Tag mit Walter ergiebig zu nutzen.

„Wollt ihr ein bisschen Proviant für euer Picknick am See mitnehmen?", fragte Martha Bachmann genauso besorgt wie Walters Mutter, immer in der Annahme, dass ihre Kinder nicht genügend zu essen hätten.

„Haben wir eigentlich nicht vor", lehnten die beiden das Angebot ab. „Wir werden uns zwar ein lauschiges Plätzchen am Wasser suchen, wo wir unsere Decke ausbreiten, aber für den Hunger gehen wir heute lieber in die Gaststätte, in der wir das erste Mal zusammen saßen", meinte Erika noch und entnahm der oberen Schublade einer Kommode neben der Flurgarderobe Schlüssel und Zulassung für den *Wartburg*. Die Zulassung steckte sie gleich in ihre braune Handtasche, während sie den Zündschlüssel in der Hand behielt. Das Auto stand in der mit grauen Betonsteinen gepflasterten Zufahrt vor dem Haus.

„Vergesst aber nicht zu tanken, bevor ihr weiter an den Arendsee fahrt. Ich glaube, es ist nicht mehr viel Benzin im

Tank", ermahnte die Mutter.

„Ob wir später selbst auch mal ein Auto haben werden?", stellte Walter die Frage zu Erika gewandt.

„Seit fünf Jahren hab' ich eine Anmeldung zu laufen."

„Dann müssen wir ja nur noch zehn Jahre warten", lachte Erika. „Komm, lass uns fahren!"

Sie verabschiedeten sich von der Mutter, nahmen den kleinen Strauß duftender Rosen sowie eine Tasche mit verschiedenen Utensilien für ihren Aufenthalt am See und stiegen draußen ins Auto. Knatternd und eine stinkende Wolke blauer Abgase des Zweitaktmotors hinter sich lassend, fuhren sie langsam vom Grundstück auf die Straße und zunächst zur Minol-Tankstelle in der Schulstraße. Dort ließen sie den Tank mit 20 Liter Super-Kraftstoff füllen. Danach ging es weiter zum Krankenhaus. Auf der Station meldeten sie sich artig im Dienstzimmer der Station.

„Hallo, Erika, was machst du denn hier? Ich denke du hast heute noch frei", wurde sie von der Oberschwester, einer Kollegin von ihr, begrüßt.

„Stimmt, ich habe heute noch frei. Ich möchte nur schnell zusammen mit meinem Verlobten meinen Vater besuchen, um zu sehen, wie es ihm inzwischen geht. In welchem Zimmer finde ich ihn denn?", entgegnete Erika.

„Er liegt in Zimmer 3. Aber sag mal, hab ich soeben richtig gehört, dass du verlobt bist?"

„Hast du. Ist ja auch erst jetzt am Wochenende passiert", antwortete Erika kurz.

„Na dann noch herzlichen Glückwunsch!"

Nach diesem kurzen Wortwechsel suchten sie endlich ihren Vater auf. Ein Lächeln ging über sein Gesicht, als Erika als erste das Zimmer betrat und im nächsten Augenblick war er etwas überrascht, dass sie in Begleitung eines jungen Mannes kam, den Erika schon vor ein paar Wochen kurz zu Hause vorstellte. Sie beugte sich über ihren Vater und gab ihm einen flüchtigen Kuss auf die Wange.

„Was machst du denn für Sachen? Hast uns einen ganz schönen Schreck eingejagt. Hast du immer noch in deinem Bein Schmerzen?", fragte Erika.

„Die Schmerzen sind auszuhalten. Habe ja hier eine gute Pflege und nächste Woche soll ich vielleicht schon einen Gehgips bekommen", antwortete Erikas Vater.

„Papa…", suchte Erika dann nach passenden Worten, nachdem sie die Rosen in einer Vase auf seinen Nachttisch gestellt hatte. „Du hast ja gesehen, dass ich noch jemanden mitgebracht habe, den ich nicht noch einmal vorstellen muss. Herrn Haberkant…, ich meine Walter, kennst du ja schon. Wir möchten dir nämlich sagen, dass wir uns am letzten Wochenende in Berlin verlobt haben. Wir finden nämlich beide, dass wir sehr gut zu einander passen, uns ganz doll lieb und viele andere Gemeinsamkeiten haben. Kurz gesagt, wir finden, dass zwischen uns alles stimmt. Und deshalb wollen wir künftig unser ganzes Leben zusammen meistern."

„Das hast du aber fein gesagt", lobte Heinz Bachmann seine Tochter. „Meinen Segen habt ihr", fügte er lächelnd hinzu und zu Walter gewandt: „Komm her mein Junge, du hast mir schon das erste Mal gefallen, als wir uns kennen lernten. Pass mir auf meine Erika auf und mach' sie glücklich." Walter hatte sich zu ihm herunter gebeugt und Heinz Bachmann klopfte ihm anerkennend auf die Schulter.

„So Paps, wir wollen bei dem schönen Wetter noch an den Arendsee fahren."

„Dann will ich euch nicht länger aufhalten. Wollt ihr dort ein Picknick machen?", fragte Erikas Vater.

„Nein, heute woll'n wir nur'n bisschen faulenzen und vielleicht auch mal ins Wasser, aber nur mit den Füßen. Das

Wasser wird bestimmt noch ganz schön kalt und vor allem sehr nass sein", scherzte Walter. „Morgen muss ich leider wieder zurück, weil ich nach der langen ungewollten aber schönen Pause auch mal wieder arbeiten muss", fuhr er fort und gab ihm die Hand, um sich von seinem künftigen Schwiegervater zu verabschieden. „Also dann weiter gute Besserung und Auf Wiedersehen." Erika beugte sich noch einmal zu Ihrem Vater und gab ihm zum Abschied noch schnell ein Küsschen auf die Wange und sagte dann: „Morgen Nachmittag schaue ich wieder rein, Paps."

Dann verließen beide winkend das Zimmer und ließen einen zufriedenen Vater zurück.

Wieder ein Ausflug zum Arendsee

Die Sonne hatte das Auto auf dem Parkplatz innen ordentlich aufgeheizt, so dass sie noch einen Augenblick vor dem Einsteigen die Türen öffneten und warteten. Die Wartezeit wollte Walter mit einem Kuss verkürzen, aber Erika weigerte sich, weil sie sich hier vor dem Krankenhaus immer von ihren Kolleginnen beobachtet fühlte.

„Wir sind ja in einer halben Stunde am See, solange müssen wir uns noch gedulden oder zwischendurch eine Rast einlegen", meinte sie scherzhaft und setzte ihre Sonnenbrille auf, um beim Fahren von der jetzt um die Mittagszeit grell strahlenden Sonne nicht geblendet zu werden. Walter hatte seine Brille ebenfalls aufgesetzt.

„Soll ich fahren?", fragte Walter.

„Nein, nein, lass mal. Du gehörst jetzt zwar zur Familie, aber eine von mir reingefahrene Beule oder ein kleiner Unfall, was wir auf keinen Fall hoffen wollen, wird höchstwahrscheinlich nachsichtiger gewertet", gab Erika zu bedenken. Dann saßen sie endlich im Auto und sie gab Gas. Sie rauschten durch die sonnendurchflutete Landschaft zum Arendsee, um dort am Ufer, den restlichen Tag zu verbringen.

„Wir werden aber erst einmal Essen gehen, bevor wir uns dann ein sonniges oder schattiges Plätzchen am See suchen", schlug Erika vor.

Nach etwa dreißig Minuten hatten sie den Ort Arendsee erreicht und Erika bog von der L190 nach rechts in die Bahnhofstraße und noch ein weiteres Mal nach rechts in die Lindenstraße ein. Nach kurzer Fahrzeit erreichten sie schon die Gaststätte *Seglerheim,* wo ihr erstes leider nur kurzes Rendezvous stattfand, an dass sich beide sehr gut erinnerten.

„Was meinst du, ob hier noch die gleiche unfreundliche Kellnerin arbeitet, die uns am ersten Abend bediente?", stellte Walter die Frage wie in einem Quizspiel.

„Das werden wir ja gleich sehen", meinte Erika und hatte gleich einen Parkplatz unmittelbar neben dem Eingang des Grundstücks zur Gaststätte gefunden. „Wir gehen wieder auf die Terrasse und suchen uns einen Platz nahe des Ufers, wo ein Sonnenschirm steht", schlug sie vor.

„Ich folge dir unauffällig oder besser ist es, wenn ich voranschreite, sonst bist du gleich wieder vielen lüsternd gierigen Blicken anderer Männer ausgesetzt, die auf deine wunderschöne Figur und deine wohlgeformten Beine starren, die heute besonders gut in deinem kurzen Höschen zur Geltung kommen. Und das ertrage ich nicht, wenn dich andere so anglotzen."

„Hör ich da unbegründete Eifersucht aus deinen Worten?"
„Kannst du hören was du willst. Nur kann ich nicht alle Neidhammel auf einmal zur Strecke bringen, denn ich bin in dem Fall in der Minderheit", stellte Walter fest und brachte Erika zum Lachen. Es wurde nicht so schlimm, wie Walter

annahm. Die anderen Gäste, die sich bereits auf der Terrasse aufhielten, waren ebenfalls Pärchen, ein paar ältere Segler, die mit ihren Booten festgemacht hatten. An anderen Tischen hatten zwei Familien mit Kindern Platz genommen. Die Kinder spielten mit lautem Gekreische zum Leidwesen der Bedienung zwischen den Tischen Fangen und wurden von den Eltern laufend ermahnt.

Erika und Walter fanden an der dem See zugewandten Seite einen freien Tisch und mussten auch nicht lange auf die Bedienung warten, die heute für die Gäste auf der Terrasse doppelt besetzt war.

„Was möchtest du denn heute, mein Schatz. Heute lade ich dich ein, ohne Widerrede", sagte Erika zu Walter.

„Nee, nee, nee, das kommt gar nicht in die Tüte. Du hast vorhin schon an der Tankstelle alles bezahlt. Jetzt bin ich wieder dran", meinte Walter etwas entrüstet. Einen Moment später war er bereits ihrem Charme erlegen.

Die Bedienung kam und sie gaben die Bestellung auf, für jeden ein Schnitzel mit Kartoffeln und Letscho. Walter ließ sich vorab noch eine Soljanka bringen. An Getränken bestellten sie eine *Vita-Cola* für Erika und ein *Radler* für Walter. Zu ihrer Überraschung mussten sie auf Getränke und das Essen nicht lange warten.

„Die Soljanka ähnelt einer gedrängten Wochenübersicht aller Speisen, die hier auf der Karte stehen", meinte Walter dann scherzhaft nach dem fragwürdigen Genuss seiner Suppe. Das folgende Schnitzel hatte ihm und auch Erika besser gemundet. Nachdem alles bezahlt war, brachen sie auf und erlebten eine weitere Überraschung.

„Wir werden uns hier aber nicht länger aufhalten und lieber ein kleines Stück weiter um den See fahren. Da gibt es mehrere lauschige Plätzchen für uns", schlug Erika gerade auf dem Weg zum Auto vor, als sie und auch Walter gleichzeitig den ABV, diesen Abschnittsbevollmächtigten der Gemeinde Arendsee wahrnahmen. Im Volksmund wurden diese Amtspersonen als *Dorfsheriff* bezeichnet. Walter flüsterte Erika noch zu: „Sieh mal, da schleicht schon wieder so ein Fatzke und Wichtigtuer in Uniform durch die Gegend und mustert unser Auto von allen Seiten. Hat der noch keinen *Wartburg* geseh'n? Will der etwa was von uns?"

Kaum ausgesprochen, hatte sich dieser Mensch vor ihnen wie eine dunkle Gewitterwolke aufgebaut. Er hob den Arm und berührte zur Begrüßung flüchtig mit der Hand den Rand seiner Schirmmütze, um sich darauf mit sonorer Stimme als „Hauptwachtmeister Kurzweg" vorzustellen.

Kurz weg wär ich jetzt auch gerne, dachte Walter.

Im nächsten Augenblick zeigte der Ordnungshüter bereits mit seinen dicken Wurstfingern Richtung Auto, um die Frage zu stellen: „Gehört ihnen das Auto?"

„Gott sei Dank ja, sonst müssten wir nämlich jetzt bei der Affenhitze laufen, Genosse Wachtmeister", reagierte Walter schlagfertig, was aber nicht viel nutzte.

„Hauptwachtmeister bitte. Soviel Zeit muss sein", wurde Walter belehrt. „Dann zeigen sie mir mal ihre Fahrzeugpapiere, den Führerschein und die Zulassung für das Auto sowie ihren Personalausweis."

„Da müssen sie sich an meine Verlobte wenden." Walter betonte dabei das Wort ‚Verlobte' voller Stolz. „Sie hat gewöhnlich derartig wichtige Dokumente bei sich. Und wenn sie mir nicht glauben wollen, dass ich die Person bin, die persönlich vor ihnen steht, kann ich ihnen gerne meinen Ausweis zeigen, damit sie mich mit dem Bild im Dokument vergleichen können."

„Sie haben wohl ziemlich tief ins Glas geschaut?", meinte der

Uniformträger ziemlich barsch.

„Das stimmt", meinte Walter, „ich habe ganz schön tief in mein großes Glas schauen müssen, um festzustellen und zu staunen, dass es auf einmal leer war. So einen Durscht hatte ich. Aber nun sagen sie mir doch mal, warum sie das alles von uns sehen wollen und uns hier bei dem schönen Wetter aufhalten?"

„Weil sie hier eine Ordnungswidrigkeit begangen haben", knurrte er etwas unwirsch. „Haben sie die Verkehrszeichen nicht gesehen? Sie stehen mit dem Wagen hier nämlich im Halte- und Parkverbot. Das Schild hätten sie sogar beinahe umgefahren", erklärte der Gesetzeshüter.

„Mann o Mann, keiner Menschenseele ist das aufgefallen und niemand hat sich aufgeregt. Es ist auch niemand über unser Auto gestolpert, Ehrenwort."

Erika hatte inzwischen Führerschein mit der Stempelkarte, Zulassung und ihren Personalausweis aus der Handtasche gekramt und überreichte sie dem Gesetzesvertreter. Sie gab Walter zu verstehen, lieber seinen Mund zu halten.

„Die Ordnungswidrigkeit kostet sie zehn Mark und einen Stempeleintrag gemäß StVO", beharrte der ABV und kramte einen Quittungsblock und den entsprechenden Stempel aus seinem mitgeführten Krimskrams in seiner dicken ledernen Umhängetasche. Nach dieser Amtshandlung gab der Ortssheriff süffisant lächelnd den beiden den belehrenden Hinweis, besser auf die Verkehrszeichen achtzugeben und trollte sich seines Weges, während Erika und Walter ins Auto stiegen.

Sie fuhren noch drei Kilometer am Ufer des Arendsees entlang, wo sie für sich einen geeigneten sehr ruhigen Platz fanden, an dem sie sich ungestört fühlten. An dieser Stelle war eine kleine Badestelle, weil der Schilfgürtel am Seeufer unterbrochen war. Auch ihr Auto konnten sie ein Stück entfernt davon sicher abstellen. Nun wurde es doch noch ein erholsamer

Nachmittag. Walter breitete eine Decke und ihre bunten flauschigen Badetücher aus, auf denen sie sich sonnen wollten. Schnell hatten sie sich ihrer Bekleidung bei dieser Hitze bis auf wenige Sachen entledigt, Erika in ihrem roten Bikini und er in seiner schwarzweiß gemusterten Badehose.

„Was starrst du mich denn schon wieder so an? Ist irgendwas an mir nicht in Ordnung?", wollte sie wissen. „Nein, nein, ist alles in Ordnung. Entschuldigung, du siehst aber in deinem roten Bikini wieder so umwerfend süß aus mit deiner passenden Figur dazu, dass ich dich einfach wie das siebente Weltwunder anstarre und den Blick von dir wieder nicht mehr lassen kann."

„Danke", sagte Erika lachend, „du gefällst mir mit deiner sportlich durchtrainierten Figur ja auch sehr gut, aber deshalb falle ich nicht gleich ins Koma, wenn ich dich sehe."

„Ins Koma falle ich ja auch nicht. Dann könnte ich dich ja nicht mehr sehen."

Sie hatte inzwischen mit ein paar anderen Utensilien auch die Sonnenmilch aus ihrer größeren Badetasche ausgepackt.

„Soll ich dir den Rücken eincremen? Nicht, dass du heute Abend einen Sonnenbrand hast."

„Sehr gern", kam die kurze Antwort. Schon lag er neben ihr auf dem Bauch und genoss es, wie ihre zärtlichen Finger die Sonnenmilch auf der Haut seines Rückens verteilten und einmassierten.

„Schade, dass mein Rücken nicht noch breiter ist", scherzte Walter. „Komm ich werde dir auch den Rücken eincremen", meinte er danach und seine Hände glitten dabei ebenfalls zärtlich über ihren Rücken und dann weiter über ihre Schenkel.

„Ich merke schon, dass ich mir den Rest meines Körpers lieber selbst eincremen muss, um meine Haut vor der Sonne zu schützen. Wenn du das nämlich übernimmst, kann es gefährlich werden und ich muss mich auch noch vor dir schützen", meinte sie daraufhin und lachte. Sie gab ihm schnell einen Kuss, den er sehr gern erwiderte.

Endlich lagen sie in der Sonne, mal händchenhaltend, mal den anderen zärtlich streichelnd. Sie hörten dabei das Zirpen einiger Grillen und das leise Rascheln der sich immer berührenden Schilfhalme beim aufkommenden erfrischenden Wind von der Seeseite. Auch die Blätter der in ihrer unmittelbaren Nähe stehenden Pappeln und Erlen bewegten sich ebenfalls raschelnd im Wind. Aus dem nahen Schilfgürtel waren die Rufe der dort scheinbar brütenden Rohrdommel und anderer Vogelarten sowie das Schnattern eines Entenpaares wahrzunehmen.

„Was wollen wir denn nun eigentlich anlässlich unserer Verlobung machen? Eine große Feier oder machen wir gar nichts?", wollte Erika plötzlich von ihm wissen, als sie in der Sonne lagen.

„Ich würde vorschlagen, dass wir nur mit unseren Eltern eine kleine Feier im engsten Familienkreis planen und zwar, wenn es deinem Vater wieder etwas besser geht. Dann setzt du deine Eltern an einem Wochenende ins Auto und kommst zu uns nach Berlin gedüst. Und ich werde zu diesem Termin für uns einen Tisch in einer Gaststätte bestellen, wo das Essen auch schmeckt. Deine Eltern kennen ja Berlin auch noch nicht. Was meinst du dazu?"

„Ja, eigentlich hast du Recht. So werden wir das machen."

Dann lagen sie noch eine Weile in der Sonne, bis Walter plötzlich meinte, dass sich jetzt Mücken auf ihn stürzen würden.

„Also, ich tauche jetzt in die Fluten dieses herrlichen Sees, bevor die Sonne untergeht und mich diese Biester leer saugen. Kommst du mit ins Wasser?", meinte Walter dann und sprang plötzlich auf, rannte los und stürzte sich in das erfrischende kühle Wasser des Sees. Erika folgte ihm, aber eher zaghaft, woraufhin Walter begann, sie mit dem kühlen Wasser zu bespritzen. Es entwichelte sich im nächsten Augenblick unter viel Gekreische und Lachen eine kleine Wasserschlacht, bis sich beide darauf in den Armen lagen und zusammen untertauchten. Nach einer Runde gemeinsamen Schwimmens kehrten sie an ihren Lagerplatz zurück und rubbelten sich mit den Badetüchern trocken. Die Zeit am Nachmittag war vorangeschritten und neigte sich auch nach dem Stand der Sonne dem Abend entgegen, sodass sie beschlossen, wieder die Rückfahrt anzutreten.

„Dieser herrliche Tag mit dir war sehr schön, aber leider viel zu kurz", meinte Erika, als sie in der Abenddämmerung durch die Landschaft zurück nach Seehausen fuhren. „Ja, das stimmt. Schlimmer noch, dass ich morgen ohne dich nach Berlin zurück muss, aber das ist ja im Augenblick nicht zu ändern", meinte er und legte seine Hand zärtlich auf ihren Oberschenkel.

„Walter, bitte nicht jetzt. Ich mag ja deine Zärtlichkeiten sehr gern, aber im Moment muss ich mich auf den Verkehr der Straße konzentrieren, damit wir auch wieder heil zu Hause ankommen, ermahnte sie ihn. Gott sei Dank haben wir ja noch den heutigen Abend und eine gemeinsame Nacht, bevor wir uns wieder eine Woche oder vierzehn Tage nicht sehen können."

„Wird Zeit, dass wir schnellstens zusammenziehen und auch bald heiraten. Es bleibt doch dabei, dass du zu mir nach Berlin ziehst?"

„Nur, wenn du schön artig bleibst und mir beim Autofahren nicht wieder mein Bein streichelst", scherzte Erika daraufhin.

„Das musste ja jetzt kommen", war seine kurze brummige Antwort. „Am liebsten würde ich dich morgen gleich wieder nach Berlin zu mir mitnehmen, aber ich muss ja auch wieder arbeiten gehen. Mit der Arbeit kann man sich aber wirklich die ganze Freizeit versauen. Die Kollegen werden mich sowieso bestimmt schon vermissen und denken, dass ich gekündigt

habe. Und außerdem möchte ich so bald wie möglich mit dem Renovieren anfangen, damit wir langsam unsere Wohnung einrichten können. Hotte wird mir bestimmt dabei helfen. Dann geht alles ein bisschen schneller. Zum Ausgleich werde ich ihn wieder mal zum Rudern mit unserem Doppelzweier einladen."
Die ersten Häuser von Seehausen tauchten vor ihnen in Sichtweite auf. Sie hatten den Ort fast erreicht, als Erika aufschrie und eine Vollbremsung machen musste. Gott sei Dank blieb der *Wartburg* in der Spur. Aus einem seltener befahrenen Seitenweg fuhr plötzlich ohne den Verkehr zu beachten ein Traktor mit einem Hänger, hochbeladen mit Heu, auf die Hauptstraße und nahm ihnen die Vorfahrt.

„Aua! So eine Scheiße. Du verdammter Vollidiot, kannst du nicht aufpassen", fluchte Walter laut dem Traktorfahrer hinterher, ohne dass dieser auch nur ein Wort hätte hören können. Er hatte sich bei der Vollbremsung am Türholm den Kopf gestoßen. Etwas Warmes rann ihm über sein Gesicht.

„Du blutest ja an deiner Stirn", bemerkte Erika, die vom Schrecken immer noch ganz blass war „Komm, ich werde dich erst einmal verarzten und mach dir ein Pflaster drauf. Hoffentlich muss die Stelle nicht sogar genäht werden." Sie hatte rechts gehalten, griff unter ihren Sitz und holte einen kleinen Sani-Kasten hervor, dem sie ein größeres Pflaster entnahm. „Zu Hause mache ich dir ein neues Pflaster drauf."

„Nee, nee, ein Pflaster wird schon ausreichen. Ich bin nur mit dem Kopf beim Bremsen irgendwie seitlich gegen die Tür vorne geknallt. Aber das hätte beinahe auch schlimmer enden können."

Als sich Erika von dem Schrecken erholt hatte, setzten sie die Fahrt fort und fünf Minuten später bogen sie in die Straße Am Schillerhain. Ihre Mutter hatte das Tor bereits geöffnet, so dass Erika das Auto gleich unter dem Carport abstellen konnte. Als sie ausstieg zitterte sie noch am ganzen Körper. Walter nahm sie in die Arme und lobte sie, wie gut sie reagiert hatte.

Erikas Mutter bekam einen Schreck, als die beiden reinkamen.

„Keine Angst, das ist nicht so schlimm, wie es aussieht. Erika musste nur ordentlich auf'n Anker gehen. Sonst wären wir beide im Heu gelandet."

Nachdem Erika seine kleine blutende Wunde mit einem neuen ordentlichen Pflaster versorgt hatte, musste sie ihrer Mutter erst einmal berichten, was das mit der Fuhre Heu auf sich hatte.

„Das kann doch nur ein Fahrzeug von der LPG gewesen sein. Die fahren bei dem schönen Wetter von den Wiesen das Heu ein", entrüstete sich Martha Bachmann beim Abendbrot. „Wollt ihr nicht noch eine Anzeige erstatten?"

„Nein, ist ja zum Glück nicht noch mehr passiert. Walter muss morgen, wenn er wieder zu Hause ist, sowieso noch einmal zum Arzt wegen der Arbeitsfähigkeit. Kann natürlich sein, dass er wegen der kleinen Platzwunde und Beule weiter krankgeschrieben wird."

„Ja, aber nur, wenn ich ordentlich stöhne. Nein, nein, lass' man. Ich muss übermorgen endlich wieder arbeiten. Die Kollegen warten schon auf mich. Und wenn die mich mit dem Pflaster auf meiner Stirn sehen, dann haben sie gleich noch mehr zu lästern und werden fragen, ob Erika mit dem Nudelholz zugeschlagen hat."

„Na, das sind ja schöne Aussichten. Aber wer den Schaden hat, braucht für den Spott nicht zu sorgen", machte sich Erikas Mutter ihre Gedanken.

„Mama, was hältst du davon, wenn wir am Wochenende in vierzehn Tagen zu unserer kleinen Verlobungsfeier nach Berlin fahren? Dann geht es Papa mit seinem Bein schon wieder etwas

besser. Er kommt doch übermorgen aus dem Krankenhaus?"
„Ich hoffe, dass er dann schon wieder soweit hergestellt ist", antwortete ihre Mutter. „Seine Wunde ist inzwischen doch fast verheilt."

Sie saßen an diesem Abend noch eine Weile zusammen und tranken dabei ein Glas vom dem selten zu erhaltenen und begehrten lieblichen Rotwein *Rosenthaler Kadarka,* bis sie feststellten, dass es Zeit wäre, ins Bett zu gehen, denn es war spät geworden.

Die Nacht wurde sehr stürmisch. Nicht draußen, sondern drinnen in Erikas Zimmer. Die beiden nächtigten nämlich wieder zusammen in ihrem Bett und konnten zunächst keinen Schlaf finden. Erschöpft vom Austausch der nicht enden wollenden Zärtlichkeiten schliefen dann beide, sich in den Armen liegend, doch noch weit nach Mitternacht glücklich ein.

Für ein ergiebiges Frühstück fehlte am Morgen darauf die Zeit, denn Walter musste zurück nach Berlin und der Zug fuhr bereits um 9.50 Uhr. Wegen des Arzttermins musste er den Zug unbedingt erreichen. Er verabschiedete sich noch kurz nach dem Frühstück von seiner Schwiegermutter. Erika, deren Dienst am Nachmittag wieder begann, fuhr ihn schnell mit dem Auto zum Bahnhof. Kurz darauf kündigte schon eine Durchsage die Einfahrt des Zuges an. Es blieb den beiden nur noch ein kleiner Augenblick für einen langen Abschiedskuss. Auf der Fahrt nach Berlin saß Walter im Zug wie benommen. Seine Gedanken waren nur bei Erika. Auf diese Weise verging die Fahrt verhältnismäßig schnell. Er wurde erst durch die nächste Fahrkartenkontrolle aus seinen Gedanken gerissen. Ungefähr zwei Stunden später war er in Berlin und bald darauf wieder zu Hause in Adlershof. Seine Mutter hatte ihren Haushaltstag genommen und erwartete ihn schon etwas beunruhigt, um mit ihm gemeinsam Mittag zu essen.

„Was hast du denn gemacht?" wollte seine Mutter wissen, als sie das Pflaster auf seiner Stirn sah. Nun musste Walter erst einmal zu Hause von dem beinahe passierten Unfall berichten und erzählte dann, dass in vierzehn Tagen Bachmanns, seine künftigen Schwiegereltern mit Erika zusammen zu ihnen nach Berlin kommen wollen.

„Wir möchten nur in kleiner familiärer Runde unsere Verlobungsfeier nachholen, keine große Sache. Ich dachte, dass ich vielleicht im *Café Moskau* einen Tisch bestelle und wir dorthin zusammen essen gehen", erklärte Walter den Grund des kommenden Besuchs. „Platz genug haben wir ja für Erikas Eltern auch."

„Das ist ja eine Überraschung. Ist denn Erikas Vater schon wieder gesund?"

„Ich glaube schon. Er ist dann zumindest wieder zu Hause. Wenn es nicht möglich ist, müssen wir alles noch einmal verschieben. So, jetzt muss ich mich aber beeilen, damit ich pünktlich in der Poliklinik bei Dr. Kohlmeier bin. Morgen werde ich bestimmt wieder arbeiten müssen. Wird ja auch langsam Zeit."

Während seine Mutter den Tisch abräumte und das Geschirr in die Küche trug, war Walter schon die Treppe runter und aus dem Haus auf dem Weg zur Poliklinik. Er musste nicht lange warten und wurde wie erwartet wieder arbeitsfähig befunden. Damit endete seine Arbeitsbefreiung. Als er wieder zu Hause angekommen war, griff er gleich zum Telefonhörer und rief Erika an, die an diesem Tag eine Frühere Schicht hatte. Es dauerte einen Augenblick, bis sie endlich ans Telefon gerufen wurde.

„Schwester Erika", erklang am anderen Ende der Leitung ihre voller Sehnsucht erwartete Stimme.

„Hallo, mein Schatz, da bist du ja endlich. Wie geht's? Eine doofe Frage, was? Ohne dich geht's mir genauso besch… wie dir. Na, wir sehen uns ja bald. Ich wollte mich nur schnell mal melden. Beim Arzt war ich, alles Ok. Morgen muss ich wieder arbeiten. Wird ja auch langsam Zeit. Wie geht's übrigens deinem Vater?"

„Na ja, den Gehgips, von dem die Rede war, soll er erst in der nächsten Woche bekommen. Ich weiß aber noch nicht, wann er nach Hause darf."

„Na, bestell' ihm schöne Grüße und weiter gute Besserung. Er soll sich mit dem Gesundwerden beeilen. Wir wollen doch zusammen möglichst bald ein bisschen feiern."

„Danke, werde ich ihm ausrichten. Walter, ich muss wieder an die Arbeit, die Patienten warten."

„Ja, ich weiß. Ich habe meiner Mutter übrigens schon berichtet, dass du in vierzehn Tagen mit deinen Eltern zu uns kommst. Ich werde mich dann morgen melden und dir berichten, wie mir die Arbeit wieder schmeckt. Bis dahin liebe Küsschen aus der Ferne. Ich hab' dich sehr, sehr lieb mein Schatz."

„Ich dich auch, Walter. Küsschen und Tschüss." Damit war das Gespräch beendet.

Walter hielt den Hörer noch einen Augenblick in der Hand, als wenn er in Gedanken Erika festhalten würde und legte dann auf.

Gegen Morgen träumte er wiederholt von Erika und war enttäuscht, dass sie nicht neben ihm lag, als ihn das Klingeln des Weckers wieder an seine Pflichten erinnerte.

Walter war pünktlich und meldete sich im Büro seines Betriebes zurück, um gleichzeitig sein Werkzeug zu holen. Von seinem Freund war er ja gut unterrichtet worden, wo seine Truppe, von der er der Polier war, arbeitete. Es war ein weiterer Wohnblock in Köpenick am Stellingdamm. Als Walter dort ankam, gab es ein großes Hallo und Geläster.

„Mensch Walter, da biste ja endlich. Is ja schön, das de ooch mal wieder an die Arbeit denkst. Wir dachten schon, du hast mit deiner Braut gleich einen Ausreiseantrag jestellt und bist mit ihr auf und davon und wir schaffen deshalb ohne dir unsere nächste Prämie nich", empfing ihn sein Kollege *Wolle,* Klaus Wollenberger.

„Wie siehste de denn überhaupt aus? Haste dir mit deiner Freundin jezankt? Det Pflaster auf deiner Stirn deutet janz darauf hin, dass sie dir bestimmt mit eener Bratpfanne oder eenem Nudelholz empfangen hat", witzelte *Atze,* Artur Maschlowski, der neben *Wolle* stand, um von ihm die Gewindekluppe zu holen.

Walter musste nun erst kurz berichten, warum er ein Pflaster auf der Stirn hatte und wie es beinahe zu dem Unfall gekommen war und dass er auf seine Verlobung noch einen ausgeben wird. Die Kollegen nahmen diese Botschaft mit großem Hallo entgegen, gratulierten ihm und freuten sich, dass Walter einen ausgeben wolle. Dann begannen sie mit ihrer Arbeit.

„Mensch, wo haste denn die Kluppe nu versteckt oder soll ick mit meinem Taschenmesser det Jewinde in die vielen Rohre schnitzen?" polterte *Atze* ungeduldig und verärgert los.

„Mann, biste blind? Die Kluppe hab' ick gleich neben der Tür an die Kiste mit den Fittingen jestellt. Det Ding fällt dir gleich uff deine Plattfüße."

Horst Klawitter berichtete Walter anschließend als sein Vertreter über den Baufortschritt und meinte: „In der dritten und vierten Etage müssen wa noch ordentlich ranklotzen. Da ham' wa noch jar nich anjefangen. Hier in der zweiten werden wa heute fertich. Übrigens ham' wa letzte Woche noch'n neuen Kolleejen dazu bekomm', er heißt Mathias Lumprecht, ist mit seine Familie von Dresden nach Berlin jezogen. Macht 'ne jute Arbeit. Der Arme hat natürlich gleich seinen Spitznamen *Lumpi* weg."

„Na ja, Hauptsache die Stasi hat den nicht auf uns angesetzt. Das mit der gemeinsamen Arbeit kriegen wir schon hin, um den Wohnblock pünktlich übergeben zu können. Hauptsache das Material wird pünktlich geliefert", kommentierte Walter die Ausführungen seines Freundes und Kollegen und dankte ihm für seine Vertretung. Dann fragte er noch: „Sag mal Hotte, hast du am Wochenende schon was vor? Erika kommt nämlich erst in vierzehn Tagen zu mir, weil sie arbeiten muss. Da könnten wir eigentlich, wenn du Zeit hast, mit unserm Doppelzweier wieder mal in See stechen und ein bisschen trainieren. Mal sehen, ob wir das Rudern überhaupt noch können."

„Na klar, Alter, wird ja ooch wirklich Zeit, mal wieder mit dir im Boot zu sitzen. Noch is det Wetter jetzt im August auch schön dafür. Wir könn' uns ja noch genau abstimm', wann wir rausfahr'n. Müssen uns ja auch nach dem Wetter richten."

Im nächsten Augenblick sah Horst Klawitter den neuen Kollegen und rief: „*Lumpi*, komm' doch schnell mal her. Ick will dir nur mal mit unserm Polier oder Brigadeleiter bekannt machen."

Mathias Lumprecht eilte zu ihnen. „*Lumpi*, hier neben mir det is' unser richtiger Brigadier Walter Haberkant", stellte Hotte seinen Kumpel vor. „Ick bin ja nur seine Vertretung."

Die Männer gaben sich die Hand zur Begrüßung.

„Guten Tag Kollege Lumprecht. Willkommen in unserer Brigade. Hab schon viel von deiner guten Arbeit gehört, die du machst. Damit passt du bestimmt gut in unsere Truppe. Also, weiter so und wenn Fragen sind, bin ich hier irgendwo auf der Baustelle zu finden. Ich nehme an, dass man dir drinnen in unserer Materialausgabe einen kompletten Werkzeugkasten ausgehändigt hat", hielt Walter seine Ansprache an den neuen Kollegen.

„Ja, klaro, so ä scheenen Gasten mit dem gansn Grämbl an Wergzeisch drinne habbsch heide begomm'. Übrichens genn' se ruhich *Lumbi* zu mir saachn, so saachn se alle", antwortete Kollege Lumprecht in seinem sächsischen Dialekt.

„Also das ‚Sie' kannst du hier weglassen, wir ‚duzen' uns nämlich alle", antwortete Walter. „So und nun wieder an die Arbeit, sonst haben wir gleich wieder Mittag und werden nicht fertig."

Walter freute sich schon auf den Feierabend, um dann wieder gleich mit Erika zu telefonieren, die ja diese Woche Spätdienst hatte. Als er zu Hause war, wartete seine Mutter schon mit dem Essen und der Geruch von gebratenem Fleisch durchzog den Korridor und ließ das Wasser im Mund zusammenlaufen.

„Schön, dass du pünktlich bist. Ich habe uns ein Schnitzel gebraten. Wir beide können gleich essen. Musst aber gleich kommen, sonst wird alles kalt", empfing ihn seine Mutter.

„Danke, Mama. Ich rufe nur noch schnell Erika an." Und schon hatte er im Korridor den Hörer abgenommen, um einen Moment später wenigstens ihre Stimme zu hören. Er war zufrieden, dass alles in Ordnung war und ihr Vater mit einem Gehgips wieder zu Hause sein konnte. Dann eilte er zu seiner Mutter in die Küche. Beim Essen, mit dem seine Mutter ihn wie immer verwöhnte, erzählte er ihr von der geplanten Renovierung und hatte dabei eine Idee.

„Sag mal Mama, du hattest neulich gesagt, dass du deine Freundin Herta Kulisch in Strausberg wieder mal besuchen willst. Kannst du das nicht jetzt in den nächsten Tagen unternehmen?" machte Walter seiner Mutter einen Vorschlag.

„Du willst mich wohl los werden?" fragte sie.

„Nein, versteh' mich nicht falsch. Aber in der Zwischenzeit

könnte ich dein Zimmer neu tapezieren und bin dann fertig, wenn du zurückkommst. Dein Zimmer wollte ich mir als erstes vornehmen. Was sagst du zu meinem Vorschlag?"

„Ich weiß nicht. Ich glaube sogar, dass Herta momentan verreist ist. Um diese Zeit schwirrt sie immer nach Ungarn oder ans Schwarze Meer ab. Aber wenn ich dir oder euch hier im Weg bin, könnte ich ja auch solange im Garten in der Laube bleiben, bis mein Zimmer fertig ist und in der Zwischenzeit alle Gardinen waschen oder im Garten etwas anderes Nützliches machen. Du weißt doch, dass ich den Garten sowieso nicht so lange allein lassen kann", antwortete seine Mutter. Walter fand die Lösung nicht schlecht.

In den nächsten Tagen wollte Walter beginnen, die Wohnung zu renovieren. Zunächst wollte Walter bis zum angekündigten ersten Besuch der Bachmanns zwei Zimmer fertig renoviert haben. Deshalb hatte er zum Wochenende um die Hilfe seines Freundes Horst Klawitter gebeten, als er mit ihm zusammen aus ihrem Kleingarten die große Stehleiter aus Aluminium nach Hause buckelte. Die andere hatte er sich von einem anderen Nachbarn ausgeliehen.

„Mein lieber Scholli, da haste dir aber wat vorjenommen", staunte Hotte, als er Walter half, die lange Stehleiter in einem Zimmer aufzustellen und dabei die kollossale Höhe der Decke betrachtete. „Det is ja immer generell der Nachteil bei den Altbauwohnungen. Da sind alle Wände in den Zimmern so hoch, dass einem janz blümerant wird, wenn man oben uff der Leiter steht. Hinterher, wenn wa die Zimmer fertig tapeziert haben, könn' wa mit der Leiternummer bestimmt ooch im Zirkus auftreten. Du kannst dir natürlich ooch so een Trampolin in die Bude stell'n und mit der Tapeziererbürste an die Decke hopsen", fügte er noch lachend hinzu.

„Komm, bevor dir bei deinen Vorstellungen von der Arbeit

ganz schwindlig wird, trinken wir in der Küche erst mal noch'n Bierchen. Ich hab'ne Kiste *Berliner Pils* organisiert. Dabei können wir die weitere Logistik unserer Malerarbeit festlegen."

„Willst mir wohl bei juter Laune halten, wat? Aber ick folge dir jerne janz unauffällig in eure Küche, um die Kiste Bier zu inspizier'n", kam die Antwort von seinem Freund Hotte, seiner großen Hilfe, die beim Bier trinken noch größer war.

Das Tapezieren der Wände schaffte Walter weitgehend allein, aber speziell bei den Decken in der Altbauwohnung brauchte er einen zweiten Mann und auch, um einige Möbel zu bewegen und wieder am richtigen Platz aufzustellen. Und dafür war sein Freund der Richtige.

Die Raufasertapete und die weiße Wandfarbe für sein Vorhaben hatte er aus dem *Intershop*. Onkel Albert, der Bruder seiner Mutter und Tante Käthe aus Britz in West-Berlin, hatten ihm bei einem ihrer letzten Besuche 50,00 DM zugesteckt. Zuerst ging Walter in dem Zimmer zu Werke, in das seine Mutter einziehen wollte. Fenster und Türen waren in Ordnung und mussten noch nicht wieder gestrichen werden, so dass sich die Zeit des Renovierens erheblich verkürzte.

Zwischendurch fragte er sich manchmal, ob das bisher sehr gute Verhältnis zwischen seiner Mutter und Erika auf Dauer wirklich immer bestehen bliebe, wenn Erika hier erst bei ihm wohnen würde. Im gleichen Atemzug verdrängte er diesen Gedanken wieder und lenkte sich mit der Arbeit ab.

Am Freitag stand Horst Klawitter so wie verabredet in Arbeitskluft auf der *Matte* und sie konnten loslegen. Walter hatte drei Bahnen vorgekleistert. Es klappte eigentlich gut und zwei Bahnen waren bereits an der Decke. Als Walter mit der dritten Bahn auf die Leiter stieg und seinem Freund ein Ende der Tapetenbahn reichen wollte, kam seine Leiter etwas ins Wanken und er rutschte von der Leiter zwei Sprossen tiefer. Er konnte sich gerade noch abfangen und an die Leiter klammern, aber dabei zerriss die Tapetenbahn in zwei Teile und die Tapezierbürste flog im hohen Bogen durch den Raum genau in den Eimer mit dem angerührten Kleister.

„Mensch Alter, pass uff!", schrie Hotte vor Schreck auf. „Det hätt' uns ja jetzt noch jefehlt, det du hier'n Abjang machst und dir die Ohr'n brichst."

„So eine Scheiße", fluchte Walter. Ihm war der Schreck in die Glieder gefahren und meinte: „Komm, kleine Pause. Ich muss sowieso erst wieder drei Bahnen vorkleistern. Kannst dir in der Zeit noch'n Bier genehmigen."

Nach einer Woche waren beide Zimmer frisch tapeziert. In der Zwischenzeit hatte Walters Mutter wirklich die Gardinen gewaschen, die er zum Schluss mit Freundes Hilfe wieder anbrachte. Sogar neue Auslegware, die in dieser Zeit geliefert wurde ließ, hatten die beiden sauber verlegt und stellten die Wohnzimmermöbel wieder auf. Walter hätte lieber schon Möbel für ihr künftiges Schlafzimmer gekauft und Erika damit überrascht, aber im Augenblick musste zunächst etwas gespart werden.

Die Verlobungsfeier in Berlin

Am darauffolgenden Wochenende schaute Walter am Nachmittag gerade aus dem Fenster, als er den Pkw *Wartburg* der Bachmanns sah, der gerade vor ihrem Haus hielt.

„Mama, der Besuch kommt. Erika ist mit ihren Eltern da", rief Walter überrascht seiner Mutter zu und war schon zur Tür raus. Er sprang gleich mehrere Stufen auf einmal nehmend die Treppe runter, um seine Erika in die Arme zu nehmen und sie mit ihren Eltern zu begrüßen. Walter und Erika lagen sich einige Sekunden in den Armen und gaben sich einen langen

Kuss. „Da seid ihr ja endlich!" flüsterte er Erika ins Ohr, als sie sich langsam aus ihrer Umarmung lösten. Dann begrüßte er seine Schwiegermutter, die er ebenfalls umarmte. Er empfing sie alle mit den Worten: „Herzlich Willkommen bei uns in Berlin!" Bei der herzlichen Begrüßung seines Schwiegervaters fiel dessen Krücke um, die er noch beim Laufen mit seinem Gehgips benötigte.

„So, nun kommt erst mal nach oben. Meine Mutter wartet auch schon auf euch. Ich helf' euch dabei, die Sachen hoch zu bringen." Er griff sich eine größere Reisetasche, die er in der Wohnung gleich ins Gästezimmer trug und dort abstellte. Die Begrüßung der Bachmanns mit seiner Mutter war genauso herzlich, als wenn sich alle schon ewig kannten. Walter zeigte seinen Schwiegereltern zunächst das kleine Gästezimmer und anschließend die anderen Räume ihrer Dreieinhalb-Zimmer-Wohnung. Er zeigte dabei voller Stolz die kürzlich renovierten zwei Zimmer, von denen seine Mutter bereits von ihrem wieder Besitz ergriffen hatte und eingezogen war. In dem anderen renovierten Raum, als künftiges Wohnzimmer angedacht, hatte Walter an der linken Wandseite zusammen mit seinem Freund die Schrankwand *Karat* mit Vitrine montiert und aufgestellt. An der Wandseite gegenüber stand die ausklappbare Couch, die zwei bequeme Schlafplätze bot. Daneben stand eine schmucke moderne dreiarmige Stehlampe mit tütenförmigen Schirmen. Vor dem einen Fenster des Zimmers stand neben einer Blumenbank mit drei verschiedenen Blattpflanzen eine große Phönixpalme, die leider einige braune Blattspitzen hatte, aber ansonsten noch sehr gesund aussah. Das andere Fenster war gleichzeitig die Tür zum Balkon. In der Mitte des Zimmers stand unter dem fünfarmigen Kronleuchter mit den flachen Lampenschalen aus gelblich gefärbtem Glas der ausziehbare Wohnzimmertisch mit den sechs Polsterstühlen drum herum auf einem 3 x 4 m großen Teppich.

„Das hast du aber toll gemacht. Und mit der Tapete hast du genau meinen Geschmack getroffen. Ich bin fast sprachlos", fand Erika lobende Worte und küsste Walter.

„Schön, dass ich einen Schwiegersohn bekomme, der nicht zwei linke Hände hat, wenn am Haus was zu reparieren ist", ergänzte Heinz Bachmann die vielen lobenden Worte.

Alle hatten im Wohnzimmer am Tisch Platz genommen. Hier hatte Walters Mutter Gertrud die festliche Kaffeetafel gedeckt mit dem geerbten Service aus Meißener Porzellan und mit vielen Verzierungen und Goldrand versehen, das nur bei besonderen Anlässen, wie dem heutigen Tag, benutzt wurde. Auch Sektkelche aus Kristall standen an jedem Platz und in der Mitte der langen Tafel ausgezogenen Tischplatte standen die selbstgebackene Kirschtorte und daneben eine Schale mit Schlagsahne sowie noch ein Käsekuchen und ein leckerer Kuchen, ein *Kalter Hund*, aus Butterkeksen und einer Schokomasse dazwiscehn. Das war Walters Lieblingskuchen.

„Walter, hol' doch mal bitte den Sekt aus dem Kühlschrank und mach die Flasche auf. Wir wollen erst einmal noch auf eure Verlobung und unsere Gäste anstoßen", bat Gertrud Haberkant ihren Sohn, der gleich in die Küche eilte.

„Lasst uns das Glas auf unser junges Paar erheben und auf ihr Glück anstoßen und natürlich auch auf uns, die lieben Schwiegereltern", versuchte Gertrud Haberkant ein paar feierliche passende Worte zu finden, nachdem Walter den Sekt eingegossen hatte. „Zum Wohl!", kam es wie im Echo von allen zurück und Walter küsste seine Erika.

„Also, jetzt müssen wir aber auch noch auf ein *Du* zwischen uns Alten anstoßen", erhob Heinz Bachmann sein Glas ein zweites Mal. „Liebe Gertrud, ich bin Heinz und … hier", zeigte Heinz Bachmann zu seiner rechten Seite, „ein Leben lang und auch jetzt an meiner Seite ist meine Martha."

Dann fand Gertrud noch ein paar Worte:
„Liebe Martha, lieber Heinz, ich freue mich, dass sich unsere Kinder begegnet sind und sie ihr weiteres Leben zusammen verbringen und gestalten möchten und wir uns als Eltern dadurch gleichzeitig kennengelernt haben. Nochmals zum Wohl auf unser glückliches Paar!"

„So, jetzt sind genug lobende Worte gesprochen worden. Ich lang jetzt zu. Sonst haben wir zum Abendbrot immer noch keinen Kaffee getrunken. Der ist nämlich bestimmt schon kalt", wurde Walter ungeduldig und angelte sich ein Stück vom *Kalten Hund.*

„Das ist aber sehr unhöflich", ermahnte ihn seine Mutter.

„Das ist nicht unhöflich. Bei meinem Lieblingskuchen kann ich mich nun einmal nicht bremsen. Außerdem sind wir hier in Familie. Du kannst ja inzwischen schon mal 'ne Runde Kirschtorte verteilen, bevor die noch sauer wird. Alleine die Kirschen sind schon sauer genug", meinte Walter.

„Das stimmt gar nicht, die sind ganz frisch und sauer sind die Kirschen auch nicht. Ich habe sie extra noch nachgesüßt", echauffierte sich seine Mutter.

„Mama, du kennst mich doch. Das war nur'n Spass. Passt aber alle bitte auf, falls doch noch ein Kirschstein vorhanden ist. Das haben Kirschtorten so an sich. Und wenn, dann habe ich ihn oft. Ich bin dafür geradezu prädestiniert, einen einzelnen Stein zu finden. So wie neulich, als ich mit Erika im *Biss-Mark-Café* war und beinahe bei dem Stück *Schwarzwälder Kirschtorte* auf einen Stein gebissen habe."

„Gibt es denn tatsächlich in der DDR oder hier in Berlin noch ein Café mit dem Namen vom alten Reichskanzler Bismarck?", wollte Erikas Mutter interressiert wissen.

„Nein, Schwiegermama, so heißt nur das noble Operncafé im

Volksmund, weil die Preise ungewöhnlich sind und dort jeder Bissen mindestens eine Mark kostet", klärte Walter seine Schwiegermutter auf und alle lachten.

Erika hatte ebenfalls herzhaft gelacht und dabei schon einmal allen Kaffee eingegossen. Milchkännchen und die Zuckerdose standen auf dem Tisch zur Selbstbedienung.

„Wer möchte denn nun ein Stück von der Kirschtorte?", fragte Erika und tat ihrem Vater ein Stück auf seinen bereits hochgehobenen Teller.

„Die sieht ja sehr lecker aus", meinte er und tat sich noch einen großen Löffel Schlagsahne darauf. Einen Augenblick später meinte Walters Schwiegervater: „Also, um ganz ehrlich zu sein, muss ich Walter ein bisschen recht geben. Nicht die herrliche Kirschtorte ist sauer, sondern ich glaube die Schlagsahne ist nicht mehr einwandfrei. Das kann bei der anhaltenden Wärme im September schnell passieren."

„Das ist mir jetzt aber peinlich", meldete sich Walters Mutter zu Wort.

„Gertrud nun lass mal. Muss dir doch nicht peinlich sein. Vielleicht war die Sahne schon im Laden nicht richtig gekühlt und sauer geworden. Und du hast statt süßer eben saure Sahne geschlagen. Ist mir übrigens auch schon mal passiert", mischte sich Martha zurückhaltend ein.

„Was wollen wir denn noch Schönes nach dem Kaffee machen?" fragte Erika und fügte gleich hinzu: „Papa ist ja mit seinem Gehgips nicht so gut zu Fuß, aber bis zu euerm Garten schafft er es bestimmt, um Schwiegermamas ganzen Stolz zu besichtigen."

„Da bin ich auch wirklich stolz drauf, dass ich die 450 m² des Grundstücks noch in Ordnung halten kann. Möchte aber auch Walters Hilfe dabei erwähnen. Außerdem hat der Garten manchmal schon geholfen, uns mit einem bisschen Gemüse oder Obst zu helfen, wenn es im Handel wieder mal einen Engpass gab. Es ist eben unsere grüne Oase, wie wir sie nennen. Und ist nicht weit von der Wohnung hier entfernt. Möchte denn noch jemand Kaffee? Erika, gieß doch bitte Heinz noch eine Tasse nach. Der arme Mann muss ja hier bei uns sonst verdursten."

Nachdem die Kaffeerunde beendet war, machten sich alle zu Fuß auf den Weg zur Kleingartenanlage, denn es war nicht weit zu laufen. Für Heinz Bachmann war der kurze Spaziergang trotzdem etwas anstrengend und beschwerlich mit der Gipsummantelung seines Beines und der Krücke als Gehhilfe. Er schaffte es trotzdem. Am Ziel angekommen, staunte er aber mit seiner Martha nicht schlecht über das kleine vielfältige und sehr gepflegte Gartenparadies der Haberkants.

Mit einsetzender Abenddämmerung waren alle wieder in die Wohnung der Haberkants zurückgekehrt und es war auch Zeit für das Abendbrot. Walters Mutter hatte natürlich für die kleine Familienfeier einiges Leckeres vorbereitet. Es gab zur Feier des Tages Schinken in Burgunder, den sie auf einer Bratenplatte mit angebratenen geschmorten Perlzwiebeln und etwas Petersilie angerichtet hatte. Dazu gab es einen Nudelsalat, wobei die Nudeln Makkaroni waren. Außerdem hatte sie herrliche deftige Berliner Buletten gebraten und einen Kartoffelsalat gemacht, für all diejenigen, die eventuell ihren beliebten Nudelsalat verschmähten. Der Tisch war schnell mit Geschirr, Besteck und Gläser sowie zum Tischtuch passenden Servietten gedeckt. Es fehlten nur noch die Getränke.

„Walter, hol' bitte schon die Getränke aus dem anderen Kühlschrank, der auf dem Balkon steht", bat ihn seine Mutter. Erika half ihr, das Essen aus der Küche ins Wohnzimmer zu bringen und auf der festlichen Tafel abzustellen.

„Was hast du dir denn nur für eine Arbeit gemacht? Wer soll

denn das alles essen?", fragte Erikas Mutter erstaunt und lobend zugleich, als sie das viele leckere Essen sah. Immer wieder wurde Gertrud für ihr Essen gelobt. Der Appetit war dann von allen nach dem Spaziergang doch so groß, dass erschreckend wenig von allem übrig blieb, wie Gertrud amüsiert und erfreut zugleich feststellte.

„Sagt mal", wandte sich Heinz Bachmann während des Essens kauend an seine Tochter und an seinen künftigen Schwiegersohn, „habt ihr euch eigentlich schon einen Termin für eure Hochzeit ausgedacht oder überhaupt ein paar Gedanken dazu gemacht? Ich frage ja nur, damit wir, Martha und ich, schon ein bisschen sparen können, falls ihr zur Hochzeit ein Geschenk von uns erwartet." Alle mussten lachen.

„Gedanken haben wir uns schon gemacht", antwortete Erika. „Also, Gertrud, hatte uns ja angeboten, praktisch die Wohnung hier zu übernehmen, das heißt, in ihre Wohnung, die groß genug ist, mit einzuziehen. Bis zu unserer Hochzeit woll'n wir unser Nest hier eingerichtet haben. Und heiraten möchten wir nächstes Jahr im Sommer. Die standesamtliche Trauung mit einer kleinen Familienfeier soll hier in Köpenick stattfinden und die kirchliche Trauung in Seehausen mit einer großen Feier bei uns im Garten."

„Das klingt ja schon gut durchdacht", meinte Erikas Vater. „Leider ist ja bei uns im Haus die obere Wohnung bis auf weiteres noch nicht frei. Die nächsten fünf Jahre werden wir unsere Mieter nicht loswerden. Aber das Haus wirst du ja sowieso einmal erben."

Erikas Mutter erinnerte daran, mit der Bestellung des Aufgebotes beim Standesamt nicht lange zu warten und sich schon einmal Gedanken zu machen, wer alles von der engsten oder weitläufigen Verwandtschaft sowie vom Freundes- und Bekanntenkreis eingeladen werden soll.

„Ja, ja machen wir alles. Wir werden eine Liste für die Einladungen und eine für unsere Wünsche anfertigen. Dann können sich die Gäste etwas aussuchen", schlug Erika vor.

„Das muss schon sein", bestätigte Walter Erikas Vorschlag. „Sonst hast du nämlich nicht alle Tassen im Schrank, aber dafür mehr Bügeleisen als Wäsche zum Bügeln. Aber dazu musste natürlich zwei Wunschlisten schreiben, eine für die Verwandten aus'm Westen und eine für die hiesigen Gäste, die nur im HO Kaufhaus ein Geschenk ergattern können."

Nach dem Abendessen wurde noch viel erzählt und auch einige Gläser Wein und Bier dabei getrunken. Es war schon spät, als der nette Familienabend sein Ende fand. Alle zogen sich in die jedem zugedachten Betten zurück. Für Heinz und Martha Bachmann war das Nachtlager im Gästezimmer auf der bereits ausgeklappten Doppelliege *Dagmar*. Gertrud Haberkant hatte sich zufrieden in ihr Zimmer zurückgezogen, während Erika und Walter in seinem Bett kuschelten und sich endlich wieder zärtlich lieben konnten, bevor sie gegen morgen einschliefen und von ihrer Hochzeit träumten.

Es folgte ein Morgen, an dem die Sonne fast den ganzen Vormittag brauchte, um ihren Weg durch den Hochnebel zu finden und diesen dabei gänzlich aufzulösen. Fast genauso lange dauerte es, bis sich auch der Letzte mehr oder weniger ausgeschlafen am bereits liebevoll gedeckten Frühstückstisch von Gertrud versammelt hatte. Wie immer lockte der leckere Duft von aufgebackenen Brötchen und frisch gebrühtem Kaffee, der durch alle Räume zog, alle an den Tisch, so dass gegen 10.00 Uhr endlich gefrühstückt werden konnte. Für den Vormittag war ein kleiner Ausflug zur Regattastrecke nach Grünau geplant. Walter wollte doch noch unbedingt seinen Schwiegereltern die berühmte Regattastrecke in Grünau zeigen, wo er mit seinem Freund Horst in ihrem Doppelzweier ohne

Steuermann viele Pokale gewonnen hatte.

„Wo ich mit meinem Gips nicht so gut zu Fuß bin, fahren wir lieber mit dem Auto. Fünf Leute passen ja rein", meinte Heinz Bachmann. Alle waren sofort einverstanden.

„Eine gute Idee", antwortete Walter. „Das wird wohl auch das Beste sein, weil wir um 13.30 Uhr im *Café Moskau* sein müssen. Da hab' ich für uns einen Tisch zum Mittag bestellt. Und damit wir das alles schaffen und nachher pünktlich am Alex sind, quetsch' ich mich jetzt gern zwischen unsere Mamas. Das ist bei der Wärme besonders schön kuschlig. Aber schließlich ist schlecht gefahren besser als gut gelaufen. Heinz setz' dich mal mit deinem Gipsklumpen am Bein nach vorn und Erika kutschiert uns. Keine Angst Erika, ich sag dir, wo es lang geht."

„Das fängt ja gut an bei euch beiden. Hat denn Erika gar nichts mehr zu melden?", scherzte Erikas Mutter und tat etwas brüskiert.

„Aber Mama, er zeigt mir doch nur die Straßen nach Grünau zur Regattastrecke." Alle mussten nun lachen.

Bereits fünfzehn Minuten später sahen sie das Wasser der Dahme und Spree in Grünau und Walter konnte ihnen die Sportanlage des Ruderclubs mit der dazugehörenden Tribüne zeigen. „Seht ihr, hier vorn ist Start und dann lege ich mich mit Hotte in unserm schnellen Boot ins Zeug, dass wir nur so übers Wasser fliegen", schwärmte Walter und machte dazu die nötigen Armbewegungen.

„Nun rudere mal wieder ein bisschen zurück", meinte seine Mutter lachend, „sonst haust du uns mit deinen Armen noch um."

„Ist alles wunderschön hier draußen am Wasser. Warum suchen wir uns nicht hier eine Gaststätte?", fragte Erikas Vater.

„Ich will ja nicht um Gottes Willen dein Bemühen in Frage

stellen, Walter, mit uns nett Essen gehen zu wollen. Aber hier am Wasser hätten wir bestimmt auch eine Lokalität gefunden."
„Das können wir ja machen, wenn ihr das nächste Mal zu uns nach Berlin kommt. Ich glaube nicht, dass wir hier und heute in dieser Gegend überhaupt einen Tisch für fünf Personen finden. Oder wir müssen ewig lange warten, bis wir endlich an einem Tisch platziert werden, wo es uns gar nicht gefällt, weil wir nicht mal das Wasser sehen können. Nein, nein, lasst mal. Heute speisen wir ganz gepflegt an unserm reservierten Tisch im *Café Moskau*", widersprach Walter seinem Schwiegervater.
„Aber, nun werden wir uns mal wieder ins Auto zwängen und Richtung Alex düsen, damit wir dort auch pünktlich sind. Es ist nämlich schon kurz nach Zwölf und einen Parkplatz müssen wir auch noch suchen."

Sie gelangten von Grünau zügig in die Innenstadt. Am Alexanderplatz bogen sie von dort in die Karl-Marx-Allee ab, wo sich vor dem Strausberger Platz das *Café Moskau* auf der rechten Seite befand. Hinter dem Café fanden sie in der Blumenstraße einen Parkplatz. Ihr bestellter Tisch befand sich im Obergeschoss im Salon *Kaukasus*. Für Heinz Baumann war der Treppenaufgang wieder sehr beschwerlich mit seinem Gehgips.

„Jetzt kann ich sogar behaupten, dass ich mit meinem Gipsbein sogar noch den *Kaukasus* erklommen habe", scherzte er, als er das Obergeschoss erreichte und sie an ihrem Tisch im Salon *Kaukasus* Platz genommen hatten. Der Kellner ließ nicht lange auf sich warten, verteilte an jeden eine Speisekarte, zündete die auf dem Tisch auf kleinen glänzenden Metallleuchtern stehenden Kerzen an. Zunächst brachte er eine Flasche russischen Krimsekt und füllte die bereitstehenden Gläser. Als er ein zweites Mal am Tisch erschien, nahm er von allen die weiteren Getränkewünsche entgegen. Danach klopfte

Walters Schwiegervater leise mit der Gabel des Bestecks an sein Glas und verschaffte sich Gehör. Er fand ein paar wohlgemeinte und rührende Worte an seine Tochter und seinen künftigen Schwiegersohn und meinte zum Schluss seiner kurzen Rede:

„*Da Gertrud uns anlässlich eurer Verlobung schon so hervorragend beköstigt hat, möchten wir, Martha und ich, zu eurer Verlobung etwas beitragen und laden euch alle hier zum Essen ein. Und nun lasst uns mit den Sektgläsern auf das Wohl des glücklichen Verlobungspaares anstoßen.*"

Man konnte beim Anstoßen ein leises Klingen der Gläser hören und Walter bedankte sich anschließend nochmals mit ein paar netten Worten bei seinen Schwiegereltern und seiner Mutter.

Fast zur gleichen Zeit wurden von der Bedienung die Getränke und das vorbestellte Essen serviert. Es gab eine Grillplatte, auf der verschiedene Medaillons, Fleisch vom Rind und Schwein, angerichtet waren. Dazu wurden Kroketten und verschiedene Gemüsebeilagen gereicht und für jeden gab es vorweg einen Salatteller. Der gemischte Salat bestand dabei der damaligen Zeit entsprechend hauptsächlich aus zwei rohen feingeschnittenen Kohlsorten mit geraspelten Möhren sowie drei Scheiben grüner Gurke. Dieser gemischte Salat war auf einem grünen Salatblatt mit einem Dressing und ein paar Kräutern nach Art des Hauses angerichtet. Die Männer, Walter und Erikas Vater hatten sich vorab noch zusätzlich eine Soljanka bestellt, die auch in kürzester Zeit mit Sahnehäubchen serviert wurde. Hinterher gab es ein Dessert, bestehend aus *Moskauer* Eis mit heißen Himbeeren und Sahne.

„War doch eine gute Idee von dir Walter, hier einen Tisch zu bestellen. Der beschwerliche Aufstieg zum Gipfel, ich meine zu diesem *Kaukasus* Salon hier, hat sich jedenfalls gelohnt. Es hat fantastisch geschmeckt", kommentierte Erikas Vater das festliche Essen und gab dem Kellner zu verstehen, bezahlen zu wollen.

„Ja, das sieht man, dass es dir geschmeckt hat", meinte Martha zu ihrem Mann. „Die heißen Himbeeren sind auf deinem Hemd gelandet und von der Sahne etwas auf der Krawatte."

Martha nahm sogleich die auf dem Tisch stehende Flasche Mineralwasser und befeuchtete ein wenig ihr Taschentuch, um das bekleckerte Hemd und die Krawatte ihres Mannes einer Textilreinigung zu unterziehen, die ihr am Tisch auf die Schnelle nicht vollends gelang, weil in diesem Moment die Rechnung serviert wurde. Nachdem Erikas Vater bezahlt hatte, brachen sie ganz langsam auf. Ein ursprünglich geplanter Spaziergang, musste bis zum nächsten Besuch wegen des Gipsbeines von Heinz Bachmann verschoben werden. Deshalb ging die Fahrt vom Café *Moskau* direkt zurück nach Adlershof. Bachmanns hatten geplant, nach dem Kaffee wieder die Heimfahrt nach Seehausen anzutreten. Der Abschied war dann sehr herzlich mit dem Versprechen, sich bald wieder zu besuchen. Erika und Walter trennten sich schweren Herzens mit innigen Küssen. Bei Erika machten sich beim Abschied ein paar Tränen bemerkbar. Walter versprach ihr, die Renovierung ihrer künftigen Wohnung mit seinem Freund und großen Hilfe, Horst Klawitter, so schnell wie möglich zu Ende zu bringen, damit sie bald zu ihm nach Berlin ziehen könnte.

Der Sommer neigte sich dem Ende entgegen. Der Wind trieb die ersten herabfallenden Blätter der Bäume wirbelnd durch die Straßen und kündigte bereits den Herbst an. Die Renovierung der Wohnung war zeitlich schneller als geplant abgeschlossen

Die nächste Zeit bedeutete für Erika und Walter eine Wochenendbeziehung, denn sie konnten sich nur an den freien

Wochenenden bei abwechselnden Besuchen in Berlin oder Seehausen sehen. An einem dieser Wochenenden im Herbst wollten sie zur Komplettierung ihrer künftigen gemeinsamen Wohnung in Berlin die Schlafzimmermöbel kaufen. Und die beiden hatten Glück. Im HO Kaufhaus am Alex wurden sie fündig und konnten ein Schlafzimmer der Firma Hellerau ergattern, bei dem die Oberflächen sogar mit glänzendem Birkenfurnier versehen waren. Widererwarten waren sogar die passenden Federkernmatratzen durch eine kurz zuvor stornierte Exportlieferung beim Hersteller vorrätig. Bald darauf wurde alles geliefert und an einem weiteren Wochenende, als Erika wieder in Berlin war, von Walter und ihr zusammen aufgebaut. Es war einfach himmlisch, die erste Nacht in ihren neuen Betten. Zunächst konnten sie wieder nicht genug voneinander bekommen. Bisher hatten sie dafür immer nur ein Bett zur Verfügung. Sie lagen lange eng umschlungen und tauschten Zärtlichkeiten aus. Irgendwann schliefen sie weit nach Mitternacht dann doch ein, nämlich wie im siebenten Himmel.

Nachdem Erika außerdem auf Grund ihrer Bewerbung die Zusage zur Arbeitsaufnahme im Krankenhaus in Berlin Köpenich erhalten hatte, stand ihrem Umzug von Seehausen nach Berlin nichts mehr im Wege. Der Umzug verlief problemlos, der Abschied aus dem Elternhaus dagegen weniger, denn dabei flossen bei allen nicht wenige Tränen. Erikas Vater hatte sich einen Hänger für seinen *Wartburg* ausgeliehen, auf dem für die größeren Möbelstücke und sperrigen Gegenstände ausreichend Platz vorhanden war. Die anderen Habseligkeiten fanden in drei Koffern und ein paar Umzugskartons Platz und wurden im Pkw verstaut. Heinz Bachmann begleitete seine Tochter nach Berlin. Erika wurde von Walter schon sehnsüchtig erwartet. Als das Auto hielt und Erika ausstieg, sank sie gleich in Walters Arme. Bei dem nicht enden wollenden Kuss bemerkten sie gar nicht, dass Erikas Vater bereits zwei Koffer nach oben getragen hatte. Dann erst konnte Walter seinen Schwiegervater ebenfalls herzlich begrüßen, um anschließend mit ihm gemeinsam die restlichen Gepäckstücke in ihr neues zu Hause zu schaffen. Die Zwei genossen es, nun jeden Tag zusammen zu sein. Das blieb allerdings auch nicht ohne Folgen, denn bald darauf kündigte sich Nachwuchs an. Die Freude darüber war bei beiden riesig. Erika hatte sich auch schon Namen überlegt. Ein Mädchen sollte Nicole und ein Junge Robert heißen, womit Walter einverstanden war.

„Die Namen, die du ausgesucht hast, finde ich auch schön. Jetzt müssen wir aber zunächst einmal schnellstens an unsere Hochzeitsplanung und Vorbereitung denken, damit wir noch heiraten, bevor unser Kind kommt. Als erstes werden wir beim Standesamt das Aufgebot bestellen", reagierte Walter auf die freudige Überraschung und nahm Erika liebevoll in seine Arme.

„Wir müssen uns doch mit dem Termin unserer Hochzeit nicht unbedingt danach richten, wann unser Kind geboren wird. Ich möchte lieber nach der Entbindung, die voraussichtlich Ende Mai sein wird, heiraten. Dann passt mir das Brautkleid besser", waren Erikas verständliche Gegenargumente. Walter war mit ihr einer Meinung und pflichtete ihren Argumenten bei: „Na gut, dann heiraten wir nächstes Jahr im August. Das ist vielleicht sogar noch schöner, weil die große Feier nach der kirchlichen Trauung in der St. Petri Kirche in Seehausen dann bei euch zu Hause im Garten unter dem großen Walnussbaum stattfinden kann. Außerdem bist du dann wesentlich leichter, wenn ich dich hier in unserer Wohnung über die Türschwelle tragen will und du schon entbunden hast", schlug er vor und lachte.

Langsam wurde es Herbst im Lande. Es gab zwar immer

wieder ein paar sonnige und trockene Tage, an denen der Wind das fallende Laub der Straßenbäume vor sich her trieb. Sonst war es eher regnerisch und dadurch mehr nasskalt und morgens auch oft neblig. Der Herbst hielt ebenfalls in der Kleingartenanlage *Am Adlergestell* Einzug und fand in einem gemeinsamen kleinen Erntedankfest im Vereinslokal der Kleingärtner seinen Saisonabschluss. Gertrud Haberkants Ernte an Gemüse und Äpfel konnte sich sehen lassen. Mit Walters und Erikas Hilfe wurde alles im Garten langsam winterfest gemacht.

Das Weihnachtsfest alle Jahre wieder ...

Zunächst wurden aber wie in jedem Jahr Vorbereitungen für das bevorstehende Weihnachtsfest getroffen. In dieser Zeit galt es Augen und Ohren offenzuhalten, um etwas von den zugeteilten Sonderlieferungen an HO-Läden und Konsum an Südfrüchten, Konserven, Spirituosen, Süßigkeiten bis zu speziellen Backzutaten zu bekommen. Im Zimmer sollte auch wie in jedem Jahr ein Weihnachtsbaum im Lichterglanz erstrahlen. Bei der Beschaffung eines solchen gehörte auch etwas Glück dazu, denn bei diesem auf dem Markt angebotenen Nadelgehölz, einer Fichte, handelte es sich meist um eine besondere Spezies, die einem Besenstiel mit Besatz aus Fichtennadeln ähnelte. Mit etwas handwerklichem Geschick wurden dann Löcher in besagten Besenstiel gebohrt, um darin die Zweige eines anderen gleichartigen Baumes zu platzieren. So entfaltete die weihnachtliche Fichte doch noch ihre volle Pracht mit vielen grünen Zweigen. Leider fielen die Nadeln meistens nach ein paar Tagen schon ab. Deshalb entschieden sich manche Leute lfür eine Kiefer als Weihnachtsbaum.

Der Wintereinbruch setzte noch im Dezember mit einigen

Minusgraden ein. Und dann fielen die ersten Schneeflocken und Glatteis bildete sich mitunter auf den Straßen und Wegen. Walter hatte trotz des ungemütlichen Wetters mit etwas Glück an einem Marktstand eine Fichte ergattern können, an der er nicht noch zusätzlich einige Zweige reinbohren musste.

Nach der glücklich verlaufenden alljährlichen Suche des Weihnachtsbaumständers fand der Baum im Wohnzimmer seinen angestammten Platz in der Zimmerecke am Fenster mit der Balkontür. Auf dem Schreibtisch vor dem anderen Fenster wurden immer die Weihnachtsgeschenke abgelegt. In dem Karton mit den silbernen und bunten Kugeln befand sich sogar noch ein Rest des schönen Bleilamettas vom vorigen Jahr, das sie im Intershop gekauft hatten.

Das Weihnachtsfest verlief voller Harmonie in familiärer Atmosphäre und Vorfreude auf ihr erstes Kind, das Erika nun unter ihrem Herzen trug. Heilig Abend verbrachten sie in ihrer Berliner Wohnung zusammen mit Walters Mutter. Die stimmungsvolle weihnachtliche Musik erklang von Walters Plattenspieler und es wurden dabei kleine Geschenke vom *Weihnachtsmann* verteilt, die jeder für den anderen bereithielt. Zum Abend gab es dann traditionell den beliebten Kartoffelsalat von Walters Mutter und dazu Eberswalder Würstchen aus der Konservendose. Um einen Festtagsbraten mussten sich weder die Mutter noch Erika kümmern, da sie alle zusammen am 1.Weihnachtsfeiertag in Seehausen bei Erikas Eltern bereits mittags zum Gänsebraten eingeladen waren.

Pünktlich zur Weihnachtszeit begann es ununterbrochen zu schneien.

„Bei der Kälte und dem Schnee gehe ich eigentlich gar nicht gerne aus der Wohnung, aber Heinz und Martha warten ja auf uns", kommentierte Gertrud die bevorstehende Fahrt nach Seehausen und zog sich ihren dicken Wintermantel an. Im

Korridor der Wohnung herrschte Gedränge. Auch Erika hatte sich entsprechend der anhaltenden Kälte mit ihrem blauen Wintermantel warm angezogen. Ihren langen Schal hatte sie um den hochgeschlagenen Mantelkragen gewunden und ihr Gesicht dahinter halb versteckt und sogar eine dicke gestrickte Pudelmütze über die Ohren gezogen, denn es schneite am Morgen immer noch heftig und dazu wehte ein eisiger Wind aus östlichen Richtungen, der die Flocken vor sich her trieb und an manchen freien Stellen zu kleinen Verwehungen auftürmte.

„Scheiß eisiger Wind", schimpfte Walter und zog sich seine Schapka tiefer ins Gesicht. „Aus'm Osten haben wir ja noch nie was Gutes bekommen, nicht mal zu Weihnachten. Jetzt wisst ihr, was *Kalter Krieg* vom Osten bedeutet", fügte er dabei noch lachend hinzu, als sie die Straße entlang Richtung S-Bahnhof gingen und durch den frischen Schnee stapften.

„Passt bloß auf, dass keiner ausrutscht und hinfällt. Das reicht schon, wenn wir nachher wie steif gefrorene Schneemänner ankommen", warnte er die beiden Frauen an seiner Seite. „Erika, komm' hak dich mal bei mir unter und du auch Mama." Kurz darauf hatten sie endlich den S-Bahnhof Adlershof erreicht und klopften sich ein bisschen den Schnee von den Sachen.

„Hoffentlich hat der Zug vorn einen Schneepflug dran. Sonst bleiben wir eventuell noch stecken und feiern Weihnachten auf freier Strecke", ulkte Walter.

Bis auf 15 Minuten Verspätung wegen einer eingefrorenen Weiche kam der Zug ohne weitere Zwischenfälle in Wittenberge an. Erikas Vater erwartete sie bereits dort am Bahnhof schon ganz ungeduldig.

„Ich dachte schon, ihr seid unterwegs eingeschneit und kommt heute gar nicht mehr. Aber die viertel Stunde Verspätung ist bei der Kälte noch halbwegs zu ertragen. Lasst euch aber erst einmal herzlich begrüßen und ein *Frohes Fest* wünschen." Erikas Vater nahm jeden kurz in die Arme. „So, nun aber rein ins Auto, sonst ist die Weihnachtsgans inzwischen vielleicht weggeflogen", scherzte er und machte gleich die Kofferklappe auf, damit Walter seine Reisetasche, die Tasche mit den Weihnachtsüberraschungen und die Tasche seiner Mutter verstauen konnte.

Das Schneegestöber hatte inzwischen nachgelassen und hörte etwas später ganz auf. Heinz Bachmann beschleunigte den Pkw ein wenig.

„Übrigens ist Tante Adelheid auch bei uns zu Besuch. Martha hatte sie eingeladen, damit sie heute am Feiertag nicht so alleine in ihrem Haus am Arendsee rumsitzt. Die Stille dort am See zu dieser Jahreszeit kann natürlich ganz schön sein, aber manch einer wird dabei auch depressiv", erzählte Erikas Vater.

„Ach, das ist ja schön, dass ich Tante Adelheid heute wiedersehe", erwiderte Erika. „Wenn sie nämlich nicht am Arendsee wohnen würde, hätte ich sie dort mit Mama vor Pfingsten nicht besuchen können und dadurch Walter nie kennengelernt."

„So was nennt man Schichsal oder besser Fügung. Der liebe Gott passt eben auf und fügt das Glück zusammen, was zusammen gehört. Schön, dass ich unseren Glücksengel vom Arendsee, die Tante Adelheid, heute auch mal persönlich kennenlerne. Pfingsten hatte ich sie ja nur aus der Ferne sehen können, abgesehen davon, dass mein Augenmerk auf dem Schiff nur einer Dame galt und das war und ist mein Schatz Erika", meldete sich jetzt Walter lachend zu Wort und gab ihr einen Kuss auf ihre sehr kalte Wange. „Genauso passt der liebe Gott jetzt auf uns auf, dass wir alle bei dem Schnee und der Glätte gut nach Seehausen kommen, damit wir bald essen können."

„Du nun wieder. Halt dich mal ein bisschen zurück", rügte Gertrud Haberkant ihren Sohn.

„Ich fahre aber trotzdem nicht schneller", kommentierte Heinz Bachmann Walters Wünsche an den lieben Gott. Nach einer halben Stunde Fahrzeit hatten sie Seehausen bereits erreicht. Erikas Vater bog in die Straße Am Schillerhain ein und fuhr gleich aufs Grundstück durch das noch offenstehende Tor. Heinz half Gertrud beim Aussteigen, während Walter die Taschen aus dem Kofferraum nahm. Erika war schon im Haus verschwunden und nahm ihre Mutter stürmisch in die Arme und dann deren Freundin, Tante Adelheid, die gerade aus der Küche kam. Dann folgten die anderen zur Begrüßung.

In ihrem Elternhaus empfing sie in allen Räumen eine wohlige Wärme und aus der Küche ein leckerer Bratenduft.

„Legt doch eure Sachen im Gästezimmer ab, sonst komme ich hier gar nicht mit dem Essen durch", riet Erikas Mutter bei dem Gedränge im Korridor. „Eure Schuhe könnt ihr alle hier im Flur im Regal lassen. Ich habe schon Filzlatschen für alle parat." Es war im Augenblick wirklich etwas eng, bis sich jeder seiner dicken Wintersachen entledigt hatte. Aus dem Wohnzimmer, wo der Tisch bereits zum Essen festlich gedeckt war, erklang vom Plattenspieler *Leise rieselt der Schnee...*, gesungen von einem Chor.

„Was hast du denn für eine nette Weihnachtsmusik. Hast du auch noch andere Titel? Schnee hatten wir eben gerade genug. Und nun lässt du es in der guten Stube auch noch schneien. Bei der Musik wird einem ja überhaupt nicht warm ums Herze, sondern eher kalt", scherzte Walter, als er die Klänge hörte.

„Kannst ja eine andere Platte auflegen, wenn du möchtest", rief Walters Schwiegermutter aus der Küche. „Du weisst ja, wo die Platten zu finden sind. Ihr könnt schon mal alle ins Wohnzimmer gehen und euch hinsetzen."

„Aah", staunte Erika beim Anblick des Weihnachtsbaumes, als sie das Wohnzimmer betrat. „Der ist aber dieses Jahr besonders schön. In der Ecke neben der Anrichte erstrahlte auf einem niedrigen runden Tisch der Weihnachtsbaum in vollem Lichterglanz der elektrischen Kerzen. Die Lichter spiegelten sich in den großen silbernen Kugeln, die dadurch noch mehr funkelten.

„Donnerwetter, habt ihr den Baum aus'm *Intershop* oder direkt aus'm Westen bekommen? Das ist ja ein Prachtstück", staunte Walter fragend, als er ins Zimmer kam und den Weihnachtsbaum sah. „Da kann ich ja direkt neidisch werden. Aber unser ist auch sehr schön geworden."

„Ja, den habe ich hier vom Förster haben können. Und ich hatte Glück. Der Baum stand etwas freier unter einer Leitungstrasse, so einer Überlandleitung Deshalb konnte der Baum etwas besser wachsen", erklärte Heinz Baumann stolz.

Erikas Mutter brachte zusammen mit ihrer Freundin Adelheid den Weihnachtsschmaus, Gänsebraten mit Klößen, Rot- oder Grünkohl auf den Tisch und meinte zu Heinz: „Mach doch bitte mal die Flasche Rotwein auf und schenk allen etwas ein, damit wir auf ein *Frohes Fest* anstoßen können."

Bevor die Gläser erhoben wurden, um auf das Fest anzustoßen und dass die Familie wieder einmal beisammen saß, erhob sich Walter und stürmte förmlich auf Tante Adelheid mit den Worten zu: „Liebe Tante Adelheid, jetzt muss ich dich aber erst einmal richtig begrüßen und drücken, ich darf doch du zu dir sagen? Ich möchte dir nämlich heute, wo ich dich endlich kennen lerne, ganz besonders danken, denn irgendwie warst du für Erika und mich zu Pfingsten wie ein Schutzengel und hast für unser gemeinsames Glück gesorgt. Dafür bin ich dir ewig dankbar und wünsche dir ein ganz besonderes schönes Weihnachtsfest." Walter nahm Adelheid Pieplow in seine Arme und gab ihr einen Kuss auf die Wange.

Tante Adelheid war sehr überrascht und errötete leicht bevor sie antworten konnte. Sie wurde dabei richtiggehend verlegen. „Ich muss schon sagen, das war eben eine richtige Weihnachtsüberraschung, denn ich bin schon lange nicht mehr von einem jungen Mann geküsst worden." Alle lachten darauf. „Außerdem bin ich glücklich darüber, dass ich unbewusst zu euerm Glück beitragen konnte, wenn ihr das so seht und dass du, Erika, so einen netten Mann gefunden hast."

„Wir haben noch eine Überraschung für dich", verkündete Erika. Tante Adelheid wurde neugierig. „Und die wäre?", fragte sie gleich wissbegierig.

„Unsere Familie wird im kommenden Jahr etwas größer. Wir erwarten Nachwuchs."

„Neiiin! Das ist ja toll und eine noch größere Überraschung. Da freue ich mich aber für Euch. Und falls ihr noch keine Patentante habt, würde ich die Rolle gerne übernehmen. Wisst ihr denn schon was es wird?"

„Ja, so wie es aussieht wird es ein Junge", antwortete Erika.

„So jetzt wird aber erst einmal gegessen", mahnte Erikas Mutter. „Aber lasst uns wenigstens noch das Glas erheben und auf das Weihnachtsfest anstoßen. Also, nochmals *Frohes Fest!*"

Die tranchierte goldbraun gebratene Weihnachtsgans war schnell auf die bereitstehenden Teller verteilt und jeder nahm sich Kartoffelklöße, Kohl und Sauce dazu. Und wieder schmeckte es allen großartig.

Walters Mutter war die erste, die sich lobend äußerte. „Martha, ich muss dir ein großes Lob aussprechen. Ich koche zwar auch gern und glaube auch gut, aber du hast mich mit deinem Festessen bei weitem übertroffen. Das Fleisch zergeht förmlich auf der Zunge. Meistens ist ja bei der Keule das Fleisch immer ein bisschen zäh und fest am Knochen. Aber das hier ist vorzüglich."

„Schwiegermama", bemerkte Walter daraufhin und nahm sich gerade noch zwei Kartoffelklöße und etwas Sauce, „ich hoffe nur, dass du Erika auch so gut Kochen beigebracht hast. Du weißt ja, Liebe geht durch den Magen, wobei das bei Erika und mir noch nicht so ausschlaggebend ist. Das ist wohl mehr so eine Richtlinie fürs Alter. Man sagt doch immer, Essen ist der Sex im Alter."

„Walter! Nun ist aber gut", ermahnte ihn seine Mutter, weil ihr sein Gerede peinlich war. Die anderen lachten aber.

„Du hast aber einen gesegneten Appetit, Mädel. Die Schwangerschaft scheint dir gut zu bekommen", stellte Erikas Mutter beim Essen fest.

„Ich esse nicht mehr als sonst", entgegnete Erika. „Du hast mich nur eine Weile nicht mehr gesehen und nicht beim Essen beobachten können."

Heinz war fertig mit dem Essen und meinte, dass er sich ein bisschen zur Mittagsruhe zurückziehen werde.

„Es gibt noch einen Nachtisch, Heinz, ein Dessert. Ich habe für jeden noch eine Scheibe Ananas mit Sahne. Die Büchse hatte Onkel Ernst aus Hannover bei seinem letzten Besuch mitgebracht. Möchtest du das Obst jetzt nicht mehr? Dann lege ich deine Scheibe Ananas wieder in die Büchse und stelle sie in den Kühlschrank."

Alle anderen aßen danach noch den von Martha gelobten Nachtisch und unterhielten sich weiter.

„Also ich brauche noch etwas frische Luft. Walter, machen wir noch einen kleinen Spaziergang?"

„Dir zu Liebe komm' ich natürlich gerne mit. Ich kann Mutter und Kind doch nicht allein durch die Gegend laufen lassen. Nachher bleibst du mit unserm Kind noch im Schnee stecken. Obwohl ich mir vorhin geschworen hatte, heute bei der

Saukälte keinen Schritt mehr vor die Tür zu machen. So doll durchgefror'n war ich am Bahnhof. Aber nun bin ich ja wieder aufgetaut."

„Seid aber zum Kaffee um halb vier wieder hier. Da wollen wir noch Christkind spielen und ein paar Geschenke verteilen und die zwei Weihnachtspakete von düben aufmachen. Die sind erst vor drei Tagen von Onkel Ernst aus Hannover und Tante Luzie aus Braunschweig angekommen."

Während die Mütter und Tante Adelheid das Geschirr vom Tisch abräumten und damit in der Küche verschwanden, quälten sich Erika und Walter wieder in ihre getrockneten dicken Wintersachen und Schuhe. Mit einem „Tschüss!" auf den Lippen waren sie im nächsten Augenblick schon draußen.

Der Himmel war immer noch grau und wolkenverhangen und aus nordöstlicher Richtung wehte immer noch ein heftiger eiskalter Wind.

„Meinst du wirklich, dass wir bei der Eiskälte spazier'n geh'n wollen?", meinte Walter und verbarg sein Gesicht noch tiefer hinter dem hochgeschlagenen Kragen seiner Winterjacke.

„Unser Kind braucht frische Luft. Ist doch herrlich, die klare Luft nach dem Schneefall", stellte Erika fest und atmete tief durch.

„Die Luft ist aber auch nur da so schön frisch und rein, wo es keine Ofenheizung gibt und Briketts. Mit dem beißenden Qualm der Braunkohlenbriketts, der aus den Schornsteinen blakt, wird die Luft der ganzen Gegend verpestet", erwiderte Walter.

Sie hakte sich bei Walter unter und so stapften beide im Gleichschritt durch den Schnee die Straße entlang, um zur Lindenstraße zu gelangen und dort am Aland entlang weiter zu spazieren. Pünktlich zur Kaffeezeit waren sie wieder zu Hause.

„Erika, wir kommen noch gerade zur rechten Zeit", meinte

Walter als sie ins Haus kamen. „Es riecht schon so schön nach Kaffee." Aus dem Wohnzimmer klang wieder eine leise Weihnachtsmusik vom Plattenspieler. Der Tisch war mit dem kostbaren Kaffeegeschirr mit Verzierungen und Goldrand, das nur zu besonderen Anlässen verwendet wurde, eingedeckt. In der Mitte stand der von Erikas Mutter selbstgebackene Kuchen, ein Stollen mit den im Konsum erstandenen Rosinen und Mandeln. Die Zutaten wie Zitronat und Orangat hatte sie sich von drüben schicken lassen. Einen Mohnstollen, Käsekuchen und auch Kekse wie Spekulatius und Pfefferkuchen hatte sie ebenfalls gebacken.

„Mensch, Schwiegermama", staunte Walter und biss gerade ein Stück vom Rosinenstollen ab, „du hast ja wieder mehr gebacken als euer beliebter Bäckermeister Wunderlich im Ort. Abgesehen davon, trägt der seinen Namen nicht zu Unrecht. Der heißt nicht nur so, der backt auch wunderlichen Kuchen. Da fragst du dich immer, wie der das fertigbringt, den Geschmack aus dem Kuchen rauszubekommen statt ihn rein zu kneten. Vielleicht kannst du dem ja mal einen Tipp oder dein Rezept geben. Aber wenn der ein Stück Butter mehr nimmt, hat er bestimmt Angst, dass er pleite macht."

„Na, so schlimm ist es ja nun auch nicht", nahm Martha Bachmann ihren Bäckermeister in Seehausen in Schutz. „Das Brot ist jedenfalls sehr gut bei ihm. Den Kuchen backe ich sowieso immer selbst. Und der Kuchen, den ich in den letzten Tagen gebacken habe, soll ja heute auch noch nicht alle werden."

„Martha, ich versichere dir, der Kuchen wird bis Silvester noch nicht alle", mischte sich Vater Heinz jetzt ein beim Anblick des vielen Kuchens auf dem Tisch. „Es sei denn du hast noch mehr Besuch eingeladen."

„Aber Kinder, nun streitet euch doch nicht", mischte sich

Tante Adelheid in das Gespräch ein. „Jetzt trinken wir erst einmal Kaffee. Mal sehen, was übrig bleibt. Wenn ich darf, nehm ich mir gern noch ein Stückchen mit nach Hause und die Berliner nehmen sicherlich morgen auch noch ein Kuchenpaket mit, denn morgen haben wir ja auch noch einen Feiertag. Dann ist nämlich der Kuchen bestimmt so gut wie alle." Im nächsten Augenblick wandte sie sich an Erika. „Was ich dich und Walter noch fragen wollte, ist denn außer der Geburt eures Kindes im nächsten Jahr auch eine Hochzeit geplant?"

„Na klar, Tante Adelheid", antwortete Erika. „Gleich im neuen Jahr wollen wir mit der Planung beginnen und das Aufgebot beim Standesamt bestellen. Ich möchte nur nicht mit einem dicken Bauch heiraten. Unsere Hochzeit planen wir so etwa in der zweiten Augusthälfte."

Alle langten beim Kuchen ordentlich zu und Erikas Mutter wurde als Backwunder gelobt. Es wurden viele zum Teil ältere Familiengeschichten unter dem Motto: „Weißt du noch...?" zum wiederholten Male erzählt und der alte Plattenspieler quälte sich mindestens zum fünften Mal mit dem bekannten Weihnachtslied „Oh du Fröhliche...", was langsam gar nicht mehr fröhlich klang.

Nach dem Kaffee wurden dann endlich bei Kerzenschein aus einem neben dem Weihnachtsbaum stehenden Sack die Geschenke verteilt und zum Schluss folgte dann der eigentliche weihnachtliche Höhepunkt, nämlich das Öffnen der bereits vierzehn und zuletzt drei Tage vor Weihnachten von der Verwandtschaft aus dem Westen eingetroffenen Pakete. Diese Zeremonie wurde von dem alten Plattenspieler musikalisch mit dem noch älteren Weihnachtslied „Oh du Fröhliche ..." untermalt.

„Die Westpakete erinnern mich immer an die CARE-Pakete nach dem Krieg, die meine Eltern an einer Ausgabestelle abholen durften. Da waren auch alles solche Lebensmittel und Süßkram drin. Weißt du noch, Mama, wie wir uns über das Glas Honig und die Aprikosen gefreut haben, die in dem einen Paket drin waren?", wandte sich Walter zu seiner Mutter. „Und die Blockschokolade", schwärmte Walter weiter. „Bis zu dem Zeitpunkt hatte ich gerade gelernt, wie Schokolade geschrieben wurde und dann konnte ich sie sogar probieren. Das war schon ein großes Ereignis, wie man sich das heute gar nicht mehr vorstellen kann."

„Das war damals wirklich eine Hilfe", pflichtete Gertrud ihrem Sohn bei. „Es gab ja in der Zeit noch viel, viel weniger oder auf dem Schwarzmarkt auf dem Potsdamer Platz."

„Den Schwarzmarkt gibt es in ähnlicher Form heute auch noch. Nur ist das kein Markt, sondern ein Räuberladen und trägt einen anderen Namen. Er nennt sich jetzt *Intershop* oder *Genex* und ist in dem Staat ganz legal", meinte Walter scherzhaft.

„Übrigens erinnert mich das mit den Westpaketen auch an meinen Kollegen Wollenberger. Seine Großeltern sind noch vor 1961 schon beizeiten abgehauen und nach Kanada ausgewandert. Der hat dann später immer mal von ihnen ein Paket erhalten und kannte nie den Inhalt. Weil er sehr viel Zoll zahlen musste, wusste er nie, ob er die Pakete annehmen soll oder lieber zurückschicken lässt. Einmal war der Inhalt so ein Wandschoner mit einem röhrenden Hirsch drauf. So'n Wandschoner pinnt man sich neben seinem Bett an die Wand, um die Tapete zu schonen. Da musste ja morgens einen fürchterlichen Schreck kriegen, wenn de aufwachst und dich glotzt so'n Hirsch böse an und röhrt dir ins Ohr. Der hat über diesen Scheißdreck manchmal geflucht. Gott sei Dank war noch eine *Levis* Jeans drin, die er verkaufen konnte, weil sie ihm nicht mal passte. So hat er wenigstens das viele Geld für die hohen Zollgebühren zurückbekommen. Gott sei Dank muss aber für die innerdeutschen Pakete und Päckchen kein Zoll gezahlt werden."

„Na sowas fehlte uns noch, uns das bisschen Freude auch noch zu nehmen", meinte seine Schwiegermutter und hatte inzwischen die geöffneten Weihnachtspakete in Augenschein genommen und alles einzeln auf den Tisch gelegt. Die Lebensmittel wie Salami, ein Stück Schinken, Tütensuppen und Kaffee legte sie extra. Die Süßigkeiten wurden aufgeteilt und Pfefferkuchenherzen und Pralinen zum gemeinsamen Verzehr auf den Tisch in einem bunten Teller getan. An einigen in so schönem bunt glitzerndem Weihnachtspapier verpackten Geschenke standen auf kleinen Kärtchen die Namen der Empfänger. Erika konnte sich über eine weiße Bluse mit Volant freuen und für ihren Vater Heinz war ein Oberhemd geschickt worden. Walter bekam einen Duft, ein Flakon mit einem Eau de Parfum. Erikas Mutter Martha wurde mit einem wollenen Pullover bedacht und Mutter Gertrud und Tante Adelheid mit etwas Süßem, jeweils einer großen Schachtel Pralinen, einer auch im Osten Deutschlands bekannten Schokoladenmarke.

„Zerreißt aber nicht das schöne Weihnachtspapier", mahnte Walter, als er den ängstlichen Blick seiner Schwiegermutter sah und bevor sie das gleiche sagen wollte. „Das Papier könnt ihr Martha geben. Sie bügelt nämlich so gerne, auch Papier."

„Na ja, das ist doch zu schade zum Verbrennen. Wenn es glatt gebügelt ist, läßt es sich nochmal verwenden."

„Wo willst du denn die vielen Geschenke hernehmen, bei so viel Papier", flachste Walter. „Das gibt doch kaum was Vernünftiges zu kaufen oder nur mit Beziehung."

Die Unterhaltung ging noch einige Zeit weiter. Vom alten Plattenspieler war gerade „Oh du Fröhliche…" zu hören und der Weihnachtsbaum in der Zimmerecke neben der Anrichte strahlte weiter im vollen Lichterglanz.

Die elektrische Weihnachtsbaumbeleuchtung fiel Gertrud sofort auf. „Ihr habt ja auch die wunderschöne elektrische Weihnachtsbaumbeleuchtung von uns, das heißt, vom Kombinat NARVA, wo ich arbeite", erzählte Walters Mutter voller stolz, um etwas zum Gespräch beizutragen.

„Das würde ich lieber nicht so laut sagen, dass du in dieser Bude arbeitest, die so viel Ausschuss produziert. Wisst ihr überhaupt was NARVA im Volksmund heißt? Obwohl sich der Handelsname dieses Betriebes aus zwei chemischen Elementen, Stickstoff und Argon sowie dem dazugehörenden Vakuum zusammensetzt, erfand der Berliner Volksmund sehr schnell eine Übersetzung für den Namen NARVA wegen der meist sehr kurzen Lebensdauer der Glühlampen: *Nur Aus Resten Von Altmaterial.* Die Lampen haben wirklich keine lange Lebensdauer. Bei den Weihnachtsbaumkerzen, die meistens nur einen Tag leuchten, weiß man nie, ob man die Heilig Abend oder lieber am ersten Feiertag brennen läßt. An beiden Tagen halten die nämlich nicht durch."

„Das stimmt gar nicht", brüskierte sich Gertrud und Martha meinte: „Gertrud, da muss ich aber deinem Sohn recht geben. Bei diesen Kerzen hier musste Heinz auch schon eine Lampe auswechseln, weil sie durchgebrannt war."

Als Gertrud antworten wollte, ging die Tür gerade auf und Vater Heinz betrat etwas durchgefroren und roten Wangen schimpfend das Zimmer.

„Ist das eine Saukälte!", fluchte er.

„Wo kommst du denn jetzt her?", wollte Martha wissen und alle anderen guckten Heinz ungläubig an.

„Dachtest du etwa, dass der Weihnachtsmann Schnee fegt? Das musste ich selbst erledigen und den Schnee bei Seite schaffen, damit ich Adelheid nachher um die Ecke bringen kann, ich meine zum Bus, und wir nicht im Schnee stecken bleiben."

„Das hättest du wohl gerne, mich um die Ecke zu bringen, was?", empörte sich Adelheid scherzhaft.

Erika hatte inzwischen den alten Plattenspieler, der sich von Mittag an fast heiß gelaufen hatte, abgestellt und dafür das Radio angemacht und noch rechtzeitig, denn es wurde ein weihnachtliches Konzert aus einer Kirche übertragen. Ein Chor gab zufällig sein Bestes für Genießer der Kirchenmusik und sang gerade „Oh du Fröhliche ..." Besser als das Radio hätte der Plattenspieler die Musik nicht wiedergeben können. Tante Adelheid war so hingerissen, dass sie meinte, den Chor unterstützen zu müssen und stieg mit ihrer ungeübten und etwas krächzenden Sopranstimme voller Inbrunst wie bei einem Karaoke-Wettbewerb mit ein. Die auf dem Tisch stehenden Wein- und Biergläser gerieten in leichte Schwingungen und klirrten leise. Mutter Gertrud hatte bis zum Schluss des Gesanges ausgeharrt und andächtig zugehört. Sie besuchte ja auch sonst am Heiligen Abend die Kirche. Insofern bescherte ihr der Gesang von Tante Adelheid zusammen mit dem Kirchenchor aus dem Radio ein besonderes Glücksmoment. Die anderen hatten unter irgendeinem wichtigen Argument zuvor panisch die Flucht ergriffen und das Wohnzimmer verlassen. Martha war in der Küche überrascht, dass ihr auf einem Mal so viele Leute helfen wollten, wo sich sonst selten jemand blicken ließ.

„Wenn ihr schon alle in die Küche kommt, könnt ihr gleich was ins Wohnzimmer mitnehmen und auf den Tisch stellen, dann geht es schneller und wir können gleich essen. Und Erika, nimm doch bitte schon das Geschirr aus der Anrichte."

„Ich glaube, wir können wieder in der guten Stube Platz nehmen, Tante Adelheid ist nämlich verstummt und hat ihren Gesang beendet."

„Na so schlecht singt sie ja nun wirklich nicht", versuchte Martha die Sangeslust ihrer Freundin ins rechte Licht zu rücken. „Wir haben früher viel zusammen im Schulchor gesungen. Und sie hat eine wunderbare Sopranstimme."

„Mag sein", meinte Walter, „aber jetzt ist ihre Stimme auch in die Jahre gekommen und bei den höchsten Tönen, die sie eben geträllert hat, sind mir diese kleinen Gehörknöchelchen in meinem Innenohr so in Schwingungen geraten, dass der Hammer dabei so stark auf den Amboss geknallt ist und ich Angst bekommen habe, einen dauerhaften Gehörschaden davonzutragen."

„Jetzt übertreibst du aber, Walter. Komm, nimm lieber die Käseplatte mit rein und stell sie auf dem Esstisch ab."

Erika war, wie ihr aufgetragen, ins Wohnzimmer vorausgeeilt, um den Tisch mit den Tellern und Gläsern aus der Anrichte einzudecken.

„Wo ward ihr denn alle auf einem Mal?", wollte Walters Mutter wissen. „Adelheid hat so schön gesungen. Ich wusste gar nicht, dass sie so eine brillante Gesangsstimme hat", schwärmte Gertrud immer noch.

Heinz hatte noch die Getränke aus dem Keller geholt. Alle hatten einen gesunden Appetit und stürzten sich quasi auf Martha Baumanns Köstlichkeiten, die sie in der Küche zubereitet hatte. Das Radio wurde inzwischen abgestellt, so dass niemand befürchten musste, im nächsten Augenblick von dem wunderschönen Weihnachtslied „Oh du Fröhliche …" beschallt zu werden. Die elektrischen Kerzen an dem Weihnachtsbaum hatten widererwarten den ganzen Tag durchgehalten und der Lichterglanz ließ die langsam nadelnde Fichte mit dem Behang aus silbernen Kugeln und dem guten bleischweren Lametta aus dem *Intershop* weiterhin zur grellen Festbeleuchtung des fünfarmigen Kronenleuchters erstrahlen.

Nach dem Abendbrot verabschiedete sich Tante Adelheid von allen und bedankte sich bei ihrer Freundin Martha für die Einladung und Heinz half ihr in ihren alten Nerzmantel, der schon bessere Zeiten gesehen hatte. Sie stülpte sich noch ihre Pelzkappe auf ihr Haupt und Heinz brachte sie rechtzeitig mit dem PKW zur Bushaltestelle am Bahnhof.

„Heinz, sag Martha noch einmal herzlichen Dank für den schönen Tag. Jetzt fahre ich wieder zu mir an den Arendsee und genieße die Einsamkeit. Zu dieser Jahreszeit findet sich niemand zu einem Picknick ein. Ah, sieh' mal, da kommt ja schon mein Bus. Also Danke und Tschüss!" Der Bus hielt und fuhr gleich in Richtung Arendsee weiter als die drei Fahrgäste und Adelheid Pieplow eingestiegen waren. Heinz Bachmann sah dem Bus noch einen Augenblick nachdenklich hinterher, bis die roten Schlussleuchten vom Bus hinter der nächsten Straßenecke verschwanden.

Als Erikas Vater wieder zurück war, wurden die Karten gemischt und Rommé gespielt. Mitten auf dem Tisch stand dabei ein bunter Teller mit Spekulatius, selbstgebackenen Plätzchen aus Mürbeteig, gefüllten Pfefferkuchenherzen aus dem Weihnachtspaket und ein paar Dominosteinen, so dass jeder nach Belieben zugreifen konnte. Daneben standen außerdem zwei Flaschen Rotwein und es wurde erzählt, gescherzt und gelacht und zwischendurch mit einem Glas Wein angestoßen.

„Donnerwetter das ist aber kein Rotwein für Genießer", schüttelte sich Walter und verzog sein Gesicht zu einer Grimasse, als er einen Schluck von dem trockenen Rotwein aus der Gegend von Unstrut und Saale trank. „Wollt ihr mich vergiften? Das ist ja eher Weinessig. Manchmal habe ich das Gefühl, dass für DDR-Bürger nur Wein von den Nordhängen an Saale und Unstrut gekeltert wird. So einen Wein kannst du nur für'n Rotkohl oder zum Verfeinern der Soße von einem Wildschweinbraten nehmen. Genießt mal euern Weinessig. Ich trinke lieber noch ein *Radeberger Pils*. Das Bier gibt es nämlich auch nur in der Weihnachtszeit, meistens jedenfalls."

Martha war inzwischen aufgestanden und hatte während der Diskussion über den Wein den Plattenspieler wieder eingeschaltet und in Gang gesetzt als sie fragte: „Möchtest du lieber von dem *Rosenthaler Kadarka*? Das ist ein lieblicher Rotwein. Ich habe auch noch einen *Gotano*, diesen Wermut, wenn du den lieber möchtest", wollte seine Schwiegermutter ihm etwas Gutes tun. „Nein, nein, lass mal. Ich schließe mich von eurer Weinverkostung aus und bleibe bei Bier."

Der Weihnachtsabend klang langsam in gemütlicher Runde fröhlich aus. Vater Heinz hatte sich beizeiten zurückgezogen. Die Mütter hatten einen leichten Schwips, als alle langsam zu Bett gingen. Noch einmal erklang von dem Plattenspieler: „Oh du Fröhliche …"

„Also, wenn ich das Lied noch öfter höre, kann ich den Text vollständig und das Lied singen. Mein Tinnitus summt mir diese Melodie sowieso schon bis Ostern in den Ohr'n mit."

Erika schaltete den Plattenspieler aus und auch die Weihnachtsbaumbeleuchtung ab und ergriff seine Hand. Sie zog ihn zur Tür. „Na, dann komm schnell ins Bett. Ich kann dir auch was ins Ohr summen."

„Das ist die beste Idee von dir."

Walter löschte das Licht im Wohnzimmer und ließ sich gern von ihr zunächst ins Bad und dann mit vielen Küssen in ihr Bett ziehen. Die Zeremonie vor dem Einschlafen war wie so oft zärtlich und stürmisch zugleich.

„So ein Christkind oder besser einen Engel, wie dich mit deinem blonden Engelshaar, habe ich mir schon jahrelang zu Weihnachten gewünscht und in diesem Jahr ist mein Wunsch erfüllt worden und das Weihnachtsfest so richtig schön", flüsterte Walter glücklich und küsste Erika zum wiederholten Male. Er ließ dabei seine Hand zärtlich über Erikas Bauch gleiten, der langsam an Umfang zunahm. „Bald werden wir in deinem alten Bett zu dritt keinen Platz mehr haben, wenn wir hier zu Besuch sind." Er fügte noch leise hinzu: „Anfang des neuen Jahres müssen wir wegen unserer Hochzeit gleich Nägel mit Köpfen machen. Jetzt müssen wir aber noch ein bisschen schlafen, sonst können wir gleich wieder aufstehen. Schlaf schön, gute Nacht mein Schatz!" Gerade als Walter ihren Mund für einen lieben Kuss suchte, stellte er fest, dass Erika in seinem Arm bereits fest schlummerte und die letzten geflüsterten Worte scheinbar gar nicht mehr mitbekommen hatte. Walter konnte noch im Dunkeln ein leichtes Lächeln auf ihrem Gesicht wahrnehmen und hauchte ihr einen Kuss auf die Wange. Dann schlief auch er ein.

Als aus der Küche der Duft von frisch gebrühtem Kaffee und aufgebackenen Brötchen durch die Wohnung waberte, wurde Walter langsam wach. „Schatz, wir müssen aufsteh'n, sonst verpassen wir das schöne Frühstück und müssen bei der Kälte hungrig zum Bahnhof oder verpassen sogar noch unseren Zug."
„Kannst doch schon gehen", nuschelte Erika noch sehr müde. „Nicht mal Weihnachten kann man ausschlafen."
„Ich möchte aber mit dir zusammen frühstücken", meinte Walter und gab ihr einen Kuss auf die Wange.

Im selben Augenblick rief Erikas Mutter: „Frühstücken kommen!"

Zehn Minuten später saßen alle am Frühstückstisch. Der Weihnachtsbaum strahlte wieder im Lichterglanz und von dem alten Plattenspieler erklang das Weihnachtslied: „Oh Tannenbaum, oh Tannenbaum ..."

„Dass ich das noch erlebe", staunte Walter, als er sich zum

Frühstücken an den Tisch setzte.

„Was meinst du denn?", fragte Erika interessiert während Walter vom Frühstücksei die Schale entfernte.

„Na, dass Weihnachten und Ostern zusammen auf einen Tag fall'n, wie du hier ja sehen kannst", grinste Walter, hob dabei sein Frühstücksei in die Höhe und alle lachten.

„Aber eigentlich meine ich etwas anderes. Hört ihr nichts? Die Schallplatte hat sogar zwei Seiten, nämlich eine für den 1. Feiertag mit dem Lied „Oh du Fröhliche..." und eine für den 2. Weihnachtsfeiertag. Hättest du das für möglich gehalten? Nun dudelt der Plattenspieler heute den ganzen Tag lang „Oh Tannenbaum...", ist das nicht schön?

„Musst du gar nicht so ironisch sagen", brauste seine Mutter ein wenig auf. „Wir anderen finden jedenfalls die Weihnachtsmusik schön. Schon wegen der Stimmung."

„Wieso, sind wir etwa ohne Weihnachtsmusik nicht in Stimmung? Ich habe bis jetzt jedenfalls gute Laune. Wenn uns Schwiegerpapa nun noch zum Bahnhof kutschiert, damit wir bei der Saukälte unterwegs nicht erfrier'n, dann ist doch alles paletti."

In gleichen Moment polterte es im Flur und Heinz Bachmann kam fluchend von draußen rein, was eigentlich selten vorkam „So ein verdammter Mist. Das Auto springt bei der Scheißkälte nicht an."

„Na, dann müssen wir deine Nuckelpinne eben anschieben. Seht ihr, schon ist zumindest bei meinem Schwiegervater die Weihnachtsstimmung im A ...Advent, Advent, ein Lichtlein brennt ...", kommentierte Walter diese Hiobsbotschaft. Vom Plattenspieler erklang trotzdem: „Oh du Fröhliche ..."

Walter verließ fluchtartig das Zimmer. „Wer hat denn die Schallplatte schon wieder umgedreht?", schimpfte er laut. „Na, macht nichts. Ich geh' erst mal zu Heinz raus. Der braucht meine Hilfe. Und wir seh'n zu, dass wir seine Mühle von Auto in Gang bringen, damit wir nicht zum Bahnhof laufen müssen. Inzwischen könnt ihr ja noch den Text von dem Lied auswendig lernen", fügte er ironisch hinzu.

Heinz Bachmann hatte die Batterie inzwischen etwas nachgeladen. Beim zweiten Startversuch sprang der Motor dann endlich an. Alle waren erleichtert. Während der Motor warm lief, erfolgte ein plötzlicher Aufbruch. Alle zogen schnell ihre dichen Winterjacken und Mäntel an. Walter verstaute die Taschen schon im Kofferraum. Heinz hatte bereits die zugefrorenen Scheiben des Autos vom Eis frei gekratzt. Dann verabschiedeten sie sich schweren Herzens von Erikas Mutter während ihr Vater den *Wartburg* schon vom Grundstück auf die Straße fuhr. Er fuhr sie zum Bahnhof Wittenberge. Von dort hatten Erika, Walter und seine Mutter direkten Anschluss nach Berlin und mussten nicht noch einmal umsteigen.

Am Nachmittag waren sie endlich ziemlich durchgefroren zu Hause. Gertrud eilte in die Küche, um Kaffee zu Kochen, Walter begann zunächst im Wohnzimmer in dem großen alten Kachelofen mit den Nippesfigürchen ein Feuer zu entfachen. Die Raumtemperatur, die von der Zentralheizung erreicht wurde, lag etwas unter normaler Zimmertemperatur. Erika packte inzwischen alle mitgebrachten Weihnachtsgeschenke aus, die sie auf dem Schreibtisch neben dem Weihnachtsbaum trapierte. Dann half sie ihrer Schwiegermutter, den Kaffeetisch zu decken. Bei heißem Kaffee erholten sie sich von der frostigen Kälte unterwegs.

„Mach doch noch ein bisschen Musik an", ermunterte sie ihren Sohn. „Kann ich gleich machen, Mama, wenn ich unseren Kachelofen in Gang habe. Aber dann bitte nicht schon wieder „Oh du Fröhliche..."

„Warum willst du denn das schöne Lied nicht mehr hören?

Wir haben das doch so oft zusammen gesungen", brüskierte sich Walters Mutter.

„Stimmt, viel zu oft. Ich habe nichts gegen dieses schöne Weihnachtslied, aber nicht als Ohrwurm den ganzen Tag über. Es gibt noch andere schöne Weihnachtslieder, wie du gleich hören wirst."

Der Abend war noch recht gemütlich.

Gerade war das Weihnachtsfest vorbei, da wurde ein paar Tage später das neue Jahr eingeläutet. Walter hatte das Wohnzimmer mit Girlanden und ein paar Papierschlangen am Weihnachtsbaum, an Stehlampe und dem Kronenleuchter geschmückt. Kurz vor 24.00 Uhr hatte er eine Flasche Sekt geöffnet und die bereitgestellten Gläser gefüllt. Mit Erika und seiner Mutter stießen sie dann auf ein glückliches neues Jahr an, das ereignisreich zu werden versprach. Anschließend traten Erika und Walter einen Moment auf den Balkon hinaus, um das beginnende Feuerwerk zu beobachten. Vom Nachbarbalkon wurde *Prost Neujahr!* rübergerufen. Beim Blick in den Himmel vermeinten sie eine Sternschnuppe zu sehen und wünschten sich gemeinsam die glückliche Geburt eines gesunden Kindes, ihres heranwachsenden Jungen.

In den nächsten Monaten des neuen Jahres 1967 drehte sich in erster Linie alles um Erika, die die Schwangerschaft ohne Komplikationen gut verkraftete und zunehmend rundlicher wurde. Für Erika und Walter stand bereits fest, dass ihr Kind ein Junge wird und sie einigten sich daraufhin schon beizeiten auf den Namen Robert. Nach ärztlichem Ermessen wurde ihnen als Geburtstermin etwa die Zeit um den 25. Mai genannt. Die Freude darauf wuchs von Woche zu Woche.

Die folgenden Wochen verbrachten die werdenden Eltern damit, Vorbereitungen für den kommenden Familienzuwachs zu treffen. Gemeinsam hatten sie ein Körbchen gekauft, das Walter für die erste Zeit in einer Ecke ihres Schlafzimmers aufgestellt und Erika fertig ausgestattet hatte. Und sie hatten gemeinsam einen Kinderwagen ausgesucht und gekauft. Auch sonst hatte sich Erika mit Erstausstattung und Windeln bevorratet.

Dann war es endlich soweit. Walter begleitete seine Erika beim Einsetzen der immer stärker werdenden Wehen in die Klinik nach Berlin-Friedrichshain. Es war keineswegs zu früh, denn schon zwei Stunden später wurde ihr Sohn Robert am 26.Mai 1967 geboren, ein gesundes Kind überglücklicher Eltern. Alles drehte sich in der nächsten Zeit nur um das Kind.

Die Hilfe von Oma Gertrud in Berlin war in dieser Zeit mehr denn je gefragt, obwohl Erika mit dem kleinen Robert sehr gut allein fertig wurde.

Die Hochzeitsplanung

Die Hochzeit wurde ebenfalls geplant und ein Termin im August angedacht. Deshalb gingen Erika und Walter Anfang April mit allen nötigen Unterlagen zum historischen Rathaus in Berlin-Köpenick und bestellten dort beim Standesamt das Aufgebot für ihre Trauung am 15. August. Das war das zweite Wochenende in diesem Monat.

Die Hochzeitsvorbereitungen wurden nach der Geburt von Robert nicht außer Acht gelassen und liefen auf Hochtouren. Erika und Walter hatten sich für eine standesamtliche Trauung in Berlin und zu einer kirchlichen Trauung in Seehausen entschieden. An einigen Abenden wurde hin und her überlegt, wer von der Verwandtschaft eingeladen werden sollte, um die Anzahl derer noch überschaubar zu halten. Es sollte möglichst auch niemand übergangen werden, was bei der weitläufigen

Verwandtschaft, die in Ost und West lebte sowie einigen Freundschaften nicht so einfach war. Die Meinungen und Ratschläge beider Eltern mussten ebenfalls berücksichtigt werden. Jedenfalls hatten sich die Familien nach mehreren Diskussionen geeinigt, wer zu dem großen bevorstehenden Ereignis von den Verwandten sowie aus dem Bekannten- und Freundeskreis eingeladen werden sollte. Innerhalb der nächsten zwei Wochen waren alle Einladungen verschickt worden. Gleichzeitig hatten sie dazu ein Schreiben verfasst, in dem sie sich als Brautpaar statt verschiedener Geschenke doch lieber eine Geldspende wünschten. In der nächsten Zeit war Oma Gertrud hinsichtlich der Betreuung des kleinen Robert noch mehr gefragt, denn die weiteren Vorbereitungen verliefen immer hektischer. Zu dieser Zeit wurde auch das Brautkleid in Auftrag gegeben. Der Kontakt zu einer angeblich sehr guten Schneiderin, die das Brautkleid anfertigen sollte, war durch die Vermittlung über eine sehr gute Bekannte von Erikas bester Freundin Sabine Musehold, die auch als Trauzeugin benannt war, zustande gekommen. Die besagte Dame hatte wiederum eine Freundin, die einige Jahre zuvor den Beruf einer Schneiderin erlernt hatte, dieses zumindest vorgab. Zum ersten Treffen und Maßnehmen wurde Erika von ihrer Freundin begleitet. Wie sich später herausstellte, war es ein Glück, dass dieser Termin des Maßnehmens frühzeitig ein halbes Jahr vor der Trauung stattfand. Erika hatte sich für ein Brautkleid in Form der A-Princess-Linie mit U-Ausschnitt, knielang, aus Brokat und Spitze mit einem Bolerojäckchen entschieden. Walter sollte mit dem Kleid überrascht werden. Überrascht wurde Erika zunächst von der Schneiderin, die, wie sich dann herausstellte, schon längere Zeit nicht mehr in ihrem Beruf, sondern bei der Reichsbahn als Zugbegleiterin tätig war und im Schichtdienst durch die Gegend schaukelte. Wann sollte da noch Zeit zum Schneidern eines Brautkleides sein? Außerdem hatte sie noch nie ein Brautkleid genäht. Sie wusste aber, an Hand von Erikas Vorstellungen, aus welchen Stoffen das Kleid genäht werden sollte und das diese in der Farbe weiss sein sollten. So gestaltete sich das Brautkleid zu einer Zerreißprobe aller Nerven. Nach einigen Anproben und Änderungen lagen diese beinahe blank.

„Bevor deine Schneiderin das Kleid fertig hat, haben wir bereits Silberhochzeit", war Walters Kommentar.

Das bei der ersten Anprobe nach Nichts aussehende Gewand wurde dann bei den nächsten Anproben einem Brautkleid immer ähnlicher. Erika war schon beinahe am Verzweifeln und den Tränen nahe und die Schneiderin noch mehr. Zwei Tage vor der standesamtlichen Trauung passte das Kleid endlich und Erika sah darin hinreißend aus.

Die standesamtliche Trauung in Berlin

Erikas Schulfreundin Sabine Musehold, ihre Trauzeugin und Friseuse, hatte ihr eine reizende Frisur gezaubert und im Haar einen kurzen Schleier befestigt. Im Arm hielt Erika ihren Bautstrauß aus roten Rosen. Walter bekam einen Kloß im Hals, als er seine Erika, begleitet von ihrem Vater, nach altem Brauch endlich in Empfang nehmen durfte. Dann wurden sie von Erikas Vater in dem mit Blumen geschmückten *Wartburg* zum Standesamt im historischen Rathaus Berlin-Köpenick gefahren. In dem feierlichen Hochzeitssaal des Standesamtes hätten etwa dreißig Gäste Platz gefunden, um bei dem Zeremoniell dabei zu sein. Die Fenster mit den herrlich gestalteten Butzenscheiben, auf denen die Brautpaare unterschiedlicher Epochen dargestellt wurden, gaben dem Saal zusammen mit dem Glanz des prachtvollen Marmorfussbodens ein besonderes festliches

Ambiente. In diesem Hochzeitszimmer hatten sich zur Trauung außer den Trauzeugen und den Eltern bereits ein paar weitere geladene Gäste eingefunden. Unter ihnen waren der Onkel Albert Haberkant mit Tante Käthe und ihrer achtzehnjährigen Tochter Roswitha aus Berlin Britz in Westberlin. Sie brachten als Geschenk die Trauringe aus 333-er Gold mit eingravierten Namen mit. Walters Trauzeuge, sein Freund Horst Klawitter, war beinahe nicht wiederzuerkennen. Wie von ihm seinerzeit angekündigt, hatte er sich extra schnieke gemacht und in einem dunkelblauen Anzug mit weißem Hemd und roter Krawatte in Schale geworfen. Er war von Erikas Trauzeugin Simone oder vielleicht noch mehr von deren tiefen Dekolleté so sehr beeindruckt, dass er versuchte, sich ständig an ihre Seite zu drängen. Trotzdem Walter eigentlich nur noch Augen für seine Erika hatte, fiel ihm das sonderliche Benehmen seines Freundes auf.

„Hotte, mein lieber alter Freund und Kupferstecher, lass nur nich nocht deine ollen Plüschaugen in das sehr tiefe Dekolleté von Simone plumpsen. Das fällt ja schon langsam jedem auf, mit welchen Stielaugen du auf Simones Dekolleté starrst und um sie herum scharwenzelst. Denk bitte daran, dass ihr beide zusammen, du und Erikas Freundin, unsere Trauzeugen seid. Ich möchte nicht, dass sich vielleicht irgendeiner darüber lustig macht oder dass es eventuell Ärger gibt", raunte Walter seinem Freund in einem günstigen Augenblick zu.

„Du hast jut Lachen", berlinerte er leise. „Du hast ja det jetzt hier sogar schwarz auf weiß und vom Standesamt amtlich beglaubigt, dass du 'ne schöne Frau an deiner Seite hast. Und wenn mir nun mal Erikas Freundin gefällt, quatschst du mir gleich dazwischen. Mich kann doch auch mal die holde Muse packen."

„Mensch Hotte, piept es heute bei dir oder hast du schon

etwas getrunken", fragte Walter leise, aber etwas aufgebracht. „Erikas Freundin heißt Simone Musehold und nicht holde Muse. Das ist doch ganz was anderes."
„Hab ich doch nich so jemeint."
„Na, denn sag's doch nicht. Du kannst sie doch mal nach unserer Hochzeit in ihrem Friseursalon besuchen und dir von ihr die Haare schneiden lassen. Dabei kannst du dich mit ihr prima unterhalten. Und sie wuschelt dir gleichzeitig noch mit zärtlichen Fingern in deinen Haaren rum, falls sie dir nicht aus Versehen alle Haare abschneidet und die Ohr'n dazu, bevor sie dir diese noch lang zieht, wenn du sie hier so blöde anmachst."
„Ha,ha. Det ist wie immer 'ne schlaue Idee von dir", meinte sein Freund lachend und damit war die kurze Unterhaltung beendet.

Horst Klawitter war von Erikas Freundin so angetan, dass er am liebsten mit Simone Musehold selbst vor den Altar getreten wäre, um sich trauen zu lassen. Er traute sich aber nicht, auch später kam es nicht dazu.

Inzwischen war Kindergeschrei und Geheule zu vernehmen, gerade als das Brautpaar nach dem einem etwa halbstündigen Zeremoniell den Raum des Standesamtes verlassen wollte. Es war aber nicht Robert. Der schlummerte friedlich in seinem Wagen, von Oma Gertrud bewacht und bekam von dem ganzen Trubel nichts mit. Es waren die beiden Kinder von Hans-Werner und Corinna Treubrodt-Lekebusch, aus Braunschweig. Corinna war die älteste Tochter aus erster Ehe von Carola Bachmann, einer Schwägerin von Erikas Eltern. Deren Kinder zankten sich mit lautem Geschrei um die bereits welkenden Blüten in dem Körbchen, das der vierjährigen Luisa-Michelle anvertraut wurde, um vor dem glücklichen Brautpaar beim Verlassen des Standesamtes nach draußen die Blüten zu streuen oder vor die Füße zu werfen. Das gefiel Jens-Peter, ihrem fünfjährigen Bruder gar nicht. Er fühlte sich als älterer Bruder ebenfalls in der Pflicht, diese bedeutende Aufgabe zu übernehmen. Luisa-Michelle schrie aus Leibeskräften. „Der hat mich gehau'n!" und heulte Krokodilstränen, weil Jens-Peter ihr das Körbchen entreißen wollte. „Stimmt gar nicht", meinte dieser wütend und immer noch böse auf seine Schwester. „Luisa-Michelle hat mir in den Arm gekniffen, weil ich auch eine Blume haben wollte."

Die Eltern mussten einschreiten und ihre streitenden Kinder, die sich bereits an ihren Haaren zogen, auseinander zerren. Nach tröstenden Worten war einen Augenblick später die Eintracht wieder hergestellt und das Brautpaar konnte Arm in Arm den Weg nach draußen über einen mit Blumen bestreuten roten Teppich fortsetzen.

Draußen warteten noch weitere Gäste auf das Brautpaar, um den beiden zu gratulieren. Dazu gekommen waren noch die langjährigen Gartennachbarn von Haberkants, Manfred und Elfriede Klawitter. Auch die Freundin von Walters Mutter, Herta Kulisch konnte mit ihrem Mann Bertold aus Strausberg rechtzeitig kommen, um dem Brautpaar zu gratulieren.

Ein Fotograf hatte Stellung bezogen, um alle Einzelheiten dieses erlebnisreichen Tages festzuhalten und das Bautpaar in allen möglichen und unmöglichen Positionen abzulichten.

Walters Kollegen aus seinem Arbeitskollektiv, das er leitete, lauerten ebenfalls auf ihren glücklichen Chef, wie sie ihn manchmal nannten, Walter Haberkant mit seiner angetrauten Braut. Und dann staunten sie noch mehr. „Mensch Wolle, kiek doch bloß mal. Jetzt bin ick aber platt. Siehste den?", konnte Artur Maschlowski, genannt Atze, nicht mehr an sich halten und stieß Klaus Wollenberger mit dem Ellenbogen in die Rippen.

„Nee, wen meinste denn?", fragte Wollenberger

„Na, ick mein den feinen Pinkel in dem edlen Zwirn hinter Walter mit der geilen Zuckerschnecke an seiner Seite. Der is ja jar nich wiederzuerkennen."

„Donnerwetter, det is ja Hotte", staunte er jetzt und bekam seinen Mund kaum wieder zu. „Hat der sich aber verkleidet. Na, Kleider machen eben doch Leute. Wie damals bei dem Hauptmann von Köpenick, der hier im gleichen Rathaus war. Der war zu seiner Uniform auch nur auf eine kuriose Weise jekommen. Wie ick Hotte kenne, hat der sich den Anzug bestimmt nich jekooft, sondern aus'm Pfandhaus oder eenem Kostümverleih jelieh'n. Is ja ooch ejal. Uff jeden Fall sieht er beinahe besser aus als der Bräutijam. Aber Walter sieht in seinem Smoking ooch jut aus, wie eener von der Hautevolee. Dabei bleibt er Jott sei Dank doch eener von uns. Heute hat er sich nur verkleidet."

Die Kollegen hatten ein dickes Seil über den Weg gespannt und einen Sägebock mit einem Holzstamm darauf aufgestellt. Das Holz musste vom Brautpaar mit einer Bügelsäge zersägt werden, während das Einholen des dicken Taues, mit dem der Weg gesperrt war, mit einer Flasche Schnaps bei den netten Kollegen von Walter als Abfindung einzulösen war. Walters Schwiegervater Heinz ahnte so eine Überraschung und hatte eine Flasche parat, mit der er Walters Kollegen zufriedenstellen konnte. Das Zersägen des dicken Holzstammes gelang unproblematisch und fand unter lachendem Gejohle und Geläster der Gäste statt. Die kleine Hochzeitsgesellschaft nahm dann zur Erinnerung an die standesamtliche Trauung vor dem altehrwürdigen Rathaus, einem roten Backsteinbau, auf der Treppe für ein Gruppenfoto Aufstellung.

Walter hatte in der Gaststätte *Ratskeller* schon einige Wochen vor dem Termin beim Standesamt, das Festzimmer, ein Separée mit Stil und Eleganz reserviert. Die Tafel war für die

Hochzeitsgesellschaft festlich geschmückt und eingedeckt. Nach einer kurzen Rede des Brautvaters wurde mit einem Glas Sekt auf das glückliche Brautpaar angestoßen. Dann begann das Festmahl mit einer Hochzeitssuppe und anschließend konnte jeder á la carte sein Essen bestellen. Nach ein paar weiteren gemütlichen Stunden zusammen mit allen Gästen löste sich die Gesellschaft auf.

Die meisten der Anwesenden an diesem Tage und andere geladene Gäste fanden sich gleich eine Woche später zu der kirchlichen Trauung und der anschließenden großen Feier im Garten bei Haberkants in Seehausen wieder ein.

Die kirchliche Hochzeit in Seehausen

Die kirchliche Trauung fand acht Tage später in Seehausen, dem Heimatort der Braut, in der Altmark statt. Am Morgen war der Himmel noch wolkenverhangen, denn in der Nacht zuvor hatte es ein heftiges Gewitter mit Starkregen gegeben und ließ hinsichtlich der geplanten Feier im Garten unter dem großen Walnussbaum beinahe nichts Gutes verheißen. Aber zwei Stunden später riss die Wolkendecke auf und die Sonne flutete die Landschaft mit gleißendem Licht und ließ die Temperaturen sprunghaft in die Höhe schnellen, wie an den Tagen zuvor. Die große Hochzeitsgesellschaft hatte sich bereits vor dem Portal der Kirche versammelt. Unter den Gästen hatten sich unter anderem die Bachmanns aus Hannover mit Schwiegersohn Sören Boysen und Tochter Tanja sowie der vierjährigen Enkeltochter Claudia-Marie, die ebenfalls als Blumenkind ein Körbchen voller Blüten krampfhaft in ihren Händen hielt und darauf wartete, diese bald streuen zu dürfen. Dann begannen die Kirchenglocken lange zu läuten. Weithin war der Glockenklang der St. Petrikirche in der Umgebung von Seehausen zu hören, der dieses Ereignis verkündete. Mit dem ersten Klang betraten alle Gäste die Kirche und traten rechts und links des Mittelganges in die hölzernen Kirchenbänke ein, um dort Platz zu nehmen. In der ersten Reihe waren die Plätze für die Eltern und Trauzeugen reserviert. Vor dem reichverzierten geschnitzten Flügelaltar standen zwei gepolsterte Lehnstühle für das Brautpaar parat. Rechts und links des Altars waren Kandelaber mit dicken weißen brennenden Kerzen aufgestellt und einige sehr dekorative Grünpflanzen vollendeten den umgebenden Schmuck. Noch immer läuteten die Glocken und die Gäste harrten der Dinge, die da kommen sollten, nämlich das Brautpaar.

Ursprünglich war angedacht, das Brautpaar Walter und Erika in einer weißen Hochzeitskutsche vom Elternhaus abholen zu lassen, um so zur St. Petri Kirche zu gelangen. Das bestellte Gefährt wurde jedoch kurzfristig abgesagt, weil einer der beiden Schimmel lahmte. Gott sei Dank lahmte aber der Brautvater Heinz nicht, dafür aber sein Ross, nämlich sein in die Jahre gekommener Pkw *Wartburg,* wie sich etwas später herausstellte. Der Vater sollte das Brautpaar ersatzweise zur Kirche kutschieren. Der alte Pkw *Wartburg* wurde dazu vorher von den Müttern mit wunderschönen Blumen aus dem Garten verziert, während Robert in der Kinderkutsche sein Recht nach einer Mahlzeit aus Brust oder Flasche verlangte und dies lauthals mit Geschrei kundtat. Er bekam von seiner Oma nur die Flasche, weil die Braut, die von ihrem kleinen Robert begehrte Quelle in Anbetracht der fortgeschrittenen Zeit im Augenblick nicht noch einmal aus ihrem wunderhübschen Kleid auspacken wollte. Danach waren die Großmütter mit Robert im Kinderwagen zur St. Petri Kirche vorausgeeilt und kamen rechtzeitig mit dem Beginn des Glockengeläutes an, das Robert nicht störte. Der lag satt und zufrieden in seinem Wagen und schlief.

Das Brautpaar hatte schon erwartungsvoll im Wagen Platz genommen. Auch Erikas Vater stieg ein und startete, aber der Motor wollte nicht anspringen. Es war wie verhext. Auch mehrere Startversuche halfen nichts. Heinz Bachmann öffnete die Motorhaube und schraubte zunächst zur Feier des Tages neue Zündkerzen in den Motorblock. Von der St. Petrikirche war das Glockengeläut zu vernehmen und ließen Erika und Walter immer nervöser werden.

„Woll'n wir lieber zu Fuß zur Kirche wandern oder ein Fahrrad nehmen?" fragte Walter in dieser Situation. „Das wär nämlich mal was Besonderes. Gott sei Dank sind wir ja schon verheiratet, jedenfalls standesamtlich. Und wenn ich das in meinem irdischen Leben noch erleben sollte, kriegen wir heute auch noch den Segen von der Kirche. Ist nur schade wegen der Zeit. Die bleibt nämlich nicht steh'n. Wir könnten jetzt schon gemütlich im Garten unter dem großen Walnussbaum sitzen", versuchte Walter Erika zu trösten, denn sie war schon fast am Weinen. „Das hatte ich mir wirklich anders vorgestellt. Erst lahmt der Schimmel von der bestellten Kutsche und nun noch das Auto", stellte Erika resignierend fest.

„Die hätten ja von der LPG ein braunes Pferd nehmen und als Schimmel färben können. Das hätte deine Freundin machen können, die färbt ja auch die Haare von ihren Kundinnen", meinte Walter lachend.

„Das sind aber keine Pferde", lachte jetzt auch Erika.

„Manchmal schon, ich meine bildlich gesehen."

„Du nun wieder... Trotzdem kommen wir nicht pünktlich zur Kirche", stellte Erika fest.

„Glaub mir mein Schatz, ich bin heute Abend froh, wenn wir nach unserer Feier wieder allein sind.

Als der letzte Ton der Glocken verklungen war, schloss Heinz

Bachmann zu Hause im gleichen Moment die Motorhaube. Das Blumengebinde musste er wieder etwas zurechtrücken und signalisierte dann seinen im Auto schwitzenden Kindern, dass er sich unbedingt die verschmutzten Hände von der Montage im Motorraum noch waschen muss. Wieder vergingen ein paar Minuten, bis auch der Brautvater endlich im Auto saß und einen neuen Startversuch wagte. Endlich klappte es.

In der Kirche lief der Pfarrer unterdessen ganz aufgeregt auf und ab und hielt nach dem Brautpaar Ausschau, das er trauen sollte. Er hielt auch schon unter den erschienenen Gästen Ausschau, ob sich nicht ein Paar ersatzweise trauen lassen wollte. Am liebsten hätte sich Horst Klawitter mit Simone Musehold, die wieder die Trauzeugen waren, zur Verfügung gestellt, um mit ihr nach vorn zum heiligen Altar zu eilen. Manche Hochzeitsgäste tuschelten ganz leise miteinander und warteten gespannt und neugierig, wann endlich das Brautpaar erscheinen würde. Noch war die zweiflüglige hohe Tür der Kirche weit geöffnet. Hin und wieder hörte man nur das Rascheln weiblicher Festgarderobe aus Brokat oder Luisine, einem weichen Gewebe aus reiner Seide in Taftbindung und dem anderer festlicher Kleider. Das Rascheln wurde jedesmal verursacht, wenn sich die eine oder andere Dame umdrehte, in der Hoffnung, endlich das hereinschreitende Brautpaar durch den offen stehenden Eingang der Kirche zu erblicken. Auch die Mütter des Paares schauten laufend mit Sorge zum Eingang, wann denn Heinz endlich mit ihren Kindern kommen würde. Das Warten wurde langsam unerträglich.

Dann endlich, mehr als fünfzehn Minuten nach dem vorgesehenen Termin stieg das von dem Pfarrer und allen Hochzeitsgästen sehnsüchtig erwartete Brautpaar vor dem Kirchenportal aus dem klapprigen *Wartburg*. Gleichzeitig zu dem blechernen geräuschvollen Zuschlagen der Autotüren setzte sofort die Musik in der Kirche ein. Es wurde der Hochzeitsmarsch von Felix Mendelssohn-Bartholdy vom Band abgespielt, während das Brautpaar, Erika und Walter Haberkant zum Altar schritt. Eigentlich waren im kirchlichen Trauungszeremoniell zwei biblische Lesungen vorgesehen. Aber in Anbetracht der fortgeschrittenen Zeit und Verzögerung wurde nun vom Pfarrer nur eine Lesung geplant. Zwischendurch sang der Kirchenchor *Ave Maria*. Die Gäste lauschten gerührt. Gerade war das Lied zu Ende, da hörte man in der Stille der Kirche plötzlich die Stimme der kleinen Claudia-Marie zu ihrer Mutter gewandt: „Mamaaa? Wie lange dauert das denn noch? Ich muss mal Pipi!" Eine allgemeine Unruhe trat ein und Schmunzeln auf einigen Gesichtern der Gäste. Die kurze Antwort war nur ein „Pssst!" Zwei Reihen dahinter saß Jens-Peter Treubrodt-Lekebusch mit seiner Schwester und fand die Notlage seiner Cousine, die er nicht mochte, so lustig, dass er zu lachen begann und laut prustend deren Bedürfnis schadenfroh mit den Worten wiederholte: „Haaach, hi, hi, die pinkelt sich gleich in die Hose!" Seine Mutter Corinna raunte ihm entrüstet und zur Ruhe mahnend zu:„Pssst, aber Jens-Peter, jetzt benimm dich mal und sei leise!" Unterdessen schlich Tanja mit ihrer Tochter Claudia-Marie leise nach draußen. Sie erschienen gerade noch rechtzeitig, als die Musik von Johann Sebastian Bach *Toccata in d-moll* zum Auszug des Brautpaares intoniert wurde. Luisa-Michelle stand mit ihrem Blumenkörbchen schon bereit, als sich das Brautpaar erhob und Claudia-Marie stellte sich mit ihrem Blütenkorb ebenfalls schnell vor Braut und Bräutigam, die nun langsamen Schrittes mit den Blumenkindern vorweg dem Ausgang zustrebten. Dann läuteten noch einmal die Kirchenglocken und verkündeten laut und weithin hörbar das große Ereignis der Trauung von Erika und Walter. Die

Hochzeitsgäste quälten sich träge aus den für einige sehr engen Kirchenbänken und schlossen sich dem Paar an. Draußen wurden vor dem wunderschönen romanischen Portal der St. Petri Kirche noch einige Aufnahmen für das Familienalbum gemacht. Walter hielt dabei unter anderem Sohn Robert in dem einen und seine überglückliche Erika in seinem anderen Arm.

Ein leichtes Lächeln huschte im Schlaf über Julianes Gesicht, als sie an das Foto dachte, dass Opa ihr stolz präsentierte und von seiner Hochzeit erzählte. Er schwelgte immer in seinen Erinnerungen. Juliane hatte wieder einmal ihren Stammplatz an einem Sommertag auf ihrer Liege eingenommen, mal in der Sonne oder wenn es zu heiß wurde, im Schatten unter dem großen Walnussbaum. Was hatte dieser Baum schon alles erlebt und gesehen? Wie oft wurde er anläßlich der Fanilienfeiern im Sommer mit Lampions und Girlanden geschmückt? fragte sie sich hin und wieder in Gedanken. Dann war sie wieder bei der Hochzeitsgeschichte ihres Großvaters angelangt und sah die Bilder nach der Erzählung richtig vor sich.

Einige Hochzeitsgäste waren mit ihren Autos zur Kirche gekommen, um der Trauung beizuwohnen. Die anderen Gäste ohne Auto stiegen in einen kleinen bereitstehenden Bus *Robur* ein. Der Bus war dem Brautvater von seinem Betrieb samt Fahrer gestellt worden. Kurze Zeit später setzte sich der kleine Fahrzeugkonvoi von der St. Petri Kirche in der Altstadt zum drei Kilometer entfernten auf einer Anhöhe im Wald südwestlich von Seehauen gelegenen Forsthaus Barsberge in Bewegung. Dort war in dem großen Saal mit dem gemütlichen Kamin für die Hochzeitsgesellschaft eine Tafel vorbereitet. Als Festmahl standen zwei köstliche Wildgerichte vom Reh und

Wildschwein passend zum Ambiente des Forsthauses zur Auswahl. Und es wurden beim Anstoßen auf das glückliche Paar die ersten Gläser alkoholischer Getränke konsumiert.

Endlich hatten sich am Nachmittag bei Bachmanns alle Hochzeitsgäste wieder eingefunden. Einige hatten gleich an der langen Tafel, die zum Kaffee mit Geschirr und Blumen festlich gedeckt war, im Garten unter dem weit ausladenden Walnussbaum Platz genommen, andere standen in kleinen Gruppen, unterhielten sich, lachten, rauchten und hielten dabei ein Glas Sekt, Wein oder Bier in einer Hand. Der Walnussbaum war mit Girlanden und Lampions, die gleichzeitig als Beleuchtung dienten, geschmückt. Auch am Sonnenschirm auf der Terrasse waren Lampions von Walter und seinem Schwiegervater ein paar Tage zuvor angebracht worden.

Zwischen all den erwachsenen Gästen spielte Jens-Peter mit den beiden Blumenmädchen, seiner Schwester Luisa-Michelle und der Cousine Claudia-Marie, Fangen. Er jagte die zwei dabei mit viel Gekreische durch den Garten und rund ums Haus. Die Kinder waren bald sehr verschwitzt und auch einigen Gästen standen Schweißperlen im Gesicht. Es war eben ein schöner Sommertag mit strahlend blauem Himmel. Das gewaltige Blätterdach schützte die Gäste wieder einmal angenehm vor den immer noch währenden heißen Sonnenstrahlen des Augusttages. Eine schwarze Katze hatte kurz zuvor die Tafel inspiziert und war bei Ankunft der Gäste verschreckt heruntergesprungen und beobachtete das Treiben nun aus sicherer Entfernung vom hinteren Schuppendach am Hühnerzwinger. Auf der Terrasse hatten sich drei Musiker mit ihren Instrumenten, Akkordeon, Gitarre und Schlagzeug in Position gebracht, um die Gesellschaft mit Livemusik zu unterhalten. Ein großer Sonnenschirm auf der Terrasse spendete den drei Musikern etwas Schatten.

Dann wurden endlich der Kaffee in mehreren Kannen, die verschiedenen Torten und die Schlagsahne aus dem Haus über die Terrasse zur Tafel getragen und dort bereitgestellt. Walter wurde schon wieder ganz unruhig.

„Es ist wie immer. Bevor das hier mit dem Kaffeetrinken losgeht, wird vorher bestimmt noch das kalte Buffet zum Abend eröffnet oder es passiert sonst noch irgendetwas", meinte er zu Erika.

„Nun sei mal nicht ungerecht. Unsere Mütter rennen schon genug, um alles recht zu machen", gab sie ihm zu bedenken

An der langen Tafel hatten die restlichen Gäste ebenfalls Platz genommen, nur die Kinder noch nicht. Meike Pietschmann, Gertrud Haberkants Nichte aus Rostock, half den anderen in der Küche tätigen Frauen, Erikas Mutter und Tante Adelheid, beim servieren. Ihr Mann Oswald war unterdessen an der Tafel einen Moment eingeschlafen, da er dem *Nordhäuser Doppelorn* und dem Bier bei den sommerlichen Temperaturen schon ordentlich zugesprochen hatte. Im gleichen Augenblick, als Meike die Himbeersahnetorte servieren wollte, kam Luisa-Michelle um die Hausecke gehetzt und prallte mit ihr voll zusammen. Luisa-Michelle schrie mehr vor Schreck wie am Spieß und ihre Mutter Corinna Treubrodt-Lekebusch schrie auf: „Luisa-Michelle und Jens-Peter, jetzt setzt euch endlich auf euren Platz an den Tisch." Dann fauchte sie ihren Mann an: „Hans-Werner, nun sag' du doch auch mal was!"

Meike konnte sich gerade noch an einem Stuhl festhalten. Aber die Torte war bei dem Zusammenprall im hohen Bogen von der Tortenplatte geflutscht und klatschte auf Dekolleté und Busen der gegenübersitzenden molligen Tante Luzie in ihrem eng anliegenden blauen Brokatkleid, das ihre Leibesringe und Fettpolster unvorteilhaft erscheinen ließen. Auf ihrer Brille hatten sich nach dem Aufprall einige kleine Sahnehäubchen angesiedelt und der Smoking ihres neben ihr sitzenden Gatten Edmond Plumeau, einem Steuerberater von drüben aus Haselünne, befand sich an einigen Stellen durch verschiedene Spritzer in einem desolaten Zustand. Durch diesen Vorfall und Luzies kreischendem Aufschrei und Geheule mit dem Hinweis: „Edmond sieh nur, mein schönes Kleid ist verdorben. Komm, wir müssen jetzt gehen!"

Dadurch schreckte Meikes Ehemann Oswald Pietschmann, der Musiklehrer und Chorleiter aus Rostock auf und kam wieder zu sich. Er sprach mit etwas schwerer Zunge: „Moin, moin, wat is'n dat denn nur für ein Geschrei hier und 'ne große Sauerei. Hat die Tortenschlacht etwa schon ohne mich angefangen oder was?" Als er sich gegenüber mit trüben Blick Luzie mit Teilen der verunglückten Torte auf ihrem Busen und Schoß entdeckte lallte er weiter:

„Schöne Frau, kann man denn von der Torte auch ein Stück bekommen oder essen sie die heute ganz alleine oder was?"

Die versuchte ihn durch ihre sahneverschmierte Brille strafend anzustarren, immer noch entgeistert und fast sprachlos wie unter einem Schockzustand.

„Von der Himbeersahnetorte kannst du kein einziges Stück mehr abschneiden. Aber wenn du eine lange flinke Zunge hast, kannst du mal bei Luzie lecken, ich mein' die Torte aus ihrem Dekolleté", versuchte nun Ernst Bachmann, der auch stark alkoholisiert war, dem Mann der Nichte von Walters Mutter einen guten Rat zu geben.

„Untersteht euch", keifte Luzie schrill. Fast gleichzeitig schimpfte ihr Mustergatte Edmond etwas eifersüchtig und brüskiert:

„Das könnte euch so passen, ihr Ferkel. Lasst ja die Finger von meiner Gattin. So ein Ansinnen überhaupt zu haben. Luzie, was ist das hier im Osten nur für eine primitive Gesellschaft, in die wir hineingeraten sind? Wollen wir nicht lieber zur Pension und dann abreisen?"

Tante Luzie war aufgestanden, heulte und schneuzte dabei mehrmals sehr laut in eine Serviette, mit der sie gerade kurz zuvor versuchte, sich wieder einen Durchblick durch ihre Brille zu verschaffen. Beim Aufstehen an der Tafel rutschte bereits ein großer Teil der auf ihrem Busen gelandeten Torte herunter und fiel auf den Rasen. Sofort war die schwarze Katze zur Stelle und wollte sich an dem riesigen Leckerbissen zu schaffen machen. Sie hatte aber nicht mit Jens-Peter gerechnet, der sich immer noch aus Angst vor seiner Mutter unter der Tafel versteckt hatte. Er nutzte die Gelegenheit und zog wiederholt der Katze am Schwanz, die sich unter einem laut fauchenden Miau mit großen Sprüngen in Sicherheit brachte und auf die Tortenreste lieber zunächst verzichtete.

Martha Bachmanns beste Freundin Adelheid Pieplow hatte sich riesig über die Einladung zur Hochzeit gefreut und war dieser sehr gern gefolgt. Wenn sie nicht gerade in der Küche half, war sie unter den vielen Hochzeitsgästen anzutreffen. Nach diesem Malheur hatte sie sofort eine Küchenrolle geholt und war zu Tante Luzie geeilt, um ihr beim säubern ihres Äußeren zu helfen. Die stand nämlich immer noch hilflos da und betrachtete heulend ihr vollgekleckertes Kleid. Tante Adelheid wischte zunächst das Gröbste von ihrem Kleid, das sich über ihren opulenten Körper spannte, ab und geleitete dann sie nebst ihrem Edmond ins Haus. Dort wurde dann von beiden ihre Festtagsgarderobe einer speziellen Reinigung nach üblicher Hausfrauenart unterzogen, bis das Brokatkleid und der Smoking wieder ein brauchbares Erscheinungsbild erlangten.

Am anderen Ende der Tafel saßen Sören und Tanja, mit ihrer kleinen Tochter Claudia-Marie, die vor dem Brautpaar so brav die Blumen gestreut hatte. Der Schwiegersohn und Tochter von

Ernst und Lieselotte Bachmann, dem Apothekerehepaar aus Hannover, waren von dort mit den Eltern zusammen zur Hochzeit angereist. Die weitere junge Generation war gleich daneben platziert worden mit Nadine Kulisch, Tochter von Gertrud bester Freundin Herta und Ehemann Berthold aus Strausberg bei Berlin. Nadine hatte zum Leidwesen ihrer Eltern ihre große Liebe mitgebracht und ständig an ihrer Seite, den zehn Jahre älteren Freund Olaf Blümelstein, mit dem sie am Abend auffällig laufend knutschte. Dann folgten an der Tafel noch der Sohn Marcel von Luzie und Edmond Plumeau, ein 22jähriger Jurastudent. An seiner Seite neben ihm saß die 18jährige Roswitha Haberkant aus Berlin-Britz. Sie war eine Nichte von Walters Mutter. Roswitha vis-á-vis saß Ralph-Peter Nettelbach, 20 Jahre alt, Medizinstudent, Sohn von Bruno und Marianne Nettelbach aus Halle an der Saale. Die jungen Leute verkosteten etliche Gläser vom Apfelkorn *Tim's Saurer* und auch *Wurzelpeter* sowie *Stohnsdorfer,* zwei Sorten Kräuterschnaps, tranken dazu einige Flaschen der vom Westen mitgebrachten *Coca Cola* pur oder mit *Wodka*. Auch in der Region gebrautes Bier wurde getrunken und sie rauchten Zigaretten der Marken *Duett, F6* sowie *Ernte 23* oder *Gold Dollar* bei ihrer Unterhaltung. Über der langen festlichen Tafel unter dem Blätterdach waberten Nikotinschwaden hin und her und es knisterte auch sonst ordentlich in der Luft, denn die beiden Studenten aus Ost und West buhlten um die schöne 18jährige Tochter Roswitha. Wie sich bald zeigte, ließ Roswitha den arroganten und eingebildeten Schnösel von Jurastudenten Marcel Plumeau, der sich besonders wie ein bereits fertiger Rechtsverdreher hervortat und dann noch nebenbei meinte, ein erfahrener Frauenkenner zu sein, abblitzen. Sie zeigte ihm im Verlauf des Abends fortan nur noch die kalte Schulter. Roswitha zog es vor, sich lieber mit dem zurückhaltenden Medizinstudenten aus Halle an der Saale, der ihr gegenüber saß, in einem vertiefenden Gespräch zu unterhalten und machte ihm lieber schöne Augen. Deshalb suchte sie sich mit ihm einen Platz am anderen Ende der Tafel, was dem Jurastudenten Marcel sehr missfiel. Roswitha dagegen war glücklich und tanzte im laufe des Abends noch oft mit Ralph-Peter, meistens eng umschlungen. Es schien, als hätten sich die beiden gesucht und gefunden.

Horst Klawitter versuchte mehrmals seiner Tischdame Sabine Musehold an der Festtafel näher zu kommen und machte laufend mehr oder weniger primitive Komplimente, ohne ihr offenherziges Dekolleté dabei aus den Augen zu lassen. Er war bereits nach mehreren Bier und ein paar Kognak angetrunken, als er einen weiteren plumpen Versuch wagte, ihr zu imponieren. Sie saßen beide nur wenige Plätze von der Stelle der verunglückten Sahnetorte entfernt. Sie zum Tanz aufzufordern traute er sich nicht, da er erfahrungsgemäß sehr schlecht tanzte.

„Schade!", war sein Kommentar, als er die Sahnetorte über den Tisch fliegen sah.

„Was ist schade, meinst du die Sahnetorte?", fragte sie etwas verwirrt, denn sie hatte das Unglück ebenfalls gesehen.

„Nee, nicht direkt den Verlust der Torte. Ick hatte mir eben nur vorgestellt, wenn die Sahnetorte auf deinem Dekolleté gelandet wäre, dann hätte ick dich vielleicht zusammen mit der Torte vernaschen dürfen", wurde Horst Klawitter in seiner Art beim Flirten sehr anzüglich und lachte.

„Das hättest du wohl gern", wurde Sabine jetzt ungehalten und böse. „Jetzt will ich dir mal was sagen: Hör endlich auf, mich hier zu belästigen und mit deinen blöden Sprüchen anzubaggern oder noch dichter auf die Pelle zu rücken. Du bist nicht mein Typ und außerdem bin ich bereits vergeben und in festen Händen. Leider konnte mein Verlobter nicht mit hier sein, weil er arbeiten musste. Du bist bei mir an der falschen Adresse", bekam er von ihr abweisend zur Antwort. „Wir beide hatten beim Standesamt in Berlin und hier in der Kirche in Seehausen nur die Aufgabe übernommen, Erikas und Walters Trauzeugen zu sein. Sonst verbindet uns rein gar nichts, auch wenn ich hier an der Festtafel deine Tischdame bin und immer noch neben dir sitze und aushalte, was mir sehr schwer fällt und die ganze Feier verdirbt."

Walters Freund wurde nach dieser klaren Ansage und Zurechtweisung beinahe wieder nüchtern. Da hatte er sich große Mühe gegeben, seiner Angebeteten näher zu kommen und nun kam ihrerseits so ein derartiger verbaler Tiefschlag. Das musste er erst einmal verdauen und goss sich noch einen Kognak ein. Einen Augenblick später hatte sich sein Groll gelegt, ließ seine Tischdame dann sitzen und forderte Meike Pietschmann zum Tanz auf, die nicht abgeneigt war, sich ein wenig mit dem Trauzeugen zu trösten. So konnte sie einige Augenblicke ihren volltrunkenen Ehemann vergessen. .

Hans-Werner Treubrodt-Lekebusch, der mit seiner Familie aus Braunschweig zur Hochzeit gekommen war, sagte zum Erstaunen seiner Gattin Corinna nun auch mal was.

„In dem Kleid und auch in dem Smoking von Edmond wird bestimmt kein Fettfleck sein und die Sachen werden sich leicht reinigen lassen, denn hier im Osten ist doch in den angeblichen Sahnetorten gar keine fette Sahne drin. Die haben doch hier gar keine Sahne", behauptete er.

„Was habt ihr im Westen nur für dümmliche Ansichten und einen beschränkten Horizont. Denkst du etwa bei uns in der DDR stehen außer Bullen nur Kühe auf der Weide, die bestenfalls fettarme Magermilch produzieren? Die sehr fette Sahne und gute Butter werden in erster Linie für euch in dem

Westen produziert", mischte sich Bruno Nettelbach aus Halle an der Saale, Cousin von Martha Bachmann, ärgerlich ein. Er musste es wissen wovon er sprach, denn er war von Beruf Lebensmittelchemiker. „Und ihr merkt da drüben nicht einmal, wie euer Gegner euch mit fetter Sahne krank machen will. Sieh dich doch einmal um, wieviel Fettleibige und Übergewichtige es außer dir bei euch inzwischen gibt", fügte er noch hinzu.

Seine Antwort drohte beinahe in einen heißen Ost-West-Konflikt innerhalb der lieben Verwandtschaft zu eskalieren. Es wurde heftig und durch den Alkohol benebelt, zunehmend lauter diskutiert und gestritten.

Die anderen Torten und der Kuchen gelangten inzwischen unversehrt zur Kaffeetafel. Es wurde ordentlich zugelangt und schmeckte allen köstlich, bis auf diejenigen, die bei den sommerlichen Temperaturen am Nachmittag dem Alkohol schon stärker zugesprochen hatten und bereits berauscht waren. Die begnügten sich jetzt nur noch mit Kaffee, wenn überhaupt.

Nachdem die Musiker einige Runden Unterhaltungsmusik mit ollen Kamellen aus der Schlagerwelt sowie Melodien aus den Operetten *Csárdásfürstin* und *Weißes Rössl* während der Kaffeezeit zu Gehör brachten, forderten sie nun nach einem Tusch das Brautpaar mit einem langsamen Walzer zum Eröffnungstanz auf und spielten die ergreifende Melodie *Steig in das Traumboot der Liebe*. Walter hatte seine reizende Erika im Arm. Er tanzte nicht, sondern schwebte förmlich mit ihr zu den schnulzigen Klängen der Musik zwar nicht in den siebenten Himmel, dafür aber über die kleine und rauhe Betonfläche der Terrasse hinter dem Haus. Die Hochzeitsgäste waren von dem Tanz des Brautpaares so gerührt und fanden ihn wunderschön, dass sie dabei stehend johlend applaudierten.

Einer der Musiker kündigte als nächsten Titel den *Zillertaler Hochzeitsmarsch* spaßeshalber als *Altmärker Hochzeitsmarsch* an, weil der besser in die Gegend von Seehausen passte. Alle wurden zum Mittanzen aufgefordert. Spontan formierten sich die meisten Gäste, ob jung oder alt, paarweise wie zur Polonaise hintereinander und tanzten, hopsten oder steppten wie verrückt lachend und kreischend um den Walnussbaum und die lange Tafel herum, dass die Hühner hinten im Zwinger aufgeschreckt umherflatterten. Der Hahn krähte laut, um seine Hühner zu beruhigen. Jedesmal wenn die Musik zu spielen begann, jaulte auch zwei Grundstücke weiter der große Hund von Kubischinskis wie ein Wolf in den höchsten Tönen. Die Katze miaute quälend hin und wieder, wenn die Kinder an deren Schwanz zogen.

Die Tierstimmen machten Oswald Pietschmann, seines Zeichens Musiklehrer und Chorleiter, stutzig und nervös. Deshalb fragte er mit schwerer Zunge lallend Erikas Vater, der gerade mit einer weiteren Flasche *Nordhäuser Doppelkorn* und einer Flasche Kognak *Jacobi 1880* aufwartete und diese zur Selbstbedienung auf den Tisch stellte.

„Habt ihr die Bremer Stadtmusikanten auch eingeladen, oder was? Ich hör sie nämlich dauernd, wenn die hier alle zusammen Musik machen. Die Stimme des Hundes liegt fast in der richtigen Tonlage, vielleicht ein wenig zu hoch. Nur der Hahn setzt mit dem Krähen immer an der falschen Stelle ein, wenn die Musik bereits spielt. Und die Katze gerät mit ihrem Miau oft ein wenig aus dem Takt. Ist das denn so gewollt oder was?", lallte Oswald im norddeutschen Dialekt und goss sich noch ein Glas *Doppelkorn* mit zittriger Hand ein. Heinz Bachmann konnte und wollte ihm die Frage nicht beantworten, denn in seinem Zustand wäre es sowieso zwecklos gewesen.

Weil es so lustig war, spielte die Musik nach ein paar weiteren bekannten Schlagermelodien noch einmal den umbenannten *Zillertaler Hochzeitsmarsch.* Und wie zuvor tanzten alle um

Walnussbaum und Hochzeitstafel, nur dieses mal in die umgekehrte Richtung, was genauso lustig war. Und auch der Hund der Nachbarn jaulte immer noch dazu, bis er endlich ins Haus geholt wurde. Die Hühner hatten sich mit ihrem Hahn ebenfalls in ihrem Stall zur Ruhe begeben, weil sie wieder früh aus ihren Federn mussten, die Hühner um ein Ei zu legen und der Hahn, um mit seinem Krähen alle möglichst vor dem Aufstehen zu wecken.

Dann forderte der Musiker am Schlagzeug mit einem Tusch zur Damenwahl auf. Sofort reagierte Roswitha und forderte ihren sympathischen Medizinstudenten Ralph-Peter auf. Nadine Kulisch tanzte verliebt und engumschlungen mit ihrem Freund Olaf Blümelstein und knutschte mit ihm auf der Tanzfläche weiter. Ernst Bachmann, legte mit ihrer Mutter und Freundin seiner Schwägerin, Herta Kulisch, eine schleichende Sohle auf das steinernde Parkett der Terrasse und sein Bruder Heinz tanzte mit Adelheid Pieplow. Er imponierte ihr mit seinem Gesang während des Tanzes, denn zu der von der Kapelle gerade gespielten Schlagermelodie sang er in Abwandlung voller Inbrunst: *Du bist die Rose vom Arendsee ...* statt *Wörther See*. Tante Adelheid, wie sie von allen genannt wurde, fand das zwar lustig, wurde aber richtig verlegen und errötete, was bei der bunten Lampionbeleuchtung über der Tanzfläche keinem Anwesenden auffiel.

Der jüngste Hochzeitsgast, der kleine Robert von Erika und Walter bekam von allem nichts mit. Er lag drinnen in Erikas Zimmer in seinem Kinderbett und schlief fest und friedlich unter Oma Gertruds Obhut, die oft genug nach ihm schaute. Draußen im Garten fand unterdessen das stimmungsvolle familiäre Festgelage unter dem Wallnussbaum noch kein Ende.

Sören und Tanja mit ihrer Claudia-Marie hatten sich aber schon vor Mitternacht zurückgezogen und auch Hans-Werner mit Corinna Treubrodt-Lekebusch hatten sich verabschiedet und waren mit ihren Kindern in ihrer Nobelkarosse von Pkw zu ihrer Unterkunft abgefahren.

Die anderen Gäste verweilten noch bis in die frühen Morgenstunden. Das Festgelage verlief ohne weitere größere Zwischenfälle. Es wurde gelacht, gescherzt und getanzt. Die Unterhaltungen wurden mit zunehmendem Alkoholgenuss immer lauter. Alle Streitgespräche zwischen der Ost- und Westverwandtschaft hatten sich nach kurzer Zeit gelegt, der Groll von Luzie und Edmond Plumeau nach der nicht ganz gelungenen Reinigung durch Tante Adelheid ebenfalls. Von ihrem besserwissenden und sehr arroganten Sohn, dem Jurastudenten, wurden sie angehalten, eine Anzeige wegen eines tätlichen Angriffs zu erstatten. Das erschien selbst seiner Mutter Luzie sehr fragwürdig.

Oswald Pietschmann, der Musiklehrer und beflissene Chorleiter aus Rostock, war in seinem Alkoholrausch zum Hühnerzwinger hinten im Garten getorkelt, um den Hahn zu sehen. Er wollte ihn darauf hinzuweisen, dass er mit seinem Krähen bei manch einem Musikstück immer an der falschen Stelle eingesetzt hatte. Auf dem Weg dorthin wurde ihm so übel, dass er sich im nächsten Augenblick übergeben musste. Er konnte sich gerade noch am Zaun des Hühnerzwingers festhalten und sich darüber beugen, als es ihn ein Brechreiz überkam. Nach einigen Minuten war er wieder an den Tisch zurückgekehrt meinte er zu Heinz Bachmann lallend: „Der Hahn ist wohl schlafen gegangen oder was? Ich hab ihn aber mit seinen Hühnern trotzdem schon mal gefüttert."

Eine Stunde nach Mitternacht beendeten die Musiker ihr Programm und packten sozusagen ‚die Geige' ein, das heißt ihre Instrumente. Die Musiker und ihr Gepäck wurden mit einem zu dieser Zeit im Lande üblichen Kleintransporter, einem

Barkas B 1000, abgeholt.

Die letzten Hochzeitsgäste fuhren aber erst weit nach Mitternacht mit dem *Robur* Bus, den der Betrieb des Brautvaters einschließlich Fahrer zur Verfügung gestellt hatte, zu ihren Unterkünften in Hotels und Pensionen in Seehausen und der Umgebung. Für Tante Adelheid war extra eine Taxe bestellt worden, mit der sie sicher zu ihrem trauten Heim am Arendsee gebracht wurde.

Dann war langsam wieder Ruhe im Hause Bachmann eingekehrt. Ein bedeutsamer und turbulenter Tag war zu Ende gegangen und der neue Tag bereits angebrochen.

Es war noch einmal eine laue Sommernacht. Der Vollmond, der sich auch auf der Wasseroberfläche des hinter dem Grundstück träge dahinfließenden *Aland* widerspiegelte, ließ die nächste Umgebung im Garten jetzt in einem silbrigen Licht mit bizarrem Schattenspiel erscheinen. Die schwarze Katze, die sich jetzt noch einmal zur Stelle der verunglückten Himbeersahnetorte heranschlich, wirkte im fahlen Mondlicht viel größer. Sie konnte jetzt ungestört die letzten Reste der Torte auf dem runtergetretenen Rasen aufschlecken.

Walter und Erika harrten noch eine Weile Arm in Arm in dieser friedlichen Stille in der Hollywoodschaukel aus und ließen noch einmal ihren vergangenen schönsten Tag im Kreis der Familie Revue passieren. Dann meldete sich ihr Sohn Robert noch einmal zu Wort, wie sie durch das leicht geöffnete Fenster draußen vernehmen konnten. Robert meldete sein Bedürfnis an. Walter sah zu, wie Erika ihren Sohn stillte und wiederholte sich, als er sagte: „Merkst du, Robert hat sehr viel von mir geerbt. Deinen wunderschönen Busen liebt er genauso wie sein Vater!"

Beide mussten lachen und lagen sich danach, als Robert versorgt war, zu einem ganz, ganz langen und zärtlichen Kuss in den Armen. Und so in den Armen liegend schliefen sie dann im Morgengrauen ein. Bald darauf wurden sie schon wieder von ihrem Robert und dem krähenden Weckruf des Hahns im Garten zum Munterwerden gezwungen.

Nach zwei weiteren Tagen bei den Eltern in Seehausen fuhren Erika und Walter mit ihrem kleinen Robert und Oma Gertrud im Gefolge wieder zurück nach Berlin und der Alltag holte alle nach der großen Hochzeitsfeier schnell wieder ein.

Die weiteren gemeinsamen Jahre in der Familie zogen mit allen Höhen und Tiefen schnell vorüber. Walter und Erika gingen beide arbeiten und hatten für ihren Sohn nur bedingt Zeit. Walter arbeitete weiter als Sanitärklempner und Erika hatte Arbeit als Krankenschwester in einem Krankenhaus in Berlin-Köpenick gefunden.

Robert wuchs wie alle anderen Kinder seiner Zeit in der DDR, dem Osten Deutschlands auf. Tagsüber war er zunächst im Kindergarten und später in Schule und Hort und ansonsten wohlbehütet bei seinen Eltern. Er wurde auch von seiner Großmutter Gertrud Haberkant, die im gleichen Haushalt lebte, zeitweise betreut und sehr umsorgt, wenn die Eltern länger oder Schicht arbeiten mussten. Sie nahm ihn anfangs oft im Kinderwagen in den Kleingarten mit, so dass er viel an der frischen Luft sein konnte. Später spielte er dort in der kleinen grünen Oase der Familie sehr gern, wo er einen Buddelkasten neben dem großen Fliederbusch in einer Ecke des Gartens hatte und kleine Sandburgen oder andere Dinge bauen konnte. Auch eine Schaukel, die sein Vater selbst gebaut hatte, war in Omas Garten vorhanden. Ein paar Jahre später war seine Oma Gertrud Rentnerin und hatte für ihn und ihren geliebten Kleingarten noch mehr Zeit.

Im Kleingarten der Oma durfte er sich zwei Kaninchen, namens *Max* und *Moritz* halten. Später gesellte sich noch das

Meerschwein *Rudi* dazu. Oft wanderten die geliebte Oma Gertrud oder seine Eltern mit ihm durch den Berliner Tierpark, damit er auch andere und große Tiere kennen lernte und bestaunen konnte. Sein Interesse an den verschiedensten Tieren wurde immer stärker und im Laufe der Schulzeit resultierte daraus sein einziger fester Wunsch, später einmal Tierarzt zu werden, um Tieren in der Not helfen zu können.

Robert war gerade dreizehn Jahre alt geworden, als plötzlich im gleichen Jahr seine Oma Gertrud verstarb. Er brauchte lange, um darüber hinweg zu kommen, dass seine Oma nicht mehr in seiner Nähe war. Allein fühlte er sich zunächst nicht mehr wohl in dem Kleingarten.

Mit den anderen Großeltern in Seehausen in der Altmark verlebte er meist in den Sommerferien aufregende Tage. Dort konnte er im großen Garten herumtollen, ihre Tiere füttern oder auf den großen Walnussbaum klettern. Oft fuhr er mit ihnen an den Arendsee. Seine Oma Martha hatte immer etwas Leckeres für ein Picknick dabei, wenn sie am Ufer des Sees an einer schönen Badestelle lagerten.

So vergingen die Jahre viel zu schnell. Robert besuchte in Berlin die Erweiterte Oberschule und legte sein Abitur mit einem sehr guten Resultat ab. Kurze Zeit danach erfolgte bereits seine Immatrikulation für Veterinärmedizin an der Humboldt-Universität in Berlin.

In dem Jahr, als Robert sein Abitur sogar mit Auszeichnung bestand, ereilte die Familie ein weiterer Schichsalschlag. Roberts Großvater Heinz Bachmann in Seehausen verstarb plötzlich an einer Lungenembolie. Und nur drei Jahre später verlor Robert auch noch seine geliebte Oma Martha nach einem Schlaganfall. Durch die Entfernung von Berlin hatte Robert nicht so ein inniges Verhältnis gehabt. Trotzdem mochte er sie sehr, wenn er früher in den Ferien bei ihnen in Seehausen war.

Dort wollte er nach seinem Studium einmal eine Tierarztpraxis eröffnen. Jetzt hatte er noch zwei weitere Studienjahre vor sich.

Die Erbschaft

Erika war von ihren Eltern in einem Testament als alleinige Erbin des Zweifamilienhauses und Grundstücks in Seehausen vorgesehen. Nachdem sie alle Formalitäten beim staatlichen Notariat erledigt hatte, erhielt sie bald darauf einen Termin zur Testamentseröffnung. Beim Notar wurde das Hausgrundstück in Seehausen auf die Erbin Erika Haberkant, geb. Bachmann, übertragen. Sie nahm das Erbe sehr gern an und wollte von ihrem alten Elternhaus unbedingt Besitz ergreifen.

Den Kommentar ihres Mannes Walter auf die freudige Nachricht von ihrer Erbschaft seiner Zeit hatte sie gleich geahnt und dieser hatte nicht lange auf sich warten lassen.

„Also gerne ziehe ich von meinem Berlin nicht weg", betonte er immer wieder. „Ich komme natürlich mit, schon dir zu Liebe, das weißt du ja. Außerdem kann ich dich sowieso mit deiner Bruchbude nicht alleine lassen", kommentierte Walter ihren Entschluss und hatte trotzdem immer wieder seine Bedenken. Zwischen den beiden zogen sich nach dem Notartermin die Diskussionen um die Erbschaft noch weiter hin.

„Mensch Erika hast du dir das wirklich gut überlegt. Das ist zwar schön, dass wir dadurch was Eigenes haben. Aber weißt du eigentlich, was an der Klitsche alles zu tun ist? Deinen Eltern war doch das Haus auch nur wie ein Klotz am Bein. Die hatten doch auch keine müde Mark übrig, um an dem kolossalen Bauwerk irgendwas daran reparier'n zu lassen und außerdem gab's sowieso selten oder gar kein Material. Bei näherer Betrachtung beinahe nicht mal einen rostigen Nagel und wenn, nur über Beziehungen oder Intershop und Genex oder wie alle diese Räuberläden hießen. Wir konnten ja auch nicht helfen.

Kannst du dich noch erinnern, was dein Onkel Ernst, der Apotheker aus Hannover, außer den Medikamenten alles von drüben nach Seehausen rüber geschleppt hat, wenn er zu Besuch kam und wie alle nach seiner D-Mark gegeiert haben, wie der Deibel hinter der Seele. Nur, um mal bei den Ganoven im *Intershop* einzukaufen. Ich sag dir, an dem Kasten basteln wir bis an unser gesegnetes Lebensende rum und stecken unseren letzten Spargroschen rein, wie in eine Sparbüchse ohne Boden", war Walters Kommentar zum geerbten Haus, um Erika davon abzuhalten.

„Wird schon nicht ganz so schlimm werden. Es wartet zwar eine Menge Arbeit auf uns. Aber denk doch mal an den schönen großen Garten. Da hast du das Grüne ständig um dich herum, schon wenn du die Tür aufmachst und raustrittst", entgegnete Erika auf Walters Ängste.

„Ich hoffe, dass du Recht hast, Erika. Ich glaube aber eher, du meintest, dass ich eventuell zusammen mit der Tür gleich in den Garten rausfallen könnte", entgegnete Walter. „Wir können ja am Wochenende mit unserm Auto wieder nach Seehausen *ins Grüne* fahr'n und eine Bestandsaufnahme von deiner Ruine machen. Und dann schauen wir mal, was von den vielen Arbeiten zuerst gemacht werden müsste."

„Also eine Ruine ist das Haus ja nun wirklich nicht. Das weißt du ja selbst von unseren Besuchen bei meinen Eltern", protestierte Erika.

„Das ist aber schon wieder nach ihrem Tod einige Zeit her. Und viel fehlt ja nun wirklich nicht daran. Wenn ich bloß an das Dach denke. Durch die Löcher fliegen ja die Spatzen von einer Seite zur anderen durch, ohne anzustoßen. Die brauchen nicht mal ihre Flügel einklappen. Hoffentlich passen dort inzwischen nicht schon Tauben durch", gab Walter zu bedenken. „Und die Fenster machst du vorsichtshalber gar nicht erst auf. Da pfeift

jetzt schon der Wind durch, dass du denkst, du stehst drinnen im Freien. Die fallen samt morschen Fensterrahmen sowieso bald heraus. Also müssen auch noch neue Fenster für dein ganzes Schloss angefertigt werden. Na, Prost Mahlzeit!"
„Du immer mit deinen Übertreibungen. Dann müssen wir uns zuerst um einen Dachdecker kümmern und ein Angebot machen lassen", konnte Erika ihm nur entgegnen.
„Was willst du denn mit einem Angebot. Davon wird das Dach auch nicht dicht. Kümmer' du dich mal lieber darum, wo wir preiswert neue Ziegel herkriegen können, damit wir nicht bei jedem Regen zwangsläufig duschen müssen, wenn wir im Haus sind. Den Dachdecker werde ich wohl selber spielen müssen. Wo willst du denn sonst auch das viele Geld hernehmen. Wir haben doch keinen Dukatenkacker. Das Material ist schon teuer genug."
„Aber wir können doch wegen der Fenster einmal nach Lindenberg fahren. Lindenberg befindet sich in der Gegend von Seehausen nur zwei, drei Dörfer weiter. Dort gibt es die Tischlerei Semmler. Der Betrieb wird von Brüdern in zweiter Generation betrieben, Die sollen eine gute Arbeit machen, haben meine Eltern immer erzählt. Mein Vater hatte dort verschiedenes machen lassen. Die können uns doch einen Kostenvoranschlag für die Fenster machen", machte Erika den Vorschlag.
„Ja, dann kümmer' dich mal drum. Davon haben wir zwar noch keine Fenster, aber schließlich kann ich die Fenster nicht auch noch basteln."
Wenn auch viel Arbeit zu erwarten war, wollte Erika trotzdem das Haus ihr Eigen nennen und darin die restliche Zeit ihres Lebens zusammen mit ihrem Walter wohnen. Außerdem ließ sie der Gedanke nicht mehr los, daß in dem Haus drei Generationen der Familie zusammen unter einem Dach wohnen und leben könnten. Jedenfalls freute sie sich immer, wenn Walter sagte:

„Wir fahren mal dahin *ins Grüne*." Damit meinte er immer eine Fahrt nach Seehausen in die Altmark, ihrer Heimat, um dort nach dem Rechten am Haus und Grundstück zu sehen.

Am nächsten Wochenende fuhren beide wieder einmal dorthin, sozusagen *ins Grüne*. Sie waren vor einigen Jahren anlässlich zu Walters 45.Geburtstag stolze Besitzer eines Pkw *Wartburg* geworden. Die liebe Verwandtschaft, die drüben im Westen Deutschlands angesiedelt war, hatte das nötige Geld zusammengelegt und so einen Autokauf über das DDR-Handelsunternehmen *Genex* ermöglicht. Trotz bester und sorgsamer Pflege war der *Wartburg* in die Jahre gekommen, war aber immer noch fahrtüchtig. Mit ihrem geliebten fahrbaren Untersatz gelangten sie wesentlich schneller nach Seehausen, als das anfänglich mit der Bahn möglich war, wo sie einmal umsteigen mussten. Das war meist mit längerer Wartezeit verbunden.

Während der Fahrt war Erika mehrmals eingeschlafen und schlief auch jetzt, als sie Seehausen nach gut zweieinhalb Stunden Fahrzeit erreicht hatten, ganz fest. Walter hielt einen Augenblick später vor dem Grundstück.

„Erika, aufwachen! Nun kannst du wieder munter werden. Ich bin nämlich vor deinem Palast vorgefahren. Aber dem Anschein nach hat dein Personal Ausgang, denn ich kann niemand sehen, der zum Empfang bereit steht und uns die Türen aufhält. Hast du denn überhaupt die Schlüssel dabei? Nicht, dass ich mich hier wie ein Einbrecher bewegen und über'n Zaun hopsen muss."

„Du bist ein Quatschkopf. Wann wirst du endlich begreifen, dass das unser gemeinsames Haus ist, Walter", antwortete Erika noch etwas müde von der langen Autofahrt und kramte nach einigem Suchen das Schlüsselbund aus ihrer Tasche.

„So, jetzt schließe ich das große Tor auf. Dann kannst du gleich auf das Grundstück fahren."

„Was soll ich machen? Sag mal, geht's noch? Ich kann doch nicht mit unserer Nobelkutsche durch das Gestrüpp hier fahren. Das siehste doch, dass alles zugewuchert ist, wie beim Schloss von Dornröschen."

„Endlich gibst du einmal zu, dass wir ein Schloss als Haus haben", war Erikas prompte Antwort.

„Ja, und du bist das Dornröschen. Hätt' ich dich eben nach der langen Autofahrt als dein Prinzgemahl doch lieber wachküssen sollen?" murmelte Walter laut vor sich hin und grinste.

„Natürlich müssen wir noch ein bisschen Arbeit und Geld reinstecken, wenn das Haus saniert werden soll. Und in dem Garten muss auch einiges getan werden."

„Du sagst ein bisschen??? Ich könnt' mich totlachen. Aber was heißt hier totlachen. Ich werde höchstens von den vielen Arbeiten, die an dieser Kate zu machen sind, tot umfallen".

„Ich bin ja auch noch da und werde die Malerarbeiten und das Tapezieren übernehmen."

„Na dann viel Vergnügen! Wann soll denn alles fertig sein? Darf ich einmal fragen, wie du das alles alleine schaffen willst? Die Tapeten, die Farbe und was alles sonst noch dazu gehört, können wir zwar in Berlin kaufen, denn dort bekommen wir ja doch immer noch mehr, als hier im Dorfkonsum oder der Drogerie von Seehausen, sofern es so ein Geschäft in diesem Nudelnest überhaupt gibt. Die Dinge müssen wir dann alle mit unserer Nuckelpinne von Auto nach hier rauskutschier'n. Und dann müssen die vielen Tapetenrollen erst einmal an den Wänden dran sein. Ich weiß, wo von ich rede. Was meinste, wie ich in unserer Wohnung in Berlin mit Hotte die Tapeten von der Leiter aus an die Wände gekleistert habe. Mit dieser akrobatischen Leistung hätten wir jede Darbietung der Artisten im Zirkus oder Varieté übertroffen. Zugegeben, die Wände sind hier nicht ganz so hoch, wie die in unserer Berliner

Altbauwohnung."

Erika und Walter fanden nach einigen Streitgesprächen und Diskussionen doch wie so oft einen gemeinsamen Nenner. Walter hatte aber immer wieder betont, dass er von seinem Berlin nicht wegziehen werde.

Juliane fielen wieder die Worte ihres Opa Walter ein, der sein Berlin über alles liebte. Für ihn war Berlin die schönste Stadt. Dann kam im Herbst 1989 die Wende und mit ihr der Fall der Mauer. Eine Grenze zwischen den beiden deutschen Staaten gab es nicht mehr. Berlin war zwar nicht mehr geteilt, wuchs aber trotzdem nur zögerlich wieder zusammen. Die Großeltern Walter und Erika Haberkant waren etwa ein Jahr nach der Wende von Berlin nach Seehausen gezogen, obwohl Opa Walter nie von ‚seinem Berlin' wegziehen wollte.

Wie es dazu kam, wusste Juliane ebenfalls aus den Erzählungen ihres Großvaters, die ihre Oma Erika bestätigte. Auch die Eltern konnten ihre Erinnerungen von der Öffnung der Mauer, dem Abriss und der Zeit danach, mit einbringen.

Die Zeit nach der Wende

Mit dem Fall der Mauer zwischen Ost und West wurde Deutschland wieder vereint. Die innerdeutsche Grenze gab es nicht mehr und die Hauptstadt Berlin war nicht mehr geteilt. Walters Betrieb gab es wie bisher in seiner verstaatlichten Form nicht mehr. Sein ursprünglicher Chef und Gründer Hollerbusch war längst verstorben und seine Söhne waren weggezogen und in einer anderen Branche tätig. Ein paar Kollegen versuchten, den Betrieb mit weniger Leuten als GmbH weiterzuführen. Der letzte staatlicherseits benannte Chef hatte von alleine das Weite gesucht. Walter hatte in dieser unsicheren Situation nur noch den Gedanken, die Arbeit hinzuwerfen und sich um das geerbte

Haus seiner Erika in Seehausen zu kümmern. Er hatte in den Tagen darauf seine Kollegen in die ihrer Baustelle am nächsten gelegene Gaststätte zum Feierabendbier eingeladen, um ihnen seinen endgültigen Entschluss mitzuteilen, dass er aus familiären Gründen sein Arbeitsverhältnis im Betrieb gekündigt hatte und sich nun von den Kollegen seines Teams verabschieden wollte. Walter bedankte sich in einer kleinen Ansprache für die bisherige kollegiale Zusammenarbeit und wünschte jedem viel Glück bei der weiteren Arbeit.

„Mensch, Walter, willste uns wirklich verlassen?", fragte Klaus Wollenberger immer wieder fassungslos.

„Wir war'n doch immer so ein starkes Kollektiv und nun soll unsere gemeinsame Arbeit nichts mehr wert sein?", stellte Atze Maschlowski resignierend die Frage in den Raum.

Wie Walter später einmal von Hotte, seinem alten Freund und Gartennachbar sowie Sportskameraden erfahren hatte, war aus seinem Arbeitskollektiv nur noch ein Arbeitsteam mit zwei Kollegen übrig geblieben.

Kurze Zeit danach hatte sich auch Walters Meinung zu seinem Berlin, wie er immer betonte, geändert.

„Erika, das ist nicht mehr mein Berlin.", sagte Walter eines Abends, als er mit Erika die Nachrichten im Fernsehen verfolgte.

„Wie kommst du denn jetzt darauf?" fragte sie überrascht.

„Na, du brauchst dich in der Stadt doch nur einmal umsehen. Ich habe ja nichts gegen Ausländer, wenn es friedliche Menschen sind und sie sich auch so benehmen. Soll ja von mir aus in einer Großstadt viel Multi-Kulti sein. In Berlin gab es das schon immer. Deshalb muss es aber nicht gleich wie bei den Hotten-Totten zugehn. Aber in manchen Gegenden Berlins kommt einem das so vor und ich fühle mich wie ein Fremder in meiner geliebten Stadt. In Kreuzberg und Neukölln ist es ganz schlimm und in Reinickendorf fängt das auch schon an. Da gibt es kaum noch'n echten Berliner. Vor dem Mauerbau gab es damals in diesen Bezirken eigentlich fast nur Deutsche. Jetzt sind sie scheinbar zu einer Minderheit geschrumpft. Du glaubst doch nich etwa, dass die Deutschen auf einmal alle ausgestorben sind. Nein, ich sag dir's, die sind geflohen. Kannst du dir das vorstell'n? Geflohen sind die! Und weißte wohin? Raus aus der Stadt, irgendwo in ländliche Gebiete. Dort ist das nämlich für Ausländer nicht attraktiv genug, weil von dort das nächste Sozialamt zu weit entfernt ist, um das Kindergeld für ihre mindestens ein Dutzend Blagen und die sonstige finanzielle Stütze abzugreifen. Außerdem habe ich keine Lust, hier noch türkisch oder arabisch zu lernen, damit ich mich mit meinem künftigen Nachbarn unterhalten kann. Und wenn die dann noch ihre Moscheen weiter bauen, vielleicht sogar hier in nächster Nähe, und ich morgens oder zu einer anderen Stunde von ihrem Hausmeister, dem Muezzin, vielleicht über einen Lautsprecher oben von seinem Minarett auch noch angeblökt werde, dass ich gefälligst in seiner Kirche oder Moschee erscheinen und beten kommen soll, wird das noch schlimmer. Das halte ich nicht mehr aus. Und deshalb ist das hier nicht mehr mein Berlin, wie ich das bisher kannte und mir ans Herz gewachsen war. Demnächst gibt es vielleicht auch keine *Berliner Luft* mehr oder nur noch zur Erinnerung in kleinen Tüten im Supermarkt, wo du deine Nase in die Tüte reinstecken kannst und die bekannte Luft schnüffeln darfst. Ich habe immer mehr das Gefühl, aus Berlin ist Neu-Istanbul oder so eine andere morgenländische Stadt geworden und die *Berliner Luft* setzt sich immer mehr aus Knoblauchgeruch und anderen fremden mir nicht bekannten arabischen Wohlgerüchen zusammen. Waschechte Berliner kannst du in der nächsten Zeit vielleicht nur noch in dem Wachsfigurenkabinett von Madame Tussauds oder irgendwo in einem Museum bestaunen. Und deshalb möchte ich so bald wie möglich mit dir nach Seehausen auswandern, in die Gegend, wo ich mein großes Glück, nämlich dich, gefunden habe. Das muss doch ein Plätzchen für uns geben, wo wir beide zusammen alt und grau werden können und glücklich sind."

Erika war über Walters plötzliche Meinungsänderung, von Berlin nach Seehausen in ihr Elternhaus zu ziehen, überrascht und glücklich zugleich, obwohl sie Walters Meinung über die neue Situation in Berlin in vielen Dingen nicht teilen konnte.

Beide schmiedeten kurz entschlossen einen Plan, den nächsten Urlaub von Erika zum Renovieren der unteren Wohnung des Elternhauses am Schillerhain in Seehausen zu nutzen, um dann den Umzug von Berlin zu organisieren.

„Gott sei Dank gibt es jetzt wenigstens in den neuen Baumärkten alles Material, was du zum Sanieren von deinem Schloss in Seehausen brauchst. Dazu fehlt uns zwar nur noch das notwendige Kleingeld, aber vielleicht hilft uns jetzt unsere Bausparkasse. Robert kann inzwischen mit Annelore unsere Wohnung hier in Adlershof übernehmen bis sie mit ihrem Studium fertig sind. Den Kleingarten in der Anlage werden wir gegen eine Abstandszahlung abgeben, denn während des Studiums an der Humboldt-Uni haben sie sowieso für so einen Kleingarten keine Zeit. Und Juliane geht hier noch in den Kindergarten und dann zur Schule. Inzwischen haben wir alles soweit saniert und renoviert, dass sie auch zu uns nach Seehausen kommen können. Wir werden ihnen mal den Vorschlag machen."

Bereits ein halbes Jahr später, nachdem die untere Wohnung im Haus saniert und renoviert war, zogen die Eheleute Walter und Erika Haberkant von Berlin nach Seehausen. Jetzt hatten sie auch ihre klapprigen Fahrräder vor Ort, an denen Walter im Schuppen oft genug etwas zu reparieren hatte. Mit den

Fahrrädern konnten sie sich in den Sommermonaten mal eine Auszeit von den vielen Arbeiten am Haus und im Garten gönnen und die neue Heimat erkunden. Sie kamen dabei ein Stück durch saftig grüne Wiesen der Wische, die hier und dort von einzelnen Entwässerungsgräben durchzogen wurde, aber auch andere bemerkenswerte Teile der Landschaft in der Altmark. Manchmal unternahmen sie Kurzfahrten mit ihrem *Wartburg,* der noch zwei Jahre nach der Wende seine Dienste leisten musste, bis dann der Kauf eines Neuwagens folgte. Sie fuhren durch die Landschaft und kamen an ausgedehnten Wäldern und vom Getreide wogenden Feldern vorbei. Meist endeten diese Fahrten an dem 20 km entfernten Arendsee mit einem Picknick. Manchmal nahmen sie auch ein Zelt und Decken mit und blieben ein langes Wochenende auf dem Campingplatz am Ufer des Arendsees, wie in alten Zeiten.

Hinsichtlich einer neuen bezahlten Arbeitsstelle hatten beide großes Glück. Erika konnte im nahe gelegenen Krankenhaus, in dem sie früher schon gearbeitet hatte, stundenweise wieder tätig sein, während Walter ebenfalls perfektes Glück in der Ausschreibung einer Arbeitsstelle der Stadt Seehausen fand. Hierbei wurde ein Hausmeister im nahe gelegenen Waldbad, das von der Stadt betrieben wurde, gesucht. Das Waldbad befand sich sozusagen gleich um die nächste Ecke. Als gelernter Sanitärinstallateur war für ihn die Anstellung als Hausmeister ein idealer Job und er konnte gleichzeitig als Schwimmmeister tätig sein, da er den Nachweis eines Rettungsschwimmers vorzeigen konnte.

Im Laufe der nächsten zwei Jahre wurde das restliche Haus mit sehr viel Mühe saniert. Die bei der Tischlerei Semmler in der Nähe von Seehausen bestellten Fenster, wurden noch kurz vor der Wende geliefert, eingebaut und verglast. Etwas später begann Walter, das obere Geschoss auszubauen, bei dem er gern die Hilfe seines Freundes Horst Klawitter aus Berlin hätte gebrauchen können. Von seinem Sohn Robert konnte er durch dessen Studium keine Hilfe erwarten. Also war er fast immer auf sich allein gestellt. Trotzdem waren Walter und Erika zufrieden und glücklich, dass Robert mit seiner Familie in die obere Etage nach Abschluss seines Studiums in Berlin einziehen wollte. Hier in der ländlichen Gegend in der Altmark wartete bestimmt ausreichend Arbeit auf ihn als Tierarzt.

Über der oberen Etage befand sich bedingt durch die Walmdachform des Hauses ein großer, sehr geräumiger Dachboden. Walter hatte sich vorgenommen, den großen ungenutzten Bodenraum etwas später als kleine Wohnung auszubauen. Diese Wohnung wäre zunächst bei Bedarf für Juliane fürs erste ideal gewesen, wobei noch niemand wusste, ob sie nach dem Abitur überhaupt in Seehausen bleiben würde. In jedem Fall hätte der Ausbau als Gästezimmer genutzt werden können.

Erika übernahm die viele Hausarbeit und die Maler- und Tapeziererarbeiten, bei denen Walter ihr nur beim Tapezieren der Zimmerdecken half. Sie widmete sich auch gern der Ausstattung und Dekoration der sanierten und renovierten Räume, um aus dem Haus ein gemütliches neues Heim zu schaffen.

Walter Haberkant musste sich bei manch einer der vielen anfallenden Arbeiten ohne Hilfe immer etwas einfallen lassen, um alles allein zu bewerkstelligen. Dazu war er handwerklich in der Lage und auch sonst sehr versiert mit dem nötigen Geschick. Und dann kam doch noch überraschend Hilfe. Gerade als er auf der Leiter stand, um noch eine Rolle Mineralwolle zur Dämmung an einer Wand anbringen wollte, klingelte es. Walter traute seinen Augen nicht, als er seinen Freund Hotte am Gartentor sah und stürmte raus.

„Mensch Alter, das glaub' ich ja nicht. Wo kommst du denn jetzt her?" rief Walter erstaunt und voller Freude. Seit ihrer Hochzeit, bei der Horst Klawitter Trauzeuge war, hatten sie sich in den Jahren danach vielleicht vier oder fünfmal bei seinem Freund zu besonderen Anlässen in Berlin getroffen. Beim vorletzten Besuch hatte Horst seine Partnerin Friederike vorgestellt und mit ihnen bekannt gemacht. Walter war froh, dass sein Freund endlich eine Frau gefunden hatte.

„Na vom Bahnhof. Von der Hauptstadt Berlin erreicht man euch ja hier in der Walachei nich' anders oder man hat selbst einen motorisierten Untersatz."

Walter riss die Gartentür auf. Dann lagen sich die Freunde in den Armen.

„Komm' erst mal rein in unser noch nicht fertiges Paradies", bat Walter nun seinen Freund herein. Horst Klawitter trat näher und staunte: „Mann o Mann, wie ick sehe, habt ihr aber schon ordentlich geackert."

„Erika, wir haben Besuch!", rief Walter ganz laut voller Freude. Walter ahnte nicht, dass Erika, die gerade beim Fensterputzen war, über den geplanten Besuch von Horst Klawitter Bescheid wusste. Er hatte sie nämlich im Krankenhaus angerufen und seinen Besuch angekündigt. Dabei hatte er seine Hilfe angeboten, weil er noch zwei Tage Urlaub hatte. Erika war von dem Anruf überrascht und hatte seine Hilfe dankend angenommen, weil sie wusste, dass Walter in manch einer Situation eine entsprechende Hilfe die Arbeit erleichtert hätte.

Sie unterbrach das Fensterputzen und tat ganz überrascht, als sie Walters Freund ebenfalls zur Begrüßung leicht umarmte und die Hand reichte.

„Das ist ja eine Überraschung, dass wir uns nach so langer Zeit hier bei uns mal wiedersehen", meinte sie und hoffte, dass es eine Überraschung blieb und Walter nicht merkte, dass sie

Bescheid wusste.

„Hallo, schöne Frau", begrüßte Hotte Erika in seiner Art gleich mit einem Kompliment: „Wenn ick noch die richtige Peilung drauf habe, biste seit euerm letzten Besuch bei uns in Berlin noch genau so schön jeblieben. Ick soll übrigens schöne Grüße von Friederike ausrichten."

„Komm bloß wieder runter", meinte Walter etwas knurrig als er die Sprüche seines Freundes hörte. „Wenn Friederike hört, wie du immer andere Frauen begrüßt gleich Komplimente machst, wird sie noch eifersüchtig und zieht dir deine Ohren lang."

„Du kennst mich doch nu schon lange jenuch. Ick bin wie ick bin", meinte sein Freund.

Erika bedankte sich trotzdem ein bisschen verlegen für sein Kompliment, „Schön, dass du dir Zeit nehmen konntest, um Walter ein bisschen bei der Arbeit am Dach zu helfen. Bei manchen Dingen, wie den Zimmermannsarbeiten, wäre deine Hilfe doch ganz schön. Ich kann so etwas nicht."

„Is doch klar, dass ick helfe.

„Ich merke schon. Du bist doch immer noch der Alte. Wenn man deine Hilfe braucht, bist du gleich zur Stelle", war Walter jetzt leicht gerührt. „Sag mal, wie lange willst oder kannst du denn überhaupt hier bleiben, damit ich überlegen kann, wo ich deine Hilfe in der kurzen Zeit am Dringendsten brauche. Ansonsten komme ich nämlich alleine klar."

„Wie lange ick hier bleiben kann? Na, Sonntagnachmittag biste mich wieder los. Ick muss ja schließlich Montag ooch wieder arbeeten. Bis dahin müssen wir hier uff eurer Baustelle noch ordentlich was schaffen", erwiderte Hotte.

„Das ist ja prima. So, nun geh' erst mal rein und bring deine Klamotten gleich ins Gästezimmer", meinte Walter darauf.

„Ich habe euch zwei Flaschen Bier aus dem Kühlschrank und

Gläser auf den Gartentisch gestellt, damit ihr euch erst einmal erfrischen und vielleicht ein bisschen abkühlen könnt", rief Erika den beiden Freunden zu.

„Danke. Na, komm, dann trinken wir zur Begrüßung erst mal ein Bierchen. Hast du eigentlich von den Kollegen unsere Truppe mal was gehört?", wollte Walter beim Öffnen der Flaschen nebenbei wissen, als sie zunächst am Gartentisch unter dem großen Walnussbaum Platz genommen hatten.

„Na, Wollenberger is mir neulich mal über'n Weg jeloofen. Von dem hab' ick erfahr'n, dass sich Atze Maschlowski vor einiger Zeit det Leben jenomm' hat. Der is' mit der neuen Situation und Arbeitslosigkeit nach der Wende nich mehr klar jekommen und hat sich auf dem Dachboden in dem großen Mehrfamilienhaus, wo er die vielen Jahre in der dritten Etage wohnte, aufjehängt. Die Nachbarin hat ihn jefunden als sie Wäsche auf'm Dachboden aufhängen wollte. Is 'ne janz traurige Anjelegenheit. Dass se den nich behalten haben, wundert mich sowieso. Der hat doch immer 'ne jute Arbeit jemacht. Aber heute wollen se nur noch junge Fachkräfte mit zwanzigjähriger Berufserfahrung einstellen. Und Wollenberger selber hält sich als Taxifahrer mehr schlecht als recht so über Wasser. Wer noch in der Firma beschäftigt ist, kann ick ooch nich' sagen. Was machst du denn hier in dem Kaff eigentlich, außer an eurer Nobelvilla dran rumzubasteln?", wollte nun sein Freund wissen.

„Du wirst es nicht glauben. Aber ich hatte hinsichtlich einer neuen Arbeit sehr viel Glück und habe hier in Seehausen tatsächlich einen brauchbaren Job gefunden, sozusagen gleich um die nächste Straßenecke in unserem Schwimmbad. Zweimal lang hinfall'n und schon bin ich da. Ich bin dort nicht nur Klempner und für die Wartung der Sanitäranlagen und sonstige Rohrleitungen zuständig, sondern praktisch Mädchen für Alles. Teilweise muss ich sogar als Schwimmmeister tätig sein. Na, meinen Nachweis dafür als Rettungsschwimmer habe ich ja schon damals in unserm Ruderclub in Berlin gemacht und das kommt mir jetzt zu Gute. Und Erika wurde hier im Krankenhaus gleich wieder mit Kusshand genommen und eingestellt. Die waren froh, dass sie wieder zurückgekommen ist, bei dem Personalmangel", erzählte Walter seinem Freund und nahm dann einen ordentlichen Schluck aus seinem Bierglas.

„Und wie geht's dir? Was machst du denn jetzt?"

„Ick habe wieder in meinem jelernten ursprünglichen Beruf als Zimmermann einen Job gefunden. Jetzt, wo überall so ville Einfamilienhäuser in sojenannten Wohnparks jebaut werden ist een Zimmermann wieder jefragt."

„Na, ist ja man gut, dass du wieder Arbeit hast. Aber komm, ich zeig' dir jetzt erst mal, wo ich deine Hilfe am dringendsten brauche. Am Dachstuhl müssen nämlich meiner Meinung nach fünf Sparren ausgewechselt werden, damit nicht eines Tages das Dach runterkommt und uns auf den Kopf fällt."

„Is doch nicht so tragisch", antwortete Hotte nur kurz, als er die Sparren des Daches betrachtete.

„Was, das soll nicht tragisch sein, wenn uns das Dach auf den Kopf fällt? Willst du mich verscheißern?"

„Nee, det mein ick doch jar nich'. Da hast du mich schon wieder wie so oft falsch verstanden. Ick meine, dass det nich so tragisch vom Zeitaufwand is, die fünf Sparren auszuwechseln."

„Ach so. dein Wort in Gottes Gehörgang. Wenn du meinst, dass wir das in der kurzen Zeit, die du hier bist, schaffen, dann mal los."

Es war nicht ganz einfach, aber bis zum Sonntagmittag war alles geschafft, was die beiden sich vorgenommen hatten.

Juliane lag immer noch im Garten, als ihr Handy klingelte und sie aus ihren Träumen und Gedanken riss. Es war Frank.

„Hallo, mein Schatz. Ich habe schon auf deinen Anruf gewartet, aber hätte beinahe das Klingeln nicht gehört. Ich habe eine Weile ganz fest geschlafen. Das war jetzt wie eine Gedankenübertragung, denn ich habe gerade an meine Familie gedacht und natürlich dabei auch an uns beide. Wann kommst du denn? Erst am Nachmittag? So spät? Na gut, ich warte auf dich. Da habe ich ja noch Zeit und kann noch ein bisschen liegehn bleiben, bevor ich dann duschen werde. Bis bald. Ich hab' dich lieb. Tschüüss!"

Juliane schaltete das Handy ab, legte es neben ihre Liege auf ein Buch und wollte eigentlich noch ein bisschen schlafen. Zwischendurch musste sie daran denken, wie sich wohl ihr weiteres Leben zusammen mit Frank gestalten würde. Sie blinzelte noch einen Augenblick in das Blätterdach des Walnussbaumes, in der das großblättrige Laub durch die Bewegung die auftreffenden Sonnenstrahlen funkeln ließen. Sie schloss die Augen und war im nächsten Moment wieder gedankenversunken mit dem Leben ihren Eltern beschäftigt.

Trotz aller Querelen, die nach einer Affäre ihres Vaters noch während des Studiums vor der Hochzeit sogar zu einer Trennung der Eltern hätte führen können, war deren Ehe nicht gescheitert und nach dem Umzug von Berlin nach Seehausen stabiler und auch harmonischer geworden. Vielleicht, weil ihre Mutter ihr Streben nach eigener Karriere zurückgestellt hatte. Seitdem war auch die Angst von ihr als Tochter gewichen, dass sich ihre Eltern vielleicht doch noch trennen würden. Ihre Gedanken an diesem Nachmittag blieben noch eine Weile bei ihren Eltern hängen, speziell, wie deren Beziehung damals überhaupt begann.

Die Eltern

Der Student Robert Haberkant hatte Annelore während des Studiums gleich in den ersten Semesterferien am herrlichen Ostseestrand durch einen Zufall kennen und lieben gelernt. Walter nahm dort auf der Halbinsel Usedom in Ückeritz an einem vierzehntägigen Zeltlager teil, das zusammen mit anderen Kommilitonen organisiert wurde. Natürlich war sie ihm unter den anwesenden Kommilitoninnen gleich aufgefallen und ein Zufall half ihm, sie kurz kennen zu lernen als er ihr seine tatkräftige Hilfe beim Zeltaufbau und Aufblasen ihrer Luftmatratze angeboten hatte und in die Tat umsetzte, wofür sie sich freundlich bedankte. Als er sich später am Strand einfach auf ihre Decke in einer Strandburg legte, war sie zunächst gar nicht mehr so freundlich.

„Was fällt dir denn ein? Spinnst du?", meinte sie erbost, als sie aus dem erfrischenden Bad in den Wellen der Ostsee kam. „Komm sofort von meinem Handtuch und der Decke runter! Das ist ganz schön frech von dir, findest du nicht auch?" Mit einem Ruck zog sie ihm wenigstens ihr Handtuch weg und trocknete sich damit ab.

„Finde ich gar nicht", entgegnete Robert. „Jemand musste ja schließlich auf deine Sachen aufpassen, als du eben im Wasser warst. Hier laufen nämlich viele Spitzbuben herum. Und außerdem habe ich auf dich gewartet, damit du mir mal bitte meinen Rücken mit Sonnenmilch eincremst. Sonst verbrenne ich hier in der Sonne und bekomme womöglich noch einen Sonnenbrand. Das willst du doch bestimmt nicht. Ich verbrenne sowieso schon die ganze Zeit, weil ich dich gesehen habe."

„Kann eigentlich nicht schlimmer werden, denn einen

Sonnenstich hast du bereits und der größte Spitzbube hier scheinst du zu sein, denn andere habe ich noch nicht sehen können. Darf ich mich nun auf meine Decke legen?"

„Na klar, ich rutsche ein Stück rüber. Hier ist ja für uns beide Platz", antwortete Robert nur.

„Bist du verrückt? Normal finde ich das aber nicht. So eine Dreistigkeit, dass sich jemand einfach auf meine Decke legtist mir ja noch nie passiert", echauffierte sie sich weiter.

„Glaube ich gern. Deshalb bin ich ja hier, damit du das mal erleben kannst. Übrigens das stimmt sogar, dass ich verrückt bin, aber nur nach dir, seitdem ich dich in der ersten Vorlesung gesehen habe."

„Und nun glaubst du mit deinem engstirnigen Hirn, dass ich nach dir ebenfalls verrückt wäre?"

„Genau. Das hoffe ich zumindest. Das hast du jedenfalls richtig erkannt."

„Eingebildet bist du wohl überhaupt nicht, was?", gab sie bissig zur Antwort, breitete wieder ihr Handtuch auf einem Teil der Decke aus und legte sich dann neben Robert.

„Wage es nicht, mir auch nur einen Zentimeter näher zu kommen, sonst passiert was", drohte sie ihm, obwohl sie ihn eigentlich sehr nett und aufregend fand.

„Wenn ich mich jetzt doch noch zwei bis drei Zentimeter nähere, kann es dann vielleicht passieren, dass du mir den Rücken gegen die brennende Sonne eincremst? Meintest du das damit, dass das passiert?"

Jetzt konnte sich Annelore nicht länger verstellen und musste lachen. Robert stimmte in ihr herzliches Lachen mit ein. Kurz darauf gab es unerwartet den ersten Kuss und er genoss ihre zärtlichen Hände, die auf seinem Rücken die Sonnenmilch verteilten und einmassierten.

Es war der Beginn einer über Jahrzehnte lang anhaltenden

Beziehung mit allen Höhen und Tiefen des Lebens. Annelore Gutschmidt war seine große Liebe auf den ersten Blick. Auf den zweiten und noch weiteren Blicken gefielen ihm natürlich andere junge Frauen auch. Trotzdem versuchte er sein Verlangen nach anderer holder Weiblichkeit zu unterdrücken, denn jetzt hatte er ja eine auserwählte Partnerin in Annelore gefunden. Sie konnte er sich das ganze Leben an seiner Seite vorstellen. Sehr schnell stellten die beiden fest, dass ihre Gefühle, für ein ständiges Miteinander, auf Gegenseitigkeit beruhten. So kam es, dass sie sich bereits zwei Monate später verlobten. Noch wohnten sie allerdings beide bei den Eltern, das heißt, Annelore bei ihrer Mutter, da die Eltern geschieden waren.

Das Praktikum

Als Student der Veterinärmedizin musste Robert Haberkant wie seine Kommilitonen auch, mehrere Praktika, die während seines Studiums anberaumt waren, absolvieren. Eines davon war für ihn zusammen mit seinem Kommilitonen Sebastian Weberknecht nach dem dritten Semester in Sachsen-Anhalt in der wunderschön gelegenen Stadt Havelberg, dort, wo die Havel in die Elbe mündet, in einer ansässigen Tierarztpraxis vorgesehen. Die Praxis befand sich nur zwei Querstraßen von dem Platz entfernt, auf dem das bunte Treiben des alljährlich weit über die Landesgrenzen bekannten Pferdemarktes stattfand. Eigentlich war aus dem Pferdemarkt im Laufe der Jahre mehr ein Volksfest geworden, zu dem sich auch Schausteller mit ihren Karussells und sonstigen Belustigungen einfanden. Ein buntes Markttreiben, wo Pferde jedenfalls immer noch den Besitzer wechselten und dafür mitunter eine tierärztliche Untersuchung benötigt wurde.

Am Anreisetag suchten die beiden Studenten ihre Quartiere auf. Ein Zimmer hatte jeder für sich bereits vor Beginn des Praktikums organisiert. Sie vereinbarten einen Treffpunkt, von dem sie dann gemeinsam die Tierarztpraxis aufsuchen wollten. Auf dem Weg dorthin zeigte Roberts Studienkollege plötzlich mit ausgestrecktem Arm auf die gegenüberliegende Straßenseite: „Du, ich glaube dort drüben sind wir richtig. Dort, wo neben der Tordurchfahrt das große Schild angebracht ist, da muss die Tierarztpraxis sein."
Sie überquerten die Straße und konnten nun auf dem weiß emaillierten Schild, das an der Außenwand neben dem schweren zweiflügligen Holztor prangte, in großen Lettern lesen:

T i e r a r z t p r a x i s
Dr. med. vet. K ö t t e r f e i n d
Praxis für Klein- und Großtiere
Hausbesuche nach Vereinbarung
Sprechzeit: Mo – Fr 10.00 –15.00

Robert fing an zu lachen und meinte: „Wenn du dir das eine ‚t' in dem Namen wegdenkst, wird daraus Köterfeind. Und wenn andere Leute ebenso denken, traut sich niemand mehr mit seinem Hund in die Praxis. So richtig Werbung kannst du mit so einem Namen nicht machen. Jetzt musste auch Sebastian lachen. Der Tierarzt Dr. Kötterfeind begrüßte die Studenten Robert Haberkant und Sebastian Weberknecht sehr freundlich, stellte ihnen seine Assistentin mit den Worten vor: „Darf ich ihnen meine rechte Hand Frau Elvira Vögelsang vorstellen? Elvira ist meine große Stütze hier in der Praxis."
„Elvira", sprach er dann seine Assistentin an und zeigte mit der linken Hand auf die Studenten, „die beiden Herren, Sebastian Weberknecht und Robert Haberkant, sind beide

angehende Veterinärmediziner und absolvieren bei uns ihr Praktikum. Da wir hier zusammen ein Team sind und bei der Arbeit zusammen an einem Strang ziehen, reden wir uns mit einem kollegialen ‚Du' an."

„Sehr angenehm", stammelte Robert und gab der Assistentin die Hand. Sebastian tat dann das gleiche.

Die Assistentin Elvira errötete leicht, als Dr. Kötterfeind ihr gegenüber so lobende Worte fand, vielleicht auch deshalb, weil sie mit zwei jungen Männern konfrontiert wurde. Dann zeigte der Doktor den Studenten noch voller Stolz die anderen Räume seiner Praxis.

„Die Leute hier in Havelberg haben scheinbar alle so lustige Namen. Findest du nicht auch? Wie kann man Vögelsang heißen, amüsierte sich Sebastian gegenüber Robert, als sie einen Augenblick allein im Raum waren, weil Dr. Kötterfeind zum Telefon gerufen wurde und noch einmal hinausging. „Dein Name Weberknecht ist doch auch lustig", entgegnete Robert. „Ich kann mir dein Praxisschild schon gut vorstellen. Darauf ist dann zu lesen: Dr. Weberknecht, Spezialpraxis für kleine und große Spinnen jeglicher Art oder so. Wie findest du meinen Vorschlag?"

„Ha, ha, mach dich mal lustig", bemerkte Sebastian.

„Ich wollte damit nur sagen, dass keiner für seinen Namen etwas kann. Wenn dir dein Name nicht gefällt, kannst du ihn, glaube ich, gegen entsprechende Gebühren ändern lassen. Das ist aber ein Riesenaufwand."

Dann bekamen die beiden von Dr. Kötterfeind noch in groben Zügen erläutert, welche Arbeiten in den nächsten vierzehn Tagen auf sie zukommen werden und was er von ihnen dabei erwartet. Robert gefiel die lockere Art des Arztes von Beginn an. Noch besser gefiel ihm gleich auf den ersten Blick die Assistentin in seiner Praxis. Sie trug einen weißen Kittel über ihren Sachen, der unübersehbar einen wohlgeformten Körper darunter verbarg, dessen Anziehungskraft sie sich bei vielen Männern bewusst war. Elvira Vögelsang war, wie der Student Robert Haberkant bald selbst feststellte, in der Praxis nicht nur lieb zu den Tieren, sondern auch sehr lieb zu ihm. Es dauerte nicht lange, bis er ihrem Charme erlegen war. Dazu gab es an dem Tag darauf eine Gelegenheit, als nämlich Dr. Kötterfeind ein paar Kilometer außerhalb von Havelberg zu einem Hof gerufen wurde, wo man seine Hilfe benötigte. Eine tragende Kuh hatte beim Kalben Schwierigkeiten. Zu diesem Einsatz bat er den Student Sebastian Weberknecht mitzukommen, um ihm dabei zu assistieren. Robert Haberkant sollte derweil mit Elvira Vögelsang in der Praxis verbleiben. Dagegen hatte er nichts einzuwenden. Er war sogar darüber erfreut. Da die Assistentin Elvira sich gern einmal unterhielt, kam sie mit dem verbliebenen Praktikanten, der ihr sehr gut gefiel, schnell ins Gespräch. So erfuhr Robert bald einen Teil ihres Lebens, dass sie sich von ihrem ersten Mann, hatte scheiden lassen, aber schon einen neuen Partner hat. Mit dem neuen Partner würde sie aber nur zusammen leben, weil er nicht heiraten wollte. Wie er dann etwas später erfuhr, war sie Ende zwanzig und hatte einen zehnjährigen Sohn. Aus ihren Erzählungen konnte Robert entnehmen, dass ihr jetziger Partner als Bauleiter tätig war und auf sozialistischen Großbaustellen außerhalb arbeitete. Sie sah ihn meist nur an den Wochenenden. Kurz vor dem Feierabend fragte sie ihn dann: „Warst du eigentlich schon mal auf unserem Pferdemarkt hier in Havelberg?"

„Ich hab' gehört, dass das Markttreiben sehr schön und turbulent sein soll, aber selbst war ich noch nicht da. Ich denke, dass ich ihn in diesem Jahr, wo ich schon mal hier bin, kennenlernen werde", meinte Robert.

„Wenn du willst, können wir ja mal zu dem Spektakel

zusammen hingehen", meinte Elvira Vögelsang mit einem viel versprechenden Lächeln und Augenaufschlag. Ihre Beine schlug sie dabei übereinander, wobei das ohnehin kurze Kleid noch ein wenig höher rutschte. Nur ihr weißer Kittel verdeckte zum Ausgleich etwas ihre Beine.

„Der Aufforderung einer schönen Frau kann ich natürlich nicht widersprechen. Wann hast du denn Zeit?", wollte Robert gleich wissen.

„Na, von mir aus heute. Heute Abend ist die feierliche Eröffnung unseres Pferdemarktes. Der ist hier in der Stadt traditionsreich und findet in jedem Jahr statt. Das ist immer ein Riesenspektakel. Sagen wir 18.00 Uhr an der Kirche St. Laurentius oder besser vor dem Eingang zum Dom", schlug sie vor. „Wir können von dort in die Altstadt schlendern."

„Vielleicht gibt es ja dort eine Gaststätte, wo wir noch eine Tasse Kaffee oder ein Glas Wein zusammen trinken können", meinte Robert.

„Das können wir auch bei mir zu Hause. Kaffee oder Rotwein schmecken bei mir vielleicht sogar noch besser", gab Elvira mit einem bezaubernden Lächeln vielsagend zur Antwort.

„Hast du denn überhaupt Zeit? Du musst dich doch auch um deinen Sohn kümmern", gab Robert zu bedenken.

„Muss ich aber nicht, denn mein Sohn Michael ist jetzt in den Ferien ein paar Tage bei seiner Oma in Wittenberge."

Um 15.00 Uhr war Dr. Kötterfeind immer noch nicht mit dem anderen Praktikanten zurück. Elvira Vögelsang schloss die Praxis ab und die beiden verabschiedeten sich. „Na dann tschüss bis nachher und pünktlich sein!" ermahnte sie ihn noch vielversprechend.

Robert eilte zu seinem Quartier und sprang erst einmal unter die Dusche. Der Gedanke allein, die ein paar Jahre ältere, aber reizende Assistentin zu treffen, erregte ihn.

Er hatte sich einen Stadtplan von Havelberg besorgt und staunte, dass der vereinbarte Treffpunkt am Dom gar nicht weit entfernt von seinem Quartier lag und war pünktlich zur Stelle. Fast gleichzeitig traf auch Elvira ein. Nach seinem Geschmack sah sie bezaubernd aus, beinahe sehr aufreizend. Ihre sonst halblangen brunetten Haare hatte sie schon wegen der sommerlichen Temperaturen in dieser Jahreszeit hochgesteckt, hatte im Gesicht etwas Rouge aufgetragen und war dezent geschminkt. Der Hauch eines teuren Parfums umgab sie verführerisch. Sie trug zu dem kurzen dunkelblauen Rock eine dekolletierte weiße Bluse, die sich über ihren vollen Busen spannte und die Ansätze ihrer prallen Brüste erkennen ließ. Darüber hatte sie eine sandfarbene Leinenjacke, die in der Taille gegürtet war, übergezogen. Sowohl Jacke als auch Gürtel waren geöffnet. Als sie dann losgingen, hatte sich Elvira bei ihm überraschend mit ihrem Arm untergehakt und schmiegte sich an ihn. Er war überrascht und ließ sie aber gewähren, weil er das sehr angenehm empfand. So gingen sie wie ein trautes Paar die Straßen entlang wie bei einem Spaziergang, aber eigentlich auf kürzestem Weg zu ihr nach Hause. Unterwegs erfuhr Robert, dass Elvira Vögelsang von ihrem Mann, einem gewissen Peter Weinmeister, geschieden war, weil dieser seinem Namen alle Ehre machte und ein wahrer Meister im Konsum von Rotwein und anderem Alkohol war. Sie hatte nach der Scheidung ihren Mädchennamen Vögelsang wieder angenommen. Inzwischen war auch ein anderer Mann in ihr Leben getreten. Sie hatten sich in einem Urlaub kennengelernt. Robert hörte geduldig zu und erfuhr von ihr, dass ihr neuer Partner von Beruf Bauleiter bei einem Tiefbauunternehmen und Alfred Bendisch hieß. Leider konnte sie mit ihrem neuen Lebensgefährten bisher nur eine Wochenendbeziehung führen. An manchen Wochenenden war auch das nicht einmal möglich, wenn er gerade auf einer

Baustelle fern der Heimat im Ausland tätig war. Sie hatte aber bei dem vielen Erzählen aus ihrem Leben verschwiegen, dass sie von dem neuen Partner im 2. Monat schwanger ist. Robert dagegen hatte ebenfalls verschwiegen, dass er bereits liiert und verlobt ist, da er seine Frau fürs Leben bereits gefunden hatte.

Inzwischen waren die beiden endlich vor dem Wohnhaus angekommen, in dem die Tierarztassistentin wohnte. Die gemütliche Drei-Zimmer-Wohnung, in die Elvira Vögelsang den Studenten Robert Haberkant eingeladen hatte, befand sich in der zweiten Etage. Nachdem sie die Diele betreten hatten, half er ihr mit leicht zittrigen Händen zunächst aus ihrer Jacke, die er an die Flurgarderobe hängte. Er stand dabei dicht hinter ihr und nahm jetzt auch eine leichte Erregung ihrerseits wahr, als er das Pochen an ihrem Hals sehen konnte. Sie trat einen Schritt vor, drehte sich dabei halb zu ihm herum und bat ihn mit einer Handbewegung ins Wohnzimmer, doch schon mal Platz zu nehmen.

„Jetzt trinken wir erst einmal ein Glas Rotwein auf unsere Bekanntschaft. Oder möchtest du lieber Wermut, ich habe aber nur den *Gotano*? Du kannst schon mal eingießen und ich mache uns derweil einen Kaffee."

Sie stellte die beiden Flaschen und Gläser auf den großen runden Tisch mit schwerem Mittelfuß aus Holz. Robert tat, wie sie ihm aufgetragen hatte und goss das gewünschte Getränk ein, wobei er selbst ein Glas Rotwein bevorzugte. Dann brachte Elvira ein Kännchen Kaffee und passendes Geschirr auf einem Tablett herein und stellte es auf einer Seite des Tisches ab.

„Komm', ich zeig dir noch meine restliche Wohnung. Mein zu Hause ist nämlich mein ganzer Stolz", meinte sie, als sie gerade ein Gedeck vom Tablett nahm und vor Robert auf den Tisch stellte. Das tat Elvira sehr geschickt. Mit einer ganz langsamen Bewegung beugte sie sich dabei so dicht zum Tisch vor, dass sie ihm unwillkürlich einen Blick in ihr tiefes Dekolleté auf ihren hervorquellenden Busen gewährte. Als sie beiseite trat, streifte sie ihn noch wie unbeabsichtigt an seiner Schulter mit ihrer nicht zu übersehenden Oberweite gerade in dem Augenblick, als Robert aufstand, um ihr zu weiterer Wohnungsbesichtigung zu folgen. Ein sehr verführerisches Lächeln lag auf ihrem Gesicht, als sie sich jetzt vielsagend in die Augen sahen. Er war ihr jetzt so nah, dass er jede einzelne schwarz getuschte Wimper ihrer braunen Augen sehen konnte und nun ihren vollen Busen an seiner Brust fühlen konnte. Ihre Lippen waren nur noch einen Hauch voneinander entfernt. Roberts Puls war in die Höhe geschnellt, sein Herz hämmerte so sehr, als wolle es explodieren und ließ sein Blut förmlich zum Kochen bringen. Er spürte auch ihre Erregung und zog sie einfach an sich, bis sich ihre Lippen zu einem langen innigen Kuss fanden. Als sie sich zunächst etwas voneinander lösten, öffnete sie die Tür eines weiteren Zimmers, dem sie zwischendurch drei Schritte näher gekommen waren. Ein geräumiges Schlafzimmer tat sich auf, das neben Schrank, Frisierkommode mit Spiegel, sowie einem breiten Doppelbett, beidseitig mit Nachtschränken, möbliert war. Wie im Trancezustand vernahm er ihre jetzt beinahe rauchig klingende Stimme als sie erklärte: „Siehst du, hier ist mein Schlafgemach. Es ist zwar sehr schön. Hier schlafe ich aber leider meistens allein und das ist nicht sehr schön."

Sie standen immer noch dicht beieinander und Robert hatte wie selbstverständlich seinen Arm um ihre Hüfte gelegt. Er nahm wieder den Duft ihres betörenden Parfums wahr. Und bevor er überhaupt antworten konnte, lagen sie sich wieder in den Armen, wobei sie dieses Mal sogleich ihre Arme gierig um seinen Nacken geschlungen hatte. Als sich beim nächsten Kuss seine Lippen auf ihre pressten, hatte sie den Mund etwas geöffnet. Sie kam ihm dabei mit ihrer Zunge heiß und eindringlich entgegen. So etwas hatte Robert noch nicht erlebt. Die Hände waren jetzt überall, wühlten mal in ihren brünetten Haaren, so dass sich ihre Hochsteckfrisur auflöste oder streichelten sanft ihren Rücken und noch mehr ihren großen Busen. Und bevor beide auf Elviras weiches Bett mit der flauschigen Decke darüber sanken, hatten sie sich gegenseitig fast ihre Kleidung ganz vom Körper gerissen und achtlos auf den Fußboden gleiten lassen. Robert hatte sie im Arm und schaute wieder in ihre erwartungsvollen braunen Augen und sein Blick wanderte zu den Stellen ihres wohlgeformten Körpers, die nur noch geringfügig mit etwas Seide und Spitze verhüllt wurden. Als sie sich ihm dann auf dem Bett entgegenbog, fand sein Mund schnell durch ihren reizenden und knapp sitzenden BH aus Spitzen ihre Brust zum Liebkosen, mal die eine, dann wieder die andere Seite. Gleichzeitig ließ er seine Hand über ihren Körper abwärts gleiten. Er schob sie in ihren winzigen Slip, den er mit einem Ruck abstreifte. Sein Mund wanderte ebenfalls abwärts zu anderen erogenen Zonen und erreichte ihre empfindlichste Stelle. Dabei entlockte er ihr ein leises lustvolles Stöhnen. Währenddessen war auch Elvira nicht untätig. Ihre Finger liebkosten ihn überall und hätten ihn beinahe vorzeitig zum Höhepunkt gebracht. Robert genoss diesen paradiesischen Augenblick des Miteinanders und dabei tief in ihr zu sein, was sie ihrerseits mit einem zufriedenen gutturalen Laut quittierte. Erschöpft lag sie etwas später noch eine Weile in seinem Arm. Es war an diesem Abend spät geworden, als sie ihn fragte: „Möchtest du jetzt noch einen Kaffee? Der ist nämlich inzwischen kalt geworden."

„Nein Danke, jetzt nicht mehr. Ich möchte lieber noch mehr von dir", bekam sie zur Antwort und fühlte sich von seinen Worten sehr angetan. Dann liebten sie sich noch einmal wie kurze Zeit zuvor. Elvira holte viel später aus dem Wohnzimmer die beiden immer noch gefüllten Gläser, die sie auf ihrem Nachttisch abstellte. Auf ihrem Bett sitzend ließen sie die Gläser beim Anstoßen im Nachhinein auf den netten Abend erklingen und tranken den Rotwein. Sie waren schnell der gleichen Meinung, es nicht nur bei dem einen wunderschönen Abend bleiben zu lassen. Noch einige Male verbrachte Robert Haberkant während seiner dreiwöchigen Praktikumszeit mit Elvira Vögelsang lustvolle Stunden in ihrer Wohnung. Robert hätte sich hinterher jedes Mal verfluchen können, dass er so schwach war. Er fühlte sich schlecht. Da hatte er nun in Annelore bereits seine große Liebe gefunden und ließ sich hier immer wieder mit Elvira ein. Er fand sich viel zu schwach, um irgendeinen Ausweg zu finden, diese Tierarztassistentin Elvira loszuwerden, ohne sie zu verletzen. Wie sollte er das alles seiner geliebten Annelore erklären? Er hatte sich mit Annelore bereits verlobt und die Hochzeit mit ihr sollte gleich nach Ende des Studiums stattfinden. Wie konnte er nur wegen dieser Affäre die Beziehung zu Annelore, der Frau seines Lebens, aufs Spiel setzen? Das wollte er auf keinen Fall. Und trotzdem hielt er nicht nur einmal eine andere, und sogar um mehrere Jahre ältere, aber schöne Frau, wie er fand, in den Armen und ließ alles willenlos geschehen.

Eines Tages klingelte in der Praxis wie so oft das Telefon und Elvira meldete sich wie immer mit: „Tierarztpraxis Dr. Kötterfeind mein Name ist Vögelsang. Wen möchten sie sprechen? Herrn Haberkant? Einen Moment bitte!" Sie reichte mit einem erstaunten und fragenden Gesicht den Telefonhörer an Robert weiter. „Eine Dame möchte dich sprechen." Roberts Gesichtsfarbe rötete sich und er war sehr überrascht, als sich seine Annelore meldete. „Ja, Haberkant", versuchte er mit fester Stimme zu sprechen. „Ach du bist es. Ich dachte jemand von der Uni meldet sich. Ist was Schlimmes passiert, dass du hier anrufst?" Wie benommen vernahm er Annelores Stimme als sie sagte: „Ich hoffe nicht, dass es für dich schlimm sein wird. Ich wollte dir nur sagen, dass ich für dich eine ganz tolle Überraschung habe, wenn du nach Berlin zurückkommst. Ich bin gerade bei deinen Eltern und wollte schnell mal deine Stimme hören. "

„Was hast du denn für eine Überraschung für mich?", wurde Robert neugierig. Sein Gesicht begann jetzt richtig zu glühen.

„Das verrate ich dir am Telefon nicht, sondern das erfährst du erst, wenn du in ein paar Tagen wieder zu Hause bist. Ich möchte nämlich dein Gesicht dabei sehen", erwiderte Annelore.

„Und wie läuft dein Praktikum? Gut und alles nach Plan?"

„Hier läuft alles bestens. Wir haben hier in Havelberg eine tolle Praxis bei Dr. Kötterfeind angetroffen und ich habe schon viel Praktisches dazu lernen können.", berichtete Robert kurz und schaute dabei gerade zu Elvira rüber, die ihm bei den letzten Worten zuzwinkerte.

„Na, kann ich dir ja noch berichten, wenn ich in ein paar Tagen zu Hause sein werde", fügte er noch hinzu.

„Ich hab dich sehr lieb und große Sehnsucht", vernahm Robert Annelores liebe beinahe flüsternde Worte.

„Mir geht es genauso, ich bin ja bald zu Hause. Wir müssen jetzt aber Schluss machen, sonst ist das Telefon hier zu lange blockiert. Also, Tschüss und bis bald." Damit war das Gespräch beendet und Robert gab den Hörer zurück und Elvira legte auf und schaute ihn fragend an.

„Das war meine kleine Schwester", log Robert ohne noch einmal rot zu werden und erzählte weiter: „Sie musste mir dringend mitteilen, dass sie eine Überraschung für mich hat, wenn ich nach Hause komme. Zuerst macht sie mich neugierig, aber sagen wollte sie nichts. Das hat sie mit mir schon immer so gemacht, auch zu Weihnachten. Vielleicht hat sie ja jetzt endlich ein Tier, was sie betätscheln kann. Hoffentlich keinen Hund, den ich dann pflegen muss und mit ihm Gassi gehen darf, wenn ich zu Hause bin. Dann werde ich aber bestimmt zum Köterfeind." Alle mussten jetzt lachen und jeder wusste, dass sich das auf den Namen von Dr. Kötterfeind bezog. Robert war froh, Elvira von dem Telefonat abgelenkt zu haben. Wie sich während des Praktikums herausstellte, war ein Spezialgebiet des Tierarztes Dr. Kötterfeind die Behandlung von Pferden. Von ihm erfuhren seine beiden Praktikanten beim Thema Pferde als Erstes, dass der Mensch von Natur aus das größte Raubtier mit einem angeborenen Kampfinstinkt ist. Dem gegenüber sei das Pferd ein sogenanntes Fluchttier, denn seine Verteidigung bestehe in erster Linie in der Flucht. Im Verlauf seiner Praktikumszeit bei Dr. Kötterfeind hatte Robert speziell viel über Pferde lernen können und beim Handel auf dem traditionellen Pferdemarkt Erfahrungen gesammelt. Auf welche Details bei einem Pferd zu achten sind und wie das Exterieur eines Pferdes in Vor-, Mittel- und Hinterhand bei der Bewertung eingeteilt wird. Gelernt hatten die Praktikanten einiges über Krankheiten und wie gesunde Zähne eines Pferdes aussehen müssen, an denen man auch das Alter bestimmen kann. Interessant waren ebenfalls die vielen Kopfformen sowie die Stellungen der Vorder- und der Hintergliedmaßen, sowie die vielen unterschiedlichen Pferderassen, wie zum Beispiel das Warmblutpferd, Kaltblut, Englisches oder Arabisches Vollblut und nicht zu vergessen die Kleinpferdrassen.

    Zwischendurch waren aber seine Gedanken wieder bei der Assistentin Elvira, die ihn einige Abende immer wieder schwach werden ließ. Robert Haberkant war froh, als das dreiwöchige Praktikum in der Stadt Havelberg beendet war. Jetzt lagen noch die Semesterferien vor ihnen, die er mit seiner Annelore auf einem Campingplatz an der Ostsee auf der Insel Rügen genießen und die Affäre mit der Tierarztassistentin Elvira verdrängen und vergessen wollte, bevor die nächsten Vorlesungen des neuen Semesters an der Universität in Berlin begannen. Dr. Kötterfeind hatte ihnen beiden für das absolvierte Praktikum in seiner Praxis ein lobenswertes Zeugnis ausgestellt mit dem sie sehr zufrieden sein konnten und es auch waren.

Zu Hause erwartete Annelore ihren geliebten Robert in der Wohnung zusammen mit seinen Eltern, die bereits vorher mit der telefonisch angekündigten großen Überraschung vertraut gemacht wurden. Gegen Abend war Robert endlich zu Hause. Annelore empfing ihn gleich an der Wohnungstür freudig erregt mit einem stürmischen Begrüßungskuss noch bevor Robert seine braune Lederjacke ausgezogen hatte.

„Was hast du denn für eine so umwerfende Überraschung für mich, die du mir am Telefon nicht sagen wolltest?" fragte Robert voller Neugier.

„Stell dich doch nicht so an. Du ahnst es doch bestimmt schon längst. Ich bin im 2. Monat. Wir sind schwanger. Du wirst Papa", strahlte Annelore.

„Waaas?", jubelte Robert und sprang auf und nahm Annelore freudig in die Arme. Dabei schwenkte er sie im Zimmer einmal herum.

„Aua, nicht so doll. Wir sind jetzt zwei, die du hier so herumschleuderst.

„Weißt du es auch genau?" fragte Robert noch einmal ein bisschen fassungslos. „Das hättest du mir doch am Telefon auch sagen können."

„Ich wollte dabei dein Gesicht sehen. Am Telefon wäre es ja nicht so eine tolle Überraschung gewesen."

„Das ich das noch erlebe", kommentierte Walter die ihrem Sohn Robert freudig überbrachte Nachricht. „Erika, hast du das gehört? Jetzt gehör'n wir demnächst zu den ganz Alten. Wir werden nämlich Großeltern und dürfen bald unser Enkelkind samt Kinderwagen die Treppen rauf und auch wieder runter puckeln. Das ist sozusagen unser Altenteil."

„So schlimm wird es nicht werden. Den Kinderwagen können wir doch unten stehen lassen", meinte Annelore.

„Ja, solange, bis der geklaut ist", antwortete Walter.

„Ein Kinderwagen wird doch heutzutage nicht mehr geklaut. Dann müssen wir den eben unten wie ein Fahrrad anschließen. Außerdem suchen wir uns bald eine kleine Wohnung, wo wir es näher zur Kinderkrippe und auch zur Uni haben", argumentierte Annelore.

Die Hochzeit der Eltern

Zunächst wollten Robert und Annelore gar nicht heiraten, sondern nur in einer ehelichen Gemeinschaft zusammen leben. Das waren sie ja aus dem Zusammenleben im Studentenheim, in dem sie zu Beginn ihres Studiums untergebracht waren, gewohnt. Dann hatten sie es sich doch anders überlegt und wollten heiraten. Eigentlich sollte ihre Hochzeit während der Ferien vor dem letzten Semester ihres Studiums stattfinden. Dann hätte die neue Situation bei Robert und Annelore als Ehepaar bei der Studienvermittlung für ihre künftige Tätigkeit berücksichtigt werden müssen. So waren ursprünglich hre Überlegungen. Doch dann kam alles ganz anders als geplant und sie mussten ihre Familienplanung kurzfristig ändern. Es hatte sich bereits in der Studienzeit Nachwuchs angemeldet. Daraufhin bestellten sie das Aufgebot beim Standesamt im historischen Rathaus in Berlin-Köpenick zu einem früheren Zeitpunkt. Als Studenten ohne großes Einkommen begnügten sich Robert und Annelore mit einer standesamtlichen Trauung. Sie fand an einem schönen Tag im April kurz vor den paar freien Tagen zu Ostern während des vierten Semesters statt. Zwei Kommilitonen fungierten als Trauzeugen. Bei dem sehr feierlichen Zeremoniell im Hochzeitssaal des Standesamtes waren auch die Eltern anwesend. Die geschiedenen Eltern von Annelore, Rolf und Rosemarie Gutschmidt, waren trotz der Trennung zusammen zur Trauung ihrer Tochter erschienen. Roberts Eltern, Erika und Walter, waren selbstverständlich zur Trauung ihres einzigen Sohnes gekommen und hatten erfreut im Hochzeitssaal des Standesamtes Platz genommen. Dieses Mal saßen sie aber nicht direkt vor der Standesbeamtin, sondern im Saal und schwelgten in Erinnerungen.

„Dass ich das noch erlebe, hier im Standesamt noch einmal mit dir zusammen zu sitzen. Weißt du noch, als wir beide aufgeregt dort vorn saßen und vor Aufregung schwitzten?", flüsterte Walter zu Erika an seiner Seite. Sie tupfte sich vorsichtig eine Träne ab, die ihr gerade vor Rührung über das Gesicht rollen wollte und drückte als Antwort Walters Hand noch fester, die sie dan während des Zeremoniells der Trauung ihres Sohnes hielt.

Die Eltern des Brautpaares, Gutschmidts und Haberkants, begnügten sich aber nicht nur mit einer feierlichen Trauung ihrer erwachsenen Kinder beim Standesamt. Beide Eltern hatten sich vorab telefonisch zu einem Treffen in Berlin verabredet. Dabei hatten sie vereinbart, ihren Kindern, den mittellosen armen Studenten, gemeinsam eine Hochzeitsfeier zu organisieren. Erika und Walter, die die Lokalität vor Ort kannten, schlugen für die Feier einen separaten Raum der Gaststätte *Ratskeller* im gleichen historischen Gebäude des Standesamtes vor. Zu diesem Fest hatten sie Verwandte, Bekannte und selbstverständlich mehrere Kommilitonen ihres Studienjahrgangs eingeladen, so dass die Hochzeitsfeier beinahe mehr eine große Party unter Studenten wurde.

Die große Überraschung der Eltern mit der Ausrichtung der Feier für Annelore und Robert war gelungen. Das Brautpaar wurde vor dem Standesamt von weiteren Gästen, die nicht mit im Hochzeitssaal bei der Trauung anwesend waren, jubelnd empfangen. Kommilitonen hielten ein weißes Bettlaken ausgebreitet über den Weg mit einem großen Herz darauf. Dieses musste von dem Brautpaar nach altem Brauch ausgeschnitten werden, damit der Bräutigam anschließend seine Braut hindurchgetragen konnte, symbolisch für eine Türschwelle, über die die Braut sonst getragen wird. Dann wurde das Brautpaar, Robert und Annelore, von den Eltern aufgefordert, zum Sektempfang in das benachbarte Restaurant *Ratskeller* zu kommen und alle anderen Gäste folgten. Die Tafel war im Festzimmer bereits eingedeckt und die Kerzen in den kleinen Kandelabern darauf erstrahlten in festlichem Glanz. Alles war sehr gut vorbereitet. In einer Ecke des Raumes konnte ein extra dafür bereitgestellter Tisch die vielen Blumen und Geschenke kaum fassen. Als alle an der Tafel Platz genommen hatten, wurde der Sekt von der Bedienung kredenzt und der Brautvater, Rolf Gutschmidt, fand ein paar ergreifende und rührende Worte aus gegebenem Anlaß direkt an das Brautpaar gerichtet.

Anschließend ließen alle Hochzeitsgäste das Brautpaar hochleben. Ein engagierter DJ sorgte zunächst während des Essens für dezente Musik und später mit Tanzmusik sowie Animation für Spiel und Spaß für eine fröhliche ausgelassene Stimmung. Es wurde gescherzt, viel gelacht, getanzt und noch mehr getrunken, von den Studenten vor allem Bier. Weit nach Mitternacht fand dieser schönste Tag von Robert Haberkant und seiner nun angetrauten Annelore ein Ende.

Als Ehepaar konnten sie nun einer Absolventenvermittlung zum Ende ihres Studiums ruhig entgegensehen. Jetzt hatten sie die Gewissheit, dass sie nicht in verschiedene Orte, sondern gemeinsam vermittelt wurden und so zusammen an einem Ort eine Tätigkeit aufnehmen konnten. Auch bei der Beschaffung einer Wohnung hatten sie als Ehepaar einen Vorteil. Zu dieser Zeit wohnten die beiden immer noch sehr beengt bei Roberts Eltern in Berlin-Köpenick und waren auf der Suche nach einer eigenen Wohnung. Etwas später hatten sie Glück und bekamen auf Grund ihrer Heirat eine bezahlbare ausreichend große Zweieinhalb-Zimmer-Wohnung in Berlin-Friedrichshain in der Weichselstraße in unmittelbarer Nähe des Trave Platzes gelegen. Die Miete konnten sie von ihrem Stipendium und mit Unterstützung der Eltern finanzieren. Für den sehr günstigen Mietpreis mussten sie jedoch laufend die quietschenden Geräusche der vorbeifahrenden Straßenbahn hinnehmen, wenn diese um die Straßenecke fuhr. Das Qietschen war jedesmal nicht zu überhören. In der nächsten Zeit hatten sie sich aber verhältnismäig schnell daran gewöhnt. Die Wohnung sollte auch nur bis zum Ende des Studiums eine Interimslösung sein. Danach wollten sie nach Seehausen in die freie Wohnung über ihren Eltern einziehen, denn Robert hatte die feste immer noch die feste Absicht, in Seehausen sesshaft zu werden und mit Annelore zusammen eine Tierarztpraxis zu eröffnen.

Wie alle Kinder in der damaligen DDR wuchs Juliane zwar entsprechend der jeweiligen Situation wohlbehütet bei den Eltern und Großeltern auf. Sie lernte aber gleichzeitig die Stationen einer Kinderkrippe als Kleinkind während des Studiums der Eltern sowie im weiteren Verlauf den Kindergarten kennen, während ihre Eltern arbeiteten. Viel zu schnell vergingen die ersten Jahre. Dann kam sie zur Schule und erlebte die ersten Schuljahre noch in Berlin.

Wenn sie in dieser Zeit mal krank wurde, kümmerte sich ihre Oma Erika um sie. Juliane erinnerte sich unter anderem daran, dass ihre Oma einmal von der Hochzeit ihrer Eltern erzählte, als sie wegen einer starken Erkältung mit Fieber wieder einmal das Bett hüten musste und dabei Fotos der Familie in einem Album ansah. Dabei sah sie auch einige von der Hochzeit ihrer Eltern. Wenn sie jemand nicht kannte, fragte sie. So auch als sie ein Foto der anderen Großeltern sah. „Sind das Oma Rosi und Opa Rolf?", fragte sie, denn sie hatte die anderen in Thüringen weit entfernt wohnenden Großeltern nur ganz flüchtig einmal gesehen und konnte sich kaum noch erinnern. Sie hatte sonst keinen weiteren Kontakt, weil die Großeltern geschieden waren. Auch andere Verwandte kannte sie teilweise nur von Fotos. Es war sehr schwierig, alle Verwandten zu kennen und zuzuordnen, denn auf den Hochzeitsbildern waren viele fremde Gesichter von damaligen Studenten. Oma Erika erzählte ihr noch mehr von der Hochzeit ihrer Eltern und der Zeit danach.

Sommer in Seehausen einige Jahre später

Nun waren bereits einige Wochen der großen Ferien vergangen und eine ungewöhnlich lange Hitzewelle hielt auch Ende Juli immer noch an. Über der Stadt Seehausen sowie der gesamten Altmark flirrte die Luft am Wochenende noch in den Nachmittagsstunden wie an den Tagen zuvor. In der kleinen Stadt waren auf den Straßen nur wenige Leute anzutreffen und wenn, dann suchten sie den Schatten der Bäume. Über der Wische in der Umgebung von Seehausen lag ein Duft von frischem Heu, das jetzt von den Wiesen eingebracht wurde. An den Linden, die in der nach ihnen benannten Straße stehen, verströmten die weit geöffneten Blüten ihren wohlriechenden Honigduft, den man hin und wieder im Sonnenlicht und bei leichter Luftbewegung noch in einiger Entfernung wahrnehmen konnte, so wie das Summen der Bienen, die die

Blüten in dieser Zeit vielfach umschwärmten, um den süßen Nektar aus ihnen zu sammeln.

Das über eintausend Quadratmeter große Grundstück mit dem geräumigen Zweifamilienhaus in der Straße Am Schillerhain lag von der Lindenstraße nur zwei Querstraßen entfernt und war von der Hitze gleichermaßen betroffen. Das Anwesen war der Besitz der Familie Haberkant. Julianes Großeltern, Erika und Walter Haberkant, hatte es von Berlin durch die Erbschaft in die Altmark verschlagen. Sie fanden hier eine neue Heimat, obwohl sich Walter öfter mal ertappte, einen Anflug von Heimweh nach seinem Berlin zu bekommen.

Immer wieder spielte der alte Walnussbaum im Garten mit dem üppigen Blattwerk an seinen ausladenden Ästen eine große Rolle als Schttenspender an heißen Sommertagen. Der Baum war jahrelang so etwas wie ein familiärer Mittelpunkt, denn so manche Feier fand unter der gewaltigen Baumkrone statt.

Ganz hinten im Garten stand ein Schuppen, in dem sich Julianes Großvater eine kleine Werkstatt eingerichtet hatte. Dort gab es für ihn immer irgendetwas zu schaffen. In seine Werkstatt ging er meistens mit den Worten: „Ich bin mal hinten an der *Spree*, falls mich einer sucht!" So nannte er nämlich den unmittelbar hinter dem Garten befindlichen und vorbei fließenden Aland, den Unterlauf eines kleinen winzigen Nebenflusses der Elbe. Walter hatte sich gleich neben dem Hühnerzwinger in den Zaun eine kleine Pforte eingebaut. So hatte er die Möglichkeit, hin und wieder direkt an das Ufer des *Aland* zu treten und an seiner *kleinen Spree* zu verweilen. Dieser schlängelte sich durch die Niederungen der Altmark und den Ort Seehausen. Dabei nahm das schmale Flüsschen aus einigen Entwässerungsgräben der Wiesen und

Felder in der Wische Wasser auf, um dann bei Schnackenburg, nordöstlich von Wittenberge in die Elbe zu münden. Während der lang anhaltenden Hitze wurde die Wasserfläche des Aland an einigen Stellen vielfach mit ‚Entengrütze' überzogen, einem Geflecht von Wasserlinsen. An anderen Stellen tummelten sich oftmals größere Mückenschwärme über der spiegelnden Wasseroberfläche im Licht der untergehenden Abendsonne.

Im hinteren Teil des Gartens gab es außer dem großen Schuppen ein paar Gemüsebeete, Erdbeeren und etwa ein halbes Dutzend Kirschbäume. Die Kirschbäume waren bereits abgeerntet und die Früchte von Großmutter Erika verarbeitet worden, bevor die Bäume im folgenden Frühjahr wieder ihre weiße Blütenpracht entfalten konnten. Zwei von diesen Kirschbäumen standen in einem eingezäunten Auslauf für ein paar Hühner und einen Hahn, der fast immer morgens zu ungebetener Zeit seinen Weckruf krähte. Der Stall schloss sich direkt am hinteren Teil des Schuppens mit der besagten kleinen Werkstatt an. Außer der erwähnten Kirschbäume gab es einen älterengroßen Birnbaum, an dem jedes Jahr eine Vielzahl saftiger und süßer Früchte hing. Blütensträucher wie Forsythien, Kolkwitzien und ein paar Fliederbüsche, deren Blüten immer einen betörenden Duft verbreiteten, hatten ihren Platz gefunden. Die Blütezeit der im Halbschatten stehenden Rhododendren, die bereits im Mai ihre verschieden farbige Blütenpracht entfalten konnten, war längst vergangen. Dafür blühten zu dieser Zeit im Sommer an einigen sonnigen Stellen des Gartens Polyantharosen mit einer üppigen Fülle roter, gelber und lachsfarbener Blüten. Die englischen Parkrosen am Weg zum Hauseingang verbreiteten ihren lieblichen Duft und wurden von vielen Bienen angezogen. Im Vorgarten wuchsen außerdem Stauden mit Blüten in vielfältigen Farben,

Blattschmuckstauden und Gräser. Hier befand sich an der Zaungrenze ein doppelter Carport, berankt von mehreren Heckenkirschen und dunkelroten Rosen. Es war der Stellplatz für die zwei Autos der Familie.

Juliane wuchs weiter umsorgt von ihren Eltern Robert und Annelore auf, nachdem sie ebenfalls von Berlin nach Seehausen in die fertig sanierte obere Wohnung des Hauses der Großeltern Erika und Walter gezogen waren. Von diesem Zeitpunkt waren die Großeltern immer für sie da, wenn es die Abwesenheit der Eltern verlangte. Seit dem Umzug hatten sich ihre Eltern sehr viel besser verstanden. Es gab nur noch selten Streit zwischen ihnen oder Juliane bekam von derartigen Meinungsverschiedenheiten sehr wenig mit. Sie hatte in ihrem Mitschüler Frank Bendisch, der auch im Unterricht neben ihr saß, einen festen Freund gefunden, mit dem sie viel Zeit zusammen verbrachte. Durch den Umzug von Berlin nach Seehausen, besuchte sie mit ihm gemeinsam von Beginn der 9. Klasse das Winckelmann-Gymnasium in diesem Ort. Ihre Eltern hatten sofort in Seehausen beruflich Fuß fassen und eine gemeinsame Tierarztpraxis eröffnen können. In dieser ländlichen Gegend der Altmark, in der Tiere gehalten wurden, gab es für sie viel zu tun.

Juliane hatte zu Hause bereits öfter von dem netten Jungen aus ihrer Klasse geschwärmt und brachte ihn irgendwann im Laufe des 10. Schuljahres mal zur Kaffeezeit mit nach Hause. Sie stellte ihn ihren Eltern als ihren Freund vor. Das war an einem Wochenende, wo die Tierarztpraxis geschlossen war, ihr Vater aber Bereitschaft hatte.

„Hallo", kam Juliane mit ihrem Schulfreund zu ihren Eltern ins Wohnzimmer und begrüßte sie mit einem flüchtigen Küsschen.

„Darf ich euch Frank Bendisch vorstellen, ein guter

Schulfreund von mir. Er wohnt in Havelberg oder in der Woche hier im Internat" Und zu Frank gewandt, „Frank, wie du siehst, das sind meine Eltern."

„Guten Tag", sagte der etwas schüchtern und gab Julianes Eltern die Hand. Bei dem Namen Bendisch zuckte Robert Haberkant etwas zusammen und wurde stutzig, konnte sich aber im Moment nicht erklären, wo er den Namen gehört hatte. Und dann wurde ihm siedend heiß. Scheinbar wurde er auch blass im Gesicht und wirkte wie abwesend. Nach einiger Zeit des Nachdenkens konnte er sich plötzlich doch erinnern.

Den Namen Bendisch hatte die Tierarztassistentin Elvira Vögelsang, mit der er während seines damaligen Praktikums eine Affäre hatte und so einige Schäferstündchen verbrachte, von ihrem neuen Lebensgefährten genannt. Zur Zeit seines Praktikums hatte Elvira Vögelsang ihm aber nur von einem Kind, ihrem Sohn Michael erzählt, der sich bei den Großeltern in Wittenberge ein paar Tage aufhielt. Sollte etwa ihm, Robert Haberkant, durch seine Affäre ...? Nein, das konnte nicht passiert sein. Er hatte aufgepasst. Oder vielleicht doch nicht...?

Robert war bei dem Gedanken daran heiß und kalt geworden und versuchte ihn zu verdrängen. Er fühlte sich jetzt gar nicht wohl in seiner Haut und sein Puls raste. Im ersten Augenblick war ihm, als würden ihm seine Beine wegrutschen. So weich fühlten sich seine Kniegelenke an.

Sollte Frank Bendisch etwa der Halbbruder von Juliane sein? Wie konnte er das unbemerkt herausfinden? Er musste auf jeden Fall versuchen, zunächst den engen Kontakt seiner Tochter zu dem Bendisch zu unterbinden. Das würde bestimmt nach der Schulzeit möglich sein. Seine Gedanken gingen noch weiter. Es wäre gar nicht auszudenken, wenn Juliane vielleicht von ihrem eventuellen Halbbruder nun auch noch ein Kind erwarten würde.

Robert Haberkant bekam es mit der Angst zu tun. Wie sollte er diese Angelegenheit in den Griff bekommen?

Juliane und Frank hatten nach vier Jahren an dem altehrwürdigen Winckelmann-Gymnasium ihr Abitur mit guten und sehr guten Ergebnissen erreicht und waren am Ende der Schulzeit immer noch ein Paar. Jetzt waren endlich Ferien, für beide leider die letzten. Frank wohnte bei seinen Eltern in Havelberg und hatte in den Schuljahren zuvor immer einen umständlich weiten Schulweg. Deshalb hatte er meist im Internat gewohnt. Unter allen Schülern galt er zusammen mit seiner Juliane sozusagen als das ‚Vorzeigepärchen'.

Endlich war die Schulzeit vorbei und Juliane hatte das Abitur geschafft. Das dachte auch Robert Haberkant und nahm diese Tatsache erleichtert auf. Nach dem Abitur verloren sich meistens alle Mitschüler durch ein anschließendes Studium oder andere Berufsausbildungen mehr oder weniger aus den Augen. Dann würde Juliane oder auch ihr Freund bestimmt eine andere Bekanntschaft machen und diese Beziehung beenden. Juliane wohnte weiterhin in Seehausen bei ihren Eltern und wollte das nach Möglichkeit auch während ihrer Ausbildung zur MTA, einer medizinisch-technischen Assistentin.

An diesem heißen Sommertag in den letzten Ferien lag Juliane wieder einmal leicht bekleidet im Bikini auf einer Luftmatratze an ihrem Lieblingsplatz hinter dem Haus und hatte ein bisschen gelesen. Das laute Kreischen der Kinder aus dem nahe gelegenen Waldbad, das in diesem heißen Sommer täglich stark frequentiert wurde, störte sie dabei genau so wenig, wie das hin und wieder hörbare Tuckern der Mähdrescher, die jetzt bei dem herrlichen Sommerwetter auf den umliegenden Feldern das Getreide und Heu ernteten. Sie wartete nun schon seit einer Stunde auf Frank. Mit ihm hatte sie sich an diesem

Tag verabredet, um am bevorstehenden langen Wochenende zusammen etwas zu unternehmen.

„Julchen, komm Kaffee trinken", hörte Juliane ihre Oma Erika rufen und aus ihre Gedanken reißen.

Sie kam der Aufforderung gern nach, denn sie wusste, dass Oma zum Kaffee eine leckere Erdbeertorte gemacht hatte. Schnell zog sie sich Shorts und Bluse über und stolperte fast in ihren Badelatschen ins Haus. Der Kaffeetisch war unten in dem bei den jetzigen Temperaturen angenehm kühlen Wohnzimmer ihrer Großeltern im Erdgeschoss gedeckt. Ihr Opa Walter saß bereits am Tisch und wartete ungeduldig auf den Rest der großen Familie. Kurz darauf saßen alle daran, außer ihrem Vater, der noch in seiner Tierarztpraxis zu arbeiten hatte und Frank, auf den Juliane sehnsüchtig wartete.

„Mein Gott, dauert das heute wieder lange, bis die Familie endlich beisammen ist. Bevor das hier immer losgeht mit dem Kaffeetrinken ist schon die Abendbrotzeit vorbei. Wie lange muss denn Robert heute wieder noch in seiner Praxis die Viecher piesacken und die Flöhe und Zecken von den Hunden und Katzen verscheuchen? Ausgerechnet, wo Erika heute zum Kaffee so eine leckere Erdbeertorte gemacht hat, muss er länger machen. Aus Dankbarkeit kacken die Köter dann hier bei uns vor die Tür auf das Trottoir", ärgerte sich Opa Walter und wandte sich im gleichen Atemzug an Juliane. „Und was ist denn nun überhaupt mit euch beiden? Wollte dein Frank nicht heute herkommen?", fragte er ein wenig verärgert

„Vater, nun lass doch mal Jule machen", mischte sich jetzt Julianes Mutter Annelore ein, die die Erdbeertorte verteilte. „Na, ich denke, das Jungvolk will noch an den Arendsee. Man wird doch mal fragen dürfen. Aber ehe die aus den Pantinen kommen, ist das Wasser bei der Affenhitze auß'm See schon verdunstet oder weggesickert. Da war'n wir früher in Berlin aber schneller, wenn es hieß, wir fahr'n zum Strandbad Grünau raus oder auch hier, wenn wir zum Arendsee wollten, ging das ruck zuck", meinte Opa Walter, als ein kurzes zweimaliges Hupen von der Straße zu hören war.

„Das wird Frank sein, ich schau mal nach!" rief Juliane freudig erregt, war aufgesprungen und nach draußen geeilt. Sie wusste, dass Frank heute und für das gemeinsame Wochenende mal das Auto seiner Eltern nehmen durfte.

Die anderen am Tisch ließen sich Kaffee und Torte weiter schmecken.

Es dauerte eine geraume Zeit, dann erschienen Juliane und Frank schimpfend. „So eine Sauerei! Frank ist nach dem Aussteigen direkt in einen Hundehaufen getreten. Und jetzt haben wir zu tun, seine Schuhe nachher wieder sauber zu bekommen." Juliane wollte die schlimme Situation an der Kaffeetafel nicht weiter kommentieren, dafür aber ihr Opa, der zunächst mal Frank beruhigen wollte. Frank hatte erst einmal alle in der Runde begrüßt.

„So, nun setz dich erst mal hin, mein Junge, und genieß die Erdbeertorte von meiner Erika, die ist nämlich wieder sehr lecker.", waren Opas Worte. „Ich meine natürlich beide, die Torte und meine Erika.", fügte er schnell noch hinzu und schmunzelte.

„Danke, du alter Charmeur", war Erikas Antwort und hatte ein Lächeln im Gesicht.

Aber dann regte er sich gleich über das Ärgernis draußen auf. „Sagte ich doch gerade, dass die Hunde aus lauter Dankbarkeit ihrem Doktor immer was scheißen und das genau vor unserem Grundstück. Das Malheur vor unserer Tür hat bestimmt wieder die Töle von der ollen Kubischinski von nebenan hinterlassen. Die geht hier immer Gassi. Und was soll ich euch sagen. Genau hier vor unserer Türe auf dem Trottoir kackt sich das blöde Viech aus und platziert so eine gemeine Tretmine, dass man genau reinlatscht. Aber was heißt hier blödes Viech, die Olle ist genau so blöde, weil die nie den Dreck wegmacht", ereiferte sich Julianes Opa und konnte sich gar nicht beruhigen.

„Vater, nun ist es aber genug mit deinen Reden und Übertreibungen", schimpfte jetzt Julianes Mutter Annelore und Opa Walter verstummte einstweilen, löffelte sich ein Stück Erdbeertorte mit Sahne in den Mund und bekleckerte dabei sein Oberhemd.

„Du hast ja wieder ein tolles Thema beim Kaffeetrinken und dein Hemd sieht auch wieder schön aus", meinte Oma Erika als sie Walter ansah und dann fragend über ihre spiegelnde Brille in die Runde blickend: „Möchte denn jemand Kaffee oder noch ein Stück Erdbeertorte mit Sahne?"

„Ja bitte, ich nehme noch ein Stück Torte", meldete sich Frank und hob gleichzeitig seinen Teller hoch. Er flüsterte danach Juliane etwas ins Ohr.

„Juhu", platzte es aus ihr heraus, „wir fahren heute doch noch an den Arendsee. Frank hat für uns in der alten Pension *Zur Wildgans* in Zießau ein Zimmer für's Wochenende gebucht."

„Das ich das noch erlebe!" kommentierte Opa den für ihn spontan gefassten Entschluss der beiden, doch noch zum Arendsee zu fahren und meinte noch: „Zelten auf dem Campingplatz dort wär aber billiger geworden und vor allem kuschliger. Aber von richtiger Romantik versteht ihr ja sowieso nichts mehr. Am liebsten schlaft ihr ja mit so einem Handy zwischen den Fingern ein. Wir haben mit unseren Fingern und Händen lieber den anderen gestreichelt und Zärtlichkeiten ausgetauscht."

Juliane und Frank lachten und antworteten darauf nicht. Sie ließen ihren Opa in seinem Glauben. Sie waren in Gedanken schon am Arendsee und dachten, dass es im Bett des gebuchten Zimmers der Pension bestimmt genauso oder noch kuschliger ist.

Zwei Stunden später waren ein paar Sachen gepackt und im Auto verstaut. Ihr Vater hatte inzwischen Feierabend gemacht, seine Praxis geschlossen und war endlich zu Hause. Nach einem kurzen Abschiedszeremoniell von den Eltern und Großeltern saßen sie im Auto und konnten endlich zum Arendsee fahren. Die Abenddämmerung setzte bereits ein und der Himmel leuchtete in den schönsten rötlichen Farbtönen. Ein Zeichen, dass auch der nächste Tag wieder sehr schön sein würde. Während der Fahrt erinnerte sich Juliane an die Kindheit, an die ‚kleinen Reisen' zusammen mit ihren Eltern an den Arendsee. Das war für sie immer ein kleines Abenteuer und sie bekam richtiges Reisefieber. Jetzt mit Frank allein dort hinzufahren war aufregender. Die Überraschung, die Frank für sie bereithielt, konnte Juliane nicht ahnen.

Es war an diesem Sommerabend wenig Verkehr auf der Landstraße zum Arendsee. Bereits nach einer halben Stunde erreichten sie den Ort Zießau und fuhren zu der in der Dorfstraße gelegenen Pension *Zur Wildgans*, einem alten aus roten Backsteinen errichteten Fachwerkhaus. Auf dem Parkplatz der Pension fanden sie gleich einen geeigneten Stellplatz. Das Ambiente innerhalb der war entsprechend dem alten Fachwerkhaus rustikal. Die Formalitäten an der Rezeption waren schnell erledigt. Unmittelbar darauf konnten sie ihr Zimmer in diesem alten anheimelnden Gebäude für ein unvergessliches Wochenende beziehen. Unvergesslich, wegen der großen Überraschung, die Frank ihr bereitete.

Es war ein wunderschönes Zimmer, dessen Fenster einen Ausblick über den Arendsee gewährte, wo zu gerade am

Horizont die Sonne untergehen wollte. Auch die Temperatur in dem Raum war gegenüber der draußen anhaltenden Hitze im ersten Moment angenehm erfrischend.

Die Sachen waren noch nicht ausgepackt, als Frank Juliane in den Arm nahm und sanft an sich zog und küsste. Während der Schulzeit hatten sie sich schon bei vielen Gelegenheiten einmal geküsst, aber so leidenschaftlich wie dieses Mal noch nie. Der Kuss dauerte sehr lange und wollte kein Ende nehmen. Die anschließende kurze Atempause nutzte Frank für seine Überraschung. „Juliane, heute muss ich dich endlich einmal etwas fragen", begann er theatralisch, um dann fortzusetzen und die ersehnten Worte über seine Lippen zu bringen:

„Ich habe nämlich festgestellt, dass ich dich seit dem ersten Tag unserer Begegnung in der Schule ganz fest in mein Herz geschlossen habe. Seitdem liebe ich dich über alles auf der Welt. Deshalb möchte ich immer mit dir zusammen bleiben und eine Familie gründen und drum frage ich dich jetzt, möchtest du meine Frau werden und unser ganzes Leben an meiner Seite sein?" Endlich hatte er die große Frage über seine Lippen bekommen.

Julianes Antwort ließ nicht auf sich warten. „Oh Frank, ja mein Schatz, ja, ja, ja", wiederholte Juliane ihre Antwort fast sprachlos vor Freude und hatte im gleichen Moment ihre Arme um ihn gelegt. „Ich habe mir diesen Tag schon so lange gewünscht!" Die Worte klangen beinahe wie ein bejahender Aufschrei, der aber eher wie ein Hauch aus ihrem Mund über ihre verführerischen Lippen kam, die sich mit Franks Lippen immer wieder zu einem langen Kuss vereinten. Juliane hatte die Lider dabei geschlossen und so bemerkte sie nicht, wie Frank nach einer kleinen Schachtel in die Hosentasche griff und aus dieser zwei goldene Ringe hervorzauberte. Frank nahm Julianes linke Hand, um ihr den Ring auf den passenden

Finger zu stecken. Sie hatte die Augen wieder geöffnet, erschrak ein wenig und konnte diesen glücklichen Moment kaum fassen, der sie für einen Augenblick sprachlos machte.

„Der ist aber wunderschön!" staunte Juliane beim Anblick des Schmuckstücks an ihrem Finger. „Ich liebe dich!" sagte sie immer wieder leise und steckte dabei Frank den anderen Ring mit zitternder Hand auf seinen Ringfinger. Die anschließende Umarmung wurde noch fester und noch inniger. Sie wollten gar nicht mehr voneinander lassen. Er vergrub sein Gesicht an ihrem Hals unter den schulterlangen Haaren, denen ein wenig der liebliche Duft von Lilienblüten anhaftete. Er löste sich ein wenig, um sie gleich wieder erneut leidenschaftlich zu küssen. Während der Schulzeit hatten sie sich hin und wieder bei verschiedenen Gelegenheiten geküsst. Jetzt erschrak Juliane unter der feuchten Berührung seiner Zunge, ließ ihn gewähren und presste sich an ihn. Sie spürte die Wärme seines Körpers und seiner Arme. Es war ein Gefühl, als wenn die Welt herum in diesem Moment des Glücks versank.

„Jetzt müssen wir erst noch einmal runter ins Restaurant, mein Schatz. Ich habe einen Tisch für uns beide reservieren lassen. Wir können etwas essen und auf unsere Verlobung mit einem Glas Sekt anstoßen".

„Mit Sekt können wir hier im Zimmer auch anstoßen. Aber etwas essen könnte ich jetzt nach Omas Erdbeertorte schon. Muss ja keine Riesenportion sein. Aber ich muss vorher noch kurz ins Bad." Sie bürstete sich ihre wunderschönen brunetten halblangen Haare vor dem Spiegel im Bad und prüfte ihr Make-up.

Ein paar Minuten später gingen sie nach unten ins Restaurant. Auf dem rechteckigen Tisch, der für sie beide in einer gemütlichen Ecke des Gastraumes reserviert war, stand neben einer brennenden Kerze ein Strauß dunkelroter Rosen. Frank hatte die Blumen bereits vorab bestellt. Es war eine weitere Überraschung des Abends, die Juliane ein wenig verlegen machte. Die brennende Kerze auf dem Tisch ließ dieses Ambiente an diesem Abend in einem besonderen Lichterglanz erscheinen. Immer wieder bewunderte sie den goldenen Ring an ihrem Finger, in dem das Datum des Tages von diesem unvergesslichen Tag des Wochenendes bereits eingraviert war. Die Bedienung brachte eine Flasche Champagner an den Tisch und füllte ihre Gläser. Der leise Klang der beiden Gläser beim Anstoßen sollte dabei hoffnungsvoll viel Glück und ein langes gemeinsames Leben verkünden.

Auch in den folgenden fünf Jahren, in denen Frank Bendisch studierte, hatte Julianes Vater nicht geschafft, seine Tochter und Frank auseinander zu bringen. Das Gegenteil war der Fall. Ein ständiges Zusammensein war leider in dieser Zeit während seines Studiums nicht möglich und stark eingeschränkt. Meist war das nur an einigen Wochenenden oder in den Semesterferien möglich. Aber um so mehr wussten sie, diese Wochenenden oder Tage zu schätzen, zu leben und ihre tiefe Liebe zueinander intensiver zu empfinden. An einem dieser wenigen gemeinsamen Tage während der Studienzeit muss es dann geschehen sein. Juliane wurde schwanger. Das brachte ihren gemeinsamen Plan etwas durcheinander. Trotzdem freuten sich beide riesig darauf, Eltern zu werden. Obwohl sie erst nach seinem Studium heiraten wollten, beschlossen sie, sofort Hochzeitspläne zu schmieden. Eine unerwartete Hilfe zu ihrer Entscheidungsfindung in der Hochzeitsplanung war dabei wieder einmal ein Ausflug zum Arendsee. Juliane hatte einen Nudelsalat gemacht und zusammen mit Frikadellen, ein bisschen Obst und Getränken in einer Kühltasche verstaut und an den See mitgenommen. Als sie es sich auf einer Decke am Ufer des Sees bequem machten und in der Sonne rekelten, hörten sie ein Geräusch. Es war das Schaufelrad, das das Schiff *Queen Arendsee* antrieb, das gerade das Wasser des Arendsees bei einer Rundfahrt durchpflügte. Frank hatte einen genialen Einfall als er dem Schiff hinterher sah.

„Wollen wir uns nicht auf dem Schiff, der *Queen Arendsee*, trauen lassen und offiziell das Ja-Wort geben?", richtete Frank bei diesem immer wieder faszinierenden Anblich die Frage an Juliane. „Das wäre einmal etwas anderes und auch ganz was Besonderes", fügte er dann noch hinzu. „Und unsere Hochzeit soll etwas Besonderes sein."

Juliane musste lachen, denn sie wollte Frank den gleichen Vorschlag machen. Er war aber etwas schneller und kam ihr zuvor. Von diesem Zeitpunkt nahmen die Vorbereitungen zu ihrer Hochzeit konkrete Formen an. Juliane fuhr mit ihrer Mutter nach Magdeburg, wo sie in einem Geschäft für Brautmoden ein wunderschönes Kleid bekommen konnten, während Frank in seiner Heimatstadt Havelberg bei einem Goldschmied die Trauringe mit Gravur anfertigen ließ.

Frank hatte noch das letzte Studienjahr zu absolvieren und arbeitete bereits an seiner Diplomarbeit, als Sohn Dennis, das gemeinsame Glück ihrer Liebe, geboren wurde. Die Freude über die Geburt war allgegenwärtig. Dann kam der Tag, als auch die Großeltern aus Havelberg ihren Enkel in Augenschein nehmen wollten. Juliane hatte dafür Franks und ihre Eltern an einem Wochende zum Kaffee eingeladen, damit sich Eltern und Schwiegerltern, die nun Großeltern waren, gleichzeitig kennenlernen sollten. Julianes Vater, Robert Haberkant, wusste, dass die Mutter seines künftigen Schwiegersohnes die damalige Assistentin Elvira Vögelsang in der Tierarztpraxis von Dr. Kötterfeind war, mit der er eine Affäre hatte. Die letzten Nächte vor dem Treffen schlief er sehr unruhig. Wie würde das Wiedersehen ausgehen? Den Gedanken, dass seine

Juliane und Frank eventuell Halbgeschwister sein könnten, versuchte er jedes Mal zu verdrängen und begann dabei jedesmal heftig zu schwitzen und Schweißperlen glänzten auf seiner Stirn.

Juliane ging zusammen mit Frank zum Gartentor, um seine Eltern und frisch gebackene Großeltern ihres Sohnes zu begrüßen, als sie an dem verabredeten Samstagnachmittag gerade aus ihrem großen silber metallicfarbenen Pkw vor dem Grundstück ausstiegen und klingelten. Alfred Bendisch mit sonnengebräuntem Antlitz von seinen vielen Baustellen, trug einen marineblauen Anzug und darunter ein weißes Hemd mit offenem Kragen. Sein zurückgekämmtes leicht gewelltes Haar war seinem fortgeschrittenen Alter passend stark grau meliert. Er half seiner Lebensgefährtin Elvira etwas unbeholfen beim Aussteigen. Franks Mutter trug ein sehr elegantes beinahe figurbetontes Kostüm. Die Ankommenden wurden freudig mit Küsschen hier und Küsschen da begrüßt. Und Juliane bekam einen größeren gemischten Strauß aus lachsfarbenen Rosen und Gerbera.

„Schön, dass sie Zeit hatten und zusammen kommen konnten", empfing Juliane freudig, aber etwas schüchtern ihre Schwiegereltern in spe.

Durch das Küchenfenster beobachtete Robert Haberkant die Ankunft und Begrüßung der künftigen Schwiegereltern seiner Tochter, die ihre Gäste gerade ins Haus nach oben in ihre gemütliche Dachgeschosswohnung gebeten hatte.

Mein Gott, die hat sich in der langen Zeit aber kaum verändert. Etwas reifer und ein paar Rundungen mehr, aber irgendwie noch genau so anziehend wie damals, stellte er fest.

„Kommst du", riss Annelore ihn aus seinen Gedanken. „Wir gehen nach oben, um Julianes Schwiegereltern zu begrüßen. Wir sollten gleich nach oben kommen, sagte Jule. Sie hat uns doch auch zum Kaffee eingeladen", forderte Annelore Robert auf, sich zu beeilen, nachdem sie sich noch einmal im Spiegel betrachtet hatte, um hier und da nervös an ihrem Outfit zu zupfen und das Make-up zu überprüfen. Noch nervöser und angespannt schien Robert zu sein.

Dann standen sie sich gegenüber, Robert Haberkant und Elvira Vögelsang, die Mutter von Frank Bendisch.

„Neiiin…!" platzte Franks Mutter heraus und fand damit zuerst die Worte wieder. „Na das ist ja eine Überraschung, dass wir uns auf diese Art und Weise nach so langer Zeit und zu diesem freudigen Ereignis unserer Kinder wiedersehen. Das gibt's ja nicht."

Annelore blickte etwas unsicher und fragend von einem zum anderen. Robert versuchte daraufhin etwas stotternd und verlegen Klarheit zu schaffen und war gleich darauf wieder gefasst.

„Annelore, darf ich dich zunächst mal mit Frau Vögelsang bekannt machen. Wir kennen uns aus der Praktikumszeit, die ich damals während des Studiums in der Tierarztpraxis von Dr. Kötterfeind in Havelberg zusammen mit dem Weberknecht aus meiner Seminargruppe absolvierte. Frau Vögelsang arbeitete zu der Zeit dort als Assistentin.

„Ja, ja, ich arbeite immer noch dort", unterbrach sie ihn mit seinen Erklärungen.

„Mein Gott, mein Praktikum liegt nun schon über zwanzig Jahre zurück. Jedenfalls habe ich damals eine Menge gelernt, was ich selbst heute noch in meiner Praxis anwenden kann", fuhr Robert fort.

„Vor allem haben wir uns im Bett richtig kennengelernt. Das war das Beste und Aufregendste dieser Praktikumszeit", konnte Robert in den Augen von Julianes Schwiegermutter lesen, als er sich ihr zugewandt hatte, um seine angetraute

große Liebe vorzustellen.

„Und die Frau an meiner Seite ist meine geliebte Annelore. Zusammen sind wir die Eltern von Juliane, was unschwer zu erraten sein dürfte."

„Mein Gott, gut zwanzig Jahre ist das nun schon wieder her", konnte sich Frau Vögelsang gar nicht beruhigen und lächelte dabei etwas süffisant. „Siehst du Freddy", so nannte sie ihren Mann Alfred, „ich sag immer wieder, die Welt ist wie ein Dorf. Man sieht sich im Leben immer zweimal. Ich hatte dir ja damals von den zwei netten Studenten erzählt, von denen Dr. Kötterfeind so beeindruckt war."

„Daran kann ich mich gar nicht mehr erinnern", gab Alfred Bendisch kurz angebunden und etwas knurrig zurück.

„Das ist auch besser so!" dachte Elvira zurückblickend an die aufregende Affäre mit dem Studenten.

„So, bevor ich den Kaffee eingieße, dürft ihr erst eimal euern süßen kleinen Enkel Dennis ansehen und begrüßen und dann zeigen wir euch noch unsere kleine gemütliche Wohnung", forderte Juliane die Eltern auf. Sie kamen gern Julianes Aufforderung nach und stellten einen Augenblick später fest, dass ihr Enkel gut gelungen war und ein niedliches Kind ist.

Frank hasste derartige Kindesvorführungen, wenn sich die Erwachsenen kindisch über Körbchen oder Kinderwagen mit der Bemerkung beugten und dauernd erstaunt riefen:

„Na wo is er denn? Na wo is er denn bloß?" Und wenn das Kind endlich wach war, wiederholte sich das Prozedere unter zu Hilfenahme des Zeigefingers mit einem zusätzlichen „Kille, kille, kille", auf dem Bauch und einem weiteren: „Na wo is er denn?" und dem Hinweis bei Jungen: „Sieht aber dem Vater sehr ähnlich." oder bei Mädchen: „Ganz wie die Mutter."

Kurze Zeit später, nachdem jeder Winkel der gemütlichen Dachgeschosswohnung besichtigt war, hatten alle am Tisch, auf Couch und Stühlen Platz genommen und Juliane goss den Kaffee ein. Sie hatte auch selbst zwei verschiedene Kuchen gebacken. Frank hatte eine Flasche Sekt entkorkt, mit dem Hinweis, erst einmal auf die Geburt ihres Sohnes, sowie auf die Großeltern anzustoßen. „Und damit können wir dann das förmliche ‚Sie' unter den Tisch fallen lassen. Jetzt sind wir ja eine größere Familie", fügte er noch hinzu.

„Also ich kann es immer noch nicht so richtig fassen, dass wir uns durch diese göttliche Fügung, wenn ich einmal so sagen darf, wiedersehen. Vor einigen Jahren warst du bei uns in Havelberg bei Dr. Kötterfeind noch Praktikant und jetzt schauen wir uns zusammen unser Enkelkind hier bei euch in Seehausen an", begann Franks Mutter am Kaffeetisch mit der Unterhaltung und wandte sich dabei zu Robert.

„Und nicht zu vergessen, dass ich nach all den Jahren jetzt selbst ein Dr. der Veterinärmedizin bin und Annelore und ich zusammen eine eigene Praxis haben.", ergänzte Robert stolz.

„Das hast du dir aber alles redlich verdient. Letztendlich haben wir dafür hart arbeiten müssen", fügte seine Annelore ebenfalls stolz hinzu. „Dabei passte es natürlich gut zusammen, dass ich ebenfalls Veterinärmedizin studiert habe."

Sie fand Franks Mutter unsympathisch und wollte deren aufgesetzter Überheblichkeit einen Dämpfer verpassen, sah aber sonst über ihr Gehabe hinweg. So wurde es doch noch eine gemütliche Kaffeerunde. Und es gab sehr viel zu erzählen, auch aus vergangener Zeit.

„Bei Elvira und mir", wusste Alfred Bendisch zu erzählen, „sind inzwischen auch schon über zwanzig Jahre vergangen, als wir uns kennenlernten. Das geschah bei einer Reise nach Ungarn. Wir hatten unabhängig voneinander das gleiche Hotel am Balaton gebucht. Na ja, natürlich sind wir uns immer zufällig begegnet, mal beim Essen, mal an der Bar oder am

Wasser. Und irgendwann, als wir uns nah genug gekommen waren, haben wir uns gegenseitig unsere Zimmer gezeigt und sind zusammen im Bett gelandet."

„Hört, hört, ist ja interessant", unterbrach Frank gespielt staunend seinen Vater.

„Jedenfalls waren es wunderschöne Tage, aber leider viel zu kurz. Aber die herrliche erholsame und entspannte Zeit und auch die Luftveränderung reichten scheinbar aus, dass Elvira schwanger wurde und wir auf unserer Rückreise sozusagen mit Frank im Gepäck nach Hause fuhren. Elvira musste sich ja auch um Franks Bruder oder besser gesagt Halbbruder Michael kümmern, der während ihrer Reise nach Ungarn lieber bei den Großeltern in Wittenberge einen Teil seiner Ferien verbrachte. Aber nach dem schönen Urlaub musste sie schnellstens zurück in diese Tierarztpraxis, wo sie bereits sehnsüchtig von ihrem Dr. Kötterfeind wegen vieler Arbeit zurück erwartet wurde. Na, und ich selbst musste nach meiner Rückkehr auch gleich für drei Monate zu unserer Baustelle nach Perm in Rußland eilen. Die Stadt oder besser der Ort befindet sich in der Nähe vom Ural, einem Gebirge."

Robert hörte anfangs gebannt zu. Aber zum Schluss war er mit seinen Gedanken schon wieder mit der damaligen Affäre beschäftigt.

Als er die Geschichte vernommen hatte, war seine Angst und Befürchtung, dass er vielleicht der Vater von Frank sein könnte, mit einem Schlag von ihm gewichen. Er war total erleichtert.

Gott sei Dank ist damit endlich die Frage geklärt, dass ich nicht Franks Vater sein kann, dachte Robert, denn Elvira war zu dieser Zeit bereits schwanger. Nur Elvira hatte es mir gegenüber verschwiegen, als ich mit ihr die Affäre hatte. Und ich war so blöd und habe es nicht bemerkt.

„Wie hat denn Michael darauf reagiert, dass er noch einen Bruder bekam?", wollte Robert sichtlich erleichtert wissen. Frank ergriff sofort das Wort und antwortete.

„Michael ist zwar zehn Jahre älter, aber wir haben uns immer prächtig verstanden. Leider ist er dann eines Tages abgehauen und nach Kanada ausgewandert. Er konnte zwar Mama verstehen, dass sie sich von seinem Vater, einem immer wieder rückfälligen Alkoholiker trennte, aber mit meinem Vater, seinem Stiefvater, konnte er nicht warm werden. Als Michael wegging, war es für mich zunächst wie ein Schock. Eine gähnende Leere tat sich vor mir und meiner Mutter auf. Nachdem er mir dann die ersten Fotos geschickt hatte, ging es mir wieder besser. Ich konnte jedenfalls darauf sehen, dass es ihm anscheinend gut ging und er sich seinen Traum erfüllt hatte. Ich habe ihm jedenfalls eine Einladung zu unserer Hochzeit geschickt. Aber ich glaube nicht, dass er kommt. Das wird viel zu teuer sein, einfach schnell mal nach Europa zu fliegen."

Nun mischte sich wieder Elvira als Mutter ein und fügte hinzu: „Er hatte hier in der Forstwirtschaft gelernt und dann in einem Sägewerk gearbeitet. Alles war gut. Aber als meine Ehe mit seinem Vater zerbrach war es für Michael besonders schlimm. Als Freddy dann an meiner Seite war, wurde das Verhältnis zu Michael zunehmend schwieriger. Er kümmerte sich die ersten paar Jahre rührend um seinen kleinen Bruder Frank, obwohl er zehn Jahre älter war. Aber eines Tages war er auf einmal verschwunden. Irgendwann nach Wochen hat er sich dann aus Kanada mit einem Brief gemeldet. Das hat uns erst einmal getröstet und wir waren sehr froh, dass er es geschafft hat. Frank hat die plötzliche Trennung von seinem geliebten Bruder jahrelang nicht überwunden, eigentlich bis heute nicht. Aber jetzt hat er ja Juliane an seiner Seite, die ihn

schon von Beginn der Schulzeit darüber hinweg getröstet hat. Genau weiß ich es nicht, aber Michael arbeitet dort wohl ähnlich wie hier in der Holzindustrie, hat aber ganz andere Möglichkeiten und verdient ein gutes Geld. "
Alle hatten ihrer Geschichte aufmerksam zugehört.

„Möchte denn noch jemand ein Stück Kuchen oder einen Kaffee?", fragte Juliane anschließend und wechselte das Thema, um auch einmal zu Wort zu kommen.

„Übrigens, falls die beiden euch noch nicht in Kenntnis gesetzt haben, sie hatten sich noch vor der Geburt von ihrem Dennis verlobt", wollte Annelore ins Gespräch kommen.

„Doch haben sie", bekam sie von Elvira zur Antwort. „Frank und Juliane haben sich gleich aus der Pension vom Arendsee einen Tag danach bei uns telefonisch gemeldet. Wir hatten aber auch nur Gelegenheit, auf gleichem Wege per Telefon zu gratulieren."

„Auch unsere Hochzeit wird am Arendsee stattfinden, die standesamtliche Trauung auf dem Schiff, der *Queen Arendsee* und anschließend in der Klosterkirche die kirchliche Trauung", platzte es jetzt aus Juliane heraus.

„Ihr heiratet auf einem Schiff?", fragte Franks Murtter ungläubig. „Ihr seit doch keine Seeleute. Zugegeben, es ist vielleicht etwas Besonderes. Aber ist denn das auch fein genug und feierlich auf so einem Kahn?", äußerte Elvira Vögelsang ihre Bedenken.

„Ich kann dich beruhigen, Mutter", meinte Frank. „Dort auf der *Queen Arendsee* ist so eine Zeremonie sogar sehr feierlich. Und nach der Trauung und einem Sektempfang geht es sowieso wieder ans Festland und zusammen mit der ganzen Hochzeitsgesellschaft zur Klosterkirche. Schwimmen musst du also nicht", wurde sie von ihrem Sohn aufgeklärt und alle lachten.

Vor dem Aufbruch gegen Abend lud Franks Vater, Alfred Bendisch, alle zu einem Gegenbesuch nach Havelberg ein. So ein weiteres Familientreffen wurde gern angenommen und Franks Vater schlug ein Wiedersehen in drei Wochen vor, weil er dann frei hätte.

„Wir müssen sowieso noch ein paar Dinge zur Hochzeit unserer Kinder besprechen. Es sind ja nur noch sechs Wochen bis zu dem großen Tag."

Der Abschied war danach sehr herzlich. Und wieder spürte Robert bei der leichten Umarmung nicht nur den Hauch ihres teuren Parfums, sondern wie Elvira versuchte, sich dabei an ihn zu schmiegen. Es machte ihn sehr unsicher und er küsste Elvira schnell flüchtig auf die Wange.

„Wir telefonieren vorher noch mal. Tschüß bis dahin!" Mit diesen Worten stieg sie zu ihrem Alfred ins Auto, der bereits den Motor startete. Und im nächsten Augenblick waren sie mit einem kurzen mehrmaligen Hupen um die nächste Straßenecke verschwunden. Walter war noch einen Moment in Gedanken.

Gott sei Dank ist sie weg. Scheinbar möchte sie eine Fortsetzung der Geschichte von damals, aber ohne mich.

Wie verabredet fand der Gegenbesuch drei Wochen später statt. Robert und Annelore fuhren zusammen mit Juliane und Frank zu dessen Eltern nach Havelberg. Frank hatte sie telefonisch bei seiner Mutter angekündigt. Bei diesem ersten familiären Zusammentreffen in Havelberg sollte gleichzeitig die Planung der drei Wochen später stattfindenden Hochzeit konkretisiert werden. Die Liste der einzuladenen Gäste war zum Beispiel noch nicht vollzählig. Frank hatte in Seehausen einmal erzählt, dass seine Mutter noch fünf Geschwister hatte, drei Schwestern und zwei Brüder. Er konnte aber keine genauen Angaben machen, ob von denen alle eingeladen werden sollten. Und dann waren da noch seine Großeltern

Charlotte und Ernst Bendisch in Wittenberge, bei denen er oft in den Ferien war, wenn seine Eltern wieder einmal keine Zeit hatten. Frank liebte seine Oma Lotti sehr und wollte sie mit seinem Opa Ernst unbedingt bei der Hochzeit dabei haben. Die anderen Großeltern lebten nicht mehr.

Elvira stand am Fenster und schaute schon erwartungsvoll zur verabredeten Zeit auf die Straße hinunter. Dann hielt endlich ein Pkw vor der Tür. Als Robert aus dem Wagen ausstieg, schlug ihr Herz gleich wieder höher. Aufregende Erinnerungen, die Jahre zurück lagen, wurden in ihr wach und ein angenehmer Schauer lief ihr über den Rücken.

„Elvira, Frank und Juliane mit ihren Eltern sind da", rief Alfred erfreut als er die Wohnungstür nach dem Klingeln öffnete. „Hallo, ihr seid ja superpünktlich. Kommt rein!"

Während sich Frank mit seiner Juliane nach kurzem Hallo gleich an den Eltern vorbeidrängten, um ins Wohnzimmer zu gelangen, dauerte deren herzliche Begrüßung mit Küsschen hier und Küsschen da etwas länger. Elvira nutzte die herzliche Begrüßungszeremonie, um Robert enger an sich zu ziehen und sich mit ihrem wohlproportionierten Körper einen Moment länger als gewöhnlich an ihn zu schmiegen. Annelore war das nicht entgangen und zischte Robert zu: „Wäre schön, wenn du Elvira wieder loslassen könntest, dann hätte ich nämlich die Möglichkeit, ihr unsere mitgebrachten Blumen zu überreichen, wenn du schon keine Hand frei hast."

Robert stieg auf einem Mal die Schamröte ins Gesicht und wurde so verlegen, dass er gar nichts sagen konnte. Elvira tat so, als wenn sie die Bemerkung nicht hörte.

„Kommt, jetzt trinken wir erst einmal Kaffee. Wir müssen hier im Flur nicht unbedingt Wurzeln schlagen. Lasst uns lieber ins Wohnzimmer gehen. Sonst wird der Kaffee noch kalt", ergriff Elvira wieder das Wort und tat so, als wenn sie die

Bemerkung von Annelore nicht gehört und verstanden hätte. Sie bedankte sich höflich für den Blumenstrauß.

„Geht mal schon zu Frank und Juliane rein. Ich hole nur noch für die Blumen eine Vase", bat sie nun Annelore und Robert schon mal ins Wohnzimmer zu gehen. Auf der Couch hatten sich bereits Juliane und Frank niedergelassen und kuschelten ein bisschen miteinander. Auf dem großen runden Tisch davor stand schon das Kaffeegeschirr. Alfred brachte auf einer Platte etwas Kuchen herein und Elvira die Blumenvase, die sie auf dem Sideboard abstellte.

Robert setzte sich auf einen der Polsterstühle am Tisch und sah sich im Zimmer um. In seinem Kopf pochte es heftig.

An dem Wohnzimmer hat sich nach der langen Zeit von vor über zwanzig Jahren beinahe nichts verändert, dachte er an die weit zurückliegende Zeit seines Praktikums.

Dann hatten endlich alle Platz genommen. Annelore hatte sich demonstrativ zwischen Robert und Elvira gesetzt, damit Elvira ihrem Mann nicht zu nahe kommen konnte.

Jetzt hat sich Julianes Mutter aber schnell zwischen Robert und mich gesetzt. Nun kann ich nicht einmal Tuchfühlung zu ihm bekommen. Ob sie weiß oder vielleicht ahnt, dass ich mit Robert damals hier herrliche lustvolle Stunden verbracht habe? Na, mir wird schon etwas einfallen, wie ich Robert wieder einmal allein treffen kann. Vielleicht läßt sich eine Affäre wiederholen.

Frank merkte, dass die Luft zwischen den Eltern, zumindest zwischen den Müttern knisterte und eventuell ein Streit zwischen ihnen drohte, aus welchen Gründen auch immer. Deshalb begann er die Unterhaltung und kam dabei gleich zum Thema Hochzeitsfeier, wo sie sich heute noch über den gesamten Tagesablauf und eventuell fehlende Einladungen an einen Teil der Verwandtschaft unterhalten wollten.

„Mutter, hast du eigentlich schon mal überlegt, wen du von deinen vielen Geschwistern bei unserer Hochzeitsfeier dabei haben möchtest? Ein paar kenne ich gar nicht. Na und Vater möchte bestimmt, dass Onkel Conrad und seine Schwester, Tante Heidelinde, ebenfalls zu unserer Hochzeit kommen."

„Ja, das möchte ich auf jeden Fall. Meine Schwester Heidi und meinen Schwager Conrad Pippelbeck aus Thüringen habe ich ja schon ewig nicht mehr gesehen. Die haben inzwischen drei Kinder, die Annika, Britta und den Klaus-Peter. Mein Gott, die Kinder müssen jetzt auch schon etwa acht bis zehn Jahre alt sein. Ist ja auch eine Ewigkeit her, als die ganze Familie beisammen war. Da wäre so eine Hochzeit mal ein netter Anlass, den einen oder anderen der Geschwister unserer großen Familie wiederzusehen. Und natürlich meine Eltern Lotti und Ernst aus Wittenberge. Bei denen warst du ja sehr oft als Kind in den Ferien oder an Wochenenden, wenn du deiner Mutter für ihre Eskapaden oder Kaffeekränzchen besonderer Art im Wege warst. Ich möcht unbedingt, dass du deine geliebten Großeltern zu eurer Hochzeit einlädst", pflichtete Alfred seinem Sohn bei.

„Waaas? Was hast du da eben von mir behauptet? Das ist ja wohl die Höhe und eine Unverschämtheit von dir", erregte sich Elvira wiederholt. „Als ob ich mein Kind vernachlässigt hätte. Du warst doch die meiste Zeit nicht bei uns zu Hause", fuchtelte Elvira dabei mit den Armen und zeigte mit dem Finger auf Alfred. „Abgesehen davon, war ja Frank später lange im Internat. Und als Dank, dass du für Frank fast nie Zeit hattest, soll er nun obendrein deine nervige Mischpoke zu seiner Hochzeit einladen? Na, die haben mir ja da noch gefehlt. Ich hoffe nur, du hast daran gedacht, wie die sich immer daneben benehmen", brüskierte sich Elvira.

„Ich weiß ja, dass du meine Schwester nicht leiden kannst.

Deshalb musst du das hier nicht immer wieder hervorheben. Höchstwahrscheinlich fängst du gleich wieder an zu streiten, wenn du sie nur siehst. Ich möchte trotzdem meine Schwester mit ihrer Familie bei der Feier dabei haben. Du hast ja sowieso an jedem stets etwas auszusetzen und rumzunörgeln", machte Alfred ihr den Vorwurf.

„Der einzige, den Elvira mag, scheint hier Robert zu sein. Habe das Gefühl, die verstehen sich mehr als blendend, nur beweisen kann ich es nicht", konnte nun Annelore bei dem Gezänk nicht mehr an sich halten.

„Wie bitte? Das glaub' ich jetzt wohl nicht. Was soll denn jetzt auch noch diese Anspielung dir heißen? Du kennst mich doch gar nicht. Und hast mich nur einmal bei unserem Besuch bei euch gesehen."

„Das reicht ja auch, um dich zu kennen", ereiferte sich Annelore.

„Sagt mal, bin ich hier im falschen Film? Das wird ja immer verückter mit den Anschuldigungen von allen Seiten. Als wenn ich dir deinen Mann wegnehmen würde", empörte sich Elvira nun aufgebracht Annelore zugewandt.

„Das würde ich dir aber ohne weiteres zutrauen. Zumindest, dass du es versuchen könntest. Ich habe doch das letzte Mal schon gemerkt, wie du ihn anhimmelst", konnte sich jetzt Annelore gar nicht beruhigen.

„Nun komm' mal bitte wieder ein bisschen runter", wurde sie jetzt von Robert ermahnt, dem das Gezänk sehr peinlich war.

„Was ist denn jetzt wieder passiert, Mama, dass ihr euch so angiftet? Das ist ja schon langsam peinlich. Habe ich jetzt etwas verpasst?" mischte sich Juliane ein. „Wenn ihr euch heute nur streitet, kommen wir mit den Einladungen nicht weiter. Und außerdem möchte ich betonen, dass es sich um unsere Hochzeit handelt. Wir wollten von euch lediglich ein paar Vorschläge haben, wer noch von Franks Verwandten eingeladen werden sollte. Wir können ja schließlich nicht erst kurz vor unserer Hochzeit die Einladungen rausschicken.

Übrigens hatten Opa und Oma mich gebeten, seinen alten Freund und Sportskameraden aus Berlin, den Horst Klawitter mit seiner Lebensgefährtin Friederike einzuladen. Und einer Großtante von mir aus Rostock, Meike Pietschmann, sollen wir eine Einladung schicken und sie zusammen mit ihrer Tochter Henriette Pietschmann und deren Lebensgefährten Niels Mathiessen einladen. Die bringen noch ihren Sohn Jens-Uwe mit. Das müssen wir schon machen, denn es ist ja auch gleichzeitig der Hochzeitstag von Oma Erika und Opa Walter."

Alle waren soweit einverstanden und dann meldete sich Elvira wieder zu Wort:

„Also wenn ihr schon Alfreds bucklige Verwandtschaft zur Hochzeitsfeier einladet", setzte Elvira die Diskussion über die Verwandtschaft jetzt etwas trotzig fort. „Dann möchte ich wenigstens meine jüngere Schwester Carola und Schwager Arne Boysen aus Flensburg mit den Kindern Sven und ihrer niedlichen kleinen Madeleine einladen lassen. Und nicht zu vergessen meine große Schwester Cornelia und ihrem Partner Knud Bredendick. Die beiden möchte ich bei euerm großen Event sehr gern wiedersehen und dabei haben. Und schickt bitte auf jeden Fall eine Einladung an meinen Lieblingsbruder in Bremervörde, dem Sönke mit seiner lieben Sophia und ihren beiden Kindern Torben und Bianca. Die Kinder sind schon etwas älter und ein bisschen vernünftiger. Zu meiner anderen Schwester, der Jennifer mit ihrem Paolo, die im Ausland leben, habe ich eigentlich gar keinen Kontakt. Und mein Bruder Torsten ist mit seiner Nicole zur Zeit der Hochzeit sowieso weit weg im Urlaub. Die Letzteren kommen also für eine Einladung nicht in Frage."

„Denk aber sicherheitshalber daran, dass die Trauung auf dem Schiff stattfindet und bei der doppelt übergewichtigen Figur von Sophia die Gefahr besteht, dass das Schiff sinkt", gab Alfred seiner Elvira zu bedenken und grinste.

„Ja, ja, auf so eine Bemerkung von dir habe ich jetzt direkt gewartet. Schau dich mal lieber selbst an. Du passt bald nicht mehr hinter das Lenkrad deines Autos. Fühlst dich scheinbar wieder einmal unwiderstehlich und nur dann wohl, wenn du Gemeinheiten zum Besten geben kannst. Oder willst du mit mir nur wieder streiten?", zeterte Elvira mit Alfred.

„Ich wollte es ja nur bemerken, dass ihr für die schöne Sophia an der Hochzeitstafel mindestens zwei stabile Stühle reservieren müsst. Benehmen kann die sich übrigens auch nicht, zumindest nicht beim Essen. Das wird eine Freude."

„Trinkt mal lieber noch eine Tasse Kaffee oder esst ein Stück Kuchen, aber streitet euch nicht darüber, wer von der lieben Verwandtschaft mit wem zusammen an einer Tafel sitzen kann oder nicht. An unserem Hochzeitstag werden sich schon alle vertragen. Und bitte, wenn das eben eine Eifersuchtsszene war oder werden sollte, dann erspart uns solche Kindereien. Jedenfalls konnte man das eurer gereizten Unterhaltung entnehmen", fügte Frank noch hinzu.

„So, wenn sich die Gemüter beruhigt haben, kann ich noch einmal die Namen vorlesen, die für eine Einladung in Frage kommen", wechselte Juliane das Thema und las die Namen vor, mit denen nicht alle letztendlich zufrieden waren, aber sie akzeptierten.

An diesem netten Nachmittag waren eigentlich bei allen Angehörigen beider Familien schnell die kurzen verbalen Streitereien zwischen Franks und Julianes Mutter bereits wieder vergessen. Nur Elvira bebte innerlich noch immer vor Zorn, weil sie sich in dieser familiären Runde mehr oder weniger im

Streit vorgeführt wurde und überlegte, wie sie vielleicht diese Demütigung heimzahlen konnte. Und sie war fest überzeugt, dass ihr bestimmt etwas einfallen würde.

Annelore wird sich noch wundern, dachte sie.
Nachdem Juliane die Gästeliste vorgelesen hatte, kam sie auf den von ihr und Frank angedachten Tagesablauf an ihrem Hochzeitstag zu sprechen. An diesem besonderen Tag war nach der standesamtlichen Trauung auf dem Schiff und der anschließenden kirchlichen Trauung in der Klosterkirche ein gemeinsames Essen in dem Hotelrestaurant *Deutsches Haus* vorgesehen. Danach sollte die Feier im häuslichen Garten in Seehausen mit Musik bei gemeinsamer Kaffeetafel und einem abendlichen Buffet im häuslichen Garten fortgesetzt werden. Für einen Teil der Hochzeitsgäste, die ohne Auto nach Arendsee gekommen waren, sollte ein Bus bereitgestellt werden, um nach Seehausen zurückzufahren. Damit waren endlich alle einverstanden.

Nach einer weiteren Stunde des familiären Treffens wollte Juliane unbedingt nach Hause, weil ihr Dennis versorgt werden musste. Beim Abschied wachte Annelore etwas eifersüchtig mit Argusaugen darüber, dass es nicht noch einmal zu einem eventuell überschwenglichen Körperkontakt zwischen Elvira und Robert als Abschiedszeremonie kommen konnte. Alle verabschiedeten sich nur flüchtig per Handschlag. Dann fuhren sie wieder zurück nach Seehausen, während Dennis bei dem Geschaukel im Auto tief und fest schlief.

Beim Abschied zuvor konnte Robert noch nicht ahnen, dass er Elvira, die künftige Schwiegermutter seiner Tochter, sogar sehr bald allein noch vor der Hochzeit ihrer Kinder wiedersehen würde.

Der Bereitschaftsdienst

Es war Freitagnachmittag, kurz bevor um 14.00 die Praxis von Dr. Haberkant geschlossen wurde. Seine Assistentin Sieglinde Hoppe, die vor der Wende als Melkerin in der ortsansässigen LPG arbeitete, konnte mit Tieren sehr gut umgehen. Sie war für ihn eine treue Seele und seine rechte Hand in der Praxis. Der Doktor hatte sie schon etwas früher nach Hause geschicht, denn an diesem Nachmittag sollte sie auf dem Weg nach Hause ein Medikament in der Apotheke abholen. Dr. med.vet. Robert Haberkant fertigte noch allein den letzten Patienten ab. Es war eine Dame mit ihrem Hund, einem Foxterrier, der unbedingt noch eine notwendige Tollwutspritze bekommen musste. Robert freute sich schon auf das bevorstehende Wochenende und wollte gerade seine Tierarztpraxis schließen als das Telefon klingelte. Durch die Abwesenheit seiner besten und einzigen Mitarbeiterin, musste er selbst ans Telefon gehen und nahm den Hörer ab.

„Tierarztpraxis Haberkant", meldete er sich und war dann sehr überrascht. „Hier Kötterfeind, guten Tag Kollege, so darf ich ja jetzt wohl sagen. Wir haben zwar jahrelang nichts mehr voneinander gehört oder miteinander zu tun gehabt, aber trotzdem wende ich mich heute mit einer ganz besonderen Bitte an sie. Ich möchte sie nämlich dringend bitten, meinen Bereitschaftsdienst am Wochenende zu übernehmen. Wäre das möglich? Ich bin plötzlich erkrankt und soll das Bett hüten und der Kollege, der mich sonst vertritt, hält sich momentan im Ausland auf."

„Zunächst bin ich erst einmal sehr überrascht, dass sie an mich dabei denken und dass sie sich an mich erinnern."

„Na ja, wenn ich ehrlich bin, hat Frau Vögelsang, mit der sie ja schon fast verwandt sind, wie ich gehört habe, mich bei meinen Überlegungen auf die Idee gebracht, bei ihnen nachzufragen. Es ist schwierig, eine geeignete Vertretung für das Wochenende zu finden."

„Ich fühle mich sehr geehrt Herr Dr. Kötterfeind, dass sie an mich dachten und ihrer Meinung nach der Richtige bin, sie zu vertreten. Eigentlich hatte ich das bevorstehende Wochenende anders geplant und wollte nur für meine Familie da sein."

„Ich denke, sie werden trotzdem genügend Zeit für private Dinge und ihre Familie haben, denn meistens verlaufen diese Wochenenden immer ruhig. Für den Telefondienst hat sich übrigens Frau Vögelsang bereit erklärt, so dass das für sie entfällt. Sie werden von ihr im Notfall angerufen, wo sie dann von Seehausen aus starten müssten. Zur Behandlung kleiner Haustiere steht ihnen natürlich meine Praxis zur Verfügung."

Allein bei dem Gedanken, durch den Bereitschaftsdienst Elvira noch vor der Hochzeitsfeier allein zu treffen, erhielt Dr. Kötterfeind von Robert Haberkant sofort die Zusage. Endlich würde er Gelegenheit haben, Elvira eindeutig seine Meinung zu sagen und wegen ihrer ständigen Annäherungsversuche eine endgültige Abfuhr zu erteilen.

Wie ich sie kenne, wird sie mich bestimmt anrufen, um mich unter dem Vorwand eines Notfalls zu ihr zu locken, weil sie die damalige Affäre fortzusetzen möchte, wovon ich mal ausgehe. Zuzutrauen wäre es ihr, ihrem Chef gegenüber dafür einfach meinen Namen für den Bereitschaftsdienst zu erwähnen. Das hat sie zwar geschickt eingefädelt, aber die Rechnung ohne den Wirt gemacht, wie es so schön heißt. Eine neue Affäre oder Fortsetzung der damaligen darf es aber und wird es nicht mehr geben. Jedenfalls nicht mit mir.

„OK, ich übernehme ihren Bereitschaftsdienst und hoffe,

dass kein Notfall eintritt", sagte Robert deshalb zu.

„Danke vielmals, dass sie mir aus der Misere helfen. Das ist sehr, sehr nett von ihnen. Vielleicht kann ich mich einmal revanchieren", erwiderte Dr. Kötterfeind.

„Keine Ursache, geht schon in Ordnung. Also dann wünsche ich ihnen gute Besserung, dass sie ihre Praxis nächste Woche wieder öffnen können. Und grüßen sie Frau Vögelsang von mir. Nächste Woche gebe ich ihnen einen Bericht, wie es gelaufen ist. Bis dahin. Wiederhören."

Das Gespräch war beendet und Robert hatte aufgelegt. Er war immer noch überrascht und aufgeregt zugleich und ärgerte sich gleich darauf, dass er nicht strikt abgelehnt hatte. Der Reiz, einer Begegnung mit Elvira, um ihr ordentlich die Meinung zu sagen, verdrängte aber den Ärger über sich selbst.

Robert schloss die Tür seiner Praxis ab und ging zum Auto. Endlich hatte er zwar heute seinen wohlverdienten Feierabend, jedoch Bereitschaft am Wochenende. Er war immer noch von dem Telefonat beeindruckt und ärgerlich zugleich. Zu Hause berichtete er Annelore gleich von dieser Begebenheit. Ihre entsprechende Reaktion darauf blieb nicht aus.

„Franks Mutter spinnt wohl ein bisschen, ohne dich vorher zu fragen, dir ihren Dr. Kötterfeind auf den Hals zu hetzen und uns so das gemeinsame Wochenende zu verderben. Bei der Hochzeitsfeier werde ich ihr mal meine Meinung dazu sagen", ereiferte sich Annelore zu recht.

„Es ist wirklich eine Ausnahme", beteuerte Robert. „Der Kötterfeind hat ja sonst immer jemand, der ihn vertritt. Nur an diesem einen Wochenende, an dem er wohl sehr krank ist, macht ausgerechnet derjenige Kollege im Ausland Urlaub."

„Trotzdem hätte dieses affektierte und extrovertierte Weib, entschuldige bitte, wenn ich Julianes Schwiegermutter so bezeichne, ihrem Doktor gegenüber nicht deinen Namen erwähnen müssen. Mich ärgert so etwas, dass diese Frau durch ihr blödes Verhalten über unsere Freizeit verfügt. Es gibt doch bestimmt noch andere Tierärzte in der Gegend."

„Reg dich doch bitte nicht auf. Vielleicht habe ich ja Glück, dass es keinen Notfall gibt", bemerkte Robert und nahm Annelore in den Arm.

Ein Notruf ließ aber am nächsten Vormittag gleich nach dem Frühstück nicht lange auf sich warten. Es war dem Anschein nach sogar sehr dringend. Elvira Vögelsang rief Dr. Haberkant aus der Praxis seines älteren Kollegen zu einem Bauerngehöft in Räbel, einem kleinen Dorf ganz in der Nähe von Havelberg, wo angeblich ein Pferd eine Krampfkolik hatte. Robert fuhr sofort los. Auf dem Weg dorthin hielt er noch an seiner eigenen Praxis, um zusätzlich eine Flasche Kampferspiritus zur eventuellen Einreibung der Flanken des Pferdes in derartigen Fällen mitzunehmen. Er wollte gewappnet sein, falls es tatsächlich diesen Notfall gab und nicht nur ein Vorwand, ihn, Robert, nach Havelberg zu locken. Aus der Praxis von Dr. Kötterfeind sollte Robert die Stall- und Reiseapotheke mitnehmen. Dort angekommen wurde ihm sofort klar, dass es sich nicht um einen Notruf, sondern einen Lockruf von Elvira Vögelsang handelte, die trotz ihres reiferen Alters scheinbar immer noch nymphomanisch veranlagt war und sich während der laufenden Abwesenheit ihres Lebensgefährten Trost suchte. Jedenfalls wurde der Tierarzt Dr. Robert Haberkant von ihr mit offenen Armen, mit denen sie gleich versuchte, ihm um den Hals zu fallen, und den Worten: „Da bist du ja endlich!" empfangen. Robert gab ihr zur Begrüßung einen flüchtigen Kuss auf die Wange, löste sich aber aus der Umarmung und hielt ihre Arme fest.

„Elvira, bevor ich mich auf den Weg zu einem kranken Pferd mache, hör mir bitte erst einmal zu. Komm' wir setzen uns einen Augenblick", meinte Robert und sie setzten sich.

„Wir hatten zwar damals eine Affäre. Das ist passiert und Vergangenheit. Ich möchte diese Affäre aber nicht noch einmal wiederholen oder fortsetzen. Ich ahnte bereits, als mich dein Chef, Dr. Kötterfeind bat, für ihn an diesem Wochenende seinen Bereitschaftsdienst zu übernehmen, dass du dahinter steckst, um mich allein wiederzusehen und, und, und ... Die Zeit von damals ist ein für alle Mal vorbei. Und ich habe mir etwas später bei meiner Hochzeit geschworen, meiner Annelore immer treu zu bleiben."

„Warst du damals aber nicht", sprach sie leise und lächelte süffisant.

„Doch, nach meiner Heirat bin ich Annelore immer bis zum heutigen Tage treu geblieben und so wird es auch weiterhin sein."

„Sehe ich denn schon so schlimm aus, dass ich dir nicht mehr gefalle?" fragte sie fast beleidigt und war dem Weinen nahe.

„Quatsch. Ich glaube, du willst mich nicht verstehen. Ich habe eine äußerst liebenswerte und reizende Frau an meiner Seite, mit der ich glücklich bin und die ich sehr liebe. Ich brauche keine Affäre. Für dein Problem, das du hast, brauchst du keinen Tierarzt wie mich, sondern einen Psychologen. Den hättest du dir besser rufen oder aufsuchen sollen. Hättest dir natürlich auch einen anderen Lover einladen können. Aber damit wäre dein Problem nur für einen Moment oder besser deine Sucht befriedigt worden. Ich möchte dich aber bitten, mich mit deinen Problemen verschont zu lassen. Du solltest besser mit Alfred zusammen mal einen geeigneten Therapeuten aufsuchen oder du suchst dir gleich einen anderen Partner, der richtig zu dir passt."

„Du weißt ja gar nicht, wie trostlos viele Wochenenden bei mir sind. Zuerst ging meine erste Ehe schief und ich stand mit

Michael allein da. Dann lernte ich irgendwann in einem Urlaub Alfred kennen, wurde gleich schwanger und dachte, die Welt kommt mit ihm wieder in Ordnung. Zwei Jahre war alles in Ordnung. Frank wuchs heran und sein großer Bruder kümmerte sich rührend um ihn. Ein paar Jahre darauf verschwand mein geliebter Sohn Michael plötzlich und meldete sich irgendwann aus Kanada. Höchstwahrscheinlich war das zerrüttete Verhältnis zu Alfred ausschlaggebend. Von diesem Zeitpunkt wurde es mit Alfred auch immer schwieriger. Es gab mit ihm viel Streit und Zank. Für mich brach beinahe eine Welt zusammen. Auch Frank konnte es nicht so richtig verstehen, dass sein großer Bruder fortging. Na und bei Alfred, der nur selten zu Hause war, fand ich den wenigsten Trost in dieser schwierigen Zeit und hatte keine Unterstützung. Eigentlich war es mir auch lieber, wenn er nur in Abständen an Wochenenden zu Hause war. Und so bin ich allmählich so geworden wie ich bin und habe mir öfter Trost gesucht."

Elvira tat Robert beinahe leid und er befürchtete, dass sie ohne eine Beratung sehr bald depressiv werden könnte.

„Deshalb wird es das Beste sein, wenn du dich zusammen mit Alfred professionell beraten lässt, damit eure Beziehung nicht den Bach runter geht. Vielleicht findet dein Mann auch einen Job in einem anderen Baubetrieb hier in der Nähe.

Dein jüngster Sohn ist ja nun auch aus dem Haus und demnächst heiraten unsere Kinder. Durch diese Verbindung wird es hin und wieder zwischen uns einen lockeren familiären Kontakt bei Besuchen geben. Das ist dann aber auch schon alles. Jedenfalls wird es keine neue Affäre zwischen uns geben. Und ich möchte, dass du das endlich akzeptierst."

„Du hast ja Recht. Ich war nur überrascht, dich durch die Verbindung unserer Kinder nach langer Zeit wiederzusehen und dachte an die schönen Stunden mit dir während deines

Praktikums damals."

„Ich ahnte so etwas", antwortete Robert. „So und jetzt fahre ich wieder zurück nach Hause, da es offensichtlich kein krankes Pferd in dieser Gegend zu behandeln gibt, das heißt, wenn ich es von der lustigen Seite betrachte, habe ich dir jetzt wie zu einem kranken Pferd gut zugeredet. Also, mach's gut und werde vernünftig. Annelore wird schon warten. Spätestens zur Hochzeit unserer Kinder sehen wir uns ja wieder. Und vorher gibt es bestimmt das eine oder andere deswegen noch telefonisch abzusprechen, aber bestimmt nicht mehr wegen eines kranken Tieres", fügte er noch hinzu und ließ sie weinend sitzen.

Die Hochzeit am Arendsee

Aufregung und Hektik herrschte nicht nur an den vergangenen zwei Tagen mit den letzten Vorbereitungen zur Hochzeit von Juliane und Frank, sondern auch heute an dem besonderen Tag für das Brautpaar war die Aufregung und Hektik der bevorstehenden Hochzeit zu spüren.

Ein weiteres Ereignis stand an diesem Tage gleichzeitig an. Es war der 46.Hochzeitstag von Erika und Walter Haberkant, den Großeltern von Juliane. Walter überreichte seiner Erika bereits in ihrer Wohnung im Erdgeschoss einen großen Strauß roter Rosen und gratulierte ihr mit einem langen Kuss zu diesem Jubiläumstag.

„Danke dir mein Schatz. Der Strauß ist wunderschön", sagte Erika ganz gerührt. Und dann hatte sie einen besonderen Einfall.

„Walter, ich habe eine Idee", meinte sie, als sie den Strauß in eine passende Vase stellte. „Was hältst du davon, wenn ich eine Rose von diesen herrlichen Blumen mit an den Arendsee nehme. Ich möchte gern mit dir zusammen vor oder nach der Trauungszeremonie unserer Enkeltochter dort am Arendsee schnell zum Friedhof und diese Rose zum Grab von Tante Adelheid bringen, die damals praktisch unsere Familie mit gegründet hat. Ohne ihre Einladung hätte ich damals meine Mutter nicht nach Arendsee gefahren und wir beide hätten uns höchstwahrscheinlich niemals kennengelernt."

„Mach das, mein Schatz. Deine Idee könnte beinahe von mir sein. Die finde ich großartig, der *Rose vom Arendsee*, wie dein Vater sie auf unserer Hochzeit scherzhaft nannte, eine Rose auf ihr Grab zu legen. Das sind wir ihr mindestens noch schuldig. Mittags zum Festessen sind wir ja in dem Restaurant des Hotels *Deutschen Haus* in Arendsee. Und gleich in der Nähe liegt wohl auch der Friedhof. Da können wir beide nach der kirchlichen Trauung schnell mal hinwandern."

Am Morgen der bevorstehenden Trauung wurde Frank gebeten, vorübergehend ihre kleine Dachgeschosswohnung zu verlassen, um unten bei den Großeltern zu warten. Im Erdgeschoss an der Treppe sollte er seine Braut, Juliane, in Empfang zu nehmen. Er nutzte die Zeit, um Oma Erika und Opa Walter zu ihrem 46. Hochzeitstag zu gratulieren.

„Mein lieber Scholli, du hast dich aber mit deinem auberginefarbenen Anzug ordentlich schnieke gemacht. Das ist aber auch ein ganz feiner Zwirn, was?", staunte Opa Walter als er Frank vor sich sah. Oma Erika musste ihm beipflichten: „Und sogar noch eine farblich passende Weste darunter, die noch mehr für den festlichen Touch heute sorgt."

„Na, ich hab mich für eure Hochzeit und natürlich für meine Erika mit meinem schwarzen Smoking heute auch extra gut in Schale geworfen und eine passende Weste habe ich auch darunter."

„Opa, da haben wir ja beinahe Partnerlook", stellte Frank fest und lachte.

„Wo hast du denn überhaupt deine Braut gelassen, mein Junge?" wollte Opa Walter wissen. „Komm, ich bin schon ganz gespannt und neugierig. Ich werde mit dir zusammen auf deine Braut an der Treppe warten. Meine Braut, die Erika ist mit ihrer Garderobe auch noch nicht ganz fertig. Das dauert immer eine Ewigkeit, bis Frauen die richtigen Sachen gefunden haben. Die haben nämlich viel zu viel im Schrank und können sich nicht entscheiden."

Und dann ..., dann kam die Braut von oben, Franks Juliane. Alle hatten das Gefühl, dass sie nicht die Treppe herunterkam, sondern etwas in weiß wie eine Feder von Stufe zu Stufe herunterschwebte. Juliane sah umwerfend schön aus und trug ein kurzes, niedliches Hochzeitskleid in weißer Spitze, Duchesse-Linie, mit einem Bateau-Ausschnitt. In ihrer gestylten kunstvollen Frisur trug sie als Kopfschmuck ein Haarband aus bestickter Spitze. Frank blieb vor ungläubigem Staunen sein Mund fast offen stehen.

Heute fanden sich fast alle Hochzeitsgäste bereits morgens vor dem Haus zur gemeinsamen Abfahrt zum Arendsee ein.

Pünktlich um 9.30 Uhr setzte sich ein kleiner Konvoi mehrerer Autos von dem Haus der Familie Haberkant von Seehausen Richtung Arendsee mit viel Getöse und lautem Hupen, begleitet von dem Hundegebell aus Nachbars Garten, in Bewegung. Den Schluss des Konvois bildete ein gecharterter Bus, der alle Gäste, die ohne eigenes Fahrzeug angereist waren, zur Hochzeitsfeier an den Arendsee beförderte.

In dem ersten Fahrzeug, das auf Hochglanz poliert mit einem Blumengebinde geschmückt war, hatte das Brautpaar Platz genommen. Die Trauzeugen, ein guter Kollege aus dem Büro und Studienfreund von Frank, Bernd Kogler, dem auch das Fahrzeug gehörte, sowie Julianes Schulfreundin Annika

Liebermann, ließen es sich nicht nehmen, das Brautpaar pünktlich zur Trauung an den Arendsee zu fahren. Im nächsten Fahrzeug folgten die Brauteltern Robert und Annelore Haberkant. In ihrem Pkw hatten sie ihren Enkel Dennis in seinem Sitz im Fond des Wagens angeschnallt. Dann folgten Franks Eltern in ihrer großen Nobelkalesche, auf dessen Rücksitzen Julianes Großeltern Platz genommen hatten und zu dem großen Event mitfahren durften. Dahinter schlossen sich noch vier Fahrzeuge mit weiterer Verwandtschaft an, die zur Hochzeit eingeladen und gekommen waren.

„Das ich das noch erlebe", staunte Walter wieder einmal.

„Was meinen sie denn damit?", fragte Alfred Bendisch verwundert. Er saß vorn hinter dem Lenkrad des luxeriösen Wagens und sah im Rückspiegel einen Moment zu Walter.

„Na, eigentlich sollte uns beide mein Freund Hotte aus Berlin mit seinem Wagen mitnehmen. Entweder hat er es nicht geschafft pünktlich hier zu sein oder ist gleich zum Arendsee durchgefahren. Und nun staune ich nur, weil wir beide, meine Erika und ich, noch nie so pompös an den herrlichen Arendsee zum Picknick kutschiert wurden. Ich meine natürlich heute nicht nur zum Picknick, sondern zu einer ganz besonderen Hochzeitsfeier."

„Stimmt, eine Hochzeit ist immer etwas Besonderes", musste ihm Alfred beipflichten.

„Ja schon, aber so meine ich das nicht. Heute ist nämlich für Erika und meine Wenigkeit ein ganz besonderer Tag."

„Du bist doch keine Wenigkeit. Mach dich doch nicht kleiner als du bist", unterbrach Erika ihn an dieser Stelle und lachte.

„Na, das sagt man in Berlin, wo ich herkomme, manchmal so. Also, an diesem Tag ist das besondere daran", fuhr Walter fort, „dass wir nachher zusammen mit dem jungen Brautpaar gleichzeitig auf unseren heutigen 46. Hochzeitstag anstoßen können."

„Na, das ist ja wirklich eine Überraschung", rief Elvira von vorn und lachte kreischend auf. „Hast du das gehört Freddy? Derartige schöne Tage können wir beide natürlich nicht erleben, weil du mich nicht heiraten willst. Na ja, mit deinen dussligen Baustellen hättest du ja nicht einmal dafür Zeit."

„Was soll denn das jetzt heißen?", fragte Alfred Bendisch gereizt und antwortete auch so: „Aber von dem dussligen Geld, das ich als Bauleiter auf *dussligen Baustellen* deiner Meinung nach verdiene, kannst du gar nicht genug haben. Das gibst du doch alles allein mit vollen Händen aus. Und wer weiß, wie du es dir in meiner Abwesenheit sonst noch gut gehen lässt."

„Was meinst du denn jetzt schon wieder? Ich arbeite schließlich auch hart und verdiene mein eigenes Geld bei dem Dr. Kötterfeind", empörte sich Elvira pikiert.

„Ja, vor allem arbeitest du hart, wenn du vielleicht deinem Doktor sogar noch dabei um den Hals fällst."

„Wie bitte? Ich glaub, ich hör wohl nicht richtig. Noch hab' ich mir die Männer immer ausgesucht, denen ich um den Hals gefallen bin."

„Sag ich doch. Jedenfalls allein mit der mickrigen Gage von deinem Tierarzt könntest du gar nicht existieren und wärst schon längst in seiner Praxis sozusagen gleich vor seine Hunde gegangen, wie man so schön sagt. Ich möchte nicht wissen, was zum Beispiel diese hässliche Dohle oder komischer Hut, den du heute auf dem Kopf hast, gekostet hat."

„Waaas, komischer Hut?", keifte Elvira ihren Freddy an. „Diese elegante Kopfbedeckung ist ein Designer-Modell, ein zarter Chiffonhut. Das exquisite Stück konnte ich preiswert für nur 340 € haben, ein super Schnäppchen sag ich dir. Na, von Mode hast du ja sowieso keine Ahnung."

„Jedenfalls werde ich nachher wegen dieses komischen

Textilgebildes von einer Kopfbedeckung nicht ins Wasser springen, falls dir das Ding vom Kopf fliegt und im See landet."

„Für mich tust du ja sowieso nie etwas. Daran habe ich mich schon gewöhnt. Dann muss ich mich eben nach einer neuen Designer-Kopfbedeckung umsehen, wenn dieser Fall eintreten sollte."

„Das ich derartiges noch erlebe", kommentierte Walter die zunehmenden Streitereien zwischen den Schwiegereltern seiner Enkelin Juliane und schaute Erika nur fragend an. Es war ihnen peinlich, das alles mit anhören zu müssen. Endlich war die Ortschaft Arendsee am gleichnamigen See erreicht und sie waren froh, aussteigen zu können, als Alfred Bendisch seinen Wagen in nächster Nähe zur Anlegestelle, an der die *Queen Arendsee* noch fest vertäut lag, parkte. Dort hatten sich bereits einige Gäste versammelt und warteten auf die Ankunft des Brautpaares. Als Walter ausstieg erkannte er schon von weitem seinem Freund Horst Klawitter, aber dieses Mal nicht allein. Er brachte seine Lebensgefährtin Friederike mit.

„Erika sieh mal, Hotte ist schon angekommen. Da freue ich mich aber, dass das geklappt hat und dass er mit seiner Rike gekommen ist."

„Hallo Hotte hier sind wir", rief er seinem Freund zu und winkte. Der hatte ihn bereits gleich unter den ankommenden Gästen gesehen und eilte so schnell es ging etwas lahmend an einem Krückstock mit seiner Partnerin an der anderen Seite auf ihn zu. Dann lagen sich zur Begrüßung alle in den Armen. Horst Klawitter drückte seinen Freund zur Begrüßung und klopfte ihm auf seine Schulter.

„Meine Rike, das heißt Friederike Muschkewitz, meine bessere Hälfte, muss ick euch ja nicht mehr vorstellen. Ihr kennt sie ja durch eure Besuche in Berlin, zuletzt zu meinem

60. Geburtstag. An dem Tag waren wir ja schon fast zehn Jahre zusammen. Wir haben zwar nicht mehr vor, eine derartige Hochzeitszermonie, wie sie heute hier stattfinden soll, über uns ergehen zu lassen, sind aber trotzdem glücklich und sehr mit uns zufrieden."

Die Frauen hatten sich bereits begrüßt und freuten sich über das Wiedersehen ebenfalls. Walter gab Friederike nun auch höflich die Hand und wandte sich dann wieder seinem Freund zu, während sich die Frauen ebenfalls unterhielten.

„Mensch Hotte, du altes Haus. Ich habe schon beinahe nicht mehr daran geglaubt, dass ihr beide einmal zusammen zu uns nach Seehausen und hier in diese reizvolle Gegend kommt, wo damals bei unserem Betriebsausflug für mich mein großes Glück begann. Und nun treffen wir uns an diesem für uns oder besser für mich geschichtsträchtigen Ort. Jetzt sag aber mal, was hast du denn gemacht, dass du jetzt eine Gehhilfe von einer Krücke brauchst?" fragte Walter ihn gleich.

„Erzähl ick dir später. Wird ja noch Jelegenheit dazu sein", antwortete Horst Klawitter, dem es gesundheitlich scheinbar nicht so gut ging. „So, jetzt müssen wir aber erst einmal auf den Kahn, sonst legt der noch ohne uns ab."

Das Schiff und die Besatzung waren auf den Empfang der Gäste vorbereitet. Als die Schiffsglocke läutete, bildete die Hochzeitsgesellschaft vor der kurzen Gangway zum Einzug in das umfunktionierte Schiff als Standesamt eine Gasse, damit das Brautpaar, gefolgt von den Trauzeugen, voran an Bord gehen konnte. Dort wurden sie von dem Kapitän und Schiffsführer willkommen geheißen. Der bereits anwesende Standesbeamte begrüßte das Brautpaar und die Trauzeugen ebenfalls und geleitete sie zu ihren Plätzen, an dem die Trauungszeremonie erfolgte. Während des Einzugs ertönte als Musik der Titel *Your song* von Elton John.

Hinter dem Brautpaar hatte sich die Gasse gleich wieder geschlossen und alle Hochzeitsgäste folgten, wo sie in dem festlich umgestalteten Fahrgastraum der *Queen Arendsee* an den Tischen Platz nahmen. Unter den Hochzeitsgästen waren auch ein paar ehemalige Kommilitonen aus Franks Semester, so dass zunächst keinem der junge Mann mit Sonnenbrille im eleganten taubenblauen Anzug und Hut auffiel, der sich kurz vor Beginn der Trauungszeremonie bereits draußen vor der Gangway unter die anderen Gäste mischte und mit ihnen fast als letzter an Bord drängte, aber erst einen Moment später das Bordrestaurant zur feierlichen Trauung betrat. Kurz danach legte der Schauffelraddampfer *Queen Arendsee* ab.

Nachdem die Musik beim Einzug verklungen war, begann der Standesbeamte mit seiner Trauungszeremonie und nach etwa dreißig Minuten mit der Ehekonsenserklärung, dem Ringwechsel und langen Brautkuss sowie Eintragung in das Ehebuch, waren Juliane und Frank Bendisch ein glückliches Ehepaar.

Dann wurde zum Sektempfang an Bord aufgefordert mit der verbundenen Gratulation seitens der Hochzeitsgäste. Eigentlich hatte der Brautvater Robert Haberkant zu diesem Anlass eine kleine Rede vorbereitet. Als er gerade leicht gegen sein Glas klopfte, um ein wenig Aufmerksamkeit zu erhalten, erscholl ein markerschütternder Aufschrei, den er aber nicht mit dem Klang seines Glases in Zusammenhang bringen konnte. Als sich die Hochzeitsgäste erschrocken umdrehten, sahen sie Julianes Schwiegermutter aufspringen und mit schriller Stimme schreiend auf einen Mann zustürzen. Dabei rief sie immer wieder: „Michiii…, mein Michiii…, mein Junge, wo kommst du denn her?" Sie hatte ihr Glas zuvor abgestellt und rannte mit offenen Armen auf ihren lange vermissten älteren Sohn, Michael Weinmeister, zu. Bei der herzlichen und stürmischen Umarmung viel fast unbemerkt ihre extravagante leichte Kopfbedeckung zu Boden. Frank, der nun auch seinen geliebten großen Bruder erkannt hatte, stürmte ebenfalls so schnell es ging, zusammen mit seiner Juliane zur Begrüßung auf ihn zu, um ihm gleichzeitig seine Braut, die soeben angetraute Ehefrau Juliane vorzustellen. Dabei trat Frank versehentlich, von den anderen Gästen zunächst unbemerkt, auf die kurz zuvor herabgefallene exquisite Kopfbedeckung seiner Mutter.

„Da hast du dir aber eine tolle Braut gesucht und wie man sieht sogar gefunden", staunte Michael nicht schlecht, als er Juliane sah. Sie war ebenfalls überrascht, als er sie mit seinen starken muskulösen Armen etwas an sich zog und mit einer leichten Umarmung begrüßte. „Du hast dabei genau meinen Geschmack getroffen", fügte er seinem Bruder zugewandt noch hinzu. Juliane errötete leicht. Ihr lief dabei ungewollt ein angenehmer Schauer über den Rücken, als Michael sie immer noch umarmte und mit sonorer Stimme gratulierte: „Herzlichen Glückwunsch euch beiden und alles, alles Gute für euer gemeinsames Leben."

Für seinen geliebten kleinen Bruder und seiner jetzigen Schwägerin Juliane, um die er seinen Bruder im Stillen ein wenig beneidete, hielt Michael zu ihrer Hochzeit ein ganz besonderes Geschenk bereit. Er überreichte ihnen einen Gutschein für Flugtickets nach Kanada, um ihn dort zu besuchen. Die Freude darüber war bei beiden riesengroß.

„Das wird unsere große Hochzeitsreise", schlug Juliane gleich begeistert vor. Frank äußerte seine Bedenken: „Aber bestimmt noch nicht gleich. Erst muss Dennis etwas älter und verständiger sein, denn ihn möchte ich auf jeden Fall dabei haben."

„Wartet nicht zu lange, denn obwohl es mir dort in Kanada

inzwischen sehr gefällt, weil man gleichzeitig gutes Geld verdienen kann, werde ich höchstwahrscheinlich nicht für immer dort bleiben. Früher oder später komme ich bestimmt wieder nach Deutschland zurück. Ich bin nun mal kein Weltenbummler und habe schon jetzt sehr oft Heimweh. Ich hänge doch zu sehr an der Altmark hier. Das ist hier eben meine Heimat. Aber vorher würde ich euch gern die Gegend zeigen wollen, wo ich in Kanada lebe und tätig bin."

Bei dem momentanen Durcheinander des Wiedersehens mit der stürmischen Begrüßung verzichtete Robert zunächst auf seine angedachte kleine Rede, die vielleicht sowieso nur ein paar Tränen ausgelöst hätte. Er wollte sie dann später vor dem Mittag halten. *Endlich hat Elvira ihren Seelenfrieden und ihr Glück wiedergefunden,* stellte Robert fest.

Walter Haberkant hatte mitbekommen, welches Malheur dem Bräutigam gerade passierte.

„Sieh nur Erika, bei der stürmischen Begrüßung seines Bruders wird gerade das teure Designer-Schmuckstück von einer Kopfbedeckung von Frank mit den Füßen getreten und sozusagen in den Boden gestampft."

„Vielleicht wird das häßliche Ding auf diese Weise nur umgepresst und bekommt eine ansprechendere Form", äußerte Erika sich dazu und lachte schallend.

„Komm", forderte Walter Erika jetzt auf, „wir gehen auf das Vorderdeck, wo wir vor 47 Jahren an der Reling standen und ich trotz laufender Bauchschmerzen alles versucht hatte, um dich näher kennen zu lernen. Wir nehmen unsere Sektgläser mit. Dann können wir nochmals auf unseren Hochzeitstag anstoßen."

Einen Augenblick später standen sie genau an der gleichen Stelle wie damals. Walter sah Erika nachdenklich an.

„Soll ich dir mal was sagen?"

„Was denn?" fragte Erka zögerlich und erstaunt zugleich.
„Du hast dich gar nicht verändert und bist genau so schön wie damals", nahm sie in den Arm und drückte sie an sich.

„Danke, du bist wieder ein alter Charmeur", sagte Erika schmunzelnd und tätschelte Walter die Wange. Sie prosteten sich zu, tranken den letzten Schluck Sekt und stellten ihre beiden Gläser auf den Schiffsplanken neben ihren Füßen ab.

Dann lagen sie sich wie so oft zu einem langen Kuss in den Armen, während die *Queen Arendsee* weiter das Wasser des Sees bei der besonderen großen Rundfahrt durchpflügte.

Wieder war ein schriller Aufschrei aus dem Fahrgastraum des Schiffes zu hören.

„Mein Gott, das hört sich ja an, als wenn einer über die Reling gefallen und in das Schaufelrad des Schiffes geraten ist. Aber ich glaube, der Aufschrei kam wieder von Julianes Schwiegermutter, die ihren feschen Hut, der ausversehen als Fußabtreter benutzt wurde, am Boden wiedergefunden hat. Da wird ihr Alfred aber froh sein, dass sie das Ding nicht mehr aufsetzt", meinte Walter und grinste dabei. Dann drehte er sich um und beugte sich etwas über die Reling, um ins Wasser zu schauen. Im nächsten Augenblick trat er plötzlich zurück und tat dabei ganz erstaunt.

„Was hast du denn jetzt?" wollte Erika wissen.

„Na, sieh mal ins Wasser."

Sie beugten sich wieder beide über die Reling und Walter meinte: „Siehst du, genau wie damals sehen wir jetzt etwas Schönes im Wasser, nämlich unser Spiegelbild."

„Ach, du nun wieder", sagte Erika. „Hoffentlich siehst du auch die Falten in unseren Gesichtern?"

„Das täuscht, das sind nur die Wellen vom Wasser, die unsere Gesichter mit ein paar Falten erscheinen lassen. Selbst wenn es so wäre, bleibst du für mich immer noch die Schönste weit und breit im Lande, zugegeben etwas reifer, aber gerade das macht die Schönheit aus. Viele Frauen sehen im reiferen Alter noch schöner aus als im Teenageralter."

„Danke Walter. Das hast du aber lieb gesagt. Welch eine Ansage von dir an unserem 46. Hochzeitstag."

„Das sind nicht nur irgendwelche großen Worte von mir an unserem heutigen Tag, meine Liebe. Dass du nicht nur schön, sondern wunderschön bist, empfinde ich jeden Tag immer wieder neu, seitdem ich dich damals das erste Mal sah und dich kennenlernen durfte. Umso mehr freue ich mich, dass ich das noch erleben kann, mich hier an der Reling mit dir zusammen an den damaligen aufregenden Moment unseres Kennenlernens zu erinnern. Mein Gott, wie schnell sind nur die schönen Jahre mit dir vergangen."

Walter nahm Erika, die vor Rührung gar nichts sagte, in den Arm, gab ihr nochmals einen Kuss und meinte dann: „Komm, jetzt müssen wir wieder zur Hochzeitsgesellschaft zurück, sonst wird man uns vielleicht vermissen und denken, wir sind über Bord gegangen. Wir legen sowieso gleich wieder an und gehen von Bord.

„So eine Schiffsfahrt können wir doch nächstes Jahr wieder machen, falls uns zu unserem Hochzeitstag nichts besseres einfällt", bekam er von Erika zur Antwort.

„Na, aber mindestens zum 50.Jahr unseres Kennenlernens", machte Walter einen weiteren Vorschlag.

Gerade, als sie nach unten in das Bordrestaurant gehen wollten, trafen sie Horst Klawitter mit seiner Friederike.

„Die Situation ist jenau wie damals", meinte Hotte, als sie sich an der Treppe nach unten trafen, „du warst mit Erika vorn an der Reling und hast se anjebaggert und ick saß hier hinten mutterseelenalleene und musste mir mit eenem kalten Bier nach dem ander'n trösten. Es waren aber Jott sei Dank nur zwee Bier jeworden, weil die Bedienung zu langsam war."

„Allein bist du ja nun Gott sei Dank schon lange nicht mehr", gab Walter zur Antwort und lachte, dabei stimmten Erika und Friederike mit ein.

Dann waren sie wieder unten bei den anderen Gästen in dem feierlich sehr schön gestalteten Bordrestaurant angekommen. Die Stimmung war bei allen nach dem Sektempfang schon recht ausgelassen. Nur Julianes Schwiegermutter Elvira saß immer noch etwas betrübt an einem der Tische zusammen mit dem glücklichen Brautpaar und ihrem zurückgekehrten Sohn Michael aus Kanada. Von den zuvor vergossenen Tränen um den für sie schmerzlichen Verlust ihrer aufsehenerregenden Kopfbedeckung hatte sie noch etwas rotgeränderte Augen. Trotzdem war sie gleichzeitig glücklich, denn sie wurde durch den langersehnten Besuch ihres Sohnes Michael entschädigt und der sogar angekündigt hatte, doch wieder ganz in die Heimat zu ihr zurückzukommen.

Währenddessen hatte das Schiff wieder angelegt, so dass die Hochzeitsgesellschaft von Bord gehen konnte. Einige Gäste halfen beim Transport der Blumen und Geschenke. Erika nahm die mitgebrachte Rose wieder an sich, die sie zuvor auf dem Tisch in ein Glas Wasser gestellt hatte. Dann ging auch sie zusammen mit Walter von Bord. Die beiden hatten vor der kirchlichen Trauung ihrer Enkeltochter noch etwas vor, was ihnen sehr wichtig bei dieser Gelegenheit erschien, nämlich das grab von Adelheid Pieplow aufzusuchen. Das Brautpaar stieg währenddessen in eine bereitstehende weiße Hochzeitskutsche, um zur Klosterkirche in dem Ort zu gelangen. Die Gäste legten den kurzen Weg zu Fuss zurück.

Die Klosterkirche war damals aus dem üblichen Backstein als dreischiffige spätromanische und turmlose Pfeilerbasilika errichtet worden. Später wurde zur baulichen Ergänzung ein frühgotischer Glockenturm hinzugefügt. Erika und Walter schlenderten zunächst zum östlich der Kirche gelegenen Friedhof. Sie fanden schnell die noch existierende Grabstelle von Adelheid Pieplow und legten die mitgebrachte Rose auf ihr Grab, eine Rose für die *Rose vom Arendsee*, wie Erikas Vater Tante Adelheid scherzhaft bei ihrer Hochzeit damals nannte. In Erinnerung verweilten sie noch einen Augenblick und beeilten sich dann, pünktlich zur kirchlichen Trauung ihrer Enkelin in der Klosterkirche zu erscheinen. Die anderen hatten bereits Platz genommen und warteten gespannt auf den Einzug des Brautpaares. Auf der Nonnenempore in der Kirche hatte sich ein Chor aufgestellt. Dann war es soweit. Glockengeläut verkündete wieder einmal weithin eine Hochzeit in der dritten Generation der Familie Haberkant, nämlich die kirchliche Trauung von Juliane Haberkant und Frank Bendisch. Beim Klang der Glocken stand der Pfarrer am Tor des Portals bereit, um das Brautpaar mit den beiden Trauzeugen, abzuholen. Bei der dann einsetzenden Orgelmusik mit der Ouverture aus der Feuerwerksmusik von Georg Friedrich Händel schritt er dem Brautpaar und den Trauzeugen voran zum geschmückten Altar der altehrwürdigen Klosterkirche. Dann folgte das kirchliche Prozedere mit Eingangsgebet, Ansprache zum Trauspruch, einer Lesung, dem Gebet zur Trauung mit anschließender Trauhandlung, einem Fürbittengebet und nach dem *Vater unser* die Überreichung der Traubibel. Zwischen den verschiedenen vorgenommenen Handlungen durch den Pfarrer sang der Kirchenchor voller Inbrunst *Amazing Grace* und nach dem letzten Segen und folgendem Auszug aus der Kirche den Titel *I will follow him*. Alle Anwesenden waren zu Ehren des Brautpaares aufgestanden.

Die Zeremonie der Trauung war so rührend, dass manche Träne nicht zurückgehalten werden konnte. Auch Franks

Mutter tupfte sich ein paar Tränen ab, die über ihr dick aufgetragenes Make-up kullerten. Sie kramte einen Moment lang in ihrer luxoriösen Handtasche und brachte endlich einen kleinen Taschenspiegel hervor, um mit einem geschulten Blick zu überprüfen, ob die stark aufgetragene Wimperntusche den Tränen standgehalten hatte.

Nachdem sich alle Hochzeitsgäste vor der Klosterkirche versammelt hatten und etliche Fotos gemacht wurden, setzte sich die überschaubare Gesellschaft von etwa dreißig Personen zum nahe gelegenen Restaurant und Hotel *Deutsches Haus* in Bewegung. Eine reservierte festliche Tafel war vorbereitet und geschmückt. Neben dekorativem bunten Blumenschmuck standen auf der Tafel mehrere Kandelaber mit brennenden Kerzen. Der Kerzenschein spiegelte sich funkelnd in den bereitgestellten Gläsern, Als alle Platz genommen hatten, wurde von der Bedienung der Sekt eingeschenkt.

Julianes Vater erhob sich von seinem Stuhl und versuchte, sich für ein paar Worte zum feierlichen Anlass Gehör zu verschaffen. Er nahm einen kleinen Löffel und klopfte leicht gegen ein vor ihm auf dem Tisch stehenden Weinglas. Bis auf ein Hüsteln und Schneuzen trat Augenblicklich Ruhe ein. Unterhaltsame Gespräche wurden unterbrochen oder im Flüsterton beendet. Jeder wartete auf die festliche Ansprache.

In dieser momentanen Stille war nur die Frage des Enkels von Meike Pietschmann aus Rostock, Jens-Uwe, deutlich zu hören:

„Gibt's hier nun endlich was zu Essen oder auch nur so eine doofe lange Rede und nur Sekt? Auf dem Schiff gab es auch nur Sekt und nur ein paar kleine Häppchen. Jetzt hab' ich aber einen riesengroßen Hunger und Durst hab ich auch. Ich will jetzt eine Cola trinken."

Mit einem zischenden „Pschscht!" und „Reiß dich mal

zusammen. Es gibt gleich was zu essen", versuchte seine Mutter Henriette ihren Sohn zu besänftigen, was ihr aber nur schwer gelang, denn die Antwort kam prompt.

„Ich will aber jetzt meine Cola!" blieb Jens-Uwe hartnäckig.

„Niels, nun sag du doch als Vater auch mal was", wandte sich Henriette Pietschmann erregt an ihren Lebensgefährten Niels Mathiessen.

„Wo der Junge nun mal Recht hat, hat er Recht", mischte sich jetzt Walter ein, der ihnen gegenüber saß, und kommentierte die Frage des zehnjährigen Jens-Uwe. „Also, du weißt Bescheid", wandte sich Walter jetzt an seinen Sohn Robert, der neben ihm aufgestanden war. „Halt dich nicht so lange und theatralisch mit deiner Rede auf. Ich habe nämlich auch ordentlich Kast in den Gamaschen, wie der Berliner zu sagen pflegt, wenn er fürchterlichen Hunger hat und alle anderen bestimmt auch. Abgesehen davon wäre jetzt nach dem Sekt und bei der Wärme ein schönes kühles Bier auch nicht zu verachten."

Einige der lieben älteren Gäste blickten zuerst strafend Jens-Uwe als vermeintlichen Störenfried an und dann die Eltern, Niels und Henriette wegen ihres nicht erzogenen Kindes. Aber einige Gäste lachten und besonders die mehr als korpulente Sophia Vögelsang, Elviras Schwägerin. Sie lachte so herzhaft schrill und vor allem laut, als wenn sie soeben den besten Witz hörte. Dabei wippten die wabbeligen Massen einschließlich Busen an ihrem Körper unkontrolliert auf und ab, das wiederum andere Gäste in der Runde zum Lachen brachte. Elvira war das mehr als peinlich, zumal sie nun nicht die Aufmerksamkeit auf sich lenken konnte, wie sie es gern gehabt hätte.

„Nun hör dir nur einmal deine Schwägerin an, diese alberne fette Pute. Ich wusste doch, dass die sich nicht benehmen kann", konnte sich Alfred seiner Elvira gegenüber nicht mehr zurückhalten. „Habe ich doch gleich gesagt. Und so was hast du zu diesem Hochzeitsfest in dem stilvollen Ambiente einladen lassen. Ihre Kinder rennen auch immer noch durch die Gegend und sitzen nicht an der Tafel, wie sich das gehört. Vielleicht kannst du deinen Bruder mal bitten, dass er seine Familie zur Ordnung ruft. Du kannst ja deine Schwägerin auch selbst darum bitten."

Dann war an der Tafel wieder etwas Ruhe eingekehrt und Robert versuchte nochmals sich für seine kleine Rede als Brautvater Gehör zu verschaffen, was ihm einen Augenblick später endlich gelang. Zur allgemeinen Aufmerksamkeit klopfte er mit einem Teelöffel an sein Weinglas zum Klingen und es trat Ruhe ein.

„*Liebes Brautpaar, liebe Hochzeitsgäste, da ich sowieso kein guter Redner bin und in Anbetracht der fortgeschrittenen Zeit der Ruf nach dem Festmahl, wie wir soeben hörten, lauter wird, möchte ich mich kurz fassen.*

Liebe Juliane und lieber Frank, entschuldigt bitte, wenn ich eurer Beziehung bereits während der Schulzeit etwas ängstlich gegenüber stand und so meine Bedenken hatte. Ihr habt aber bewiesen, dass meine oder unsere Sorgen als Eltern unnötig waren. Eine Hochzeit der eigenen Tochter ist immer etwas Besonderes und fällt uns als Eltern nicht so leicht. Wir, meine Annelore und ich als Eltern, müssen die Rolle als Schwiegereltern noch ein wenig lernen. Trotzdem haben wir dich lieber Frank schon längst als neuen Sohn genauso in unser Herz geschlossen und geben Juliane in den Schutz Deiner Hände.

Wie gesagt, große Worte liegen mir gar nicht. Das konnten andere viel besser. Deshalb möchte ich an dieser Stelle noch auf ein Zitat von dem Franzosen Antoine de Saint-Exupéry hinweisen:"Man sieht nur mit dem Herzen gut. Das Wesentliche ist für die Augen unsichtbar!"

Ich denke, dass ich aus Erfahrung spreche, wenn ich sage, dass es nicht wesentlich ist, einmal das großartige Gefühl der Liebe kennengelernt zu haben, sondern es immer wieder neu zu beleben. Dieses Glück habt ihr nun vor euch. Seht eure Liebe zueinander als ein Geschenk und nehmt sie nicht als selbstverständlich hin.

Gleichzeitig möchte ich nicht versäumen, meinen Eltern, Erika und Walter, die heute bereits ihren 46. Hochzeitstag begehen, zu gratulieren. Sie haben euch als Großeltern in all den Jahren gezeigt, wie das von mir soeben Gesagte funktionieren kann. Nun lasst uns alle das Glas auf die lebenslange glückliche Zukunft des Brautpaares und des Jubiläumspaares erheben und sagen: Prost auf euer Wohl!"

Alle Anwesenden an der langen Tafel erhoben die Gläser, und prosteten dem Brautpaar sowie den Großeltern zu ihrem 46. Hochzeitstag zu, die Erwachsenen mit Sekt und die Kinder mit Saft oder Cola. Danach wurde endlich das von allen sehnsüchtig erwartete Essen aufgetragen.

Das große Festessen bestand als Menü aus mehreren Gängen wie es zuvor auf den Einladungskarten angekündigt wurde:

Speisekarte zur Hochzeit
Altmärker Hochzeitssuppe
<u>*Hauptgericht zur Auswahl*</u>*:*
Gebratene Hirschkalbskeule mit Pilzen,
Birnenrotkohl, Salzkartoffeln oder Klöße
<u>oder</u>
Gedünstete Pfirsichspalten und frische Champignons
auf Schweinefiletmedaillons mit Käse überbacken
<u>*Dessert:*</u>   *Crème Brûlée mit Walnusseis*

Die Bedienung hastete hin und her und servierte die einzelnen Gänge des Menüs und die bestellten Getränke.

Walter schaute gedankenversunken über die Tafel und meinte dann zu Erika:

„Das hätte ich mir nicht träumen lassen, an einem unserer Hochzeitstage gleichzeitig die Hochzeit von unserem Julchen zu erleben. Und vor allem die Trauung auf dem Schiff, wo gleichzeitig Erinnerungen unseres damaligen Kennenlernens dranhängen."

„Ja, da hast du Recht. Das geht mir genauso", meinte Erika und streichelte zärtlich Walters Arm.

Horst Klawitter saß mit seiner Friederike an der Tafel vis-à-vis Walter und Erika gegenüber, so dass sie sich endlich unterhalten konnten.

„Det jibt so viel zu erzählen, dass man jar nich weiß, wo man beginnen soll, wat allet seit eurerm letzten Besuch vor eenem halben Jahr passiert ist", gab Hotte seinem Freund zu verstehen und wurde unterbrochen. Eine Servierkraft und ein Kellner brachten gerade zügig die ersten bestellten Essen.

„Aber lass uns hier erst mal ordentlich schnabulieren, sonst wird det leckere Essen kalt", meinte Walters Freund.

„Aber Hotte, bevor ich's vergesse. Habt ihr nachher noch für uns zwei Plätze in euerm Wagen bei der Rückfahrt?", fragte Walter seinen Freund. Der hatte sich gerade einen Bissen in den Mund gestopft, schaute erstaunt auf und antwortete kauend: „Na klar, seid ihr etwa zu Fuss hier oder ham'se dir den Führerschein wegjenommen?"

„Nein, nein, wir sind ganz nobel hierher von Julchens Schwiegereltern gefahren worden. Die würden uns auch wieder mit zurück nehmen. Wäre aber schön, wenn wir deine Fahrkünste in Anspruch nehmen könnten. Erika und mir geht nämlich das ständige Gezanke von dem Alfred mit seiner Elvira ganz fürchterlich auf den Geist, wenn ich so sagen darf."

„No Problem Alter, wenn euch mein Auto besser jefällt, fühle ick mich jeehrt und wir fahren alle zusammen in unserer alten Klapperkiste zurück zu Euch nach Hause. Ick hab'unser Auto aber nich waschen lassen", antwortete Hotte. „Macht ja nichts, Hauptsache du kannst besser Autofahren als Rudern. Außerdem können wir unterwegs noch ein bisschen quatschen", meinte Walter.

„Also pass nur uff, wat de saachst. Sonst nehm' ick nur Erika mit und du kannst loofen oder sonst zusehn, wie de nach Hause kommst. So und nun lasst det euch schmecken, sonst ist det Essen wirklich kalt", gab sein Freund scherzend zur Antwort.

Damit war das Gespräch zunächst beendet. Die Gäste langten beim Essen ordentlich zu. Den meisten schmeckte es wieder ausgezeichnet, was man aus den schmatzenden Geräuschen bei einigen Kindern und der dicken Sophia, Elviras Schwägerin, schlussfolgern konnte. Opa Ernst Bendisch sah nicht so glücklich aus und kämpfte tapfer mit dem für ihn etwas zähen Fleisch der Hirschkalbskeule. Leise fing er an zu fluchen:

„Wer weiß, wieviel Jahre der Hirsch im Wald umherirren musste, bis er endlich einen Jäger traf, um einen Gnadenschuss zu bitten. Vielleicht war das Fleisch auch gar nicht vom Kalb. Bei soviel Personen reicht eine Keule von einem Hirschkalb sowieso nicht. Passt nur auf, dass ihr nicht obendrein auf ein Stück der Bleikugel beißt, mit dem das armseelige Vieh erschossen wurde. Das verträgt nämlich weder eine Prothese noch ein gesunder Zahn", gab er einen guten Ratschlag und Warnung zugleich an die unmittelbar neben ihm sitzenden Gäste.

„Ja, ja, ich habe aber auch das Gefühl, dass der Hirsch ein langes zähes Leben hatte und sich die Zähigkeit auf das Fleisch übertragen hat", bestätigte ihm Meike, die Oma von Jens-Uwe, seine Feststellung zum Wildbraten. „Aber vom Geschmack her ist es sehr lecker, jedenfalls die Soße", fügte sie noch hinzu. Dann musste sie sich gleich ihrem Enkel zuwenden und ihn wiederholt ermahnen, beim Essen am Tisch still zu sitzen, den Kopf nicht aufzustützen und nicht mit dem Stuhl zu kippeln. Dein komisches Smartphone gehört auch nicht auf den Tisch. Steck' das Ding gefälligst wieder ein. Bei dem wohlgemeinten Erziehungsversuch wurde sie aber sofort von ihrer Tochter Henriette zurechtgewiesen, dass Jens-Uwe sich beim Essen schon benehmen könnte. Fast im gleichen Moment stieß er sein halbvolles Glas mit der Coca Cola durch eine unglückliche Handbewegung um. „Kannst du denn nicht mal aufpassen?", herrschte ihn seine Mutter Henriette nun an.

„Hast du ihm das auch beigebracht?" fragte Meike nur.

„Bestimmt nicht", war die knappe und bissige Antwort ihrer Tochter.

Nach dem Essen, das sich über zwei Stunden hinzog, sah die Tafel nicht mehr so einladend aus wie zu Beginn.

Obwohl sich nachmittags hin und wieder einige Wolken an dem sonst strahlendblauen Himmel zeigten, hatte das Wetter entsprechend der Vorhersage gehalten, nämlich warm und trocken und viel Sonne. Unter diesen Voraussetzungen war der restliche Verlauf der Hochzeitsfeier in gemütlicher Runde aller Gäste im Garten der Haberkants bei Kaffee und Kuchen, abendlichem Buffet, sowie Musik, zu der ein DJ bestellt war, angedacht. Deshalb fuhren alle Hochzeitsgäste etwa um 14.30 Uhr nach Seehausen zurück, mehrere mit ihrem Pkw und die restlichen Gäste mit dem für diesen Tag bestellten Bus, der den Schluss des Konvois bildete.

Walter hatte Alfred Bendisch zu verstehen gegeben, dass sie zur Rückfahrt auf das Gefährt seines Freundes umsteigen würden. Kurz darauf kam Horst Klawitter mit Friederike vom

Parkplatz in seinem alten *Opel* vorgefahren. Walter staunte nicht schlecht.

„Hotte sag mal, haste deine Rostlaube überhaupt noch durch den TÜV bekommen?", wollte Walter unbedingt wissen, als er den Pkw sah.

„Mach dich mal lustig, Alter. Schlecht jefahr'n is besser als jut jeloofen. Du brauchst keene Angst haben, dass de während der Fahrt mitrennen musst. Der Boden is noch nicht völlig durchjerostet."

„Na dann sind wir ja zufrieden", antwortete Walter etwas ungläubig. Die Fahrt nach Seehausen verging wie im Fluge. Es gab unterwegs aus der vergangenen Zeit einiges zu berichten. Walter erfuhr von seinem Freund nun endlich, dass er seit seinem Unfall auf einer Baustelle, bei dem er sich unter anderem eine Prellung an der Wirbelsäule zugezogen hatte, auf einen Stock als Gehhilfe angewiesen war und seitdem nicht mehr als Zimmermann arbeiten konnte. Auch den Kleingarten hatten sie aufgeben müssen.

Robert und Annelore hatten unterdessen wieder ihren Enkel Dennis in seinem Körbchen in dem Auto verfrachtet. Julianes Mutter kümmerte sich während der gesamten Hochzeitsfeier um ihn.

Zurück in Seehausen wollten die meisten Hochzeitsgäste zunächst einmal zu ihren in verschiedenen Hotels gebuchten Zimmern, um sich ein wenig frisch zu machen oder einen Moment auszuruhen.

Die Fortsetzung der Hochzeitsfeier fand mit einer Kaffeetafel wie bei allen großen Familienfeiern im Sommer üblich, unter dem gewaltigen Blätterdach des alten großen Walnussbaumes im Garten hinter dem Haus statt. An den im Laufe der Jahre weit ausladenden Ästen, die fast über die Hälfte der Kaffeetafel reichten, hatten Frank zusammen mit seinem Schwiegervater

Robert an den Tagen zuvor noch schnell einige bunte Lichterketten montiert. Zur Montage half ihnen dabei die lange Stehleiter, die sonst immer am Schuppen an der Wand hing. Sie hatten diese aber nach getaner Arbeit und unter Zeitnot zunächst am Walnussbaum stehen lassen.

Als sich alle am Nachmittag an der langen Kaffeetafel niedergelassen hatten, konnte nun endlich vom Brautpaar die von einem sehr guten Konditormeister in Seehausen gelieferte Hochzeitstorte unter dem Beifall und Gelächter der Gäste angeschnitten werden. Außerdem hatte Oma Erika mit dem geernteten Obst aus dem Garten zwei Erdbeertorten, eine Schwarzwälder Kirschtorte und ihre berühmte und von allen Gästen geliebte Himbeer-Sahnetorte nach Art des Hauses gebacken. Während des Kaffeetrinkens klangen von der Terrasse her beschwingte Melodien zur Unterhaltung sogar in dezenter Lautstärke, so dass überhaupt eine Unterhaltung möglich wurde, zumindest unter den Älteren. Die jungen Leute, das Brautpaar, die Trauzeugen sowie die vier ehemaligen Kommilitonen aus Franks Semester, hatten sich an einem Ende der Tafel niedergelassen und um Franks Bruder geschart, der interessante Dinge über Kanada zu berichten wusste. Währenddessen war der DJ noch mit dem Aufbau seiner gewaltigen Beschallungsanlage beschäftigt. Mutter Annelore goss derweil den Kaffee ein und für die Kinder gab es Kakao.

Walter bemerkte, wie gedankenversunken Meike, die ihm schräg gegenüber an der langen Tafel mit einer Zigarette in der Hand saß, lange auf die Sahne-Himbeertorte vor ihr schaute.

„Na Meike, darf ich dir noch ein Stück von der beliebten Torte geben? Ich sehe, wie du die leckere Sahnetorte vor dir verträumt betrachtest. Oder lass mich einmal raten, du denkst bestimmt an das Malheur bei unserer Hochzeit damals, als du mit der Torte so schnell unterwegs warst und dabei gestolpert bist?"

„Hör bloß auf", erwiderte sie, zog ein weiteres Mal an ihrer Zigarette, um dann die Nikotinwolke nach oben unter das Blätterdach zu blasen bevor sie mit rauher angekratzter Stimme weitersprach. „Das war mir damals so peinlich. Gestolpert bin ich gar nicht. Ich bin nur mit einem der vielen herumtollenden Kinder zusammengeprallt."

„Trotzdem war das eine gelungene Einlage und ist in die Familienchronik eingegangen", meinte Walter.

„Später haben wir darüber immer noch viel gelacht. Von all den netten Familienfeiern im Laufe der Jahrzehnte könnte der Nussbaum hier viele Geschichten erzählen."

„Das kann ich mir vorstellen. Damals war noch mein Oswald dabei, der alte Suffkopp. Schon bei eurer Hochzeit hatte er zu viel getrunken und fand kein Ende, auch später nicht. Deshalb habe ich mich dann zwei Jahre später getrennt. Der war ja fast jeden Tag nur noch betrunken. Jedenfalls freue ich mich, dass ich heute nach langer Zeit wieder mal bei euch sein kann."

„Das hat uns auch sehr gefreut, dass du zusammen mit deiner Tochter Henriette und ihrem Niels spontan zugesagt hast und ihr euch von Rostock auf den weiten Weg zu uns gemacht habt. Und wie ich sehe, ist dein Enkel Jens-Uwe so schnell groß geworden", stellte Walter staunend fest.

Meike unterbrach plötzlich die Unterhaltung.

„Apropos Enkel, wo steckt der Junge schon wieder? Ich hab' ihn ein Weilchen nicht mehr hier am Tisch gesehen", wandte sie sich beunruhigt an ihre Tochter Henriette.

„Der wird mit den anderen Kindern spielen. Es sind ja viele hier. Vorhin haben sie Fangen gespielt und sind um das Haus gerast", bekam sie zur Antwort und steckte sich eine weitere Zigarette an.

Im gleichen Moment, als sie die Frage stellte, fiel neben ihrer Kaffeetasse eine Walnuss vom Baum auf die Tischplatte und sprang von dort klatschend in die Himbeer-Sahnetorte. Eine zweite Nuss folgte und traf genau in die Kaffeetasse von Julianes Schwiegermutter. Der Milchkaffee spritzte auf das Tischtuch und im hohen Bogen noch mehr auf Elviras feine Designer-Garderobe, ihr blaues Kostüm.

„Neiiiin", schrie Elvira mit schriller Stimme entsetzt und sprang mit dem Aufschrei zugleich von ihrem Platz hoch. Dabei riss sie ihren Polsterstuhl um. Heulend kreischte sie gleich ungehalten los: „Freddy, jetzt sieh dir diese Sauerei an. Wie sehe ich jetzt aus? Mein ganzes Kostüm ist hin. Ich hab's doch gewusst und dir gesagt, dass sich die dämlichen Kinder deiner Schwester nicht benehmen können."

„Dafür kann ich doch nichts", beteuerte er seine Unschuld und fügte noch hinzu: „Außerdem musst du mal denjenigen fragen, der die Leiter am Baum hat stehen lassen. Vielleicht kauft derjenige dir dann einen neuen Designer-Fummel. Ich jedenfalls nicht."

Alle blickten nach oben in die Baumkrone, von wo die Nüsse herkamen und entdeckten Jens-Uwe, den Enkel von Meike, zusammen mit Klaus-Peter Pippelbeck, dem Neffen von Alfred Bendisch. Als Elviras korpulente Schwägerin Sophia das Malheur mitbekam, lachte sie wieder schallend laut darüber, was die beiden Jungen wieder angestellt hatten. Vielleicht war ihr dümmliches schrilles Lachen eine gewisse Schadenfreude gegenüber ihrer Schwägerin. Nun traten die Väter der Jungen, Conrad und Niels fast gleichzeitig in Aktion und riefen wütend: „Was fällt euch beiden denn ein? Seid ihr verrückt geworden?" Conrad Pippelbeck war noch aufgebrachter und brüllte: „Klaus-Peter, komm' auf der Stelle vom Baum runter!"

Nur Franks Oma, Charlotte Bendisch, blieb die Ruhe selbst.

Ihr war es aber auch nicht vergönnt, die Lausbuben auf dem Baum sofort sehen zu können, denn sie musste einen größeren Sahnespritzer von ihrer Brille putzen. Ein weiterer Sahneklecks hatte ihren Mund verfehlt und klebte nun an ihrem Doppelkinn. Opa Ernst neben ihr konnte sich vor lachen nicht mehr halten und meinte dann: „Ich denke, du wolltest keine Sahnetorte mehr essen, weil du zu dick geworden bist und nun hast du eben so ordentlich zugelangt, dass sogar deine Brille etwas abbekommen hat. Und an deinem Kinn klebt auch noch etwas."

„Ja, ja, lach' nur", knurrte sie ihn an. „Ich finde das gar nicht witzig. Meine Brille bekomme ich schon wieder sauber. Aber sieh' dir nur mal das versaute teure Kostüm von deiner Schwiegertochter an. Die tut mir in diesem Fall richtig leid. Nur, weil hier wie auf einem Kindergeburtstag so viel Blagen herumtollen und lauter Dämlichkeiten anstellen."

„Stimmt aber nicht", musste ihr Ernst widersprechen. „Einige Kinder sitzen ganz brav am Tisch und starren jeder für sich ständig auf ihr Handy oder so ein Tablet", stellte er fest, als er sich an der Kaffeetafel umsah.

Einen Augenblick später kamen Walter und Erika zurück zu ihren Plätzen am Tisch, wo gegenüber Horst Klawitter und Friederike saßen und an deren linker Seite der Platz von Meike war, um sich in dieser Runde weiter zu unterhalten. Am Tisch herrschte gerade helle Aufregung. Sein Freund Hotte lachte und rief ihm zu: „Walter, du kommst zu spät, Himbeer-Sahnetorte ist aus. Wir haben nur noch Sahne-Nusstorte mit ganzen Nüssen im Angebot. Ebenfalls sehr zu empfehlen."

Walter sah sofort, dass in der restlichen Sahnetorte eine Walnuss steckte, die da nicht hingehörte.

„Meike was ist denn hier passiert? Wer hat denn mit seinen Fingern Erikas leckere Himbeer-Sahnetorte umdekoriert?"

„Wer wohl, zwei ungezogene Jungen. Und unser Jens-Uwe war natürlich auch wieder dabei", sagte Oma Meike resigniert und zündete sich die nächste Zigarette an.

Als Erika an Walters Seite herantrat und ihre beschädigte Sahnetorte sah, war sie zunächst etwas verärgert, machte aber gute Miene zum bösen Spiel und Walter versuchte sie ein bisschen zu trösten.

„Erika, nimm's leicht. Auch bei dieser Hochzeit mag scheinbar keiner deine Sahnetorte. Wenigstens ist ein Teil gegessen worden. Das nennt man die Duplizität der Ereignisse. Damals ist bei unserer Hochzeit Meike mit der Sahnetorte total verunglückt und heute bei der Hochzeitsfeier passiert ein ähnliches Drama, nur dieses Mal hat ihr Enkel Schuld."

Dann mussten aber doch alle lachen, außer Meike, der das alles sehr peinlich war. Elvira saß immer noch mit einem verheulten Gesicht da und begann, in ihren kleinen Spiegel blickend, ihr Make-up nachzubessern. Dann betrachtete sie wieder ganz betrübt ihr bekleckertes Kostüm. Ihr ältester Sohn Michael sowie Frank und Juliane hatten sich inzwischen zu ihr gesetzt und sie getröstet. Michael gelang das am besten, als er von Kanada erzählte und schwärmte. Juliane hörte gebannt zu und hing förmlich an seinen Lippen. Allmählich hatte sich wieder alles beruhigt und unbeschwingte Fröhlichkeit kehrte zurück.

Bei dieser Familienzusammenkunft wurde gleichzeitig die neue Terrasse eingeweiht. Walter hatte sie vor einiger Zeit extra für diese Feier mit sandgestrahlten Platten neu gestaltet. Zur Hochzeitsfeier an diesem Tag hatten Juliane und Frank einen DJ für die Musik bestellt. Es fand sich dann auch pünktlich einer der vielen selbsternannten DJ's ein. Er kam mit einem Auto und Anhänger. Beide waren voll mit diversen musikwiedergebenen Gerätschaften sowie furchteinflößenden überdimensionalen Verstärkerboxen beladen. Damit etablierte sich der Musikexperte auf der neuen Terrasse, so dass die eigentliche Fläche zum Tanzen verhältnismäßig klein wurde. Entsprechend der Anzahl und Größe dieser verschiedenen Lautsprecherboxen war eine ohrenbetäubende Beschallung mit Musik nicht mehr auszuschließen.

„Schau dir das nur mal an, Erika", wandte sich Walter zu ihr, als er von der Kaffeetafel aus die Musikanlage betrachtete, die auf der Terrasse aufgebaut wurde.

„Ich befürchte, wenn das Getöse mit der Musik losgeht, fallen alle Blätter vom Walnussbaum. Gott sei Dank ist die Sonne schon fast untergegangen, da müssen wir wenigstens hinterher nicht mit einem Schlag in der prallen Sonne sitzen. Ein Glück, dass die Ziegel auf unserem Dach richtig fest verankert sind. Übrigens die Kubischinskis habe ich schon vorgewarnt, dass sie heute ihren Hund besser drin lassen sollen. Gegen dieses Musikgedröhne kommt der mit seinem Bellen sowieso nicht an."

Erika lachte und versuchte ihn zu beruhigen und aufzuklären: „Also Walter, nun übertreib nicht schon wieder so sehr."

„Das weiß ich doch selbst. Also, unseren Hühnern passiert schon nichts. Die habe ich vorsichtshalber vorhin schon eingesperrt. Aber der ollen Kubischinski wollte ich doch nur ein bisschen Angst machen. Hoffentlich passiert hier nicht trotzdem noch irgendwas, was nicht vorauszusehen war."

„Etwa wegen der lauten Musik?" fragte Erika etwas belustigt. „Die jungen Leute lieben nun mal laute Musik. Dabei passiert schon nichts", versuchte sie ihn zu beruhigen.

„Hast du Robert noch einmal erinnert, dass er bei dem Partyservice anruft?"

„Robert hatte bereits telefoniert und die feste Zusage zu 19.00 Uhr erhalten. Wird schon alles klappen."

Nach dem Kaffee begrüßte der DJ offiziell alle Gäste und forderte zum ersten Tanz auf, den Juliane und Frank als Brautpaar eröffneten. Kurz darauf wagten sich drei weitere Paare auf die Tanzfläche, unter anderem ihre Trauzeugen, die dem Anschein nach Gefallen aneinander gefunden hatten. Der Beat begann im ohrenbetäubenden dumpfen Rythmus aus den Boxen zu dröhnen und übertönte dabei teilweise das Geräusch verzerrt wiedergegebener Melodien. Von den drei Paaren versuchte jeder für sich mit seinem Körper den Rythmus der Musik durch zuckende Bewegungen einiger Körperteile nachzuempfinden.

Walter kam aus dem Staunen gar nicht mehr raus: „Erika, sieh nur mal", wandte er sich zu ihr und zeigte zur Terrasse, wo getanzt wurde. „Das soll nun tanzen sein? Jeder steht in einer Ecke und hat ein rythmisches Zucken in seinem Körper und womöglich noch mit einem Handy in der Hand, um zu googlen, welche Bewegungen er gerade machen muss."

„Die jungen Leute tanzen heute eben anders", bestätigte Erika seine Feststellung.

„Nach diesem Musiktitel werde ich den musikalischen Radaubruder mal fragen, ob er für unsere Generation auch was in seinem Repertoire hat und auflegen kann. Und dann bitte nur halb so laut. Ich möchte mir ja nich beim Tanzen die Ohren zuhalten müssen. Schließlich möchte ich mit dir an unserem Hochzeitstag wenigstens ein kleines Tänzchen auf dem neuen steinernden Parkett unserer Terrasse wagen, vielleicht so einen schönen langsamen Foxtrott, wo ich dich schön in meinem Arm habe und mich nicht nur gut an dir festhalten muss. Kann natürlich ruhig so ein Diskosound sein. Etwas anderes wird der sowieso nicht auflegen können.

Einen Augenblick später verkündete der DJ mit laut quäkender Stimme über sein Mikrophon: „Hallo Leute, und nun lege ich auf besonderen Wunsch für Oma und Opa auf, sowie all diejenigen, die sich noch ohne Rollator bewegen können oder sich so alt fühlen. Die Alten sollen schließlich auch ihren Spass haben. Die anderen können derweil pausieren und auf ihren Smartphones die neusten Mails checken, oder eine Trinkpause einlegen."

„Ist ja richtig unverschämt, was dieser fiese Typ mit den riesigen Kopfhörern auf seinen Lauschern über unsere Generation so von sich gibt. Der hat'se wohl nicht mehr alle", entrüstete sich Erika, als Walter sie gerade zum Tanz aufforderte.

„Ich kann den Typen schlecht vom Hof jagen, das ist Julchens Hochzeit und sie hat sich zusammen mit ihrem Fränki diesen Pausenclown herbestellt", antwortete Walter. „Komm' lass' uns trotzdem tanzen."

Wie damals zu ihrer Hochzeit wiegten sich Walter und Erika nach den nunmehr gedämpften musikalischen Klängen aus der Konserve schwebend über ihre neue Terrasse. Einem anderen Paar gefiel diese Musik ebenfalls, um dabei engumschlungen zu tanzen und alles herum zu vergessen. Es waren die Trauzeugen Annika Liebermann und Bernd Kogler, die dem Anschein nach an dem Tag zueinander gefunden und sich ineinander verliebt hatten.

Zwischendurch hatte Julianes Schwiegervater Alfred ihre Mutter Annelore zum Tanz aufgefordert. Robert tat das Gleiche und forderte Elvira ebenfalls zu einem Tanz zu der momentan angenehm klingenden Musik auf. Elvira fühlte sich beim Tanzen mit Robert wie im siebten Himmel. Für Robert dagegen war es nur ein Pflichttanz. Obwohl Annelore gerne tanzte, war es für sie dieses Mal weniger ein Genuss, weil sie nur damit beschäftigt war, das andere Paar kritisch zu beobachteten.

Das Buffet wurde zuvor superpünktlich noch kurz vor 19.00 Uhr geliefert. Höhepunkt des Abendessens war neben vielen sehr appetitlich angerichteten Salaten und anderen Köstlichkeiten vom Geflügel ein knusprig braun gegrilltes und lecker duftendes Spanferkel, das vom Koch des Partyservices nach der Eröffnung des Buffets portionsweise zerlegt wurde. Beim Abendessen wurde wieder ordentlich zugelangt, weil es allen fantastisch schmeckte. Die restlichen Stunden der Hochzeitsfeier verliefen dann widererwarten sehr fröhlich und harmonisch. Einige Gäste, darunter auch Elviras Bruder Sönke Vögelsang mit seiner Familie, verabschiedeten sich wegen der längeren Rückfahrt beizeiten. Sie nahmen bei der Gelegenheit Franks Großeltern nach Wittenberge mit. Fast gleichzeitig verabschiedeten sich die Pippelbecks aus Thüringen, Franks Tante Heidelinde und Onkel Conrad mit Familie, die ebenfalls eine sehr lange Heimfahrt vor sich hatten. Die vorzeitige Abreise dieser Gäste tat aber der weiterhin allgemein fröhlichen Stimmung keinen Abbruch.

Um punkt 23.00 Uhr beendete der DJ seine musikalische Darbietung und Beschallung. Es wurde noch weiter gescherzt, gelacht und auch getrunken und man konnte sich jetzt in normaler Lautstärke weiter unterhalten. Der neue Tag war bereits angebrochen, als pünktlich gegen 1.00 Uhr in der Nacht der gecharterte Bus vor dem Grundstück hielt, um die Gäste abzuholen und in den verschiedenen Hotels und Pensionen der Stadt zu verteilen, wo sie untergebracht waren.

Ein paar andere Gäste wurden im Hause Haberkant untergebracht. Für Meike Pietschmann war im ehemaligen Zimmer von Erika, als deren Eltern noch lebten, das Bett vorbereitet. Walters Freund Horst Klawitter fand mit seiner Friederike in dem schon früher vorhandenen Gästezimmer ein

Quartier. Julianes Eltern Robert und Annelore hatten in ihrer Wohnung in der oberen Etage des Hauses die anderen Rostocker, Niels Mathiessen und Henriette Pietschmann mit ihrem Sohn Jens-Uwe in ihrem Gästezimmer einquartiert.

Michael Weinmeister, Franks älterer Bruder, blieb auch über Nacht. Sie konnten ihn in ihrer geräumigen Wohnung auf einer bequemen Schlafcouch in Roberts Arbeitszimmer beherbergen. Trotz des bequemen Bettes konnte Michael kaum Schlaf finden. Immer wieder zogen Bilder des vergangenen Tages von der Hochzeit seines kleinen Bruders an ihm vorüber und immer wieder sah er dabei die schöne Braut Juliane an dessen Seite. Er war einfach fasziniert von dieser Frau. So eine reizende Partnerin hätte er auch sehr gern an seiner Seite gewusst. Michael konnte sich gegen seine Gefühle nicht wehren. Seine Schwägerin Juliane wurde an diesem Tag plötzlich zu seiner stillen Liebe. Er freute sich schon auf den nächsten Morgen. Bei dem gemeinsamen Frühstück würde er sie wenigstens vor seiner Abreise noch einmal wiedersehen und heimlich bewundern können, um das Bild ihrer Erscheinung in sich aufzusaugen, bevor er wieder nach Havelberg fahren musste. Was hatte doch sein kleiner Bruder für ein Glück gehabt. In Gedanken sah er Juliane an seiner Seite und geriet von ihr wiederholt ins Schwärmen. Dabei schlief er glücklich ein.

Julianes Schwiegereltern nächtigten mit in der kleinen gemütlichen Wohnung im Dachgeschoss im Wohnzimmer auf der Schlafcouch. Allzu gern hätte Elvira nicht nur des Schnarchens von Alfred wegen das angebotene Bett neben ihm mit dem von Michael in Roberts Arbeitszimmer eine Etage tiefer getauscht, um wenigstens die Nacht in der Nähe von Robert zu sein. In Gedanken himmelte sie ihn immer noch an.

Pünktlich am frühen Morgen krähte hinten im Garten im

Hühnerzwinger der Hahn seinen Weckruf, worauf von den Nachbarn Kubischinski ihr Hund mit seinem lauten Bellen einstimmte. Etwas später fand sich darauf die letzte etwas verschlafene Person am Frühstückstisch im Erdgeschoss bei Oma Erika ein. Langsam ließ der frisch gebrühte Kaffee die müden Geister wieder wach werden. Beim Frühstück wurde dann schon wieder gelacht und dabei die Erlebnisse der Hochzeitsfeier vom Vortag ausgewertet.

Gegen Mittag traten die letzten Gäste allmählich die Heimfahrt wieder an. Zuerst verabschiedeten sich Meike Pietschmann und ihre Tochter Henriette mit Familie aus Rostock. Die Verabschiedung war herzlich. Und Meike machte Erika und Walter noch den Vorschlag: „Ihr könnt uns ja auch mal besuchen kommen. Aber möglichst noch in der Zeit, solange ich lebe. Dadurch, dass Henriette damals zu Niels gezogen ist und ich von Oswald schon einige Jahre geschieden bin, habe ich ja viel Platz in meiner Wohnung."

„Danke für die Einladung. Wir melden uns rechtzeitig bei dir, wenn wir mal zur Ostsee fahren", antwortete Erika, bevor Meike zu ihrer Tochter ins Auto stieg. Winkend und zum Gruß kurz hupend bogen sie mit ihrem weißen *Dacia* einen Augenblick später um die nächste Straßenecke.

„Eigentlich habt' ihr det ja herrlich hier draußen bei Mutter Natur zu wohnen", stellte Horst Klawitter fest und sah sich dabei etwas um, als sie draußen vor ihrer Abfahrt nochmal am Tisch zusammen mit seiner Rike, Erika und Walter Platz genommen hatten und einen Augenblick verweilten.

„Das stimmt", pflichtete Walter ihm bei, „trotzdem ich nie von meinem Berlin wegziehen wollte. Aber nun finde ich es hier in der Gegend auch wunderschön und wohne sogar am Wasser, an meiner *kleinen Spree*, wie ich immer den *Aland*, der hier hinter unserm Grundstück vorbei rauscht, nenne."

„Wat? Det Wasser habe ick ja noch jar nich' bemerkt", staunte Hotte nicht schlecht. „Kann man auf dem *Aland* ooch mit dem Boot lang paddeln?"

„Kommt, ich zeig euch schnell noch meine *kleine Spree*, forderte Walter seinen Freund und Rike auf, ihm zu folgen. An der hinteren Grundstücksgrenze hatte Walter eine kleine Pforte im Zaun eingebaut, so dass sie direkt an das Ufer treten konnten.

„Mensch Erika, da haste ja damals wirklich Glück jehabt und een richtiges Wassergrundstück jeerbt", behauptete Hotte beim Anblick des vorbeiziehenden *Aland*. Dann hatte er es mit seiner Friederike doch eilig.

„So, ihr Lieben, wir danken noch für die Besichtigung, aber jetzt müssen wa nach Berlin zurück, sonst wird det zu spät." Beim Abschied mussten Erika und Walter den beiden versprechen, sie möglichst bald wieder einmal in Berlin zu besuchen.

Julianes Schwiegereltern verabschiedeten sich ebenfalls kurz darauf. Annelore war froh, als die beiden nach Hause fuhren, denn sie hatte ein untrügliches Gespür, dass Elvira wegen Robert gern noch ein bisschen länger geblieben wäre.

Dafür blieb Michael noch ein paar Stunden, um bei seinem kleinen Bruder vor seiner Abreise zu sein und natürlich bei Juliane, seiner Schwägerin, für die er im Stillen so sehr schwärmte. Während er sich mit seinem Bruder über verschiedene Dinge unterhielt, prägte er sich immer wieder Julianes Erscheinung ein, wie sie sich durch die Wohnung bewegte und sah ihr zu, wie sie die vielen Blumen- und Pflanzengeschenke liebevoll ordnete und verschiedentlich frisches Wasser in Vasen und Pflanzgefäße goss.

Nach dem Mittag musste Michael wieder los, zunächst nach Havelberg, um ein paar Sachen einzupacken. Schon morgen ging sein Flug von Frankfurt zurück nach Kanada. Beim Abschied wollte er Juliane beinahe gar nicht mehr loslassen. Es gab bei der Umarmung ein Küsschen auf die Wange. Die Umarmung mit seinem Bruder Frank war genau so herzlich. Michael erinnerte beide nochmals daran, mit seiner Einladung nicht zu lange zu warten. Dann stieg er in sein Mietauto und fuhr nur ungern schnell davon.

Endlich kehrte wieder Ruhe im Hause Haberkant ein. Und Juliane konnte mit Frank die Zweisamkeit genießen.

Ein Tag im November ...

Fünf Jahre arbeitete Frank nun schon in dem Architekturbüro in Osterburg, wo er mehr durch Zufall nach seinem Studium eine gut bezahlte Arbeit gefunden hatte. Er hatte ein nettes Team gefunden und sich gut eingearbeitet. Die Arbeit machte Spaß und erst vor kurzem gab es eine Gehaltserhöhung.

Es war an einem Mittwoch, ein Tag im November. Wie jeden Morgen in der Woche klingelte der Wecker um 5.30 Uhr wieder viel zu früh, um wie gewohnt, etwas später zur Arbeit zu eilen. Frank war immer der erste, um schon den Tisch für die kleine Familie zu decken und das Frühstück vorzubereiten. Viele Handgriffe erfolgten dabei fast automatisch oder noch im Halbschlaf. Zwischen Kaffeemaschine anschalten, Müsli und Brote zubereiten, schaltete er auch das Radio an. Musik erklang und sollte die Müdigkeit ein wenig vertreiben. Kurz danach war auch Juliane aufgestanden. Heute hatte sie Frühdienst und musste pünktlich im Krankenhaus sein und sich auch um ihren kleinen Dennis kümmern, der auf dem Weg zur Arbeit in die Schule gebracht werden musste, während Frank mit dem Auto zum Architekturbüro nach Osterburg, einer nahe gelegenen Kleinstadt, fahren musste. Jeden Morgen immer das gleiche Programm.

Frank hatte gerade ihre gemütliche Essecke in der Küche verlassen müssen, um schnell noch einmal ins Bad zu eilen. Im Radio wurden gerade die neuesten Nachrichten verkündet und in der Wettervorhersage vor stellenweise sehr dichtem Nebel und Reifglätte gewarnt. „Frank, hast du gehört? Nebel und Reifglätte, fahr' bloß vorsichtig", kommentierte Juliane die Wetterwarnung. „Mach dir bitte keine Sorgen, mit den Nebelscheinwerfern werde ich die Straße schon sehen und außerdem fahre ich ja nicht so schnell. Bis zum Büro in Osterburg ist es auch nicht sehr weit", war Franks Antwort. Mit den Worten „So, jetzt muss ich aber los!" gab er Dennis, der noch am Frühstückstisch saß und seinen Mund mit Schokocreme beschmiert hatte, ein Küsschen. Dann verabschiedete er sich von Juliane wie an jedem Arbeitstag mit einem lieben Kuss und griff nach seinem braunen Aktenkoffer, ehe er die Wohnungstür öffnete und die Treppe zur Haustür hinunter hastete.

Draußen war es noch dunkel und wie im Radio angekündigt, sehr neblig. Dort, wo Bäume standen oder große Sträucher wuchsen, war der Nebel etwas geringer. Bei angrenzenden freien Wiesen- oder Ackerflächen versank alles im dichten Nebel wie in einer undurchdringlichen Wolke. Es war eine Situation wie im Dunst eines Dampfbades, vermischt mit dem brenzligen Geruch von verbranntem Holz der üblichen Ofen- und Kaminheizungen. Frank wischte mit einem trockenen Tuch der besseren Sicht wegen den morgendlichen Tau außen von der Frontscheibe des Autos. Die noch vorhandenen Blätter an den Sträuchern im Garten waren ebenfalls von Tau überzogen. An sehr kalten Stellen und einem Teil des Rasens hatte sich aus dem Tau weißer Reif gebildet. Frank ließ den Motor an und schaltete die Nebelscheinwerfer ein. Auch innen beschlugen die Scheiben und beeinträchtigten die Sicht noch mehr. Er nahm ein Tuch und wischte innen die Scheiben sorgfältig trocken. Dann fuhr er aus dem Carport raus auf die Straße Am Schillerhain und bog wenige Augenblicke später nach links in die Lindenstraße, die im weiteren Verlauf nach Überquerung des Bahnübergangs von Seehausen in die größere Stadt Osterburg führte. Der Nebel wurde streckenweise so dicht, dass man das Gefühl hatte, gegen eine Wand zu fahren.

Fast zur gleichen Zeit brach auch ein Mann aus dem kleinen Ort Lindenberg, ein paar Kilometer von Seehausen entfernt, mit seinem Pkw auf. Er wollte ebenfalls die Landstraße 189 über Osterburg und Stendal weiter Richtung Magdeburg fahren. Es war Manfred Semmler. Er hatte bisher zusammen mit seinem Bruder Wolfgang Semmler eine Bautischlerei, die sie von ihren Eltern zu gleichen Teilen geerbt hatten, betrieben. Einige Jahre lief im Betrieb alles zu bester Zufriedenheit. Dann kam es zu einem größeren Streit. Sie beschlossen darauf hin, dass nur Wolfgang allein den Betrieb weiter führen sollte und ihm, seinem Bruder Manfred, den zustehenden Anteil auszahlt.

Das war in den vergangenen Wochen alles reibungslos über einen Notar abgewickelt worden. Manfred Semmler plante, mit dem erhaltenen Geld als Startkapital auszuwandern und einen Neuanfang in Kanada zu wagen. Er hatte schon oft von dem Land gehört und geschwärmt. Das war sein Traum. Dort wollte er sich nach einem Job in einem Holzfällercamp oder einem Sägewerk umsehen. Für die Ausreise hatte er alles beantragt und vorbereitet.

Heute sollte Manfred ein letztes fehlendes Dokument von einer zuständigen Dienststelle des Auswärtigen Amtes in Magdeburg abholen. Außerdem wollte er nochmals zum dortigen Raphaels-Werk e.V., die für Angelegenheiten von Auswanderern zuständig sind, wegen einer letzten fehlenden Information. Da nur bis zum Mittag geöffnet war, musste er beizeiten am Morgen aufbrechen. „So ein Scheiß Nebel, ausgerechnet heute, wo ich es eilig habe", schimpfte er.

Von seinem Heimatdorf Lindenberg war es nur ein paar Kilometer bis zur Landstraße 189. Nachdem er das nächste Dorf Tannenkrug passiert hatte, verschluckte eine dicke Nebelwand Manfred Semmler mit seinem Auto wie von Geisterhand, um es im nächsten Augenblick wieder sichtbar werden zu lassen. Dann hatte er endlich die 189 erreicht, bog nach rechts in Richtung Osterburg ab und gab wieder Gas. Bei dem Nebel war er viel zu schnell unterwegs. Gerade als er etwas mehr beschleunigte, weil der Nebel für ein paar hundert Meter ein wenig mehr Sicht erlaubte, wurde er mit seinem Pkw geblitzt. „So eine Scheiße, auch das noch! Läuft denn heute alles schief? Gott sei Dank bin ich in drei Tagen weg. Dann könn' mich alle einmal", fluchte er laut vor sich hin und stellte mit einem kurzen Blick auf seinen Tacho fest, dass er auf dieser Landstraße mindestens 40 km/h zu schnell war, was ihn aber nicht sonderlich störte. Und schon verschluckte ihn wieder eine dicke Nebelwand.

Frank Bendisch kam auch nicht so schnell voran und fürchtete schon, es nicht pünktlich bis zum Arbeitsbeginn um 7.30 Uhr zu schaffen. Seine Nebelscheinwerfer tasteten Meter um Meter die Straße ab. Nach der Bahnüberquerung waren es nur noch zwei Kilometer bis zur Landstraße, die ihm im Nebel unendlich lang vorkamen und nicht enden wollten. Dann hatte er endlich die Landstraße189 erreicht und bog vorsichtig nach links in Richtung Osterburg ab. Gleich musste die leichte Linkskurve etwa vier Kilometer vor Osterburg kommen. Plötzlich tauchten dicht hinter ihm die Lichter eines anderen Fahrzeugs, eines Pkw auf, wie Frank Bendisch erkennen konnte.

Warum fährt der bei dem dicken Nebel so dicht auf? Will der etwa überholen? waren Franks Gedanken, als der hinter ihm fahrende Pkw tatsächlich überholte, gerade in der leichten Linkskurve. Dann war das Fahrzeug fast auf auf gleicher Höhe mit seinem Pkw, als sich ein Lkw im Gegenverkehr durch den trüben stark nebligen Morgen quälte. Der Fahrer des Lkw hupte, um auf die Gefahr hinzuweisen. Vergebens. Frank ahnte, was jetzt unweigerlich passieren würde und der Schreck trieb ihm das Blut aus dem Gesicht. Seine Augen waren vor Schreck weit aufgerissen. Dann bekam sein Wagen erst einen Stoß im Bereich der Fahrertür und Metall knirschte auf Metall. Er bekam mit, wie sein Außenspiegel mit einem lauten Knacken abbrach. Der andere Fahrer touchierte seinen Wagen, weil der nun versuchte, dem entgegenkommenden Lkw auf seiner Spur auszuweichen. „Oh Gott, neiiin!" schrie Frank. Er riss das Lenkrad etwas nach rechts, um von dem lebensmüden und leichtsinnigen Fahrer neben ihm wegzukommen. Es gelang jedoch nicht. Es folgte ein weiterer Stoß im Bereich der Fahrertür und des Kotflügels. Frank bekam seinen Wagen nicht mehr unter Kontrolle und wurde ruckartig zur rechten Seite gegen die Leitplanke geschleudert. Das Geräusch von berstendem Metall von der Leitplanke, die teilweise aus der Verankerung gerissen wurde, und seinem Auto waren furchtbar anzuhören. Dazu kamen die umher fliegenden kleinen Glassplitter. Dann wurde sein Wagen zur anderen Straßenseite katapultiert, überschlug sich und wurde dabei noch über die Leitplanke geschleudert, wo er auf dem Dach landete und die Böschung ein Stück hinunter rutschte. Als das Dach des Wagens auf dem Boden aufschlug, flog die Fahrertür auf. Fast gleichzeitig mit dem Öffnen des Airbags wurde Frank Bendisch wie von unsichtbaren Kräften, denen auch die Verankerung seines Sicherheitsgurtes nicht mehr standhielt, aus seinem Fahrzeug herausgeschleudert und schlug unglücklicherweise mit dem Kopf auf einen Baumstumpf. Eine schlimme Kopfwunde blutete. Der sich fast gleichzeitig öffnende Airbag hatte das Herausschleudern nicht verhindern können.

Dann war es unheimlich still, geradezu eine gespenstische Ruhe. Als wenn nichts geschehen war, wurde die Fläche der grausamen Unfallstelle von den noch immer vorhandenen dicken Nebelschwaden, die von den feuchten angrenzenden Wiesenflächen herüberzogen, verschluckt. Von den jetzt im Herbst bunt gefärbten Blättern der umliegenden Bäume und Sträucher tropfte der morgendliche Tau wie dicke Tränen zu dem Geschehenen herab und versickerte im Gras.

Der Unfall blieb bei dem immer noch anhaltenden dichten Nebel zunächst unbemerkt, denn dieser begann sich erst nach Stunden langsam aufzulösen. Der vorausfahrende Lkw-Fahrer hatte zwar die gefährliche Situation mitbekommen, aber nicht den sich daraus entwickelnden Unfall. In diesem Moment hatte der Lkw den Ort des Unfalls bereits passiert und hatte sich weiter mühsam seinen Weg durch den Nebel gebahnt.

Manfred Semmler hielt nicht an. Da sein Pkw noch fuhr und sich als fahrtüchtig erwies, konnte er die Fahrt trotz seines beschädigten Autos unbehelligt fortsetzen. Nach seinem Schaden wollte er später sehen. Vielleicht war ja nicht viel passiert. Er wusste, dass er, ohne an der Stelle anzuhalten, eine Fahrerflucht beging. Seine Handlungsweise hätte für ihn bei seinem Vorhaben, das Land zu verlassen, Schwierigkeiten bedeutet. Mit diesem Gedanken versuchte er die schweren Folgen seiner verkehrswidrigen Fahrweise, die an diesem Tag den Witterungsbedingungen überhaupt nicht angepasst war, zu verdrängen. Manfred Semmler hatte in dem Nebel nicht mitbekommen, dass der andere Pkw von der Straße abgekommen war und sich überschlagen hatte. Die Dellen und Schrammen an seinem Auto interessierten ihn wenig, denn das Auto konnte er bei seiner Auswanderung nach Kanada sowieso nicht mitnehmen. Darum konnte sich dann sein Bruder kümmern, wenn er weg war. Das Auto war sowieso auf den

Namen seines Bruders zugelassen.

Jetzt war er jedenfalls froh, dass er weiterfahren konnte und somit die letzten notwendigen Behördengänge in Magdeburg erledigen konnte. Die Karambolage mit dem anderen Fahrzeug im Nebel am Morgen verdrängte er mit dem Gedanken, dass es sich bestimmt nur um einen Blechschaden handelte. Und in dem Nebel wird ihn sowieso niemand erkannt haben. Bevor die Polizei ihn als Verursacher eventuell ermitteln würde, war er sozusagen über alle Berge, denn sein Flug nach Kanada war bereits Ende der Woche geplant. Nur noch drei Tage, dann war er fort aus Deutschland. Die Flugtickets hatte er bereits online gebucht und die Koffer waren gepackt. Sein Bruder würde ihm noch den Dienst erweisen und zum Flughafen nach Hannover fahren. Dort hieß es dann für beide, für eine längere unbestimmte Zeit des Wiedersehens Abschied zu nehmen. Von Hannover war zunächst ein Inlandsflug nach Frankfurt am Main vorgesehen, um von dort in Richtung Kanada zu starten.

Nachdem sich der Nebel etwa zwei Stunden später langsam auflöste und etwas mehr Sicht zuließ, wurde der Unfall von dem Fahrer eines Lieferfahrzeugs einer Bäckerei aus Osterburg, der mit Backwaren nach Seehausen unterwegs war, entdeckt und von seinem Handy der Polizei und Feuerwehr den Unfall meldete. Die Rettungskräfte trafen trotz des nur langsam auflösenden Nebels verhältnismäßig schnell an der Unfallstelle ein. Der Notarzt konnte jedoch nicht mehr helfen, da die Kopfverletzungen zu schwer waren. Frank Bendisch war bereits an der Unfallstelle seinen schweren Verletzungen erlegen.

Der Schreck und die Bestürzung über die Mitteilung der Polizei, die die Ermittlungen nach dem Unfallverursacher aufgenommen hatte, waren riesengroß und eine tiefe Trauer zog in das Generationenhaus der Haberkants in der Straße Am

Schillerhain ein. Es war das zu Hause von Frank, wo er sich mit seiner kleinen Familie, mit Juliane und seinem geliebten Sohn Dennis in der kleinen Wohnung im Dachgeschoss so wohl fühlte. Juliane hatte fassungslos und wie gelähmt vor den Beamten gestanden, die ihr diese traurige Nachricht überbringen mussten und einen Schock erlitten, dass sie ärztlich Hilfe in Anspruch nehmen musste. Danach und auch in den folgenden tristen grauen Novembertagen weinte sie immer wieder viele bittere Tränen um ihren geliebten Frank. Kaum, dass das Glück als kleine Familie nach der Geburt ihres Sohnes Dennis vor sechs Jahren begonnen hatte, war es schon wieder vorbei. Sie war am Verzweifeln. Sollte das Leben wirklich schon vorbei sein? Nein, für Dennis musste sie weiter leben.

Die Trauerfeier fand auf dem in Oberkamps gelegenen Friedhof der Verbandsgemeinde Seehausen an einem Freitagvormittag statt. Es war wieder wie die Tage zuvor ein nasskalter wolkenverhangener Novembertag und der eisige frische Wind ließ jeden frösteln. Trotzdem waren viele Trauergäste erschienen, die von Frank Bendisch Abschied nehmen wollten. Die kleine Feierhalle war bis auf den letzten Platz besetzt und konnte beinahe die vielen Trauergäste nicht fassen. Auf dem Sarg und drum herum häuften sich die vielen Blumen und Gebinde zu einem großen Blumenmeer. In den beidseitig des Altars aufgestellten Kandelabern leuchteten die brennenden weißen Kerzen in friedlicher Stille. Unter den Trauergästen waren auch viele seiner ehemaligen Mitschüler anwesend. Sogar sein früherer Mathematiklehrer und der inzwischen sehr gebrechliche Lateinlehrer waren gekommen. Vorn in der ersten Reihe saß Juliane mit traurigen rotgeränderten Augen, in denen die Tränen nicht enden und trocknen wollten. An ihrer rechten Seite saßen die geliebten Großeltern Walter und Erika Haberkant. Walter wiederholte mehrmals flüsternd zu

Erika gewandt oder leise vor sich hin: „Das ich das noch erleben muss." Ihre Eltern Robert und Annelore Haberkant, saßen neben ihr. Die Mutter hielt zum Trost ihre Hand. Links neben ihr saß Franks Mutter Elvira. Ihr sorgenvolles Antlitz hatte sie hinter einem von einem Hut herabfallenden durchsichtigen schwarzen Schleier verborgen. Daneben hatte sein Vater Alfred Bendisch mit versteinertem Gesicht Platz genommen. Auch Franks großer Bruder Michael war kurzfristig aus Kanada gekommen, um dem geliebten kleinen Bruder die letzte Ehre zu erweisen und Abschied zu nehmen. Er nahm bei der Begrüßung Juliane zärtlich in seine Arme und drückte sie an sich, um sie zu trösten und gleichzeitig seine Trauer zum Ausdruck zu bringen. Auf den Plätzen in der zweiten Reihe dahinter hatte sich ein großer Teil der weit verstreuten Verwandtschaft aus Nah und Fern versammelt und wiederum dahinter Freunde, Bekannte, auch ehemalige Mitschüler.

Ein Pfarrer hielt die Predigt und eine sehr ergreifende Trauerrede, so dass mehrfaches Schluchzen zu vernehmen war, jedoch Husten oder Schneuzen von den Anwesenden fast unterdrückt wurde, um die Trauerrede nicht zu stören. Danach nahmen die Trauergäste ihre abgelegten Blumengebinde wieder in Empfang und formierten sich hinter den Sargträgern zu einem fast nicht enden wollenden Trauerzug, der sich zur etwa 300 Meter entfernten Gruft wie ein schwarzes Band über die Wege des Waldfriedhofs zog und langsam in Bewegung setzte. Aus der Nähe war ein Trompetensolo des Titels ‚My way' zu hören. Die Musik begleitete den Trauerzug die letzten Meter zur Gruft, an der der Pfarrer noch einige Worte des Trostes sprach und zum Schluss mit einem lateinischen Spruch beendete:

„Memento homo, quia pulvis es, et in pulverem reverteris!"
Melanie Fuchs, die damalige Klassenbeste im Fach Latein unter den Trauergästen, stieß ihre Freundin Regina Kopiske an und

flüsterte: „Hast du mitbekommen, was der eben gesagt hat?"
„Nein, habe ich ehrlich gesagt nicht. Sollte ich? Du weisst doch, dass ich in Latein nie so eine große Leuchte war", flüsterte sie zurück. Melanie sprach leise weiter: „Ich übersetze es dir. Er hat gesagt: Bedenke Mensch, dass du Staub bist und zum Staub zurückkehrst."
„Sag ich doch", fühlte sich Regina Kopiske bestätigt. „Hab ich doch immer behauptet, dass der arme Fränki überall viel Staub aufgewirbelt hat. Besonders in der Disko und auch sonst, wo er zugegen war, besonders in der Schule. Er spielte sich immer wie ein Macho auf und hatte nur Augen für seine Juliane. Wir waren für ihn Luft. Siehste, und nun legt sich der Staub wieder und bleibt als einziges übrig. Aber, dass du so einen Spruch nach so viel Jahren immer noch übersetzen kannst", staunte Regina nicht schlecht.

Nachdem jeder noch die Gelegenheit wahrnahm, sich an der Gruft zu verneigen und zum Abschied eine Rose in die Gruft auf den Sarg zu werfen, löste sich der Trauerzug auf. Angehörige und ein Teil der entfernteren Verwandtschaft sowie ein paar gute Freunde fanden sich nach der Beisetzung in einer nahegelegenen Gaststätte zum Essen ein.

Die Polizei glaubte seinerzeit, den Unfallverursacher, der mit überhöhter Geschwindigkeit bei den Witterungsbedingungen unterwegs war, durch die Auswertung der Radarfotos vom Unfalltag eines stationären Blitzgerätes schnell ermittelt zu haben und habhaft zu werden. Bei der Auswertung der vorliegenden Fotos vom Unfalltag wurde unter anderem ein Fahrzeug ermittelt, dass auf den Namen Wolfgang Semmler zugelassen war. Zwei Streifenwagen der Polizei jagten mit Blaulicht und Sondersignal nach Lindenberg, einem kleinen Dorf unweit von Seehausen, und hielten auf dem Hof der

Bautischlerei Sermmler. In einer Ecke auf dem Hof fand man das abgestellte und demolierte Fahrzeug. Wolfgang Semmler wurde auf dem Foto sofort als angeblicher Unfallverursacher erkannt und wegen seiner Fahrerflucht festgenommen. Trotz wiederholter Beteuerung unschuldig zu sein, wurde er gleich zum Polizeirevier mitgenommen. Dort konnte er unmittelbar beim Verhör den Sachverhalt klären, dass nicht er selbst auf dem Foto zu sehen sei, sondern sein Zwillingsbruder. Anhand des Radarfotos von dem Unglückstag könnte dieser den Unfall verursacht haben, weil er zur fraglichen Zeit nach Magdeburg unterwegs war, inzwischen aber nach Kanada ausgewandert sei. Zu seinem Bruder hatte er bisher noch keinen Kontakt, denn er war ja erst vor einigen Wochen ausgewandert und wollte sich melden, wenn er einen Job hatte. Wolfgang Semmler wurde von allen Beschuldigungen frei gesprochen mit dem Hinweis, dass man versuchen werde, mit den kanadischen Behörden in Verbindung zu treten, um seinen Zwillingsbruder Manfred ausfindig zu machen.

Drei Jahre später ...

Juliane saß hinter ihrem Grundstück im Gras am Ufer des Aland, der *kleinen Spree* wie ihr Opa dieses kleine Flüsschen immer nannte und blickte in Gedanken versunken auf die Wasseroberfläche, in der sich die vom Wind angetriebenen rasch vorüber ziehenden Wolken in verschiedenen Formen widerspiegelten. Genau so schnell waren die vergangenen Jahre an ihr vorbei gezogen. Ihr kam alles wie ein Traum vor. Der sehr trockene und heiße Sommer, an den sich manche noch lange Zeit daran erinnern konnten, lag inzwischen zehn Jahre zurück. Damals war die Welt noch in Ordnung und die schönste und glücklichste Zeit mit Frank begann im Sommer nach dem

Abitur, als Frank ihr an einem Wochenende am Arendsee den Heiratsantrag machte und sie sich verlobten.

Nach den vielen Regentagen der letzten Woche, war das Tief endlich abgezogen. Ein herrlicher Sonnenschein durchflutete wieder die Altmark mit ihrem idyllischen Arendsee, der in großflächige Waldungen sowie weitläufige Wiesen und Felder eingebettet war. Auch für das kommende Wochenende war für die Wische um Seehausen und das Gebiet um den Arendsee schönes Wetter vorausgesagt.

„Der nächste bitte!" forderte Juliane Bendisch, die als Arzthelferin in der Praxis von Dr. med. Peter Wolff tätig war, den nächsten Patienten auf. Es war Herr Hansen, heute der letzte Patient. Sie freute sich auf den Feierabend und war schon in Gedanken bei ihrem Sohn Dennis, den sie noch vom Schulhort abholen musste und dann mit ihm zum Waldbad wollte. Das hatte sie ihm versprochen.

„Sie können gleich zum Doktor reingehen!"

Oliver Hansen war ein sportlich durchtrainierter Typ mit einer tollen Ausstrahlung. Er war der Klassenlehrer von Dennis und kam erst im letzten Jahr an die Schule nach Seehausen. Die Kinder waren von ihrem neuen Klassenlehrer begeistert. Bei der letzten Klassenfahrt, an der sie als Begleitperson mitfahren durfte, lernte sie Oliver Hansen ein bisschen näher kennen und empfand für ihn mehr als nur Sympathie. Sie nahm es als ein wundervolles Gefühl wahr, das sie seit dem tragischen Tod ihres Mannes Frank schon seit mehreren Jahren vermisst hatte.

Oliver Hansen kam wenig später aus dem Sprechzimmer und trat näher an den Tresen der Praxis und riss Juliane aus ihre Gedanken.

„Sie möchten mir bitte einen nächsten Termin geben. Am Mittwochnachmittag würde es mir passen!"

„Gut, ich trage Sie um 15.00 Uhr ein!" Lieber hätte sie gesagt:

Schön, dass wir uns nächste Woche wiedersehen! Aber es klappte ja auch so. Inzwischen waren die beiden vor der Tür der Praxis angelangt.

„Wenn Sie möchten, kann ich Sie zur Schule mit meinem Auto mitnehmen", meinte er. Juliane lehnte dankend ab, sah dabei zu seinem Auto und erschrak, ließ sich aber nichts anmerken.

„Danke nein, ich hab' mein Fahrrad hier! Außerdem, wenn ich mir ihr zerschrammtes Auto so betrachte, fahre ich lieber mit dem Rad", sagte sie mit einem etwas gequälten Lachen. Gleichzeitig kam eine schreckliche Erinnerung wieder hoch. Oliver Hansen bemerkte ihre ängstliche Miene und wurde ganz verlegen.

Das andere Fahrzeug, das den Pkw von ihrem Frank damals touchierte und so den Unfall verursachte, konnte durch ein Foto von einem Radarblitzgerät kurz vor dem Unfallort ermittelt werden. Der eigentliche Besitzer des Pkw war aber bereits aus Deutschland ausgewandert, so dass man seiner nicht habhaft werden konnte, um ihn zur Rechenschaft zu ziehen. Umso mehr bedrückte Juliane nach all den Jahren der Trauer sehr, jetzt mit dem eventuellen Unfallauto konfrontiert zu werden.

„Ist 'ne alte Geschichte mit dem Auto. Mein Pkw wäre nicht mehr durch den TÜV gekommen und in einem Dorf hier in der Nähe konnte ich dieses Gefährt sehr preiswert bekommen. Aber Fahrradfahren können wir ja einmal zusammen probieren. Nächstes Wochenende zum Beispiel, da habe ich nichts vor!"

„Gut, ich nehme Sie beim Wort! Wir können ja zum Arendsee radeln und dort ein Picknick machen. Ich bereite ein bisschen was dazu vor!"

Ihr Sohn Dennis war am Wochenende sowieso mit den Großeltern unterwegs. Sie hatten ihm ein paar Reitstunden auf dem Reiterhof in Neulingen, einem nahe gelegenen Dorf, versprochen. Abends rief sie ihre Eltern an und bat sie, Dennis schon am Freitagabend zu übernehmen, weil sie mit einem Bekannten am nächsten Morgen zu einem Picknick zum Arendsee verabredet sei. Die Eltern hatten großes Verständnis und freuten sich auf ihren Enkel und Juliane Bendisch fieberte schon dem Treffen mit Oliver Hansen entgegen.

Nachts schreckte sie von einem Traum auf, in dem sie wieder ein zerschrammtes Auto sah. War sein Auto vielleicht am Unfall damals beteiligt?

Sie wollte Oliver danach fragen und verwarf gleichzeitig diesen Gedanken. Pünktlich trafen sie sich wie vereinbart und radelten raus aus dem kleinen Ort Seehausen durch die schöne Landschaft der Altmark zum Arendsee. Picknickkorb und Decke waren auf den Fahrrädern verstaut. Für die schöne vorbeiziehende Landschaft hatten sie kaum einen Blick, nahmen kaum den herrlichen Duft der weithin leuchtenden gelben Rapsblüten war, sondern wollten möglichst schnell am Arendsee sein. Endlich war es soweit und sie fanden am Ufer des Sees auf einer Lichtung vor einem angrenzenden Waldstück ein geeignetes Plätzchen. Von hier hatte man gleichzeitig einen Blick auf den See. Schnell war die Decke ausgebreitet und Juliane begann aus dem mitgebrachten Korb einige leckere Dinge auszupacken. Sie stellte zunächst zwei Gläser hin, worauf Oliver noch eine kleine Flasche Sekt hervorzauberte.

„Ich möchte mich erst einmal für die Einladung bedanken, auf den schönen Tag und auf ein *Du* anstoßen!"

Er goss den Sekt ein, sie nahm das Glas mit zittriger Hand, merkte, wie sie rot wurde, nippte an ihrem Glas. Dann gab es einen zärtlichen Kuss und das ‚Du' war besiegelt. Juliane erlebte diesen Augenblick wie im Traum. Mechanisch packte sie ihr leckeres vorbereitetes Essen aus, kleine Schnitzel und Kartoffelsalat. Dann musste sie lachen, weil sie nicht alles eingepackt hatte.

„Ich hab' in der Aufregung unseren Nachtisch zu Hause stehen lassen!"

„Das macht doch nichts", meinte Oliver. „Ich würde den Nachtisch sowieso lieber mit dir zu Hause genießen."

Sie mussten beide herzhaft lachen, alberten weiter herum und merkten nicht, wie schnell der Tag verging. Am späten Nachmittag radelten sie wieder nach Seehausen zurück.

Nach über der Hälfte des Weges legten sie eine Rast ein und setzten sich am Rande des Weges an einem Getreidefeld ins Gras. Oliver erzählte Juliane dabei, dass er sein altes Auto von einem Tischlermeister, dessen Zwillingsbruder vor drei Jahren nach Kanada ausgewandert war, sehr preiswert bekommen konnte. Juliane lief sofort eine dicke Träne über ihr Gesicht.

„Hab ich etwas Schlimmes gesagt?", fragte Oliver etwas verstört und nahm Juliane in den Arm als er das bemerkte.

„Nein, nein, ist schon gut", sagte sie traurig. „Es ist nur ..."
„Was meinst du mit ‚Es ist nur ...'?", fragte er nach.

„Wenn ich ein seitlich zerschrammtes und zerbeultes Auto sehe oder davon höre, werde ich sofort an das Auto erinnert, durch das Frank damals bei seinem tödlichen Unfall von der Straße gedrängt wurde. Und du hast nun höchstwahrscheinlich genau dieses Unfallauto gekauft. Sei mir bitte nicht böse, wenn ich in das Auto nie einsteigen werde."

Oliver Hansen starrte sie entgeistert an und konnte nur sagen: „Entschuldigung! Das..., das ... wusste ich nicht. Tut mir sehr Leid. Ich werde das Auto sofort wieder verkaufen oder besser noch zu einem Schrotthändler bringen. Mal sehen, ob ich ein besseres altes Auto bekommen kann, dass nicht so eine traurige Geschichte hat. Ein neues Auto kann ich mir nämlich im Augenblick nicht leisten. Und ganz ohne Fahrzeug ist es hier in der ländlichen Gegend manchmal ganz schön beschwerlich."

„Danke", sagte Juliane leise, „dass du das machen willst. Vielleicht findest du sogar einen Wagen mit Dachgarten, damit wir zum nächsten Picknick an den Arendsee unsere Fahrräder mitnehmen können. Die Strecke von Seehausen bis dorthin ist doch ganz schön weit."

Oliver Hansen hatte seinen Arm immer noch um Juliane gelegt und zog sie zu sich heran. Dann küssten sie sich innig.

„War das jetzt eben das vergessene Dessert, von dem du am See gesprochen hattest?", wollte Oliver danach wissen.

„Nein, das war noch nicht alles, vielleicht ein Bruchteil von dem", antwortete Juliane. „Ist nur die Frage, ob wir den Rest bei dir oder bei mir genießen, wenn wir zurück sind."

„Na, dann am besten bei mir", antwortete Oliver und lächelte vielsagend. Juliane hatte dagegen nichts einzuwenden.

Darauf radelten beide die letzten Kilometer nach Seehausen so schnell es ging ohne weiteren Aufenthalt zurück.

Ein schöner Sommertag neigte sich in der Altmark dem Ende. Beim Sonnenuntergang hatte sich der Himmel blutrot gefärbt und verkündete weiterhin so schöne Tage.

Hinweis

Die Orte der Handlung entsprechen mit geringfügigen Abweichungen der Wirklichkeit. Die geschilderte Handlung selbst ist frei erfunden, ebenfalls die Namen der handelnden Personen. Übereinstimmungen von Namen oder anderen eventuellen Ähnlichkeiten von lebenden oder verstorbenen Personen sind zufällig.

Danksagung

Wie immer gilt der Dank meiner Familie, besonders meiner Frau Silke für Lob und Tadel während der Korrekturlesung, die schon zu einem Lektorat tendierte.

Natürlich auch meiner Tochter Kerstin ein Dankeschön für die zweite Korrekturlesung.

Bedanken möchte ich mich letztendlich bei meinem Enkel Philipp für Rat und Tat bei der Covergestaltung.

Dieter A. Freitag, geboren 1941 in Falkensee am Rande von Berlin. Dort lebt er auch heute mit seiner Ehefrau Silke. Beide erfreuen sich an ihrem großen Garten und dem Besuch ihrer drei erwachsenen Kinder und Enkel.

Nach dem Abitur in Falkensee erfolgte eine Gärtnerlehre in den Staatlichen Schlösser und Gärten Sanssouci in der Stadt Potsdam.

Danach arbeitete er in mehreren Betrieben als Landschaftsgärtner. Etwas später absolvierte er an der FH Erfurt ein Studium in dem Fach Garten- und Landschaftsarchitektur. Im Verlauf weiterer Jahre war er als Grünplaner in einigen Betrieben und Büros tätig. Als freiberuflicher Garten- und Landschaftsarchitekt arbeitete er seit dem Jahr 1993.

In dieser Zeit hielt er sich aus gesundheitlichen Gründen seiner Frau beinahe ständig sechs Jahre mit ihr an der Costa Blanca in Spanien auf. Über diese Zeit schrieb er in seinem ersten Buch ‚Im Duft der Orangenblüten', nachdem er noch an einem Kurs an der Schule des Schreibens in Hamburg teilgenommen hatte.

Außer Lesen und Schreiben ist sein weiteres Hobby die Swing-Musik. Diese spielte er über 30 Jahre in der Brandenburgischen Bigband in Potsdam.